我
思
· COGITO ·

文学社会学
批评

MANUEL DE
SOCIOCRITIQUE

PIERRE V.ZIMA

（奥）皮埃尔·V.齐马 著

吴岳添 译

GUANGXI NORMAL UNIVERSITY PRESS
广西师范大学出版社
·桂林·

文学社会学批评
WENXUE SHEHUIXUE PIPING

策划：我思工作室
责任编辑：韩亚平
装帧设计：何　萌
内文制作：王璐怡

Originally published in France under the title
Manuel de Sociocritique
Copyright © L'Harmattan, 2000
www.harmattan.fr
著作权合同登记号桂图登字：20-2021-237 号

图书在版编目（CIP）数据

文学社会学批评 /（奥）皮埃尔·V.齐马著；吴岳
添译. -- 桂林：广西师范大学出版社, 2021.11
（我思学园）
书名原文: Manuel de Sociocritique
ISBN 978-7-5598-4201-5

Ⅰ．①文… Ⅱ．①皮… ②吴… Ⅲ．①文艺社会学－
研究 Ⅳ．①I0-05

中国版本图书馆 CIP 数据核字（2021）第 171040 号

广西师范大学出版社出版发行
（广西桂林市五里店路 9 号　邮政编码：541004）
网址：http://www.bbtpress.com
出版人：黄轩庄
全国新华书店经销
北京汇林印务有限公司印刷
（北京市大兴区黄村镇海鑫路9号　邮政编码：102611）
开本：710 mm × 1 000 mm　1/16
印张：19　　　　　　　字数：259 千
2021 年 11 月第 1 版　　2021 年 11 月第 1 次印刷
定价：52.00 元

如发现印装质量问题，影响阅读，请与出版社发行部门联系调换。

中文版序言

成果和设想

　　本书包含的观念可以用几句话来概述：在一种社会和语言的背景下，从文学社会学转向一种能够说明所有——文学的和非文学的——文本的文本社会学。依靠阿尔吉达·朱利安·格雷玛斯及其团队的结构符号学[1]，在正如阿多诺和霍克海默所发展的法兰克福学派的批判理论的意义上，文本社会学把符号学纳入了一种社会学批评的背景之中。这种理论始终关注通过语言建立的各种社会利益之间的关联：阿多诺关于随笔、典范的著作及其遗作《美学理论》（1970）中采用的类策略（paratactique）写作证明了这一点。

　　所有的社会问题都能表现为语言的（语义的、语法的和叙述的）问题，从这个观念出发，文本社会学涉及在语言方面对文学和社会之间关系的分析。在这方面它遵守尤里·蒂尼亚诺夫的格言，即"社会生活首先是通过它的言语方面与文学发生联系的"[2]。

　　正是在这个意义上，笔者最近试图通过分析"文学语言的建制化"[3]来阐述文本社会学。依据一种倾向于语言的、恢复了传统的社会学定义的建制观念，即建制是一种"以持久的方式规定'应该做'的一切的社会机制"[4]，舍菲勒提出了如下的定义："一种社会语言学意义上的建制，规定着在一种独特的社会和语言环境里应该说和写的一切。"

　　欧洲各种先锋派力图在文学和艺术的建制里使人们认可一种新文体，

在讨论它们的宣言的时候，这个定义的相关性就非常明显了。在例如马里内蒂的未来主义者的宣言里，革新首先是通过发现一种工业和技术的新现实来实现的，这种现实催生了一些异常的、咄咄逼人的和刺耳的隐喻："我们要歌颂因劳动、娱乐或造反而躁动不安的广大民众；歌颂现代都市里革命的色彩斑斓和复调的花饰；歌颂夜间在电月亮的强光下震动的船坞和工地；歌颂贪婪地吞进冒烟的长蛇的火车站；歌颂被缕缕青烟送上云端的工厂……"[5]

这不仅是宣告一种新主题（《我们要歌颂广大的人群……》）的宣言纲领的形式，而且也是一种新写作的雏形，这种新写作以类似"电月亮"的隐喻来反对一种被玷污了的浪漫主义。人们正是通过宣言使一种未来主义的新写作在 20 世纪初的一切建制里合法化并被接受。

宣言不是使一种新写作合法化的唯一方式。阿兰·罗伯-格里耶的论文集《为了一种新小说》（1963）完全能够被用来作为宣言，而无须依靠先锋派从马克思和恩格斯那里继承的这种政治体裁。罗伯-格里耶批评存在主义者，指责他们继承了一种类人（anthropomorphe）写作的传统，这种写作与以前人类的一切神人同性论沆瀣一气。然而罗伯-格里耶却宣告了一种"客观的"或"物主义"的新写作，它一劳永逸地与一种"人性的、太人性的"（尼采语）、不断地把人类的情感投射到物的世界里的风格决裂了。

在叙述的层面上，一部像马塞尔·普鲁斯特的《追忆似水年华》那样的小说，开启了一种并不十分清晰的新美学。它的叙述者赞同虚构的小说家贝尔戈特，后者放弃传统小说的逸事叙述，并且发展了一种（现代主义的、随笔式的）新写作，正如普鲁斯特本人在他的《追忆》中实践的那样。普鲁斯特的叙述者在谈到这种写作时是这么说的："然而人们在贝尔戈特的语言里找不到某种观点，这种观点在他的作品里，就像在其他一些作家的作品里一样，往往在书写的句子里改变着词语的表象。他也许来自巨大的深渊，所以在某些时刻里没有让它的光线照进我们的言语，在这些时刻，我们通过谈话向他人开放，在某种程度上却封闭在我们自身。"[6]

在这个段落里，可以看到普鲁斯特文体的一切基本要素（无意识，下意识的回忆，写作与谈话的上流社会言语的对立），普鲁斯特及其叙述者不仅描绘他们自身的小说计划，而且介绍了一种现代主义的写作，它的一切变种存在于詹姆斯·乔伊斯、罗伯特·穆齐尔或弗朗茨·卡夫卡的小说里。因而普鲁斯特的《追忆》能够读作一篇与巴尔扎克或司汤达小说的逸事叙述决裂的现代主义宣言。

同时它也与一切叙述现实（例如社会演变）而不考虑其建构，也不如实呈现的意识形态的叙事模式决裂了。作为叙事的意识形态声称与现实一致，并且拒绝承认这个（语言学的、符号学的）事实，即现实能以极为不同的甚至不可相容的方式建构。它就这样蜕变成一种独白的话语，这种话语通过取消建构主义时刻并等同于现实而阻止了一切对话。[7]

在笔者最新的著作《社会学理论的产生》（2020）与《话语和权力》（2022，即将出版）[8]里，我思考的是社会学理论中意识形态的各种影响，其中大部分理论都因认同其全部对象而具有一种独白的特征。然而所有这些对象（社会、国家、经济、艺术、文学）都是一些建构，每种理论话语对它们都有不同的理解。

这样一种话语不可能是客观的，因为它依据的始终是作为语义对立的一种特殊的相关性。与马克思宣称资本与劳动之间的对立是相关的不同，哈贝马斯是从体系／生活世界的对立、鲁曼是从体系／环境的对立出发的。这些作者每个人都以自己的方式叙述社会的演变并提出关于真实的一种特定建构。同时，在找到一些依仗他的，同时在适应和改变他的话语的信徒或弟子的情况下，他创立一种社会方言或集团语言，这就说明为什么一种社会方言能够被视为一个类似话语（马克思主义，批评理论，体系理论）的总体，像文学话语一样，它们在一种互相引证、效仿、对抗或滑稽模仿的社会语言学环境里相互作用。

像文学话语一样，它们追求的是建制化和权力。《话语和权力》的最后一章，表明哈贝马斯和鲁曼在何种程度上以各自的方式力图使对话者的话语服从他们独特的语义相关性。所以鲁曼在他的体系／环境对立的范围内阅读哈贝马斯的话语，而哈贝马斯则力图证明他的体系／生活世界的对立是相关的，并且吸收了鲁曼主张的相关性。

在尼采的权力意志的支配下，这种话语斗争没有导致任何具体的结果和新的认识，因为它不知道他者及其理论的相异性。任何理论都不可能从这样一种话语碰撞中获益，它的独白特征使它们不再产生相异性及潜在的革新者。

一种真正的对话[9]会使提及的所有话语向新的经验开放，同时使它们思考它们在独特的社会方言和一种历史的、始终变化不定的社会语言学的环境里的结构特征。因而问题在于得出以意识形态话语的对话开放为特征的理论话语，其独白导致一种与某种现实的同一化，这种现实把一切基本对话都封锁在科学之中。

皮埃尔·V. 齐马

弗莱堡，2021 年 9 月 16 日

参考文献

1　Cf. J.-C. Coquet, *Sémiotique. L'Ecole de Paris*, Paris, Hachette, 1982 (avec M. Arrivé, C. Calame, C. Chabrol, J. Delorme, J.-M. Floch, C. Geninasca, P. Geoltrain, E. Landowski).

2　Y. Tynianov, "De l'évolution littéraire", in : T. Todorov (éd.), *Théorie de la littérature. Textes des formalistes russes*, Paris, Seuil, 1965, p. 131-132.

3　Cf. P. V. Zima, "L'Institutionnalisation des langages littéraires", in : P. Maurus (dir.), *Actualité de lasociocritique*, Paris, L'Harmattan, 2013.

4　B. Schäfers, *Grundbegriffe der Soziologie*, Opladen, Leske-Budrich, 1986, p. 136.

5　F. T.Marinetti, "Manifeste du futurisme" (1909), in: G. Lista, *Marinetti. Poètes d'aujourd'hui*, Paris, Seghers, 1976, p. 178.

6　M. Proust, *A la Recherche du temps perdu*, vol III (éd. publié sous la direction de J.-Y. Tadié), Paris, Gallimard, Bibl. de la Pléiade, 1989, p. 543.

7　Cf. P. V. Zima, *Ideologie und Theorie. Eine Diskurskritik*, Tübingen, Francke, 1989.

8　Cf. P. V. Zima, *Soziologische Theoriebildung. Ein Handbuch auf dialogischer Basis*, Narr-Francke-Attempto (UTB), 2020 et idem, *Diskurs und Macht. Wer erzählt wen?*, Leverkusen, Budrich (UTB), 2022.

9　Cf. P. V. Zima, "Introduction. Vers une théorie critique du discours", in : idem, *Théorie critique du discours.La discursivité entre Adorno et le postmodernisme*, Paris, L'Harmattan, 2003.

译者前言

法国现当代文学批评主要有三类：社会学批评、精神分析批评和结构主义批评。这三类文学批评各有特色：源自弗洛伊德心理学的精神分析批评注重作者的童年经历和人格发展，既不涉及语言结构，又忽略社会环境，过分强调了人的潜意识和性欲本能；结构主义批评注重语言和符号，力图成为解释世界的模式，它的各种流派标新立异、众说纷纭，充满了晦涩难懂的术语，但都未超出文本的范畴。社会学批评的历史可以追溯到18世纪的启蒙时代。孟德斯鸠提出的地理环境决定论，为后来斯塔尔夫人的《论文学与社会建制的关系》提供了理论依据，从而也为文学社会学批评提供了理论依据。包括从卢卡契到戈尔德曼（1913—1970）的马克思主义批评在内，社会学批评的各个流派都言之成理，然而它们都不涉及作品文本的语义、句法和叙述结构，这既是社会学批评的特点，也不能不说是它的一个缺陷，也是它在20世纪60年代初与新批评派论战时，面对气势逼人的结构主义学派显得力不从心的原因。

从文学批评的角度来看，人们自然会想到是否可能使社会学批评、精神分析批评和结构主义批评相互取长补短，形成一种更为全面的文学批评？看来相比之下，只有社会学批评在研究作品和社会的关系时，把重点转移到作品的语言结构方面，才最有可能把这三类批评结合起来。

1985年12月，我赴巴黎高等社会科学院文学社会学班进修，导师雅克·莱纳特是文学社会学家，他选定的教材就是当年刚刚出版的皮埃尔·V.齐马的《社会学批评指南》。这部著作的出版正逢其时，它由浅入深地阐明了文学社会学批评领域里的基本概念，它的各种方法和模式，阐释了词汇和句法的社会功能，以及从精神分析学到文本社会学的发展过程，并且提供了许多生动的例证，从而使读者得以了解它的来龙去脉，书后所附的大量参考书目及其内容简介，也是非常珍贵的参考资料，所以我在阅读过程中就决心把这本难得的教材译成中文。

当时齐马已经发表了《文学的文本社会学》（1978）、《文本社会学：评注性引论》（1980）、《小说的双重性：普鲁斯特、卡夫卡、穆齐尔》（1980）和《小说的无差异性：萨特、莫拉维亚、加缪》（1982）等一系列重要著作，而且被译成了英语和汉语等9种语言，是声名卓著的文学批评家和社会学家，但我国读者对他还几乎一无所知。齐马于1946年出生在布拉格，是原籍捷克德语区的奥地利和荷兰公民，曾在爱丁堡大学攻读社会学和政治学，先后获得美学和文学社会学的博士学位。从1972年开始，他先后在德国比勒菲尔德大学、荷兰格罗宁根大学教授文学社会学和文学理论，1983年起任奥地利克拉根福的阿尔卑斯阿德里亚大学比较文学教授。这期间他还在那不勒斯大学东方学院和维也纳大学等院校任客座教授，是伦敦的欧洲学院等国外学院的成员。

齐马的研究方向是文学和美学理论、社会学和社会哲学。他借助巴赫金的文学理论、格雷玛斯的结构符号学发展了一种文本社会学，也就是把符号学引入社会学批评，以此来阐明一切文学的和非文学的（宗教的、科学的和意识形态等的）文本。他特别关注语言和社会的关系，从社会的语言环境出发来分析各种文本，区分集团语言和社会方言。例如要理解普鲁斯特的小说《追忆似水年华》，就要依据当时上流社会的谈吐；要看懂奥斯卡·王尔德（1854—1900）和胡戈·冯·霍夫曼斯塔尔（1874—1929）的戏剧，就要与当时有闲阶级的社会方言联系起来，这实际上就是把社会学批评和结构主义批评结合在一起了。

《社会学批评指南》从社会语言环境出发对一些文本进行了详尽的评述。例如加缪的《局外人》，主人公墨尔索对是否要结婚、什么时候死去都无所谓，看起来是一个与社会格格不入的人。齐马指出《局外人》涉及的是基督教人道主义的社会方言，检察长的话语是由善/恶、无辜/有罪、爱／憎等二分法构成的，是一种善恶二元论的叙事，善与恶等词语在这种社会方言里已经失去了应有的意义，它们的所谓价值正是官方的文化所确定的。法庭以官方文化的名义把墨尔索确定为一个罪人，加缪实际上是在批判基督教的人道主义话语的镇压性质，是在为人的本性和人的生命辩护。

又如新小说作家们写作纯客观的小说，旨在放弃意识形态的意义，并且认为这是一种进步。齐马认为这虽然是一种批判行为，但实际上只是对现存一切的确认。例如罗伯-格里耶的小说《窥视者》，小说写推销员马蒂亚斯到故乡的小岛上去推销手表，奸杀了一个牧羊女，后来若无其事地走了。小说里看不出是谁在犯罪，就连牧羊女的情人看到马蒂亚斯犯罪也无动于衷，周围的人更是毫无反应。小说排除了一切价值判断，但齐马认为小说家是无意识地或违心地再现了某些现存的社会关系：小说里的女人始终显得被动、驯服、软弱和屈从于男性的意志，甚至被简化为一个性欲的对象，所以女主人公被谁杀害倒显得无关紧要了。齐马认为这两部小说的类似之处，是都表现了一种既是经济的又是性欲的（因而是非社会的）决定论，在这种情况下，个人的（道德、政治或情感的）主观性都被消除了。

我在1987年回国之后就把《社会学批评指南》译成中文，但直到1993年才由广西师范大学出版社出版，其时为了适于在国内推广这一理论，特地将中译名改为《社会学批评概论》。当时只印了1000册，却是国内最早引进的文本社会学批评理论，因此出版后供不应求。本书在2000年出了第二版，齐马写了《第二版序言》并补充了许多新的参考书目。他在2012年退休后仍然笔耕不辍，2014年还在上海被华东师范大学授予名誉教授称号，又出版了《随笔和随笔主义：随笔的理论潜力——从蒙田到后现代性》（2018）等著作，始终走在文学社会学批评的学术前沿。广西师范大学出版社有鉴于此，决定今年出版修订后的《社会学批评概论》。为了充分反映本书的宗旨，特地把书名改为《文学社会学批评》，并把20世纪90年代曾经流行的词汇"本文"改为现在已被批评界认同的"文本"。

齐马为本次再版的中译本写了序言，简明扼要地概述了本书的宗旨，即把符号学纳入社会学批评的背景之中，发展成为新颖的文学社会学批评。所有的社会问题都能表现为语言的（语义的、语法的和叙述的）问题，所以文学社会学批评关注的是在语言方面分析文学和社会之间的关系。正是在这个意义上，齐马在分析"文学语言的建制化"的时候提出了这个定义："在一种独特的社会和语言环境里，一种社会语言学意义上的建制规定着应该被说和被写的一切。"

　　齐马的创见对于文学批评的发展和启迪我们的思路无疑都具有重要的意义。在本书再版之际，我谨向广西师范大学出版社和吴晓妮女士，以及在翻译过程中协助我解决难题的章国锋、刘晖和吴正仪等翻译家表示衷心的感谢。

吴岳添

2021 年 10 月 7 日

CONTENTS

目　录

序 / 001

第二版序 / 004

第一部分　方法和模式

第一章　社会学的基本概念 / 003

第一节　引言 / 003

第二节　社会学和哲学 / 003

第三节　社会学和心理学 / 005

第四节　社会学的基本概念 / 006

一、社会体系和建制 / 006

二、集体意识、规范和价值 / 008

三、劳动分工、职责和团结 / 009

四、社会混乱 / 010

五、社会阶级 / 010

六、阶级意识和意识形态 / 011

七、基础和上层建筑 / 012

八、意识形态和科学 / 012

九、意识形态和交换价值的中介作用 / 014

十、物化和异化 / 016

十一、客观性（无价值）/ 018

第二章　文学社会学中经验的和辩证的方法 / 020

　　第一节　客观性和经验的文学社会学 / 020

　　第二节　辩证的模式 / 022

　　　　一、黑格尔的美学和文学社会学中的辩证模式 / 023

　　　　二、卢卡契著作中的整体和"典型" / 024

　　　　三、戈尔德曼著作中的整体和世界观 / 026

　　　　四、阿多诺对黑格尔美学的批判 / 029

　　　　五、马歇雷著作中的批判和意识形态 / 031

第三章　文学体裁的社会学 / 034

　　第一节　文类体系和社会体系 / 034

　　第二节　戏剧社会学 / 040

　　　　一、戏剧和社会混乱：让·迪维尼奥的戏剧社会学 / 040

　　　　二、个人主义的波折：莱奥·洛文塔尔 / 043

　　　　三、戏剧里的世界观：吕西安·戈尔德曼的《隐藏的上帝》/ 047

　　　　四、戏剧和意识形态的批判：贝克特和阿多诺 / 053

　　第三节　抒情作品的社会学 / 057

　　　　一、从瓦尔特·本雅明到夏尔·波德莱尔：个人印记和冲击 / 059

　　　　二、特奥多尔·阿多诺：作为批判的诗歌 / 065

　　第四节　小说的社会学 / 074

　　　　一、乔治·卢卡契确定的现实主义小说 / 078

　　　　二、巴尔扎克的《农民》：从卢卡契到马歇雷 / 083

　　　　三、从卢卡契到戈尔德曼：《论小说的社会学》/ 088

　　　　四、米哈依尔·巴赫金：狂欢节、双重性和小说 / 096

第二部分　文本社会学

第四章　文本社会学 / 107

　　第一节　引言 / 107

第二节　作为社会功能的语义学和句法 / 108

　　一、词汇和语义层次 / 111

　　二、叙述层次 / 112

第三节　社会语言环境 / 115

第四节　社会方言和话语 / 120

　　一、社会方言 / 120

　　二、话语（意识形态）/ 124

第五节　作为社会学范畴的互文性 / 128

第六节　小说的文本社会学

　　　　阿尔贝·加缪的《局外人》/ 131

　　一、社会语言环境 / 133

　　二、社会方言、话语和互文性 / 137

　　三、双重性和无差异性：《局外人》的语义学体系 / 139

　　四、无差异性和叙述结构 / 143

　　五、方法论的评述：勒内·巴利巴尔论《局外人》/ 149

第七节　新小说的社会学

　　　　阿兰·罗伯-格里耶的《窥视者》/ 151

　　一、社会语言环境：连续性 / 153

　　二、互文性："科学的"社会方言 / 156

　　三、语义领域：无差异性和多义性 / 162

　　四、无差异性、多义性和叙述结构 / 165

　　五、《窥视者》里的批判和认可 / 173

第五章　社会学批评和精神分析批评

　　　　马塞尔·普鲁斯特作品中的社会和心理 / 175

第一节　方法问题 / 175

第二节　谈吐和自恋 / 179

第三节　从精神分析学到文本社会学 / 185

第六章　接受美学和阅读社会学 / 190

　　第一节　生产和接受 / 190

　　第二节　布拉格语言学派的阅读理论 / 191

　　第三节　从布拉格到康斯坦茨：接受美学 / 195

　　第四节　从读者社会学到阅读社会学

　　　　　　埃斯卡皮、尤尔特和莱纳特 / 201

　　第五节　作为互文过程的阅读

　　　　　　加缪在苏联 / 211

引证文献目录 / 215

参考书目 / 244

序

本书的第一章是文学社会学的术语入门，第二章介绍主要的方法。由于前两章的特点都是介绍基础知识，这篇序言便只有一个简单的任务：解释社会学批评这个词，因为初看起来，它与文学社会学和文本社会学似乎没有多少区别。

"社会学批评"一词存在好几年了，本书选用这个词有两个原因：在第一部分，我要把能成为一种社会批判理论（因而也是一种文学批评）的社会学批评，和已经不起批判作用的经验的文学社会学区别开来。在第二部分，我想介绍一种要发展成为文学文本社会学的社会学批评。

一、文　本

先谈第二部分，我们可以说社会学批评和文本社会学在这里是同义词，而"社会学批评"一词则和其他一些词一样更适应新的需要，因为它比"文本社会学"的表达方式更为简便。尽管它会令人想到夏尔·莫隆[1]的精神分析批评，但这里所讲的研究方法和莫隆的方法只有一点相似之处：都考虑到文本的结构（参阅第五章，我试图把精神分析法和文本社会学的方法结合起来）。

1　夏尔·莫隆（Charles Mauron，1899—1966），法国精神分析学家，精神分析批评的创始人。译者注。本书脚注除特殊说明者均为译者注。

现有的文学社会学的方法都倾向于"作品"的主题或"观念"方面，文本社会学则不同，它关心的问题是：社会问题和集团利益如何在语义、句法和叙述方面得到表现。

这个问题不仅涉及文学的文本，它同样关系到理论文本、意识形态文本或其他文本的（推论的）语言结构。作为批判的社会学，文本社会学力求确定理论和意识形态，以及理论和虚构作品之间的推论关系。因而它同时是一种话语批评，其用处和任务远远超出文学的范围（参阅第四章：文本社会学）。

在阅读方面，它主张把文本结构及其产生的条件与读者的各种元文本联系起来。（第六章的）问题在于表明某些集团对加缪[1]的《局外人》的反应，是可以根据这部小说的语义和叙述结构来解释的。

二、批　判

第一部分谈的是本书提倡的理论研究方法的批判，它和第二部分同样重要。某些经验的方法以为可以排除价值判断（但最终往往是靠一种虚构的客观性来掩盖这些判断），文本社会学则不放弃批判的评述。

它致力于理解和解释一种特定的社会和语言环境里的文本，在大部分情况下都作出了评价。然而，评价不等于一定要知道一部文学作品是"好"是"坏"：它更为追求的是揭示一篇文本的意识形态方面，并把它们和文本的批判方面加以区别。在这种情况下，"社会学批评"的名称似乎比更中立的"文本社会学"还要恰当。

现在只需要揭示评论文本和社会时所依据的观点。这种观点与法兰克福学派的，被阿多诺[2]、霍克海默[3]和马尔库塞[4]加以发展的批判理论相当接近。这种理论的非同一性的公设一向受到严格的尊重，因为它拒绝认同现

1　阿尔贝·加缪（Albert Camus，1913—1960），法国作家。
2　特奥多尔·阿多诺（Theodor Wiesengrund Adorno，1903—1969），德国哲学家、社会学家。
3　马克斯·霍克海默（Max Horkheimer，1895—1973），德国哲学家、社会学家。
4　赫伯特·马尔库塞（Herbert Marcuse，1898—1979），德国哲学家。

存的社会势力和政治势力。

　　然而文本社会学与这种理论在一个基本点上有所区别：它虽然不排除美学和哲学问题，却不受传统的批判理论概念（推论）的局限，因为这一理论中源自康德、黑格尔和马克思的哲学术语，并不适合于它的对象。

　　把批判理论发展成一种推论符号学（社会符号学）的企图是否会导致社会和政治的变化，只要文本社会学还在逐年发展，这个问题便始终会存在下去。

第二版序

本书出版于 1985 年，先后被译成意大利语（1986）和朝鲜语（1996），它面向一切力图在社会学批评领域里确定自己方向的人，即把社会学批评定义为文学的或非文学的（意识形态的、科学的，等等）文本的一种社会符号学理论。虽然本书把文学文本——它的生产、结构和接受——放在优先的地位，但社会学批评同样应该被视为一种话语批评，第四章《文本社会学》对此做了论证。

作为核心的第四章阐发了形式主义的和符号学的理论，即文学文本只有在语言的层面上才与社会背景有关。以词汇、语义和叙述等方面为出发点，文本社会学思考的是这三个语言平台的社会的和意识形态的影响。对它的研究导致了一种社会–语言的处境，它被看成社会方言（群体语言）及其话语（它们语义的和叙述的具体化）之间的对话关系的和论战的相互作用。

正是被置于这种既是社会的又是语言的背景之中的多义的文学文本，被归纳为对其他文学的、意识形态的、宗教的、科学的等文本的对话关系的和论战的反应。这种文学对话关系的产生，在它多种发音的和多义的结构中可以测定，并且以它的带有意识形态冲突烙印的混杂的接受作为补充（参阅第五章）。

考虑到 20 世纪 80 和 90 年代出版了大量社会学批评著作，本书中附录了带有评注的参考书目，对于所有希望在社会学批评的一个领域里深化知识或者进行研究的人都将有所裨益。

第一部分

方法和模式

第一章 社会学的基本概念

第一节 引言

把社会学的基本概念（仅指与文学的社会学和与本书介绍的理论有关的概念）和哲学史的进行对比，是确定这些概念的合理方法，因为它们脱离了本身的历史根源便会显得抽象。

一篇社会学批评（文学文本的社会学）的引言固然不同于一般社会学的引言，但在谈到"体系"或"意识形态"这类概念时，我还是要考察一下这些术语的历史和社会根源。

具体地确定诸如"社会阶级""阶级意识"（马克思）、"集体意识""社会混乱"（迪尔凯姆[1]）和"客观性"（"无价值"，马克斯·韦伯）这类概念的一种方法，是把它们和哲学向社会学（社会科学）逐步演变的过程以及使社会学有别于心理学的某些方法论的不同之处进行对比。

从第一章开始，我就着重阐明介绍的术语和当代社会学批评的实践之间的关系，以避免概念及其应用之间的过分脱节，不过要到第三章才能详细地讨论社会学批评的实践。

第二节 社会学和哲学

到 19 世纪上半叶为止，哲学的内容都是政治和社会问题，没有人对"哲

---

1 埃米尔·迪尔凯姆（Émile Durkheim, 1858—1917），法国社会学家。又译作埃米尔·涂尔干。

学思辨"和"科学论据"做过严格的区别。

　　当然，在大卫·休谟[1]（《政治可以变为一门科学》）、斯宾诺莎[2]（《几何习俗》）和托马斯·霍布斯[3]的哲学著作里，已经有过科学的概念。霍布斯想把他的政治哲学建立在综合分析（"几何学"）的基础之上，当时有这种想法的还不止他一个人。很久以后，通常被视为现代社会学先驱之一的奥古斯特·孔德[4]，提出了建立一种他称之为社会学的社会科学的主张。这个概念取代了把最早的"社会科学"和自然科学联系在一起的旧名称——"社会物理学"。但是尽管术语变了，孔德却仍然坚持唯理论的观念，即把自然科学作为社会科学（社会学）的模式。在他的著作里，前提是在（作为人的科学的）生物学和社会学之间有着密切的关系，因为在他看来，犹如人体和生物学的有机体，社会学的对象是一个"集体的有机体"。

　　孔德认为，人类的思想是从神学（宗教）阶段向形而上学（哲学）阶段，然后从哲学阶段向第三个，即他称之为科学的阶段演变的，这种观念在目前仍然起着重要的作用。一方面，当代新实证主义的某些代表重新采用了这一观念，要求在哲学（"形而上学思辨"）和科学之间有明确的区别。他们发展了孔德关于实证科学的、经验的和倾向于自然科学的观念。另一方面，在 18 世纪末，在哲学和所谓（以经验为基础的）经验科学如心理学和社会学之间产生了真正的分裂。现代社会学的奠基者之一迪尔凯姆，运用经验的（统计学的）方法系统地研究了自杀现象，这一事实突出地表明了这个总的演变过程（迪尔凯姆：《论自杀》，见《社会学研究》，巴黎，1897）[5]。

　　尽管这种历史的分裂无可否认，许多社会（和自然）科学家仍然认为哲学思考是不可或缺的。特别是那些主张批判的社会科学的人，拒绝放弃哲学思考及其所包含的价值判断（关于这方面可参阅第四章第二节的一和二）。

1　大卫·休谟（David Hume，1711—1776），英国哲学家、历史学家、经济学家。

2　巴鲁赫·斯宾诺莎（Baruch de Spinoza，1632—1677），荷兰哲学家。

3　托马斯·霍布斯（Thomas Hobbes，1588—1679），英国哲学家。

4　奥古斯特·孔德（Auguste Comte，1798—1857），法国哲学家，社会学和实证主义的创始人。

5　本书原著引用文献的原文信息详见书后附录部分。编注。

第三节　社会学和心理学

早期的社会学家和心理学家一致认为，科学思想主要由于经验的研究而应该有别于"思辨的"哲学；然而在另一点上，他们的兴趣很快便产生了对立，即一方面是心理学的、个人的，甚至是个人主义的研究方法，另一方面是社会学的集体研究方法。

这种分歧在迪尔凯姆青年时代的著作中占据着中心地位，而且在某些马克思主义理论家和精神分析学家的长期论战中起着极为重要的作用。在他关于自杀的著作里（见上文），迪尔凯姆毫不含糊地反对用心理学来解释这一现象，因为在一个特定的环境里，自杀的发生次数不能简化为孤立的个人的问题。不同地区尤其是不同文化背景下的自杀人数都各不相同，对此不存在任何心理学的解释。

迪尔凯姆在他的论著中揭示，在一些宗教亚文化和属于这些宗教亚文化的社会集体的自杀率之间，有一种已被统计数字所证实的对应关系。自杀数字最高的也许是互相不大融洽的新教团体，其成员都倾向于程度不等的个人主义的价值；而在天主教尤其是犹太教的团体里，自杀数字就比较低，由于宗教上的原因，这些团体的集体团结显得更为一致。他的研究中另一个重要部分是城市和乡村的对立：在乡村团体里，人际关系要比城市社会里更加牢固和持久。城市里社会团结较为薄弱，是自杀率较高的原因。

别人对迪尔凯姆的研究所作的批评在这里无关紧要，我只是用他来说明几乎所有社会学家都公认的研究方法，即一些社会现象，例如自杀、政治冲突、文学思潮和作品等都有其集体的起因，因而是不可能用心理学的方法（从个人的角度）来作出令人满意的描述和解释的。

为了说明这一定理，我们以关于新批评的许多论战为例：其中一方面是夏尔·莫隆的精神分析理论，在精神分析批评的范围内，通过与个人心理的对比来阐明文学文本（马拉美的诗歌或拉辛的悲剧）；另一方面是吕西安·戈尔德曼[1]力图用马克思主义的观点证明，一部文学作品作为价值体系的美学结构，首先是一种只能通过与一个集团的对比来理解和解释的集体现象（参阅埃·琼斯的《法国"新批评"概况》，巴黎，1968，亦可参阅本书第五章）。

1　吕西安·戈尔德曼（Lucien Goldmann，1913—1970），法国社会学批评家。

第四节　社会学的基本概念

社会现象有一种集体性，社会学应该力求成为一种经验科学（但不放弃哲学的和批判的思考），这两个原则形成了整个坐标体系，其中分布着所有的概念。至于本书所提倡的文本社会学，则是一种能同时兼顾文本结构和产生这些文本结构的社会背景的、既是经验的又是批判的科学。

一、社会体系和建制

自出现（资产阶级的）国家之后，（从霍布斯到黑格尔的）哲学便力图把国家控制下的世俗社会表现为一个相对一致的整体：犹如一个体系。在黑格尔的著作里，把社会表现为（政治、法律、宗教等）"体系的体系"，是和一种系统而辩证的历史变化观密切联系在一起的。

然而，只有现代社会学，特别是美国社会学家塔科特·帕尔森（Talcott Parsons，1902—1979）的功能主义理论，才第一次对社会体系及其建制进行了十分细致和易于理解的分析。

在一本名为《社会体系》（格伦科，1951）的著作里，帕尔森力图证明社会体系是由一套亚体系组成的整体，每个亚体系（可以说作为整体的一部分）都再现了包含它们的整体的结构。这样，家庭在作为亚体系的时候，便可以被看成国家社会的一个"小模型"，因为它的权限和行动都有明确的范围：在家庭里（和在社会里一样）有政治范围（家长权）、经济范围（预算）、文化范围（消遣活动）或社会范围。其他的亚体系是教育、工会、雇主组织、军队，教会等。

这些组织或亚体系若是得到国家的正式承认，便形成了一些建制。非法的地下组织的存在，表明可能有非建制性的组织，而国家政权赋予的合法性则是建制的基本方面。

社会压力可能导致与个人行动（帕尔森以处于家庭义务和职业道德的矛盾之中的医生为例）不相容的建制需要，但是他虽然对此作了详尽的分析，却未能说明社会冲突对体系演变的影响。正如在他之前的埃米尔·迪尔凯姆一样，他过于强调社会的团结（社会的"一致"），因而把社会描绘成一种既和谐又静止的形象。在这方面，他关于社会体系的观念与某些马克思主义者所主张的黑格尔的、历史的观念有着根本的区别。

马克思主义者对帕尔森和功能主义社会学的批判，都强调必须把社会看成一个动态的整体，其建制可能因阶级冲突而发生动荡。他们正力图用这些冲突来说明体系的历史发展（参阅第一章第一节，第四节五、六）。

在对（文学的）文类亚体系的分析中，我们可以看到埃里希·柯勒[1]的马克思主义论据：他试图把文学体裁的亚体系看成一个相对一致和自主的整体、在包含它的社会体系中具有一种功能，同时极力把它描绘成阶级冲突中的一个赌注，因而也就是一个变化的、历史的统一体。（参阅第三章第一节）

与体系概念不可分割的建制概念，由哈里·莱文[2]引进了文学的社会学（《作为一种建制的文学》，《重音》第6卷，1945—1946），从此以后这个概念便在非常不同的理论背景下得到运用。在德国，彼得·毕尔格[3]曾试图用一种历史化的、避开功能主义者的静态观的建制概念，来说明像超现实主义先锋派和（普鲁斯特、瓦莱里的）"唯美主义"这样的文学现象。在法语国家里，雅克·杜布瓦[4]（《文学的建制》，布鲁塞尔，1978）和勒内·巴利巴尔[5]（《虚构作品中的法国人》，巴黎，1974）都力图把文学建制的研究纳入阿尔都塞[6]关于"国家的意识形态机构"的理论中去（参阅第一章第四节八）。现在我们来考察一下这两种研究方式。

在他的《先锋派的理论》（法兰克福，1974）和其他著作里，毕尔格力求解释艺术建制和某些文学运动如超现实主义和唯美主义之间的关系。他的出发点是超现实主义先锋派曾企图摧毁（以博物馆、图书馆、展览会等为中心的）资产阶级的艺术建制，并抹杀现实和虚构作品之间的界限。然而，资产阶级成功地把超现实主义归入了它的艺术建制，超现实主义的作品在大学的教学大纲中，超现实主义的绘画在博物馆中，都占据着同样重要的地位，因此毕尔格尝试的结果是失败的。

和莱文的研究一样，毕尔格关于建制研究的问题在于，它忽视了文学文本的和社会背景的结构。当他在《现实性和历史性》（法兰克福，1977）里断言普鲁斯特用艺术现实代替日常现实，并以"美学家的眼光"来看待世界时，

1　埃里希·柯勒（Erich Köhler，1928—2003），德国社会学家，文学批评家。
2　哈里·莱文（Harry Levin，1912—1994），美国文学批评家，哈佛大学教授。
3　彼得·毕尔格（Peter Bürger），德国当代社会学批评家。
4　雅克·杜布瓦（Jacques Dubois，1920—2000），比利时列日大学教师。
5　勒内·巴利巴尔（Renée Balibar），法国社会学批评家。
6　路易·阿尔都塞（Louis Pierre Althusser，1918—1990），法国哲学家。

他只是肯定了一个和关于普鲁斯特的专著一样陈旧的事实，而对普鲁斯特文体的问题却未加注意（参阅第五章）。

与毕尔格把建制置于文学文本之外的分析不同，雅克·杜布瓦和勒内·巴利巴尔的研究目的，恰恰是对文本在小学、大学或文学批评等国家控制的建制范围内的功能作出解释。

按照勒内·巴利巴尔的看法，学校建制里文学的文体与其功能是不可分割的，而学校建制则又是"国家的意识形态机构"的一部分。她在《虚构作品中的法国人》里写道："'文本'的寓意的情节，以及'作者'的虚构的生平、意图和表现能力，是文科教育中建制化的文学虚构工程的组成部分……"（巴利巴尔，1974，第141页）这种把文体本身和社会结构（建制）联系起来的方式，在许多方面都类似于本书要考察的文本社会学的方法（在第四章第六节五，我们会看到对勒内·巴利巴尔研究方法的批评意见）。

雅克·杜布瓦的话可以说概括了阿尔都塞主义者的文学建制理论："在阿尔都塞的思路里，文学是作为国家的意识形态机构提出来的，在很大程度上尤其和占优势的国家意识形态机构联系在一起，即人所共知的学校……"（杜布瓦，1978，第35页）

以上引证的所有批评家似乎一致肯定，文学和文体问题不能从个人的角度去研究，因为它们属于集体意识的范围。我认为有必要就这个文学社会学的关键概念谈点看法，特别是由于它常常遭到一些个人主义理论家的批评乃至"驳斥"。

二、集体意识、规范和价值

问题的产生是由于迪尔凯姆企图证明，某些社会现象只能用社会因素才能作出令人满意的解释。这些因素到底是什么？怎样才能揭示它们的存在？首先涉及的是被一个社会集团所接受的，并决定该集团每个成员的意识的一整套价值和规范。像"自由""自主性""主动性"或"成就"等价值是自由资产阶级所特有的，而且常常出现在小学、大学和企业的建制化的规范（规章制度）之中。

因而规范可以认为是由一种价值所规定的。法律规范是最明确的规范：在自由资产阶级及其利益有重要影响的社会里，新闻自由、信件的私人性质、职业秘密和银行保密，是法律体系的组成部分。

例如在神话的社会里，禁忌就体现了某些宗教（仪式的）价值的规定。当一种禁忌或法律规范被违反时，集体便执行具有示范和象征作用的惩罚。集体通过以它的名义进行的惩罚，来向不尊重它的规范的个人显示它的存在。迪尔凯姆由此得出结论，惩罚往往有一种加强集团内部团结一致的仪式功能。

对于文学的社会学和一般的文学理论，集体意识的概念会有什么意义？在第三章里将要涉及戏剧社会学家让·迪维尼奥[1]的观点，他试图用一种衰退的集体意识——它的危机已使现行的规范和价值不可能有一个单一的定义——来解释古希腊的、伊丽莎白一世时代的和西班牙黄金世纪的戏剧。

捷克哲学家、符号学家杨·穆卡洛夫斯基[2]发现了迪尔凯姆的概念对于文学接受理论的重要意义。他认为被当作"伪迹""物质符号"的文学文本，类似于索绪尔的能指：这是一种复合的，因而是能作各种解释的，"可以具体化的"符号。不过这样一种文本的阐明（"具体化"）不仅取决于读者个人，而且取决于接受的集体意识，即某个以它审美的和非审美的价值和规范来确定文本意义的集团。穆卡洛夫斯基用审美对象来表明文本的这种集体意义（参阅第六章第二节）。

三、劳动分工、职责和团结

迪尔凯姆的集体意识概念具有一种历史的尺度。神话社会和工业化社会的意识是不一样的。在前一类社会里，所有的个人都团结一致，因为他们互相类似，做同样的工作和信仰同样的价值与禁忌。虽然体系里的职责千差万别，但是这个社会的成员都完全能了解同伴的职责——集体赋予个人的行动范围。这种对神话社会的说明在很大程度上也适用于欧洲的封建社会。

然而，这种情况在劳动分工程度日益加深的工业社会里有了根本的变化。个人的团结不再是因为他们互相类似，而是由于他们的职责和任务互相依赖。一本书的作者往往对印刷厂里的事情一无所知，印刷厂老板也不懂别人怎么会写出一本小说或一篇论著，然而他们却彼此依赖，并且（在经济上和技术上）互相结合起来。由此产生的团结不再是以共同的价值和规范为基础，而是以任务和职责的相互依赖为基础。迪尔凯姆将第一类团结称为机械团结，

1　让·迪维尼奥（Jean Duvignaud，1921—2007），法国作家、社会学家。
2　杨·穆卡洛夫斯基（Jan Mukařovský，1891—1975），捷克哲学家、语言学家。

而把第二类团结称为有机（或功能）团结。

四、社会混乱

在以劳动分工和越来越专门化为特征的社会里，价值和规范体系会迅速改变。一个行业（鞋匠、锅匠）的衰落，可能使其职业道德和全部规范体系归于消失。这样一种社会经济的变化会在某些社会集团内部造成压力，产生失望，并引起好斗性。一个按逐渐失效的价值和规范来调整行为的个人，徒然地极力想得到报酬和承认。另一个认为昔日的规范和价值已面目全非的人，则想按照他的意愿来制定自己的规范和价值。他往往发现自己所处的社会环境禁止他这样做，而且社会还给他贴上罪人的标签。

迪尔凯姆把价值等级和规范等级的迅速改变，并且变得无法确定的情况称为社会混乱。当然不是所有的规范都消失，而是不可能赋予它们以单一而稳定的定义。我们在第三章里将会看到，让·迪维尼奥在他的著作《集体的影子》（巴黎，1965）里，是如何把社会混乱这一概念应用于文艺复兴时期的戏剧，以说明这种戏剧中出现犯罪人物的原因的。

五、社会阶级

社会阶级的概念由于亚历克西·德·托克维尔[1]和卡尔·马克思（1818—1883）而成了理论的对象，我们可以把它和迪尔凯姆的集体意识概念进行对比，以便系统地研究这一概念。马克思在批判李嘉图[2]和斯密[3]的英国学派的个人主义经济理论时，试图证明资本主义经济和资产阶级社会不是以个人之间，或者个人与国家之间的关系为基础，反而是社会（集体）因素在市场社会里起着中心的作用。简而言之，19世纪的资本主义社会可以看成两个阶级的历史对立：一个占有生产资料，而另一个，即无产阶级，却只是在市场上具有某种（可变的）价值的劳动力。

从这种产生于19世纪的社会经济情况的二元论模式出发，马克思试图根据阶级斗争的概念说明人类的社会演变。这种演变于是就显得像在统治者和被统治者之间进行的持久的斗争：希腊罗马的自由民和奴隶之间，封建贵族

1　亚历克西·德·托克维尔（Alexis de Tocqueville，1805—1859），法国政论家。
2　大卫·李嘉图（David Ricardo，1772—1823），英国经济学家，资产阶级古典政治经济学的完成者。
3　亚当·斯密（Adam Smith，1723—1790），英国资产阶级古典政治经济学体系的建立者。

（教士）和农民之间，资产阶级和无产阶级之间。

阶级关系取决于生产关系，而生产关系又取决于生产力和生产资料。生产资料并非只是工具或技术器械，而是一个社会用来使大自然满足自身需要的一切物质资料（土壤、能源、机械）。不过工具起着中心的作用，马克思风趣地说过是犁造成了封建主义，蒸汽机造成了资本主义。生产资料作为物质资源决定着生产力：与农业技术的优势作用相适应的是农民阶级的优势作用，与机器的飞跃发展相适应的是城市无产阶级的飞跃发展。同时生产关系也在变化：企业家和（被迫在匿名市场上出卖其劳动的）工人之间的非个人的关系，代替了农民和封建领主之间的家长制的（个人的）关系。

当然，马克思和恩格斯意识到他们所分析的生产关系要远比上面勾勒的二元论模式复杂，即使在 19 世纪下半叶，除了资产阶级和无产阶级之外，贵族和农民阶级也仍然起着重要的社会作用和政治作用。不过和托克维尔（《旧制度与大革命》，1856）一样，他们懂得贵族阶级会把经济权，接着把政权都让给资产阶级，乡村人口在减少，而城市的无产阶级则不断壮大。

根据这种历史倾向，马克思提出了后来受到批判（也许是驳斥）的贫困化理论。无产阶级即"失业大军"会不断壮大，资本家的人数则相反地会减少，因而归根结底，绝大多数的被剥削者将推翻少数占统治地位的剥削者——采用革命暴力或非暴力的形式。

这是消除异化过程的唯一方式（参阅第一章第四节十）。马克思认为"消除这个过程只有一种极为明确的方法：研究资本主义社会的机制——这首先导致了《共产党宣言》的撰写——和组织无产阶级。无产阶级是遭受异化痛苦最深的阶级，因而能够战胜其他阶级，进而达到一个使个人能'复归'为完全自由的无阶级社会"（洛美因，1976，第 34 页）。换句话说，无产阶级的胜利应该意味着不仅要取消阶级社会，而且要取消阶级的思想。

六、阶级意识和意识形态

在马克思和马克思主义者看来，资产阶级不仅占有生产资料，而且掌握着非物质的，用以巩固其经济地位的政治和文化工具。生产资料属于物质基础，而政治、法律和文化建制属于上层建筑。同样的，还有使这些建制合法化的规范和价值、以及现存的生产关系（阶级关系）。

马克思和恩格斯把它们使建制合法化的功能称为意识形态。然而这种意识形态却是一种错误的意识，因为它把某些概念、某些观念和价值（所有制、民族、国家）表达为一些自然的和普遍的实体，因而不能阐明它们的历史性、相对性和特殊性。阶级意识和一个特定社会集团的意识形态互相吻合，而一个集团的成员正是靠着其意识形态才能够倾向于（他们的）现实。因此意识形态作为使建制合法化的（卫道的）思想，可以被视为一种统治工具。"占统治地位的文化是统治者的文化"，意味着统治阶级（或一些统治阶级）的文化和意识形态，至少是部分地得到了被统治阶级的承认。

七、基础和上层建筑

　　马克思主义者、意大利共产党的创始人安东尼奥·葛兰西（1891—1937）考虑过这方面的问题：在次要的文化（批判的和不满现实的文化）发展的压力下，执政阶级的文化霸权和意识形态为什么会爆裂。他完全懂得，按照马克思和恩格斯的观点，包括文化建制、宗教、哲学和政治意识形态在内的上层建筑，是相对地独立于经济基础的。

　　这种观点的含义之一，是教育、宗教、政治意识形态和法律体系并非机械地决定于经济的发展，而是起着一种积极的作用，反过来对经济的变化产生影响。意大利哲学家贝内德托·克罗齐（1866—1952）担任过参议员、国民教育部长（1920—1921），是自由党的创始人和主席（至1947年）。葛兰西特别注意克罗齐在意识形态和政治方面的重要性，他在著作中试图确定克罗齐的唯心主义在文化霸权内部的作用，并说明这种唯心主义为什么在20世纪初统治了文化的建制（小学、大学）。

八、意识形态和科学

　　葛兰西和路易·阿尔都塞虽然在突出建制的意识形态作用方面（参阅第一章第四节一）有类似之处，但阿尔都塞的意识形态观念和葛兰西及追随者却有很大的区别。阿尔都塞关于"意识形态和国家的意识形态机构"的评论（1976）包括三个主要论据：①大部分个人（非科学工作者）所感受到的意识形态是自然的，是他们日常社会环境的组成部分。他们倾向于把决定他们行动的意识形态价值视为既定的、人道的，并且具有普遍的价值，而不了解它们的历史性、特殊性和偶然性。他们生活在意识形态之中。②只有科学的话语能够从外部考察意识形态，认识它的相对性和特殊性。按照阿尔都塞的看法，可以通过一种认识论的断裂（这个概念借自加斯东·巴什拉尔[1]）把意识形态和科学理论彻底区别开来。③意识形态的价值判断和作为一致程度不等的整体的意识形态，使个人能作为主体来行动。他们无意识地认同使他们成为对某些行动负责的主体的价值和规范。这些理论有助于理解阿尔都塞的名言："意识形态质问作为主体的个人。"

阿尔都塞和葛兰西一样（何况也引证了他的著作），认为意识形态及其产品在发生社会冲突的历史环境中具有极其重要的意义：它们有助于一个阶级（例如无产阶级）的觉醒。所以像在他之前的葛兰西和列宁一样，他强调的是意识形态的实践价值。

不言而喻，意识形态概念在拥护马克思和马克思主义的文学社会学里占据着重要的地位。马克思、恩格斯和后来的马克思主义者，都把工人阶级的思想觉悟看得十分重要。工人阶级应该懂得本身的利益何在（即消灭阶级社会），和以什么方式来捍卫它。因此不难理解，像葛兰西和列宁这样的马克思主义者，为什么十分重视能够促使革命阶级觉醒的文化产品如革命的和批判的思想、批判的剧作（布莱希特），通常的小说和艺术作品。批判的哲学应该依靠革命阶级来变成现实：由此得出了理论和实践统一的公设。

然而"批判的"或"革命的"又是指什么呢？对于大部分马克思主义者来说，这些定语适用于一些以"恰当的"方式再现"现实"，即描绘马克思主义理论所体现的社会关系的理论或文学作品。可惜的是，马克思主义理论本身是否"现实主义的"或"恰当的"这一问题，实际上从来没有人提出过。在这种情况下就不难理解，马克思主义者中最早注意文学理论的人（例如格·普列汉诺夫），为什么要着重研究文学作品的阶级立场，和考虑作者采取的是保守的资产阶级的还是无产阶级的意识形态观点。

马克思和恩格斯对巴尔扎克的《人间喜剧》的评论，表明他们几乎不用为这类简单化承担责任。巴尔扎克虽然是一个传统主义作家，同情（维护保守的意识形态的）正统主义的贵族阶级，但他却能够写出"现实主义的"、按照马克思和恩格斯的看法是表现贵族阶级衰亡的小说。因而可以看出，马克思主义，特别是在它的初期，并没有解决文学和意识形态的关系问题（参阅第三章第四节一、二）。

1　加斯东·巴什拉尔（Gaston Bachelard，1884—1962），法国哲学家、评论家。

九、意识形态和交换价值的中介作用

问题在于弄清观念学[1]的概念为什么会在 18 世纪末安托万·德斯蒂·德·特拉西[2]的著作中出现：是在什么样的社会条件和语言背景下产生的。封建社会里当然不会有这样的概念，那时人们谈的是"信仰""宗教""真理""信义"和"异端邪说"。观念学这个词，只有在人们开始以刚出现的唯理论来思考思想的社会功能，以及思想和社会结构之间的因果关系的情况下才可能产生。正如比他年轻的同代人孔德一样，德斯蒂·德·特拉西认为人类的文化和思想服从于一些类似自然规律的规律：问题在于揭示这些规律。这种设想只有在人们不再接受过去普遍的价值体系、各种集团捍卫与其特殊利益相适应的价值等级的社会环境中才有可能。

关于这种属于世俗化的资产阶级范畴的社会环境，我们可以说它是一种价值危机，在自由主义和教权主义、资本主义和社会主义、基督教和无神论等矛盾中都能感觉得到。如何对这种危机进行历史的和社会学的解释？一种可能的解释是上文提到的由迪尔凯姆提出的劳动分工理论，它解释了社会团结的削弱和社会混乱现象。

另一种可能的解释是马克思的理论，即认为在资产阶级或资本主义（后封建）社会里，使用价值——也就是物质的、认识的、伦理的或审美的质的价值——服从于市场的规律和支配这些规律的唯一"价值"：交换价值。这在日常生活中有什么表现呢？

在市场社会里，个人倾向于不关心物的物质的、审美的或道德的特性，而是只重视它的交换价值。这种价值完全由供求机制决定，并且能（在空间和时间里）从零向无限变化。

许多画商甚至是收藏家都不关心艺术品的使用价值，也不考虑对购买的画是否中意。他们关心的是艺术品的商品价值：把画当作投资。同样，某些读者也认为一本畅销书就是一本"好书"，具有审美的、道德的或理论上的优点。其实情况不一定如此，多数情况只是一本书卖得不错：最畅销。消费者容易忘记这一点，以致一本书的商品价值（交换价值）往往表示一种所谓的

1　意识形态（idéologie）一词在哲学上称为观念学。

2　安托万·德斯蒂·德·特拉西（Antonie Destutt de Tracy，1754—1836），法国孔狄亚克学派哲学家，观念学派的创始人。

质量，一种虚假的使用价值。

这同样适用于一切不是以（外观或审美的）质量，而是以大批量出售来吸引顾客的时装样式，它们由于在某些情况下确属罕见才刺激了需求。一般的消费者都寻求罕见的和唯一的产品，以便与其他人有象征性的区别。让·鲍德里亚[1]证实这种希望出众的意愿倾向于交换价值："……不是出于需要的使用价值，而是象征性的、社会提供的、竞争性的、归根结底是区别阶级的交换价值，才是对'消费'进行社会学分析的基本的概念性的假设。"（鲍德里亚，1972，第9页）

在由交换价值（即市场规律）支配的文化背景下，汇集在市场上的商品质量千差万别，形成了鲜明的对比，而一切价值之间的对比却变得大成问题了。特别是质和量之间的对比逐渐失去了它的可靠性，畅销书、"最好的"书其实只是卖得最多的书。从质量转化成数量这一点来看，这是一种最有双重性的现象（一种理论或文学思潮有时也是如此）。

在评述莎士比亚作品中金钱的作用时，马克思写道："……莎士比亚特别强调了货币的两个特性：a. 它是有形的神明，它使一切人的和自然的特性变成它们的对立物，使事物普遍混淆和颠倒；它能使冰炭化为胶漆……"（马克思，1971，第299页）[2]在这段话里，马克思揭示了文化对立的抹杀和矛盾价值的调和：善与恶、美与丑、真理与谎言、民主与专制有了双重性，并且倾向于变得无差异。

换句话说，在一个由市场规律支配的社会里，一切价值的双重性都在增长并倾向于达到无差异性。归根结底，这种社会文化的无差异性是交换价值的无差异性。

在这种情况下，意识形态有什么作用呢？意识形态的话语在反对双重性和无差异性的同时捍卫着现存价值的等级，并且在善与恶、美与丑、民主与专制、社会主义与资本主义之间造成严格的（二元论的）对立。意识形态专家们力图恢复被市场规律变得成问题的二分法。像翁贝托·埃科[3]（1966）和奥利维埃·勒布尔[4]（1980）这样的作家都非常强调意识形态话语的二元性，

1　让·鲍德里亚（Jean Baudrillard，1929—2007），法国哲学家，曾任教于巴黎第十大学。

2　中译文见《马克思恩格斯全集》第42卷，人民文学出版社，1979年，第153页。

3　翁贝托·埃科（Umberto Eco，1932—2016），意大利符号学家。

4　奥利维埃·勒布尔（Olivier Reboul，1925—1992），法国斯特拉斯堡人文科学大学哲学教授。

其中有一部分类似于以英雄与反英雄、善与恶的严格对立为标志的封建史诗。

　　然而，为了挽救陷于危机的价值而设想的意识形态二分法，最终却由于相互指责对方是受操纵的工具而失去了彼此的影响。在操纵语言以达到暂时的政治目的时，意识形态专家们对加强语义的双重性和无差异性起着决定性的作用：像"自由""正义""现实主义"或"民主"等词汇，在商品化的和意识形态的话语里逐渐失去了语义。我们看到在"民主集中制"这个列宁主义的概念里，民主／专制的对立消失了：民主在这里和它的对立面重合了。

　　在文本社会学的范畴里，重要的是把价值危机描述为一种语言现象，并且证明社会和文化价值的存在与语言的变化有关。只有对价值问题的语言学分析才能在一篇文学或理论文本中研究价值危机，并考虑这种危机在语义和句法方面引起了哪些问题。

　　这个问题是本书第四章的中心内容，该章将分析两篇小说（加缪的《局外人》和罗伯－格里耶的《窥视者》）的文本对社会语言的价值危机的反映。我在第四章里将试图以推论的方法重新确定意识形态概念：因为这一概念现有的定义都过于模糊了。

十、物化和异化

　　在一个由交换价值支配的社会里，事物的固有价值即使用价值在个人的心目中趋于磨灭。不过自马克思以来，使用价值已被看成在一件物品上投入人的劳动的结果。在市场经济里，这种构成一件衣服、一本书或一张画的使用价值的人的劳动，在产品的交换价值面前消失不见了。衣服的销售不是由于质量好或美观，而是因为有大量消费者要买。我们看到一件艺术品也同样如此，购买它往往是为了以后对它的交换价值进行投机。

　　在这种情况下，物品倾向于获得一种与人的劳动和个人的具体需要无关的"第二天性"。这种第二天性是与它们的质量，即投入商品的劳动无关的商品价值或数量价值。它们就这样转变成流通物、交换物，决定其价值的不是它们内在的质量，也不是人们以为它们满足的具体需要，而是无形的供求规律。

　　这种规律的无形性来自物品的物化，因为它抹杀了它们作为（满足某些需要的人的产品）的特性，而突出了它们的商品性、交换物的特性。在这种市场的无形性里，物品看起来独立于人的意志和意向性：犹如一些天然的物品，像一些物。交易所的行话里有些说法，像"金子涨了"或"小麦跌了"，显示出商品物的奇特性和它们对于人的意向与需要的世界的相对独立性。

以物化现象作为分析的出发点，吕西安·戈尔德曼力图证明阿兰·罗伯-格里耶[1]的某些"新小说"完全是国家垄断资本主义时代的物化在文学上的表现。在戈尔德曼看来，"新小说"里人物的消失，证实了取消人的主动性，把个人贬低为被动性的急剧的物化过程："……同样对他（罗伯-格里耶）来说，人物的消失是一种得到确认的现象。但是他证明这种人物已经被一种自主的现实所取代（娜塔莉·萨洛特[2]对此不感兴趣）：物化的物的领域……"（戈尔德曼，1964，第302页）

市场规律对日常生活的支配，导致贬低人的劳动，并把个人本身贬为一种交换物、一个物，从这个意义来说，异化概念可以从物化概念推断出来。个人（工人）生产的物随后就显得独立于生产者本身的活动和意志：似乎与他的行为无关。

戈尔德曼在关于"异化"的重要论文中写道："……另一方面，马克思已经充分阐明，在资本主义世界里，人的活动不仅与他的产品相分离，而且人的活动本身也同化为物，因为劳动力变成了本身具有一种价值和一种价格的商品……"（戈尔德曼，1959，第80页）

在人们以市场的（交换价值的）观点去看待个人并撇开他作为人的（性格的、情感的、理智的）全部特性的社会背景下，异化表明了人类关系的特征。黑格尔认为可以通过对现实的全面理解而在理念的层次上克服异化，与此相反，马克思在对黑格尔哲学的批判中断言，异化的超越只有在社会的（革命的）实践中才可能发生。把马克思和马克思主义者从中介和物化理论推断出来的异化概念，和迪尔凯姆的社会混乱（参阅第一章第四节四）这个与有机团结的发展，因而与市场社会的发展密切相关的概念进行比较，将会有所裨益。

在第三章里，我们会看到特奥多尔·阿多诺是如何利用物化和退化（按弗洛伊德理解的词义），来说明贝克特的《最后一局》中人物和剧情的简化的。我们还会看到加缪的《局外人》和罗伯-格里耶的《窥视者》的物化的

1　阿兰·罗伯-格里耶（Alain Robbe-Grillet，1922—2008），法国作家，新小说派的领袖。
2　娜塔莉·萨洛特（Nathalie Sarraute，1900—1999），法国女作家，新小说派成员。

因果性，可以和价值危机及交换价值的中介作用发生关系（参阅第四章第六、七节）。

十一、客观性（无价值）

在马克思主义的辩证研究致力于揭露意识形态掩盖的特殊利益、以使自身具有批判性的时候，在社会科学内部有一些力图把价值判断排除在科学话语之外的方法也发展起来了。

在德国社会学家马克斯·韦伯（1864—1920）及其科学客观性（"无价值"）概念的启示下，这些方法并不希冀能改变现实和转入革命团体的行动，它们的目标是放弃主观的价值判断来理解社会现象。所以韦伯称他的社会学是理解社会学。

谈到韦伯的无价值论，必须避免两点误解：首先它不是放弃对社会价值或价值体系的研究，其次韦伯本人对英国清教主义时代新教的伦理学进行过重要的分析（《新教伦理与资本主义精神》，1904—1905，巴黎，1964）。应该能不判断、不批判而理解别人的价值。（作为研究者）也不是要放弃个人的兴趣和这些兴趣所涉及的价值判断。在韦伯看来，科学讨论应该揭示对参加讨论的人来说往往互不相容的价值："因为这才是关于价值讨论的真正意义：理解对方真正要说的（或本人想说的）话，也就是每个与会者真正坚持而不仅是表面坚持的价值，以便尽可能广泛地表明对这种价值所持的态度。"（韦伯，1917，1973，第267页）

显而易见，应该能够谈论历史上的新教，而不把它与新教徒等同起来，也不贬低新教徒；应该能够分析欧洲马克思主义的演变，而不把它与马克思主义者等同起来。不过无价值仍然是有问题的概念：因为一个社会历史问题的一切推论的（理论上的）表现，都是以涉及价值判断的一些选择、省略和分类为基础的。当韦伯本人用行政机构的权力与享有特殊威信的个人的对立来说明某种历史演变，并且把这种个人说成是"'创造性的'力量，历史的革命者"时（韦伯，1921，1976，第Ⅱ卷，第658页），他表达的是一些价值判断。这些判断表现在他的历史"叙事"方面，（和迪尔凯姆或马克思不同）他重视个人的（"享有特殊威信的"伟大人物的）作用；也表现在词汇方面，享有特殊威信这一概念涉及对历史作一种个人主义的描述。（我乐于认为韦伯不把自己和享有特殊威信的个人等同起来，他不批判这种个人；然而在第四章里，我们将看到推论结构本身完全意味着意识形态的价值判断，而这种结构被韦伯完全忽视了。）

在这种（我不认为是"客观的"）背景下，韦伯的无价值定理可以解释为对价值危机的一种反映：不想介入意识形态冲突的企图。

这个定理看来也是一种社会语言环境的产物，在这种环境里，主要的社会价值被看成偶然的，是不值得用科学话语来表述的。客观性的概念是间接地从交换价值推断出来的，而伦理、审美或政治的价值对于交换价值是无差异的。"客观的"科学在力图从其话语中排除这些价值的时候再现了这种无差异性。然而在其语言与个人利益、集团利益紧密结合的社会科学方面，不可能有一种客观的、"中立的"话语，人们至多只能引起对意识形态的客观性或中立性的幻觉。

马克思主义的观点是：科学话语和被确定为"进步的"或"先进的"阶级的某些利益之间至少有部分的同一性。我不再重述这一观点，而是要在第四章（第四章第四节）中，阐述一种既非无价值的公设、又非理论与实践统一的马克思主义公设的批判的理论观点。

第二章　文学社会学中经验的和辩证的方法

第一节　客观性和经验的文学社会学

文学社会学中经验方法和辩证方法的根本区别在于，前一类方法倾向于韦伯关于取消一切审美的或其他价值判断的、科学的客观性（无价值）的公设，而后一类方法则借助于社会学和符号学的概念，发展了某些现有的美学和哲学理论。

哲学和科学（社会学、心理学）的分裂是早已存在的问题。特别是在 20 世纪 60 年代，赞同经验的文学社会学的人，曾试图明确区分美学的（哲学的）研究和出自艺术社会学的论据。通过这种区别，他们力图把文艺社会学变成马克斯·韦伯式的经验的和客观的科学。

韦伯本人对艺术（音乐、建筑）的社会学很感兴趣，他在著作中主张经验研究和审美判断之间要有明确的界线。他在谈到文艺复兴时期音乐技巧的发展时指出："经验的音乐史能够而且应该分析这些历史发展的成分，然而又不评论音乐艺术作品的审美价值。"（韦伯，1917，1973，第 289—290 页）所以韦伯力图以价值判断来取消对作品的批评。

毫不奇怪，拥护韦伯的文学社会学家试图区分文学批评和本义上的文学社会学的美学。例如汉斯·诺伯特·符根[1]写道："由于社会学的研究对象是社会活动即主体互涉的活动，它就不把文学作品看成审美现象，因为对它来说，文学的意义仅仅存在于由文学引起的、特定的主体互涉活动的范围内。"（符根，1964，第 14 页）

1　汉斯·诺伯特·符根（Hans Norbert Fügen，1925—2005），德国文学社会学家。

经验方法拒绝成为一种文学理论或一种美学的事实，说明它为什么不重视作品的（文本本身的）结构："正因如此，关于艺术作品本身及其结构的评述，都处于关于艺术的社会学研究之外。"（西尔伯曼[1]，1967，1978，第193页）

与符根和西尔伯曼这两位德国经验论思潮的最重要的代表相反，辩证哲学（《批判理论》）的代表者阿多诺认为不可能对艺术品的构成因素置若罔闻，他还认为不可能取消文学社会学中的审美价值判断，因为对质的美学研究往往解释了一部作品的量的方面：例如一部难以卒读的先锋派作品在市场上备受冷遇，而粗俗的文学产品却靠着它们老一套的思想和商品化的陈词滥调得以销售。

阿多诺在他的《论艺术社会学》中采取了反对西尔伯曼（也间接地反对韦伯）的方法论原理的立场。与主张无价值的西伯尔曼相反，阿多诺强调必须有一种批判的文艺社会学："西伯尔曼同意我的观点，即肯定艺术社会学的主要任务之一是批判既定社会秩序。然而我认为如果不考虑作品的意义和质量，这个任务就不可能完成。放弃价值判断与社会学批评的功能是不相容的。"（阿多诺，1967，第100页）因此辩证的文学社会学关心一篇文学文本的质量不仅是为了解释它的社会功能（它的影响或成就），而且也是为了确定它的意识形态的（辩护的、肯定的）或批判的功能。

这两个方面是不可分割的。与一个力求解决现存的政治、哲学或美学问题，并首先考虑文体的使用价值而不是交换价值的作家相比，一个主要或只是追求畅销的作家会更轻易地运用通俗的（商品化的）口头禅和老一套的叙述方式。经验的文学社会学往往忽视了质和量的相应关系，只是孤立地（与质量无关地）研究文学产品和消费的数量方面。

不仅在德国和瑞典（卡·埃·罗森格伦：《文学体系的社会学问题》，斯德哥尔摩，1968），在法国，特别是罗伯特·埃斯卡皮[2]领导的波尔多学派，也对数量因素做了重要的研究，但是看来这个学派的成员尚未解决质和量的关系所提出的问题。

罗·埃斯卡皮的合作者之一亨利·扎拉芒斯基[3]在提到为数巨大的商品化

1　阿尔封斯·西尔伯曼（Silbermann），德国文学社会学家。

2　罗伯特·埃斯卡皮（Robert Escarpit，1918—2000），法国波尔多大学教授，大众文学艺术研究所所长。

3　亨利·扎拉芒斯基（Henri Zalamansky），法国波尔多大学教师。

作品时，坚持任何质的（美学范畴的）标准都不适用于对大众文学的研究。在他看来，完全可以研究"杰出的"作品的美学方面，"当相反地研究全部作品以考察它们对集体意识的影响时，人们就不能考虑一种美学范畴的标准，因为我们面对的是量的问题而不是质的问题"（扎拉芒斯基，见埃斯卡皮编选的论文集，1970，第127页）。

阿多诺提出的反对西伯尔曼的论据，即廉价文学的数量不可能撇开它的审美的（意识形态或批判方面的）质量来加以解释，这对扎拉芒斯基也是适用的。

关于这个问题可以回想一下翁贝托·埃科对伊安·弗莱明[1]的小说《詹姆斯·邦德》的研究，它证实弗莱明的全部作品之所以畅销，是因为这种文学是由大量的政治口头禅加上相应的老一套叙述构成的（参阅第四章）。弗朗西斯卡·尤洛夫-哈尼也提出了同样的论据，她的研究令人信服地证明，在通俗小说里，文笔、色情和思想方面的陈词滥调是如何彼此渗透和补充的。（弗·尤洛夫-哈尼：《爱情与金钱：论现代通俗小说》，斯图加特，1976）

因而辩证的理论不仅关心通俗文学的社会和经济功能，而且力求解释它的语义和叙述结构与某些集团的社会、经济和政治利益之间的关系。

第二节　辩证的模式

在这部概论性的、其中第二部分是介绍文本社会学的基本观点的著作里，着眼于文本及其结构的辩证方法是中心的内容。然而，不能因此便错误地认为经验的方法对于文学理论无关紧要，因为它们实际上属于社会学。

首先要指出文本分析本身便是一种经验的活动，其中在"大学批评"里地位过分重要的直觉，在文本分析中将要让位于结构分析（不是被完全取代）。但是主要在接受社会学和阅读社会学的范围内，对于研究现在和过去的读者的集体行为，经验方法又一次显示出它们的重要性。

在最后一章里，我们会看到约瑟夫·尤尔特和雅克·莱纳特[2]是如何利用

1　伊安·弗莱明（Ian Fleming，1908—1964），英国作家。

2　雅克·莱纳特（Jacques Leenhardt），法国巴黎高等社会科学研究院教师。

某些经验的方法，在他们最新的研究中说明一部作品或小说在一种既定的社会历史环境里是如何被接受的。他们还证明文学作品的读者大众远非一个一致的整体，而是再现了一个社会里的社会和政治冲突。

他们同样证明了第一章中讨论过的集体意识概念不是一个抽象概念，它可以通过显示"社会职业"集团的文化和思想一致的经验研究而被具体化。

辩证方法的这种经验的倾向（在阿多诺和其他理论家于1949—1950年发表的一部集体论著《专横的个性》中表现得十分明显）决不会导致人们放弃社会批判。

一、黑格尔的美学和文学社会学中的辩证模式

如果不涉及黑格尔的系统哲学中的，特别是他的《美学》中的某些原理和概念，那么要理解卢卡契、戈尔德曼或阿多诺的辩证的理论，即使不是不可能，也是十分困难的。

黑格尔哲学的基本思想之一是现实只能作为一个一致的整体、一个有意义的整体来理解。一种不把客观世界看成一个整体，而是把个别的现象彼此孤立开来的思想始终是抽象的。只有把一切现象与使它们具有意义的整体进行对比，进而确定现象之间的关系，才是以具体的方式表现现实。这样一种哲学被称为唯物论或唯实论。按照黑格尔的看法，哲学的任务是把世界作为一个发展中的有意义的整体、一个历史的整体来理解。因而我们可以理解《精神现象学》中的这句名言："Das Wahre ist das Ganze, Das Ganze aber ist nur das durch seine Entwicklung sich vollendende Wesen."（黑格尔，1970，第24页，大意为"真实存在于整体之中，但是整体只是在其发展中变得完美的本质"。）

只有一种把存在理解为一个整体的哲学，才能具体地理解被现象所掩盖的本质。重要的是，黑格尔利用他的辩证法的哲学标准确定了艺术的功能。在他看来，艺术完全和哲学一样，承担着一种确保更深刻地理解现实的认识作用。像哲学（概念的思想）一样，艺术作品应该揭示现象背后的本质。黑格尔在他的《美学》中谈到艺术的认识作用时指出："与日常的现实相比，艺术的表现远非简单的表象和幻觉，而是拥有一种更高的现实和一种更真实的存在。"（黑格尔，1964，第38—39页）

像哲学一样，艺术深入到了真正的现实，深入到了本质。成功的艺术品

即"杰作",使一个性格、一个行动或一种境遇这样的具体现象,显示出一种普遍法则(黑格尔语)。这种有具体形式的普遍的和概念的法则,便变得可以被人感觉到了。

因而在美学方面,黑格尔要求在普遍、理性和情感("情绪""感受")之间有一种综合。他承认艺术属于一个与哲学思想不同的方面:"由于艺术美是相对感官、感觉、直觉、想象等而言的,它属于与思想不同的另一个方面……"(黑格尔,1964,第27页)然而艺术与概念的思想、与哲学相比的这种奇特性,归根结底只是一种表面现象,因为精神最终在审美对象中认出了它自身的创作:"所以使思想本身丧失的艺术品属于概念思想的范围,而精神在使它屈从于科学考察时,只是满足了它最内在的本性的需要。"(黑格尔,1964,第32页)

美学、文学创作对哲学的概念话语的这种屈从,在黑格尔清楚地表明他自己确定的艺术和"辩证"科学之间的等级关系时也显得很明确,"然而正如我们将在其他地方看得更加清楚一样,艺术远非精神的最高形式,它只是在科学里才得到真正的认可"(黑格尔,1964,第32页)。

这种使艺术屈从于哲学话语的尝试,对于解释和批判(卢卡契和戈尔德曼)的马克思主义美学有特别重要的意义。这种继承黑格尔传统的美学声称一切文学文本都有概念的"对等物",并且有可能把这些文本简化为(意识形态的、哲学的或神学的)所指体系。这种美学的代表者把文学文本等同于一种在马克思主义话语范畴内确定的特定意义,因而排除了文本的多义性。

二、卢卡契著作中的整体和"典型"

马克思和恩格斯的美学,已经可以看成黑格尔《美学》的一种唯物主义的继续。在剧本《佛朗茨·封·西金根》(1859)引起的争论中,马克思和恩格斯指责作者(费迪南·拉萨尔,当时社会主义运动的领导人之一)把主人公描写成了一个抽象的人物、他自己的代言人,而不是一个活生生的人物。换句话说,他们批评他让人物去表现一些普遍的思想和准则,而不是通过具体的性格特征、特定的事件或环境去体现。

在他们的论据中,我们特别注意到他们重申了黑格尔的要求:艺术家只能以一种诉诸感官而不是认识力的具体方式来表现普遍的思想。

匈牙利哲学家和美学家乔·卢卡契,在经过一段唯心主义时期(属于这一时期的著作有《海德堡的美学》《灵魂和形式》与《小说的理论》）之后，制定了一种系统的和唯物主义的美学，重新采用了马克思和恩格斯引入的"典型"概念，而且从黑格尔的整体范畴中推断并发展了这一概念。他希望这个概念能使他对抽象的自然主义文学和（按黑格尔的定义）具体地反映现实的现实主义文学加以区别。

那么在"自然主义的"抽象反映和"现实主义的"具体反映之间有什么区别呢？自然主义不仅包括左拉这类作家的作品，而且也包括现代的先锋派的一切倾向，它满足于再现孤立的事件、现象、情节或叙述，而不把它们纳入一个一致的整体。这是一种没有超越现象、没有深入本质的审美反映，因而它不符合黑格尔美学的要求，而黑格尔美学的主要观点是卢卡契的现实主义（和自然主义）定义的依据。

埃米尔·左拉并非唯一的、以着重描绘社会生活的细节和丰富性而不是其一致的文学来抽象地反映现实的作家：表现主义和超现实主义先锋派不是肯定古典主义的（黑格尔的）关于整体的理想，而是利用联想、粘贴画这类摧毁世界的一致的技巧来延续自然主义的抽象。卢卡契关于先锋派的风格手法是抽象的和"自然主义的"之观点，在莱奥·考夫勒的马克思主义理论（莱奥·考夫勒，1970）以及在民主德国和苏联发展起来的社会主义现实主义中占有重要的地位。这些国家的"马列主义"美学，可以看成源自黑格尔，其术语受到卢卡契影响的美学。（皮·V.齐马，1978）

与"自然主义的"作家不同，"现实主义的"作家构思马克思和恩格斯所说的典型的环境、行动和性格。因此在卢卡契的著作里，"反映"这个词不是指对现实的"照相式的表现"，而是指成为现实主义风格的基础的"典型结构"。

卢卡契晚年的《美学》，是在唯物主义背景下对《海德堡的美学》中人道主义和唯心主义的术语的发展。其中有一段表明他是如何利用黑格尔的本质和整体观念来为典型下定义的："因为只有当细节在揭示一种本质而获得一种征候的和基本的特征时，对象作为合理地构成的、建立在合理的关系之上的整体，才被提高到个人的、典型的地位。"（卢卡契，1972，Ⅳ，第169页）

从这一段话可以推断，典型被看成一种美学范畴的个人，形成了个别的、独特的现象和一般的理论准则之间的综合。在卢卡契看来，只有一种能在典型中构成个人的艺术形式才能被称为是现实主义的。

卢卡契的美学把文学的任务简化为概念的（马克思主义的）思想的任务，因而像一切源自黑格尔的美学一样，显然具有既是规定的又是他律的特征。自然主义 / 现实主义、抽象 / 具体、本质 / 非本质这一类二分法的基础，是一种不隐瞒其政治介入的理论：它自觉地站在它认为是社会的进步力量的一边。

黑格尔不关心艺术的革命任务，卢卡契则相反地认为作品的认识作用与人民的觉醒不可阻挡地联系在一起。他所认为和希望的现实主义艺术，都在为民主和"社会主义"的充分发展做出贡献。

卢卡契的"现实主义"概念有两个弱点。a. 它与被卢卡契和"社会主义现实主义"的代表们称为"批判现实主义"的文学传统密切相关。属于批判现实主义的有巴尔扎克、司各特以及更晚一些的托马斯·曼[1]的作品，卢卡契不止一次地试图根据这些作家的著作来确定普遍适用的美学标准，这些标准也应该适用于当代的文学产品。贝·布莱希特、恩·布洛赫[2]和其他人不无理由地指责卢卡契以既唯心又教条的方式接受某些过去的风格形式，因而不能理解以后的发展，尤其是表现主义或超现实主义先锋派的经验（参阅汉·尤·施密特[3]，《关于表现主义的讨论》，法兰克福，1973）。b. 现实主义概念本身很成问题，因为一件艺术品是否是现实主义的、是否表现了"典型"环境的问题，只有与"现实"的一种（仅仅是可能的而并非必然的）具体定义相比才能有一个答案。一些对现实的定义与卢卡契持不同看法的理论家（如阿多诺或布洛赫），倾向于用现实主义来形容截然不同的文学作品（如卡夫卡或贝克特的作品）。

三、戈尔德曼著作中的整体和世界观

吕西安·戈尔德曼的发生学结构主义以卢卡契青年时代的著作为出发点，整体范畴在其中占有重要的地位。与黑格尔的《精神现象学》和卢卡契的《历史和阶级意识》（1923）一样，戈尔德曼的研究是从这一观念开始的：个别的现象只能在总体一致的范围内才能被具体地理解。

然而当他在主要的著作《隐藏的上帝》（1955）的导言中，强调在阐明文

1　托马斯·曼（Thomas Mann，1875—1955），德国小说家。

2　恩斯特·布洛赫（Ernst Bloch，1885—1977），德国哲学家。

3　汉斯·尤尔根·施密特（H. J. Schmitt），德国文学批评家。

本时个别的成分不应该从属于总体或仅由总体推断出来时，他显示出了与黑格尔和卢卡契不同的观点：必须同样证明总体是如何出现在每个成分之中的。具体地说，这意味着例如一首诗的所有问题都可以在这首诗的一节诗句中显示出它们的缩影。

在《隐藏的上帝》里，戈尔德曼详细地研究了帕斯卡的《思想录》，力图证明在他的某些个别呈现的"思想"中可以发现帕斯卡悲剧哲学的全部问题，因而整体和每个部分之间的相互影响在戈尔德曼的学说中占有重要的地位。

关于他对《思想录》的分析，他自己提出人们可以在其中辨别出两个互相补充的认识过程：理解过程和解释过程。简而言之，可以说是对一个结构（如帕斯卡的一篇箴言、一种思想）的内在一致的说明，导致对这个结构的理解及其内在的定义。但是为了能够解释这个结构，就必须把它与包括它在内的一切结构——首先是《思想录》的全文进行比较。全文的形式和内容将在与一个更广泛的结构相比较时得到解释。这个更广泛的结构就是曾在17世纪下半叶起过重要作用的，并被戈尔德曼与穿袍贵族的社会地位和利益联系起来的冉森主义世界观（参阅第三章第二节三）。

在一切可能的，并在理解和解释过程中相互关联的整体之中，有两个特别重要：意义结构和世界观。

前一个应该是对下面这个问题的回答：怎样才能把一部哲学或文学作品理解为一个一致的整体？在戈尔德曼看来，可以把意义结构看成使哲学或文学文本成为一个一致的整体的一种排列原则，一个决定性的因素。

在罗约蒙[1]讨论会的一次与阿多诺的辩论中，他说："艺术作品是一个完整的领域，而且这个能对某些事物的存在赋予价值、表态，加以描绘和肯定的完整领域有它的推理，表达出来就是一个哲学体系。"（戈尔德曼，1973，第532页）

"哲学""体系"这两个词极为重要，而且应该放在黑格尔的背景中来理解。根据戈尔德曼的看法，每一部文学作品都包含一个能以单义的方式确定的概念体系。这些体系表现在意义结构——用罗兰·巴特[2]在 S/Z 中的术语来说是一个"所指结构"——之中。换句话说，文学作品能够以单义的方式转

1　罗约蒙（Royaumont），在法国瓦尔德瓦兹省，是国际文化中心。

2　罗兰·巴特（Roland Barthes，1915—1980），法国作家，结构主义批评家。

变成哲学体系。

我们在这里又发现了黑格尔的思想：艺术在诉诸感官时应以情感的方式表现一些概念。如果做不到这一点，艺术便是不一致的和平庸的。与黑格尔一样，戈尔德曼的出发点是，虚构文本的多义性只是表面现象，实际上每种文学产品都可以用一个概念的对等物加以确定。在《文学文本的社会学》（巴黎，1978）里，我已经指出这种推理对于文本社会学来说是虚假的和不可接受的。

在戈尔德曼看来，隐藏在一部艺术作品里的概念体系有双重的功能：一方面形成作品的统一性，另一方面表现一个社会集团的世界观和意识。文学作品不是作为个人的作家的产物，而是揭示一个集团或一个阶级的集体意识、社会利益和价值，而且只有杰作由于其一致性才表现了一个集体的世界观和意识。

如同黑格尔和卢卡契一样，戈尔德曼从一种审美的价值判断出发，断言艺术和文学应力求达到最完美的一致。这种判断无疑是一种不能接受的概括，因为它没有把（超现实主义、表现主义或未来主义等）先锋派的艺术考虑在内，而先锋派艺术的代表们是不接受关于一致的古典主义和新古典主义的公设的。

戈尔德曼所确定的世界观不是一种经验的现象，它不属于以相对稳定的价值等级为特征的日常的经验世界。一个社会集团的意识只有在"杰出的"作品中才能形成结构并显示出一种"世界观"：一个由价值和规范构成的有意义的整体。

所以人们在"杰作"中发现的世界观不是表现一个集团全体成员经验的、真正的意识，而是表现理想的意识，最大可能意识。这是一种潜在的意识，因为它在作品里处于潜在状态，是由文学社会学家分析出来和重新构成的。

在这本书的第三部分里，我们看到戈尔德曼如何在拉辛的悲剧中发现冉森主义的世界观，并把它的作用和穿袍贵族联系在一起。他谈的是一种结构的同源性，它存在于作品（意义结构）和他在拉辛的作品内部及外部（冉森主义的神学里）发现的世界观之间。

可以看出，为了证实把文本看成现实的机械再现的马克思主义文学理论，某些批评家提出的论据简化得太过分了，卢卡契和戈尔德曼的研究便是证明：在他们看来，文学像是超越日常经验世界的生产力的一种形式（而不是被动的再现）。它显示出本质（卢卡契）或一个集团的最大可能意识（理想的意识）。它由于被看成一种改变和超越现实的构成活动而起着一种主动的作用。（参阅卡·科西克:《具体的辩证法》，1970；皮·Ｖ.齐马:《戈尔德曼，内在的辩证法》，巴黎，1973）

四、阿多诺对黑格尔美学的批判

法兰克福学派（建立于 1923 年）最重要的成员之一阿多诺，对黑格尔的美学采取了另一种完全不同的观点。他的主要论据之一涉及是否可能把艺术（文学）简化为一种哲学、神学或科学概念的思想。在他看来，一种文学产品不可能有概念的对等物。他根本不同意戈尔德曼的这一主张：每部文学作品作为一致的整体，都可以简化为一个概念体系（一种"世界观"）。

概括地说，阿多诺把文学确定为一种否定性，它的特征仅仅是对意识形态、哲学和概念思想的反抗。读阿多诺的著作时必须看到，他的出发点是"唯美主义"和先锋派的艺术产品，所以他只注意批判文学（马拉美、格奥尔格[1]、卡夫卡和贝克特的文学），这种文学往往自觉地（如马拉美和格奥尔格）摆脱交流语言的陈词滥调，即意识形态的和交际的语言。

怎样解释批判文学的文本对交流的这种反抗？文本内部存在着模拟的、非概念的成分，它们削弱了文本的交流功能（马拉美会说是"它的浮浅的和表现的计算功能"），并在虚构作品和意识形态之间造成无可挽回的分离。

马克思主义文学理论的拥护者极少注意这种分离，而阿多诺认为黑格尔也没有看到这一点，所以才能够成为被卢卡契这样的马克思主义者加以发展的他律美学的先驱："黑格尔把艺术里的精神看成它在一切体裁，并可能是一切艺术品中出现的一种程度，这种程度可以不顾暧昧的审美质量而简单地根据体系推断出来。"（阿多诺，1974，第 126 页）

从阿多诺的批判中可以得出结论，即马克思主义美学的他律（它的简化法）不仅来自政治介入的公设，而且也是或许尤其是来自黑格尔、卢卡契和戈尔德曼著作中的这一观念：作品可以转变成一致的概念体系。

阿多诺相反地不承认概念在艺术中的优先地位，而是强调虚构作品中语言的非概念的、非交流的和模拟的时刻。在符号学语言方面，他强调的是多

---

1 斯特凡·格奥尔格（Stefan Anton George，1868—1933），德国诗人。

义能指的作用而不是所指、概念（他在这方面追随俄国形式主义批评家和布拉格学派的理论家，特别是杨·穆卡洛夫斯基）。

批判文学（如先锋派的文学）作为暧昧的和非交流的语言，与社会交流及其实用的和实际的目的相对立。它的批判具有两个方面：①它显得与可能采取思想控制形式的统治原则（阿多诺、霍克海默语）互不相容。②它拒绝商品化交流潜在的功利公设，倾向于摆脱市场规律和交换价值的中介作用（参阅第一章第四节九）。

1. 在《理性辩证法》（阿姆斯特丹，1947）里，霍克海默和阿多诺已经试图证明，从启蒙运动时代以来存在的哲学思想，其大部分形式都是统治的、马尔库塞称之为"成就原则"的工具。它尤其是一种为了能把现实关闭在一个体系里而追求技术效率并进行分类、计算和衡量的思想。

这样一种思想有利于人控制成为原料的大自然。在倾向于技术效率、往往和工商业的"大量股份"联系在一起的当代哲学和社会科学里，这种思想越来越具有重要的意义。

阿多诺和霍克海默断言（我以为是正确的），这种他们称之为工具的思想转而反对想极端地利用它的人，即作为统治主体和提出理性主义的、系统的话语的人。它在一个一切都围绕效率转动、人对自然的控制与人对人的剥削并存的体系里变得混乱了。

于是判断一切理论及其概念的根据便只有它们的技术功利。它们的批判内容以及它们对人的幸福或不幸的重要性，并未被一种主张准确的科学及其"成就"的思想考虑在内（哈贝马斯[1]:《作为意识形态的技术和科学》，巴黎，1973）。

不过阿多诺认为，只要重视艺术的批判和模拟方面，便可能赋予理论以一种新的倾向："在艺术作品里，精神不再表现为自然的宿敌。它自我克制直至和解为止。"（阿多诺，1974，第18页）

应该怎样理解《美学理论》中的这句话？它意味着文艺由于其模拟的、非概念的本质而对现实采取了一种不同于概念思想的态度：一种非统治的、和解的、没有任何系统和分类话语的态度。（证实这一点很有意思，阿多诺对理性主义的批判在某些方面符合雅克·德里达对欧洲哲学中的"逻辑中心主

1　尤尔根·哈贝马斯（Jürgen Habermas，1929—　　），德国法兰克福学派哲学家，社会学家。

义"的批判。雅克·德里达,《文体和差异》,巴黎,1967。)

阿多诺的结论是:拒绝为意识形态的和统治的他律目的服务的批判理论,应该吸取文学的非概念的、模拟的时刻。阿多诺进行的随笔式的批判、以模式来思想的企图,以及他的《美学理论》的类策略的(非亚策略的、非等级的)结构,表明他努力调和艺术的模拟原则与理论的逻辑和概念结构。

2.理论的工具性不可能脱离统治市场社会的功利主义。这种理论无益于国家的经济和管理,这就是一切社会学系、科和学院实际上都不设文艺社会学的原因。

最有可能获得发展的理论,是其功利无可置疑的理论。先锋派文学相反地由于特别重视多义的和可以任意解释的能指而削弱了语言的概念和参照功能,从而把自己排除在一种由市场规律支配的交流体系之外。在阿多诺看来,它是选定要在一个由交换价值统治的社会里成为无益的东西。先锋派的诗歌(马拉美、兰波或策兰[1]的诗歌)由于晦涩难懂,与一切工具性的(商品化的或意识形态的)思想,与交流,是格格不入的。

所以在阿多诺的美学里,艺术对工具性的实用思想的反抗就有两个方面,即同时拒绝以商品化的交流作为语言表达方式的意识形态和交换价值。

批判的拒绝和审美的否定性,这两个方面在阿多诺对诗篇的阐述中起着重要的作用,我们在下一章将讨论这个问题。批判诗篇的暧昧性和独特性使它摆脱了意识形态的操纵和商品化的交流。按照阿多诺的看法,它的真理内涵正是隐藏在它与意识形态的陈词滥调和市场规律相比的不同一性和否定性之中。

五、马歇雷[2]著作中的批判和意识形态

像阿多诺一样,皮埃尔·马歇雷拒绝把文学文本视为一个一致的整体、一种世界观(戈尔德曼)或一种意识形态的表现。像阿多诺一样,他反对黑格尔的强调作品的一致及其单义性的古典主义美学:"应该在文本中寻找的不是其一致的迹象,而是生产这些文本的、本身以程度不同地得到解决的各种冲突形式出现的、(由历史决定的)物质矛盾的迹象。"(艾·巴利巴尔[3],

---

1　保罗·策兰(Paul Celan,1920—1970),法国诗人,翻译家。

2　皮埃尔·马歇雷(Pierre Macherey,1938—　),巴黎大学哲学教授。

3　艾蒂安·巴利巴尔(Étienne Balibar,1942—　),巴黎第一大学哲学教师,法国大学出版社《理论实践》丛书主编之一。

皮·马歇雷，1974，第37页）

对于阿尔都塞派的马歇雷和巴利巴尔来说，"作品"（和相应的"作者"）的概念本身都属于作为揭露资产阶级统治的工具的"文学意识形态"。

无论文本和作者的意图如何，文本都远非表现一种一致的（如资产阶级的）意识形态，而是揭示在社会现实中不可能解决的意识形态冲突。它不是表现意识形态，只是在显示其矛盾和缺陷时把它展示出来："由此得出这一观念，即文学作品既不是一种意识形态的表达（'用话说明'），也不是它的体现、炫耀、行动，这种体现和炫耀可以说使它转而反对自身……"（艾·巴利巴尔，皮·马歇雷，1974，第39页）

因而同马克思主义理论一样，文学文本不过是在另一种程度上和以不同的方式，揭示了意识形态的各种界限，并使读者（批评家）可以超越它，把它视为"来自外部的东西"。在这种情况下，意识形态就不再显得是自然的、"当然的"了，它显示了它的偶然性、历史性。

文学文本的这些效果只存在于批判性读者（阿尔都塞主义者）的意识里，因为在马歇雷看来，文本的批判方面不是来自作者的意图，而是由于它不自觉地表现了"真实"（意识形态的矛盾）。

在《文学生产理论》中，马歇雷在谈到巴尔扎克时指出："巴尔扎克的作品比其他任何作品都更好地表明了这种一切作家都具有的义务，即在说明一种事物的同时说明其他事物。"（马歇雷，1966，第326页）在他的小说《农民》里，巴尔扎克根本不想批判上升的资产阶级的意识形态，恰恰相反，（马歇雷认为）他力图证明莫尔旺的农民们对于社会秩序来说是一种危险。实际上他不自觉地证明了农民正在消失，而消失的主要原因则是资产阶级的资本主义的飞跃发展（参阅第三章第四节二）。

马歇雷认为文学文本是一个混杂的，甚至是矛盾的结构。在承认这一观念的同时，似乎有必要对阿尔都塞的文学理论研究提出几点批评意见：

1. 阿尔都塞（在拉康启示下）认为必须把意识形态置于无意识之中，个人（作家）是无意识地接受某些意识形态的假定。马歇雷在毫无保留地重申这一观念的同时，没有看到文学实践可能而且往往是对意识形态话语的自觉的批判，巴尔扎克的作品便是如此。巴尔扎克呈现给读者的，是对他在政治上极为同情的正统的贵族阶级的详尽而完全自觉的批判（如《朗热公爵夫人》中几乎是"社会学"的第一部分）。对意识形态的批判在穆齐尔、萨特和加缪这类作家的作品里同样自觉，但采取的形式比在巴尔扎克的作品里更为微妙，即不仅运用于"历史现象"和文本的语义学，而且也涉及开始反省自身构成及其疑难的一种叙事的叙述结构。

2. 像勒内·巴利巴尔（在《虚构作品中的法国人》里）一样，马歇雷在肯定文学实践属于"国家的意识形态机构"，并根据一切作家都打算（但达不到）在他的文本中解决意识形态矛盾的观念进行研究时，也倾向于把文学实践简化为意识形态。在这方面，我认为上文所述的阿多诺的研究方法更为巧妙：在承认一篇文学文本（如斯特凡·格奥尔格的诗篇）具有一些意识形态方面和抑制方面的同时，把它看成批判成分和（肯定的）意识形态成分相结合的一种双重现象。

对于马歇雷则相反，文学首先是一种意识形态实践，它的自主愿望则是在资产阶级文化统治范围内的一个建制化的过程。在阿多诺看来，文学同时是一种（源自资产阶级的）"社会现象"和一个自主的、显示既定社会秩序的彼岸的世界。与过分倾向于把艺术简化为其（"资产阶级的"）根源的阿尔都塞主义者不同，阿多诺同时也把艺术看成现代的辩证哲学，它虽然产生于资产阶级的建制，却往往能被看作对这些建制的否定。

第三章　文学体裁的社会学

第一节　文类体系和社会体系

毫不奇怪，这方面的主要内容是辩证的理论（其中某些理论不能算是马克思主义的），大部分都源自黑格尔的美学，即使像阿多诺的美学那样最终转而反对黑格尔的理论也是如此。

黑格尔学说是它们的历史根源，这意味着这些理论首先倾向于被设想成有意义的整体的作品的审美质量，而不是倾向于文学的文献和说明功能。

因而辩证的文学社会学可以确定为一种社会学批评：与夏尔·莫隆的精神分析批评一样，它力求说明不同体裁的文本或功能的一致。它由于关注文类的演变和个别作品的结构而有别于经验的文学社会学，并类似于通常的文学批评。

首先提出体裁社会学的或许是俄国马克思主义者巴·尼·梅德维杰夫[1]。将近 20 世纪 20 年代末，他属于圣彼得堡的米哈依尔·巴赫金[2]小组，并且（可能和米·巴赫金合作）发表了一本名为《文学科学里的形式方法》（1929）的著作。在这本被认为是批判俄国形式主义的著作里，梅德维杰夫勾勒了文类体系的社会学理论。

他以巴赫金的这种观念为出发点，即一切口述的或书写的文本都只有作为对其他文本的一种反应才能被理解，因而断言社会学家应该把文学体裁置于一种对话的或交流的背景之中。在他看来，这种背景的标志是各种意识形

1　巴维尔·尼古拉耶维奇·梅德维杰夫（P. N. Medvedev，1891—1939），苏联文艺理论家。

2　米哈依尔·巴赫金（Mikhaïl Bakhtine，1895—1975），苏联文艺理论家。

态之间的冲突、论战性的对话（见第一章第四节九）。每种体裁都获得一种特定的社会功能，并对表现在交流过程中的集团利益予以肯定。

梅德维杰夫写道："一位诗人的听众、一部小说的读者和听音乐会的公众，永远是一些极为重要的、以特定的社会学特征为标志的专门组织形式。在这些相互有社会影响的形式之外，诗篇、颂歌、小说、交响乐都不存在。某些相互有社会影响的形式，对于艺术作品的意义具有特殊的重要性。"（梅德维杰夫，1929，1976，第 12 页）在梅德维杰夫的著作里，史诗、戏剧或抒情诗被看成一些相互有社会影响的形式——交流的形式。

梅德维杰夫在他书中的另一个地方走得更远，他试图证明在一些特定的历史环境中，各种体裁能够表现一些集体的世界观（梅德维杰夫使用的"世界观"当然不是威·狄尔泰[1]引入的阐释学的和唯心主义的"世界观"概念，而是一个社会学概念）。换句话说：作为"形式"的体裁肯定一种明确的社会意义，由此可以推断，在某些集体与另一些集体对抗的这种特定的历史布局中，不同的体裁能够肯定互不相容的集体利益。

与把体裁看成纯形式实体的语文学家不同，梅德维杰夫把它们视为在社会交流体系中产生作用的形式，即可以使集体倾向于现实的形式："体裁就是一种对于现实的集体倾向、一种向往整体的倾向的全部方法……所以真正的体裁诗学只能是体裁的社会学。"（梅德维杰夫，1929，1976，第 177 页）

喜剧、悲剧或小说等体裁，在这里被确定为一些看待现实的方式。正因如此，我们才能在封建史诗（例如《罗兰之歌》）里看到它所表现的佩剑贵族的价值，在法国 17 世纪悲剧里看到宫廷贵族的问题，在 18 世纪小说里看到资产阶级的个人主义。

梅德维杰夫的观点丝毫未曾失去其现实性。当代某些人试图发展的社会学体裁理论，在我看来远不像梅德维杰夫的观点那样具体和令人信服。例如雷蒙·威廉斯[2]在《马克思主义和文学》（1977）中指出的这一点是完全正确的："一切文学形式都与社会和时代有关，但在社会和时代之外无疑还有一些连续性。在体裁理论里，一切都取决于这些连续性的特征和演变。"（威廉斯，1977，第 183 页）

1　威廉·狄尔泰（Wilhelm Dilthey, 1833—1911），德国唯心主义哲学家。
2　雷蒙·亨利·威廉斯（Raymond Henry Williams, 1921—1988），英国文学批评家、小说家。

　　但是和梅德维杰夫不同，威廉斯不想在体裁和集团利益之间建立一些功能的关系，他的研究在我看来过于空泛，只是体裁方面的形式主义理论和马克思主义理论的混合。

　　我认为埃里希·柯勒在德国进行的理论研究要更为严密和仔细。在许多方面柯勒都继续梅德维杰夫所做的努力，以便从社会学和功能方面说明体裁的变化。他与梅德维杰夫的不同之处在于，他从体系角度来考察文类演变。在一篇题为《价值体系和社会体系》（1977）的评论中，他力求把尼柯拉斯·鲁曼[1]发展的社会体系理论运用于文学史。

　　他的主要目的是在社会体系和文学（文类）体系之间建立一种功能的关系。柯勒研究中潜在的问题是：怎样在文类体系内部确定一种体裁的功能，以及如何说明（作为文化亚体系的）文学体系在社会体系里的发展。

　　柯勒在提出这个问题时，以文类体系的自主性为前提：它所服从的一些规律是不能简化为总体系的（经济和社会）规律的。只有考虑到这种自主性，两种体系之间才可能发生相应的关系。

　　为了描述两种体系之间的功能关系，柯勒采用了鲁曼在《目的概念和系统理性》（1973）中介绍的理论。这种理论最重要的方面之一，是认为每个（作为现实的模式的）体系都是一种用来解释和控制现实的集体工具。按照鲁曼的看法，作为模式的体系具有把经验世界的复杂性加以简化的功能，从而使一个集团或个人的倾向和行动成为可能。

　　从这种观点看来，不同历史时期的体裁就像是一些集体的企图，即企图解决社会问题、在变化的现实中辨明方向，并在文化方面为某些态度和行动辩护。

　　因此封建史诗就是为佩剑贵族对其他社会集团采取的某些规范、价值和态度所作的辩护，而以反对其他文学形式来捍卫史诗并（在一种规定的诗学范围内）挽救它的企图，则是出于贵族阶级的集体利益。

　　由此可以证实，柯勒和梅德维杰夫的研究有类似之处。两个人的出发点都是认为体裁是一种意识形态现象，所有的文类形式（史诗、悲剧、喜剧）都鼓励读者对与特定的集体利益相应的现实采取一种观点和看法。

　　文类体系怎样对社会变化作出反应？新技术（例如活版印刷术）的发明

1　尼柯拉斯·鲁曼（Niklas Luhmann，1927—1998），德国社会学家、法学家。

和经济结构的改变，使社会关系不断产生程度不等的重要变化。作为自主的体系，文学领域要对文化、社会和经济的变化作出反应。

为了使自己不致消失，它应该作出反应去适应新的情况。鲁曼把这种被迫适应称为"适应的强制"。（参阅尼·鲁曼：《目的概念和系统理性》，法兰克福，1973，第294页："……复杂体系对其环境变化的适应"）

因而文类体系不是"被动的"，它不是机械地反映社会或经济事件，而是依靠一些选择过程选定它本身包含的某些抉择去适应新的环境。因此它在对专制政体下的由佩剑贵族向宫廷贵族的转变作出反应时，逐渐地用悲剧代替了史诗。柯勒举的另一个例子是17世纪尤其是18世纪小说的飞跃发展，这个时期的标志是资产阶级在经济和政治方面的上升（这种观点并不新奇：在中欧，卢卡契早在柯勒之前便详细地分析了资产阶级和小说的关系；在英国，伊恩·瓦特（Ian Watt）指出了菲尔丁[1]和理查逊[2]的小说成就和上升时期资产阶级的私生活趣味之间的关系。柯勒研究的重要性，在于他首次力求在一种体系理论的范围内说明文学的演变）。（瓦特：《小说的兴起：笛福、理查逊和菲尔丁研究》，伦敦，1957）

如何看待体系内部的变化？可以把它们描绘成由社会变化引起的功能改变。处于体系边缘的一些现象，当体系的主要现象降至边缘地位时，便可以置于体系的中心地位。

为了说明边缘现象和主要现象之间的区别，柯勒分析了中世纪史诗的演变。他认为中世纪的史诗是到17世纪为止的文类体系的主要现象，然而由于上述的社会变化，它最终被悲剧、悲喜剧和小说代替了，这种文学体裁所颂扬的佩剑贵族的功勋在后封建社会里失去了它们的功能，而文类体系则用废除史诗的正统地位来记录这种变化。

新的主要现象即悲剧适用于巩固路易十四的专制政体，也符合取代没落的佩剑贵族的宫廷贵族的要求。当专制政体的衰落导致作为法国社会文化核心的宫廷衰落时，资产阶级作为造成启蒙运动思想和引发"古今之争"的新的文化力量出现了。与此同时，悲剧也被喜剧，然后是小说所取代。

在他的评论里，柯勒回顾了所有能使一个文类体系对社会变化作出反应

1　亨利·菲尔丁（Henry Fielding，1707—1754），英国小说家、剧作家。

2　塞缪尔·理查逊（Samuel Richardson，1689—1761），英国小说家。

的变化。他的论据可以概述如下：

1. 个别体裁的能力增加，这就使它们能至少部分地完成被废弃的体裁的功能，并对新的社会环境作出反应。

2. 一种新体裁得到发展，其形式和主题符合一个新的社会集团的要求，或一个力求解放的现存集体的变化了的境遇。

3. 在一个过渡阶段里可能会出现一些混合形式（例如悲喜剧），它们可以在一个因社会动荡而受到威胁的文类体系内部尽量保持平衡。

4. 整个体系都可能像在文艺复兴初期那样被取消。不过一般来说，逐步的变化比往往由一种"进口的"新体系所造成的突变要更为常见。（埃·柯勒，1977，第18页）

梅德维杰夫或柯勒的文类研究，虽然不能使人推断出我要在本章中介绍和评述的戏剧、抒情作品、短篇和长篇小说的社会学的理论，但它们仍然可以作为下文的引论。所以阿多诺提出的观点，即贝克特的戏剧是用对传统戏剧范畴的滑稽模仿对社会物化所作的反应（见下文），可以在柯勒的文类体系理论的范围内得到解释和具体化：在经济和社会的束缚使个人自由明显减少的环境里，"戏剧主角"的概念已开始成为问题。

为了阐明体裁的社会学，我想还是介绍埃里希·柯勒近年的一篇论著更为合适，因为他是中世纪文化专家，由他来说明封建社会里体裁的功能最为妥当。

他在这篇论著里细致地研究了一首12世纪的史诗——贝纳尔·德·旺塔都尔[1]的 *Can vei La Lauzeta mover*[2]，提出了这种文学体裁在当时风雅社会里的功能问题。他的分析并不直接针对行吟诗人的史诗所表现的观念或世界观，而是研究这种史诗在贵族阶级的交流体系中的功能。

这个体系的标志是一种严重的不平衡：一方面是旧的、强大的贵族阶级，另一方面是新的、其雄心超出它的实际可能性和政治权力的骑士阶层。作为骑士阶层的代言人，行吟诗人力图消除其欲望和现实之间的差距，颂扬年轻骑士的功绩和高贵的精神，在稳固的贵族阶级面前为他们的社会和文化要求辩护，鼓吹把他们纳入贵族团体，力求使被统治集团所拒绝的"社会变动"

1　贝纳尔·德·旺塔都尔（Bernart de Ventadour），12世纪法国利穆赞地区的行吟诗人。

2　古法语，意义不详。

合法化。他利用史诗来达到他的目的：

"1. 骑士阶层的社会心理状态是处于社会边缘的人的心理状态，行吟诗人则是这个雄心勃勃的集团的代言人。

"2. 旧的强大的贵族阶级和新的骑士阶层之间在社会上的相互依赖，造成了局部利益的一致，这种一致并不抹杀基本的社会对立，但却使对立双方在伦理和审美方面有了共同之处，只有从这个意义来说抒情诗歌的听众才是一致的。

"3. 这种局面要求和谐，因而也要求行吟诗人的诗歌，即史诗的文类体系内部有完美地表现妥协的主要形式。这种表现形式搬移到'爱情的反常现象'上去，便既作为应得的报酬而赞美社会的上升，又作为贵族阶级的见证而称颂了克己的精神。"（柯勒，1981，第 463 页）

柯勒分析的重要性不仅在于它揭示了一种文学体裁的社会和交流功能，而且因为它证明了一个社会问题（骑士阶层的虚构的或提前的归并）能够升华、变化为虚构作品的、文学的问题。这种变化是文学社会学的基本问题之一。

不大关心中世纪文学，倒是倾向于现代艺术甚至先锋派艺术的人，有理由认为体裁的社会学几乎不适用于当代的文学现象。首先是由于先锋派作家总是努力摆脱正统体裁所强加的种种限制：在一个或许并不存在的文类体系的范围内，能够给《娜嘉》确定什么功能？又怎样来确定《大地之光》？[1] 如何把莫里斯·罗什（Maurice Roche）的《滑稽歌剧》或菲利普·索莱尔斯[2]的 H 归类而不致陷于武断？其次必须看到在文学发展过程中，体裁的概念本身也失去了它的一致性。最典型的例子之一无疑是小说：它应用于塞万提斯的《堂吉诃德》、普鲁斯特的《追忆似水年华》和罗伯－格里耶的《幻影城的拓扑学》，它们从历史和结构的角度来看是性质不同的作品。小说一词的含义如果过于广泛，它也就不再是一个可行的概念了。即使只谈现代的或当代的小说，也仍然存在着困难：萨特的《恶心》和罗伯－格里耶的《窥视者》之间是否确有共同之处？我们在后面将会看到，文本社会学是以纯属启发性的方式来使用小说这一概念的，因为它在任何时候都能发现使这一概念成为问题的重要差异。

1　《娜嘉》《大地之光》均为法国超现实主义的领袖安德烈·布勒东（André Breton，1896—1966）的小说。

2　菲利普·索莱尔斯（Philippe Sollers，1936—　），法国小说家、评论家、思想家。

第二节　戏剧社会学

在文学史范围内应用时，体裁概念似乎特别用于一些出自相对稳定的（封建的或乡村的）社会的作品，这种社会里的每个集团都占据着多少确定的地位。尽管 17 世纪的法国社会经受了重大的变化，像吕西安·戈尔德曼这样的社会学家在研究这个社会的戏剧时，仍然能把这一观念作为出发点：戏剧作品可以和特定集团的显然能确定的问题和利益联系起来，某些文学体裁则（像柯勒分析的那样）符合一些集体的利益。而在以社会变动和文化价值的急剧变化为标志的现代社会里，这种一致性便几乎不可能存在。

在戏剧社会学方面，我们可以区别几种思潮，其中有三种我认为特别重要：让·迪维尼奥的迪尔凯姆式的研究方法，吕西安·戈尔德曼的马克思主义的发生学结构主义，以及阿多诺和莱奥·洛文塔尔[1]的批评理论。

一、戏剧和社会混乱：让·迪维尼奥的戏剧社会学

与马克思主义的文学社会学家不同，迪维尼奥不探讨剧作和阶级意识之间的关系，他把戏剧看成记录一个时代的价值和规范危机的文化晴雨表。戏剧成为黄金世纪或英国伊丽莎白一世时代主要体裁的原因，不在于它"反映"或"表现"了占统治地位的规范和习俗，而在于它体现了与官方道德的令人吃惊的决裂。莎士比亚、洛佩·德·维加[2]和卡尔德隆·德·拉·巴尔卡[3]剧作中的主人公，是一些处于社会边缘的人或罪人，他们和中世纪虚构作品中的主角很少有共同之处。"他们全都置身于允许的规范之外，或者是由于不能同意，或者是觉得它们荒谬和虚假。他们全都是非典型的人物，是异端分子。"（迪维尼奥，1973，第 170 页）

文艺复兴时期剧作家创造的主人公，大部分是叛徒、杀人犯或疯子这类罪人，这种现象如何解释？迪维尼奥认为这个时期的剧作，应该根据一种病态的、其规范体系正在崩溃的集体意识来解释（参阅第一章第四节二）。他写

1　莱奥·洛文塔尔（Leo Lowenthal，1900—1993），德国法兰克福学派成员，"大众文化"专家。

2　洛佩·德·维加（Lope de Vega，1562—1635），西班牙戏剧家，写过 1800 部剧本，是三幕喜剧的首创者。

3　卡尔德隆·德·拉·巴尔卡（Calderon de la Barca，1600—1681），西班牙剧作家，对浪漫主义戏剧颇有影响。

道："难道不应当推翻被普遍接受的、认为这个时期是个性产生时期的看法，以便从这种个人主义中辨认出一种病态的、力图以非典型的人物来对抗新事物的集体意识？难道问题不在于弄清，人们为什么和怎样发明了一种以受到社会谴责的、或许正由于其罪恶才迷人的人物为中心的戏剧？……"（迪维尼奥，1973，第 170 页）

第一章里埃米尔·迪尔凯姆提出和概述的理论，正是迪维尼奥力求回答这些问题的依据。莎士比亚、洛佩或卡尔德隆剧作中使观众着迷的、生活在社会边缘的有罪的主人公，违反了某些集体规范，否定了既定的社会价值，并且在剧情发展过程中，当着作为社会代表的观众的面受到了惩罚。

正如在"机遇剧"[1]或司法仪式里"犯人"被当众，即在"集体"中被判决一样，按照迪尔凯姆的理论，问题在于用根据某些规范向一个具体的个人进行示范性惩罚的办法来加强集体意识。在这种情况下，可以说使官方价值变得不那么暧昧的戏剧是有助于巩固既定秩序的。这些价值最终由马洛[2]剧作中的帖木儿或莎士比亚剧作中的哈姆雷特之死得到了肯定。

可以看出，迪维尼奥并未采纳梅德维杰夫或柯勒的看法，但却发展了他们的某些论点。像他们一样，他认为作为"世界观"、作为现实观念的戏剧，可以用于引导一个集体的思想和行动（梅德维杰夫），同时能为社会问题提供一些答案（柯勒）。

但是怎样解释证实规范和价值的必要性呢？文艺复兴时期的戏剧为什么倾向于否定现行价值的、生活在社会边缘的（有罪的）个人？

迪维尼奥发表过名为《戏剧和社会混乱》的著作，他在其中一章里力求回答这些问题。他的结论是在黄金世纪的戏剧里，正如在伊丽莎白一世时代的戏剧里一样，我们接触的是一些表现社会体系混乱的现象（参阅第一章第四节四）。他根据社会混乱这一概念来解释罪人在舞台上占据的中心地位："对罪人表示的这种好感，正是社会混乱的标志，是整个社会失常的迹象。"（迪维尼奥，1973，第 192 页）

因此西班牙或英国文艺复兴时期的戏剧不是"反映"官方的规范和价值，而是恰恰相反，它显示了一场社会危机所包含的种种危险，这场危机可能会

1　原文是英语 happening，指源出美国的一种戏剧，要求观众积极参与，演员随着偶然发生的事件自由发挥。

2　克利斯托弗·马洛（Christopher Marlowe，1564—1593），英国戏剧家、诗人，著有剧作《帖木儿》。

摧毁个人和集体生活的规范范围，与此同时，对于集体意识来说，犯罪行为的体现具有一个特定的功能。正是这些象征着社会危机的反面人物，使既对罪行着迷而又被死刑吓坏的观众变得团结了。换句话说：主人公所受的惩罚有助于加强公众的规范意识。

那么如何解释社会混乱（文化价值的危机）在一种社会学的和历史的背景中的表现呢？和迪尔凯姆一样，迪维尼奥是从这一观念出发的：在一个个人主义的社会里，社会团结由于导致从机械团结向有机或功能团结转变的劳动分工而逐步削弱（参阅第一章第四节三）。

他力图根据机械团结向有机团结的转变来说明文艺复兴时期西班牙和英国作家们所表现的这种社会混乱。他写道："无论在他们的生活还是创作中，作家们都经受着审查的重压……在一个日益混杂、强化的分工搅乱了最简单的人际关系的社会里，机械团结不适用了。（迪维尼奥，1973，第194页）因此，作为社会混乱的主要原因，劳动分工对文艺复兴时期戏剧领域狂暴的往往是罪恶的特征作出了解释。

像中世纪的史诗和韵文故事一样，当社会环境变化、戏剧的技巧和语言不再适应各种社会集团的利益时，它便会失去其文化功能。在他的著作《戏剧和社会》（1971）中，迪维尼奥在探讨现代社会里戏剧的前途时，是从剧情和社会活动之间有质的区别这一基本论点出发的："所以戏剧和社会生活的界限要经过现实冲突的升华：戏剧仪式是一种推迟的、延期的社会仪式。戏剧艺术能够在现实生活之外充分发展。"（迪维尼奥，1970，第31页）戏剧艺术有一种象征性：剧情模仿现实的活动，但同时又有别于后者，因为剧情不改变社会环境，而是在显示社会环境的问题和矛盾时象征性地表现它。

在被大众交流所支配的当代社会里，这种交流在把现实事件戏剧化并赋予其象征性的时候，倾向于抹去现实和想象之间的界限。那么戏剧还能起什么作用呢？在迪维尼奥看来，电视把大众的感情和意志的表现、选择和争执变成了就词的戏剧意义而言的精彩事件，它的技巧使它可以赋予现实一种虚构的维度。

面对视听设备的竞争，戏剧还保留着哪些可能性？过去它象征性地表现了某些社会环境，现在电视在把日常生活景象戏剧化时使戏剧的中心因素显得多余了。所以迪维尼奥认为，不应该排除戏剧逐渐丧失功能或变成一种脱离社会的现象的可能性："……电视表现即时的现实，使想象终于接近了事件……现在不可能再像布莱希特所尝试的那样避开主人公，与他保持距离了。戏剧是在事实的层次上表演，谁也不能逃避它。"（迪维尼奥，1970，第159页）

我感到迪维尼奥的批评成果中包含着两个弱点，它们至少是部分地来自他在《集体的影子》中采用的迪尔凯姆的观点。

特别是在分析作品的社会功能以及它们和集体意识的关系时，迪维尼奥忽略了它们在文学演变和在被柯勒视为文学社会学的主要对象的文类体系中的作用。因而他似乎犯了文学社会学的一个传统的错误，即在文本和社会"现实"之间建立直接的关系。（在大部分情况下，这里所说的"现实"只是产生于某种社会学话语的、一个可能作出的关于现实的定义。）

把迪尔凯姆关于劳动分工和社会混乱的理论作为出发点是完全正当的。然而我认为不该如此应用这种理论，而是应该把它置于一个更广泛的理论和历史背景之中，使它能对马克斯·韦伯和卡尔·马克思的研究成果进行补充。韦伯区分了对某些传统价值的倾向和对"目的的合理性"，即对于技术效率的倾向，这一区分在许多方面使迪尔凯姆对"机械团结"和"有机团结"的区别得到补充并具体化了。最后，人们可能通过与市场经济的飞跃发展、与青年马克思所描绘的交换价值的中介作用的对比，来试图说明功能团结的优势。异化和社会混乱这两个概念当然不是同义词（因为它们出自两种部分内容互不相容的理论），但是迪尔凯姆认为造成社会混乱的劳动分工，显然是与有利于竞争和专门化的市场社会机制密切相关的：市场属于专家、"行家"（拥有"专门技能"的人），而不是属于有学问的人、业余爱好者及马克斯·韦伯所称的"文化人"。

二、个人主义的波折：莱奥·洛文塔尔

莱奥·洛文塔尔发展的文学社会学，其背景是自由主义时代文化人的危机。作为法兰克福学派的社会研究所的成员，他和霍克海默、阿多诺一起，为批判理论的充分发展做出了贡献。

法西斯主义的上台导致了自由个人主义的危机，由此产生的"批判理论"是以挽救和发展启蒙运动时代的遗产为标志的。在批判启蒙运动时代的理性主义的同时（例如在《理性辩证法》中，1947，巴黎，1974），像阿多诺、霍克海默和洛文塔尔这样的批评家力图挽救个人的自主性：个人的批判反省的

能力，和他对于意识形态及市场规律的独立性。

我认为正是应该从这种社会历史背景出发来读洛文塔尔的名为《文学和人的形象》（1957）的著作，它分析了在西班牙黄金世纪和法国古典主义时代戏剧里个人主义的衰落。

洛文塔尔的阐述在许多方面都令人想起马克斯·霍克海默在《笔记》（1950—1969）中提出的论据。这两位"批判理论"的倡导者的出发点是：批判意识不可能与现存的任何政治或经济强权同化，而个人就其特性而言是批判意识最后的庇护所。

在（1956年左右）这样一个由两大超国家集团控制的世界上，霍克海默提出的批判问题只有在下述国际背景中才能设想："既然合成一体的西方代表着世界历史上唯一的反强权力量，向东方看的人，他的惊恐是否必然导致他归入合成一体的西方？放弃这样一种归入的批判岂非一种空想，像产生这种空想的无力的个人一样是一种徒然的空想？"（霍克海默，1974，第39页）

霍克海默的回答与洛文塔尔或阿多诺相似：批判理论针对一切统治的和异化的形式，在目前的情况下，它唯一的基础就是个人。《笔记》的最后一篇格言以"要不循习俗"为标题并非偶然。这种"不循习俗"，与阿多诺在《否定辩证法》（1966，巴黎，1975）和本段末将讨论的他对贝克特戏剧的分析中所主张的"非同一性"和（意识形态方面的）"否定性"密切相关。

如果像霍克海默、洛文塔尔和阿多诺所认为的那样，个人是批判精神的捍卫者和"人类主体"（阿多诺语）的代表，个人的命运便处于一切批判思想的中心。在分析洛佩·德·维加、卡尔德隆·德·拉·巴尔卡、塞万提斯、莫里哀、高乃依、拉辛、莎士比亚、易卜生和汉姆生[1]的作品时，洛文塔尔力求表达"与文学中显示的社会相关的人的多变的形象"（洛文塔尔，1957，序言）。

在西班牙黄金世纪的作家中，洛佩·德·维加、卡尔德隆·德·拉·巴尔卡和米盖尔·德·塞万提斯可以说代表着三种典型。洛文塔尔在洛佩的戏剧中看出了对君主专制政体的称颂，这种戏剧的出发点是个人利益和君主政体社会之间的一致："洛佩的主题的确出自个人的私生活和社会生活之间潜在的一致性；然而在产生疑问的情况下，占上风的还是社会。当犹太女

1　克努特·汉姆生（Knut Hamsun，1859—1952），挪威作家。

人被处死之后，国家便利用了她的消失……"（洛文塔尔，1957，第 5 页）

在强调洛佩的戏剧与霍布斯和马基雅维利的政治哲学之间的关系时，洛文塔尔尽力证明，宣传人要服从于国家的不仅是文艺复兴时期的政治学，文学也并非没有责任。

卡尔德隆的态度虽然和洛佩有本质的不同，《人生如梦》是以浪漫的方式去寻求社会之外的现实，但洛文塔尔仍然指责他接受既定的权力，以及他的出自荣誉观念的封建思想。

塞万提斯和两位剧作家形成了鲜明的对比，他在小说《堂吉诃德》中，预示了封建制度的解体所产生的个人自由。堂吉诃德虽然是一位游侠骑士，他的世界却不再是封建骑士的、阿马蒂斯·德·戈尔[1] 的世界，而是在刚刚脱离封建主义、社会处境尚未稳定的资产阶级个人的世界。塞万提斯的主人公的封建外表和个人主义性格之间的冲突赋予小说以讽刺的笔调："塞万提斯的讽刺在于这一点：他在以（封建制度的）旧秩序的名义抨击新秩序（资产阶级生活的最初表现）的同时，实际上却在力图赞同新的原则。这个原则实质上是个人的思想和感情的原则。社会的活力需要现实有持续的、积极的变化，世界应该得到不断的改造。"（洛文塔尔，1957，第 22 页）

在分析法国的古典主义戏剧时，洛文塔尔像阐明西班牙的文学一样，描述了个人主义意识形态的波折。高乃依似乎继承了黄金世纪的专制主义传统，要求个人服从于国家，（像黑格尔一样）要求在个人利益和社会制度之间有一种先定和谐。与高乃依相反，"拉辛是反抗的诗人。他的性格坚强的人物开始使国家的理性和他们本身的合法利益之间的关系成为问题"（洛文塔尔，1957，第 117 页）。

这种阐明古典主义戏剧的方式反映出阿多诺、霍克海默和马尔库塞对黑格尔体系的批判。正如（洛文塔尔阐述的）高乃依的戏剧一样，这个体系是以个人的、具体的利益和国家理性之间的根本一致的观念为基础的。洛文塔尔对高乃依或洛佩的戏剧的评价属于法兰克福学派"批判理论"的范围，因而应该看成类似于对黑格尔哲学的批判。

吕西安·戈尔德曼的重要著作《隐藏的上帝》，是一种把拉辛戏剧的结构

1　阿马蒂斯·德·戈尔，绰号"神秘的美男子"，是游侠骑士的典型，西班牙于 1508 年出版了同名的游侠小说。

和冉森主义[1]世界观联系起来的尝试，而洛文塔尔在强调拉辛的主人公对政治制度的反抗时，就已经以暗示的方式谈到了后来这部著作中论述的一些问题。

但是与致力于阐明结构的同源性（见下文）的戈尔德曼不同，洛文塔尔往往满足于纯主题的分析，即把文学文本简化为一份历史的或社会的资料。这种对待文学社会学的方式当然不会毫无结果，然而它却倾向于把文学和社会之间的关系简化为文本的（资料的）说明，其他方面（例如社会语言学背景或悲剧在文类体系中的功能）则都被忽视了。

在这方面，洛文塔尔的理论和实践之间似乎有点脱节。他编写过两部理论著作——《文学科学的社会状况》（1932）和《文学社会学的任务》（1948），它们对于本书讨论的文本社会学的重要意义是无可置疑的。

尤其是在这两篇评论的前一篇中，他主张建立一种文学"形式"的社会学："关于形式的一些问题，在进行辩证的研究时应该对主题和材料予以同样的重视。"（洛文塔尔，1980，第320页）然后在谈到德国作家卡·古茨科[2]时对文本社会学的纲领有了预感："古茨科也许是第一个把现代资产阶级社会的对话引入德国文学领域的人。"（洛文塔尔，1980，第321页）

洛文塔尔未能在其社会学纲领的（文类）和语言学的形式方面加以发展固然令人遗憾，但是在分析和批判商品化文学、大众文学时，却应该承认他的（倾向于内容的）"主题"研究方法的效用。

显而易见，即使是在商品化文学方面，语言学的结构也是不容忽视的；但是在对这种文学的分析着重于数量和老一套的重复，而不是唯一的、不可模仿的结构如何产生的情况下，洛文塔尔发表的主题分析论文是富有启示性的。

在研究定期出现在美国通俗杂志上的、美国公众的偶像们的传记时（《通俗杂志上的传记》），洛文塔尔证明从1901年到1941年，传记作家们对题材的选择离开了生产方面而只重视（在1941年）消费方面。在第二次世界大战中，占据传记世界的舞台中心的不再是生产者、自由企业家，而是电影和体育明星：一般来说是消费的英雄。"我们曾用'生产英雄'来表示过去的英雄，我们感到有权用'消费偶像'来定义目前的英雄。"（洛文塔尔，1961，第73页）洛文塔尔得出结论，从生产向消费、从主动向被动的转变，是垄断

---

1 冉森主义（Jansénisme），17世纪上半叶在法国兴起并流行的基督教教派。信徒中有许多学者，例如布莱士·帕斯卡。冉森派在宗教改革和学术、教育方面都有较大影响。编注。

2 卡尔·古茨科（Karl Ferdinand Gutzkow，1811—1878），德国作家。

资本主义时期自由个人主义衰落的另一个方面。

我认为他对商品文学的研究比他对"杰出的"剧作的分析更令人信服，因为商品文学中老一套的重复和陈词滥调能以统计作为可靠的研究基础，而在剧作研究中则相反，主题分析不考虑文本的（对话的和施动的）语言结构，往往仍然是过于空泛和武断。

三、戏剧里的世界观：吕西安·戈尔德曼的《隐藏的上帝》

迪维尼奥最关心的是戏剧演员和观众之间的关系，也就是以社会混乱为标志的交流环境。戈尔德曼与他不同，力求把拉辛的悲剧和集体利益联系起来。他的出发点和迪维尼奥一样，认为集体（或"超个人"）意识的概念，应该在文学社会学中起重要作用，只考虑个人而不顾集体现象的理论是不能恰当地解释文学的演变的。但是戈尔德曼看待这些现象的观点和迪尔凯姆并不一样，他是根据马克思的阶级概念来理解拉辛的悲剧及其发展的。

在《隐藏的上帝》（巴黎，1955）里，戈尔德曼关心的是两个根本问题：拉辛戏剧里潜在的是什么样的世界观，以及这种作为整体的世界观是否能用17世纪的一个社会集团来加以解释。

介绍戈尔德曼的（发生学结构主义的，参阅第二章第二节三）方法，问题在于同源性，即一些有意义的整体之间的结构关系，也就是使某个集团的全部思想观念和态度——集体的世界观——和戈尔德曼认为由意义结构所决定的"几乎是全部文本"之间发生相应的关系。

这种相似的或同源的关系常常受到批判，尤其是夏尔·布阿齐斯[1]，他对戈尔德曼提出的有意义的整体之间的功能关系未加注意。他在批判性的评论中说它是结构的并列和"这种简单的结构类似性"。（布阿齐斯，见埃斯卡皮主编的《文学和社会》，1970，第 84 页）

我们固然不采纳戈尔德曼的观点，但是必须（反对布阿齐斯的看法）强调类似性在社会科学中的重要性和必要性。如果不谈类似性，夏尔·莫隆（和弗洛伊德本人）的精神分析解释将从何谈起？要补充的是在戈尔德曼的著作里，同源性概念既非毫无根据，也不是"类似性"的时髦代用品：它应该说明一部文学作品和特定的集团利益之间的功能关系。拉辛在他的剧作中力

1　夏尔·布阿齐斯（Charles Bouazis），法国国家科学研究中心研究者。

图解决（穿袍贵族的）冉森主义集团的共同问题，我们来仔细考察一下戈尔德曼的论据。

社会集团和社会环境。在反对封建贵族即捍卫其自主和自由的佩剑贵族的斗争中，法国的国王们需要资产阶级，一个与封建制度敌对的阶级。国王和资产阶级的联盟导致了穿袍贵族的迅速壮大：这是一个相对自主的社会集团，其成员成为显贵之后在地方政府（"各级议会"）中起着重要的作用。

君主政体的巩固和从权力分散的君主政体向绝对君主政体的转变，导致了穿袍贵族的衰落。路易十四不再需要这个靠着他的先辈们高贵起来的资产阶级集团，并且用直接依赖于他的总督们取而代之。在这个重新组织和集权的过程中，穿袍贵族眼看自己被排挤到政治生活的边缘。在戈尔德曼看来，这种处于边缘地位的境遇，正是它最终脱离它以某些基督教价值的名义加以谴责的政治生活的原因。

世界观。在他分析的第二阶段里，戈尔德曼力图回答这一问题：穿袍贵族（"议员"和"官员"）是怎样对导致其大部分成员对存在感到失望的政治失势作出反应的。在这种境遇里，作为特别一致的观念形式的、表现一个集体的最大可能意识的世界观起着特别重要的作用：它是使集团整体化的力量。

穿袍贵族发现了冉森主义，这种否定的神学学说把政治和权力的世界与恶的力量联系起来，要求基督徒克制自己，和堕落的世界保持距离。法国的冉森主义显然是一种与世界敌对的，被认为是极端恶劣、纯属撒谎，与基督教的真理和神的意志不能并存的意识形态。因此戈尔德曼认为，在绝对君主政体下的穿袍贵族的边缘地位和冉森主义的否定性之间，存在着一种类似性，这种类似性可以看成是功能的。

实际上，作为源自"田园的"保尔－罗亚尔修道院的神学学说，冉森主义远非那么一致，戈尔德曼也把穿袍贵族的意识形态分成了四种不同的思潮。第一种的特点是非悲剧性的妥协："迁就——违心地——世界的罪恶和谎言……"是以吉尔贝·德·舒瓦瑟尔和阿尔诺·当底叶[1]为代表的温和冉森主义的箴言。第二种的特点是："为真和善在一个其位置无疑已经缩小但还确定存在的世界上的实现而斗争……"（戈尔德曼，1955，第158页）这就是阿

1　阿尔诺·当底叶（Arnauld d'Andilly，1589—1674），法国宗教著作翻译家。

尔诺和尼科尔[1]的态度，他们察觉到在这个堕落的世界上有捍卫真和善的可能性。第三种是雅克琳·帕斯卡[2]的立场，即"面对一个坏到极点、只能残害和驱逐真和善的世界，公开表明对真和善的信仰……"（戈尔德曼，1955，第158页）。第四种是巴尔科斯的最激进的观点："在一个甚至连基督徒的话都听不到的世界面前保持沉默……"（戈尔德曼，1955，第158页）冉森主义的四种思潮都坚信历史上不存在任何改变世界的希望。

然而冉森主义者不可能逃避他所谴责和拒绝的生活，他不得不生活在一个他认为是堕落的、与他的信仰互不相容的世界上。冉森主义者的这种矛盾态度产生了一种悖论：refus intramondain（在世界里拒绝世界）。这在帕斯卡的《思想录》和拉辛的某些悲剧中表现得最为明显。戈尔德曼认为，"在世界里拒绝世界"就构成了《思想录》和拉辛悲剧的意义结构。

冉森主义里和拉辛悲剧里的意义结构。既然意义结构同时出现在冉森主义的世界观里和拉辛的悲剧之中，在戈尔德曼看来，问题便可能是在神学世界和戏剧虚构世界之间有一种同源性：后者在吸收前者的同时发展了它，并使它更为一致了。

上文已经谈到冉森主义内部有一些不同的思潮：温和的思潮、战斗的思潮、在世界里拒绝世界的思潮和彻底、绝对地拒绝的思潮。在《隐藏的上帝》里，戈尔德曼力求根据学说内部互相竞争的各种倾向来解释冉森主义的发展。

他区分了三个阶段。从1666年到1669年，冉森主义被拒绝向社会世界作任何妥协的巴尔科斯的极端思潮控制；从1669年到1675年有一段妥协时期（"教会的和平"），这时阿尔诺和尼科尔的温和思潮（非悲剧性的、"戏剧性的"思潮）占了优势。当1675年出现最初的迫害迹象时，保尔-罗亚尔修道院的冉森主义者仍然倾向于在世界内部的、阿尔诺和尼科尔的"温和"思潮；但是这一次他们寻求的不是妥协的观念，而是要战胜世界上神的戒律的战斗思想。

冉森主义的三个阶段相对应的是拉辛戏剧演变的三个（或确切地说是四个）阶段，戈尔德曼在其名为《拉辛》（1956，1970）的著作中作了概述："拉辛的作品首先是认同巴尔科斯的悲剧性的观点，极为保留地追随了'教会的

1　皮埃尔·尼科尔（Pierre Nicole，1625—1695），法国作家。

2　雅克琳·帕斯卡（Jacqueline Pascal），数学家、哲学家布莱士·帕斯卡的妹妹。编注。

和平'的戏剧性的妥协，并对此在《费得尔》中作了悲剧性的总结；从《爱斯苔尔》《阿达莉》和《保尔－罗亚尔简史》中恢复的迫害来看，拉辛的作品后来与阿尔诺的冉森主义的戏剧同化了。"（戈尔德曼，1956，1970，第 67 页）

按照戈尔德曼的看法，拉辛青年时代的两部悲剧《戴巴依特》和《亚历山大大帝》是不可能归入冉森主义的意识形态的。只是在与保尔－罗亚尔修道院决裂以后，拉辛或许出于悔恨才把冉森主义的世界观搬移到美学方面。（顺便说说这种对拉辛青年时代作品的排斥可以看成一个理论上的弱点：似乎过于轻易地放弃了对这两部不列入理论图式的作品的解释。假定它们表现的是另一种世界观，然而又是哪一种呢？）

把青年时代（非冉森主义的）作品也包括在内，戈尔德曼把拉辛戏剧的演变分为五个阶段：

a. 青年时代的非悲剧作品：《戴巴依特》和《亚历山大大帝》。

b. 三个冉森主义的悲剧：《安德罗玛克》《布里塔尼居斯》和《贝蕾妮丝》。

c. 非悲剧作品共有三部：一部妥协剧和两部历史剧。

d. 回到悲剧：《费得尔》。

e. 表现上帝在世界上的胜利和存在的神圣剧：《爱斯苔尔》和《阿达莉》。

这种划分必然要区分"戏剧"和"悲剧"。在戏剧中还可能有一种在世界内部的解决办法、一种妥协，在悲剧中则没有这种可能性。在神圣剧《爱斯苔尔》和《阿达莉》里，由于神的存在和内在的神的戒律，悲剧不可能产生。然而，悲剧（向上帝或人类的一致）的超越却是悲剧本身所固有的："帕斯卡的赌注、康德的实践公设，由于人类的（实践的、心灵的）原因，都肯定存在着一个没有的，但是在生活中时时都能碰到的上帝，这种赌注或实践公设是悲剧人物的存在本身。他为上帝活着并拒绝世界，因为他知道上帝随时都会说话并使他超越悲剧。"（戈尔德曼，1955，第 368 页）

在拉辛的作品中，"充满波折和认识的悲剧"《费得尔》占有中心的地位。戈尔德曼认为在这部写于"教会的和平"失败之后的悲剧里，拉辛由于认识到与世界（与国家和教会）妥协的虚幻性而恢复了激进的立场。

在《费得尔》里，对世界的拒绝不是发生在情节的开头，而是在波折之后：在女主人公发觉她与权力（与世界）妥协的努力归于幻灭的时刻。费得尔的自杀使她离开了堕落的现实并放弃了妥协。戈尔德曼就此指出："同样，当 1675 年出现最初的迫害迹象时，我们看到拉辛急剧地倾向于《费得尔》，倾向于这部他可能探索已久的充满波折和认识的悲剧。搬移到这个悲剧世界里的不再是已失去一切实际影响的极端冉森主义的学说，而是阿尔诺冉森主义和一切权力之间几年来妥协的经验，建立在世界上可能有一种真正生活的幻觉之上的经验。"（戈尔德曼，1956，1970，第 73 页）

吕西安·戈尔德曼的《隐藏的上帝》是一部重要著作，因为他也许在社会学批评方面第一个尝试了结构的研究方法，并由此超越了一种不考虑文学领域的统一和自主的、纯主题的文学社会学（"巴尔扎克作品中的贵族阶级""托马斯·曼作品中的资产阶级"）的一切局限。

"发生学结构主义"的一切弱点，都在于它不能从语言的角度，即从语义、句法和叙述方面去分析和评论文学的文本。《隐藏的上帝》发表于 1955 年，当然比《结构语义学》（1966）、S/Z（1970）或托多罗夫 [1] 在 1965 年介绍的俄国形式主义批评家的著作要早得多。但尽管如此，现在阅读戈尔德曼的论著时，却不可能无视文学符号学和话语理论的存在。

因此，"意义结构"这个中心概念便产生了某些并非纯属技术性的问题："意义结构"怎样理解才算正确？是否存在着能在一篇文学或哲学文本里确定这种意义结构的语义学理论？怎样把多义的文本简化为唯一的概念结构（所指结构）？问题难道不更是在于找到几个语义结构，分别与各种自相矛盾和相互竞争的文本释读相对应？

所有这些问题都涉及文本的语义结构：它的多样（多义）性和一切矛盾。因为一切"杰作根本不像戈尔德曼所认为的那样，一定可以简化成一些单义的（有意义的或精神的结构的）概念体系。例如阿多诺曾分析过斯特凡·格奥尔格的诗篇中深刻的两重性。我本人在研究中也曾试图说明让-保尔·萨特的《恶心》这样一部小说的矛盾和不连贯之处。远非像戈尔德曼所认为的那样是"一致的整体"。"杰作"（穆齐尔的《没有个性的人》或普鲁斯特的《追忆似水年华》）以虚构的方式再现了社会现实的矛盾，萨特的《恶心》把一种对资产阶级理性主义的清醒批判，与一种对自然及启蒙运动以来体现理性主义观念特征的女性所持的抑制态度结合在一起了。应该防止简化萨特的这种两重性，不要掩盖这些属于整整一个社会集团的矛盾。

1　兹韦坦·托多罗夫（Tzvetan Todorov，1939—2017），法国文学理论家、批评家。

不仅从分析文本的多样性（格雷玛斯[1]所说的几个语义同质异构的并存）的语义学角度，而且从探讨几个世纪以来对拉辛作品接受情况的变化的阅读理论的角度，"意义结构"的概念也是成问题的。如果把《安德罗玛克》或《费得尔》视为冉森主义世界观的表达（"体现"），那么怎样说明拉辛在 19 世纪或 20 世纪的现实性呢？冉森主义既不能解释拉辛的现实性，也不能解释革新的阅读使拉辛作品经受的变化。

如果戈尔德曼不是企图从概念的角度去规定文本的意义，而是力求在冉森主义的话语和拉辛戏剧的修辞学之间确定一种关系的话，他或许能作出根据一种集体语言来解释拉辛悲剧的社会学的（社会语言学的）说明。这样一种说明至少能部分地避免"类似性"的问题：不是去确定文学象征（罗马、太阳、维纳斯）和冉森主义概念（罪恶、圣宠、拒绝）之间的类似性，而是本可以试图证明拉辛的戏剧在多大程度上吸收和改变了（作为语言的）冉森主义话语。

关于帕斯卡，戈尔德曼本来不仅可以探讨《思想录》和冉森主义之间的关系，而且也可以探讨《思想录》、神学话语和《保尔－罗亚尔的逻辑》之间的关系。曾在《话语批判》（1975）中研究过"冉森主义逻辑学家"的语言的路易·马兰[2]，似乎肯定了戈尔德曼的某些基本发现，例如他把帕斯卡的哲学称为"先辩证法的"哲学："在超越对立面时不进行统一综合的"辩证的反命题。以这种观点来看，戈尔德曼的论点是正确的：悲剧思想是先辩证法的。但是必须准确地分析对立面在其差别里的中立化，和"作为不可能综合的'中立化'形象的对立面交换"。（马兰，1975，第 133 页）

总之，问题在于描绘文学的或非文学的推论结构和用互文的关系取代戈尔德曼的类似性—同源性。问题就不再是帕斯卡的《思想录》和拉辛的悲剧表现的是什么"世界观"、什么"思想体系"，而是文学或哲学文本吸收和改变了什么样的政治、神学（意识形态）的话语。

不言而喻，对于文本社会学来说，一切话语远非"纯粹的形式"，而是说出集体的问题和利益。戈尔德曼关于（对话语负责的）"超个人主体"的观念尽管受到阿尔都塞主义者的批判，但还是应该受到重视的。（布拉格的结构主

1　阿尔吉达斯·朱利安·格雷玛斯（Algirdas Julien Greimas，1917—1992），法国结构主义批评家，巴黎高等社会科学研究院教授。

2　路易·马兰（Louis Marin，1931—1992），法国文艺批评家，巴黎高等社会科学研究院教授。

义者从未反对过集体主体的观念。克瓦蒂克，1981，第 54 页）

在第五章里我要谈到用互文的（经验的）研究来代替社会学的和心理学的类似性-同源性的可能性。那是一个基本的方法问题。

四、戏剧和意识形态的批判：贝克特和阿多诺

阿多诺提出的社会学观点和迪维尼奥及戈尔德曼采用的观点大不相同。他发展的否定美学的方向既不是社会混乱的，也不是世界观的概念，它针对的是对艺术作品的批判方面，即作品抵制一切意识形态及显示其虚假性的否定能力。

尽管不能把他的《美学理论》看成《否定辩证法》的简单继续（因为前者代表的一类话语与后者潜在的话语不同），阿多诺的美学毕竟重新采用了《否定辩证法》的两个重要概念：批判概念和非同一性概念。

问题不在于确定艺术作品应该表现的意识形态或世界观，而是揭示批判艺术，特别是先锋派艺术所固有的否定性和非同一性。这种否定性不是一致确认的现象：一篇文学文本的批判质量不是一劳永逸地得出的。

首先（下文还要谈到），一篇文本完全可以把批判因素和意识形态的老一套和陈词滥调结合在一起，换句话说，它能把否定与肯定和对既定秩序的接受结合起来。这种内在的矛盾随后就被意识形态的话语（阐述）所利用，这些话语和阐述使尼采、格奥尔格和毕希纳[1]成为纳粹艺术的先驱，或者使歌德和托马斯·曼成为社会主义现实主义的先驱。

对阿多诺来说，问题是要在"意识形态斗争"中发现作品的批判方面：它的真理内涵。我认为正是应该以这种观点去读他关于贝克特的评论《〈最后一局〉试解》。他的文学批评是一种力图使作品摆脱意识形态影响的"补偿"批评。

否定性：在阿多诺的评论里，可以看到《美学理论》的某些基本方面（参阅第二章第二节四）：对交流的抵制，对意识形态的陈词滥调的否定，以及对传统的戏剧形式的拒绝。贝克特的剧本拒绝可以被意识形态用来把艺术贬为标语的意义。

然而，作为整个先锋派特征的对意义的拒绝，绝不意味着在这类作品中

1　乔治·毕希纳（Georg Büchner，1813—1837），德国戏剧家。

找不到社会意义。在阿多诺看来，现代艺术的社会历史面貌，就是它拒绝赋予单一的意义：正是否定性本身成了社会学研究的对象。

阿多诺关于贝克特的评论所写的就是这种否定性，他在评论中力求证明，无论在哲学和政治方面，还是在文学演变方面，《最后一局》都是与既定戏剧的决裂。

阿多诺的研究显然不是韦伯所说的"客观的"（无价值的）方法，而是包含着一种既是理论的又是政治的既定态度。我在一本关于法兰克福学派的"批判理论"的著作中（齐马，1974）曾试图证明，阿多诺理论的基本范畴（如否定性和非同一性）可以和一部分批判地反省自己思想的德国知识分子的自由个人主义联系起来。在批判自由个人主义及其在法西斯主义上台过程中的作用的同时，社会研究所的成员（霍克海默、洛文塔尔、阿多诺和马尔库塞）力求挽救个人的批判自主性。他们最担心的是，个人在 20 世纪 20 和 30 年代加剧的意识形态的欺骗手段面前投降。

正是应该根据这些由欧洲个人主义的衰落所引起的不安来试图理解阿多诺的论据。这些论据和洛文塔尔提出的关于西班牙、法国、英国和德国文学的论据有共同的根源（参阅第三章第二节二）。

像阿多诺关于艾兴多夫[1]和荷尔德林的评论一样，他关于贝克特的评论也是企图使文学作品摆脱某些寄生的意识形态，这些移植的意识形态破坏作品的批判潜力而使它窒息。那么是哪些意识形态呢？

阿多诺力图摧毁的是这类意识形态的陈词滥调：贝克特的史诗般的剧作"象征着"人类存在的永恒的荒诞。例如在《独特的行话》（阿多诺，1964）中，他批判了某种拥护海德格尔，把社会历史的发展简化成一些与时间无关的不变因素的存在主义。与对《最后一局》的本体论的（非历史的）解释相反，阿多诺极力揭示贝克特所表现的荒谬有着深刻的社会性和历史性。

在这个基本方面，阿多诺对存在主义意识形态的批判与阿尔都塞的批判论据极为相似。像阿尔都塞（和在他之前的马克思）一样，阿多诺指责一种自称是自然的意识形态：它企图如实地表现始终存在的（必然如此的）现实。在德国的存在主义本体论里，存在的首要地位意味着人只有接受一种与他无关的（在一切社会、经济或政治活动之外）构成的现实。

1　约瑟夫·艾兴多夫（Joseph F. von Eichendorff，1788—1857），德国诗人。

在阿多诺看来,《最后一局》是在一种历史背景下,表现了在以经济集中为标志的垄断资本主义时代里个人主义的衰落和个人自主性的消失。在这种背景下阿多诺指出:"存在主义本身被滑稽地模仿了,它的不变因素只剩下最低限度的存在。"(阿多诺,1961,1970,第191页)

阿多诺提出的观点认为,贝克特的作品转而反对控制它的意识形态的(存在主义的)解释:意识形态被它企图"解释"的文本滑稽地模仿了。在反抗存在主义的(本体论的)元文本时,文本显示了它的真理内涵,与之否定地相对应的是本体论的谎言。

物化和幼稚型退化:按照马克思的看法,物化在市场社会里起着重要的作用,因为人的劳动产品不再被承认是产品,而是在大多数情况下被视为交换物、流通物,其使用价值已被交换价值泯灭(参阅第一章第四节九、十)。与此类似,个人往往被简化为交换物,即经济学家所说的"劳动力"。

人们用物化概念来表示这个使物和个人简化为其交换价值的过程。阿多诺描述了《最后一局》中物化的不同方面,并力求揭示物化和弗洛伊德所确定的幼稚型退化之间的关系。

照阿多诺的说法,《最后一局》里有许多物化的迹象。他想到的不仅是纳格和内尔这两个被当成废物放在两只垃圾桶里的老人,他还(或许是尤其)想到了主人公(克罗夫和汉姆)在理解现实和作为负责的、自主的个人一致地行动方面的无能为力。

在阿多诺看来,这种双重的无能是贝克特剧作中戏剧对白蜕变为饶舌的原因。作为传统戏剧特征的完整对白,只有在个人(主人公)能够以他的行动来理解和塑造的世界里才可以设想。在贝克特的作品里,这种明显而可塑的世界已不再存在。

在剧情方面也可以发现一种类似的过程。贝克特滑稽地模仿了重要的戏剧结局:在《最后一局》里,"收场"似乎和不再有镇静剂,或纳格和内尔的垃圾桶里沙粒被木屑代替的消息,是完全一致的。悲剧同时变得平庸了:克罗夫无法干掉汉姆,即使汉姆能向他提供一套餐具。"汉姆:你只有把我们干掉。(停顿)如果你发誓干掉我,我就给你一套餐具。克罗夫:我无法干掉你。汉姆:那你就不干掉我吧。"结局变得跟语言一样平淡无奇了。

在这种使个人的行动变得平庸的虚构现实中表现出来的幼稚型退化,在两个老人之间与克罗夫和汉姆之间的"对话"里也十分明显。他们说的是儿语："克罗夫：尿尿了？汉姆：还在尿呢。"

在剧本的另一部分，没有动词是句法方面退化的表现："汉姆：（自豪地）没有我（以手指自己），没有父亲。没有汉姆（以手画圈），没有家。"[1]

戏剧结构：作为自主主体的主人公的消失，导致剧情贫乏并陷于偶然性和庸俗性。传统戏剧里事件之间必不可少的联系，在先锋派戏剧里受到了滑稽的模仿。被滑稽地模仿的还有传统戏剧的一切技巧，阿多诺在谈到贝克特时指出："亚里士多德的三一律曾被保留下来，但是戏剧能否幸存却值得怀疑。"（阿多诺，1961，1970，第214页）

贝克特的作品滑稽地模仿了展开、结局、情节、波折和收场等一切戏剧技巧。阿多诺认为，滑稽的模仿就是使用某些在一个历史时期里不再可能的形式。（这个关于滑稽模仿的定义是有问题的：斯特恩[2]在《项狄传》中滑稽地模仿小说时，是否应该断言小说作为体裁是"不可能"的呢？）

可以概括地说，随着自由个人主义的衰落和个人自主性的消失，阿多诺认为传统的主角和剧情（戏剧的形式）都变得过时了。存在主义行话的豪言壮语不可能使个人自主性复活，阿多诺在《独特的行话》和《否定辩证法》中把这种行话视为新的"德意志意识形态"，贝克特的剧作则是否认这种意识形态的。

无论阿多诺和迪维尼奥在理论上有多少差异，他们两人都对戏剧在现代社会里的作用持怀疑态度。从前表演特殊个人（主角）的戏剧，似乎越来越受到身受其害的个人被动地消费的"电视节目"的威胁。

我们现在可以证实，在阿多诺的批判理论和贝克特的要以滑稽模仿和否定性来肯定某些理论原则的作品之间有某种类似性。人们常常指责阿多诺利用贝克特（和其他作家）来阐明他的理论，指责他不考虑与此相反的解释，而是按照他的批判定理来选择文学作品（荷尔德林、贝克特、卡夫卡、格奥尔格）。

这些指责无疑有一定的道理：和戈尔德曼一样，阿多诺未能充分注意文学作品的多义性（可任意解释性）和阅读的多样性，以及在历史上接受情况的不同。

1　原文句子里没有动词，只有单独使用的副词"不"或"没有"。

2　劳伦斯·斯特恩（Laurence Sterne，1713—1768），英国小说家。

　　不过在戈尔德曼和阿多诺之间有一点基本的差异：戈尔德曼力求规定文本的意义（它的"意义结构"），而阿多诺则极力说明在一种社会背景下作为先锋派作品特征的对意义的拒绝。戈尔德曼的美学倾向于关于整体和一致的（黑格尔的）古典公设（参阅第二章第二节三），而阿多诺的美学则重视先锋派艺术的否定性、片段性和矛盾性。

　　对于那些指责阿多诺用贝克特（或卡夫卡）来证明"批判理论"的人，可以回答说，一切（必然需要某种一致的）理论话语都倾向于规定其对象的意义：无论其对象是文学、哲学或法律的文本，还是社会、经济和政治的事件。一种放弃意义研究的（文学文本的）文学社会学将失去存在的理由。因为即使是追求单义性和否定性的现代文学也产生于某些社会条件，并肯定一些社会问题和社会利益，在这方面它同由追求或自称追求单义性（概念的一义性）而不可得的作者所写的政治或法律文本毫无区别。迄今为止，没有人敢断言这些文本的意义无处可寻。

　　阿多诺研究方法的优点，在于不是从概念、"意识形态"或"世界观"的角度，而是从语言方面来显示意义（物化、退化）。物化和退化在贫乏的戏剧结构和对白中显示出来。把语言置于舞台中心，阿多诺得以把社会学理论和文学实践之间惯有的差距简化为贝克特的文体。同时他为了进行语言分析而降低了类似性的作用：弗洛伊德所说的退化不是由情节或物（玩具或玩偶）来"象征"，而是由推论来揭示的。

　　阿多诺的解释倾向于语言（话语），倾向于社会学和精神分析方法的综合；从这个意义来说，它构成了本书所研究的文本社会学的一个出发点。在发挥阿多诺的理论时，我将尽力证明有可能把社会学方法和精神分析方法结合起来，以解释马塞尔·普鲁斯特的《追忆似水年华》里社交谈吐的作用（参阅第五章）。

第三节　抒情作品的社会学

　　与戏剧和（在本书中将起重要作用的）小说不同，抒情作品是被文学社会学家所忽视的，这种忽视的原因不难发现。许多理论家过去（和现在）认为抒情诗倾向于"主观性"和"情感"方面，几乎不适于进行社会学的分析：

在大多数情况下，它既不表现社会也不表现历史事件。它最常用的题材不是政治家、工会运动、罪犯或秘密组织，而是情人、大自然和孤独。

这种抒情诗的概念显然是以另一种公认的观念为前提的：文学社会学应该是一种主题分析，研究的是"作品"的"社会"内容。从这个角度看问题，文体的社会性和历史性便被忽略了。

甚至在 1972 年，德国作家欧·莱布弗里德还断言，像歌德的《流浪者夜歌》这样的诗篇不可能成为文本社会学的对象，因为它包含的"可供社会学分析的结构极少"（莱布弗里德，1972，第 175 页）。他承认"抒情的自我"的态度可以具有一种社会功能，然而他对这种功能不感兴趣。

在莱布弗里德这样的理论家看来，唯一可能的社会学方法是研究抒情体裁在文学交流体系中的功能、诗人在一个特定社会里的态度和抒情诗方面的专门杂志。

"批判理论"的代表如瓦尔特·本雅明和阿多诺，在他们关于波德莱尔、艾兴多夫、荷尔德林或格奥尔格的评论中，表明的正是反对上述诗歌社会学概念的态度。他们始终试图揭示一首诗在语言、文体方面的社会意义。

后来在《诗歌语言的革命》（巴黎，1974）里，朱丽亚·克里斯特娃（Julia Kristeva）阐明了一种抒情文本的社会符号学，它描述的是作为社会过程和社会学批评过程的文体变化。在她的著作里，马拉美和洛特雷阿蒙被作为先锋派的代表置于第三共和国的背景之中，他们的作品则被看成对当时意识形态话语的反抗。

尽管有这些倾向于文本结构的研究成果，我们仍然不可低估抒情体裁社会学所碰到的一切困难。与文体学或符号学不同，社会学的分析不会仅限于一部或两部作品，就像弗·拉斯蒂埃所发表的对马拉美的诗篇《得救》所进行的语义说明那样（拉斯蒂埃，1972）。社会学家始终应该选择几部意义相关的作品，并且应该按他确定的作品范围来证明自己选择的正确。一首孤立的诗篇是不可能和社会利益、意识形态话语、集体的价值哲学或世界观发生关系的（要发现小说的第一章或一场戏的社会意义也会同样困难）。

由对波德莱尔的一首诗（《猫》）的结构分析而引起的方法论的争议显示了全部问题。从符号学和文体学的角度，列维－斯特劳斯、罗曼·雅各布森以及后来的罗·波斯奈都以纯内在的方式分析了这首诗，而吕·戈尔德曼却不得不证明，着重探讨波德莱尔的"世界观"的社会学解释不可能仅限于一首诗。像《猫》这样，一首诗的结构应该与波德莱尔其他诗篇的结构联系起来，以显示主题或语义的类似性和可能与一种"世界观"联系起来的总体结构（一个"意义结构"）（列维－斯特劳斯，雅各布森，1962；波斯奈，1969；戈尔德曼，1970）。

在对抒情诗的评论中，本雅明和阿多诺总是对几部作品进行比较，力求根据一种确定的社会历史环境来显示它们的差异和共同特征。符号学和文体学的研究可以只以一首诗，特别是它的"基本语言结构"为对象（科凯，1973），而文本社会学则应该倾向于一个作品全集的整体，以便把它的全部共性和矛盾纳入社会历史的背景中去。一切从一篇孤立的文本（一首诗或一页小说）出发来显示社会问题的企图都是极不可靠的。

一、从瓦尔特·本雅明到夏尔·波德莱尔：个人印记和冲击

在介绍本雅明对波德莱尔诗歌的分析之前，似乎有必要对本雅明的美学稍加评论。这是一种关于危机的美学，一种产生于从自由的、个人主义的时代向垄断的、工会机构和托拉斯的时代的过渡时期的美学。

艺术和文学在 19 世纪尤其（但不仅仅）具有一种面向私人的个性，到 20 世纪则被纳入大众的交流、霍克海默和阿多诺所说的"文化工业"中去了。艺术爱好者的沉思、珍本收藏家的私下阅读和一位上流社会的夫人向一些贵宾提供的概念，都被大量商品化的节目取代了。

面对这些变化，本雅明采取的态度是暧昧的：一方面他愿意看到艺术摆脱市场规律；另一方面他又认为，"大众传播媒介"由于能促进无产阶级觉醒、加速革命进程，因而可以（在 20 世纪 30 年代）发挥重要的批判作用。他寻求的是一些能在批判的大众交流中起"催化剂"作用的文学形式。

在一篇名为《无产阶级儿童剧论纲》的评论中，他考察戏剧能对工人阶级的觉醒起什么作用（本雅明，1928，1973，第 82 页）。他关心广告、摄影和电影，寻求使艺术脱离个人范围、变成集体现象的手段。

按照本雅明的说法，传统艺术以及（19 世纪的）自由时代的艺术，是用于个人的沉思或阅读的，这是私人的艺术。他把这种他认为自古以来便存在的艺术称为个人印记的艺术。在力图超越本阶级即自由资产阶级的价值体系时，他开始寻求一种摆脱其个人印记（它的个人主义和私营化）并倾向于大众消费的批判艺术。

"个人印记的"艺术和"文化价值"。一件"个人印记的"艺术作品是什么？传统的艺术品往往与一些确切的地方联系在一起，而且与这些地方不可分离：我们只要想想古希腊罗马的某些雕像、教堂、中世纪时代的宗教绘画等，就够了。

所有这些作品都是独一无二和远离观众的。它们和祭祀、宗教有着千丝万缕的联系。宗教是个人印记艺术的基础，赫尔穆特·莱藤[1]在谈到瓦尔特·本雅明的理论时正确地写道："正是这一点形成了'个人印记'的'文化性'：确定为'远隔'的东西永远是'不可及的'。"他在暗示私下阅读的"个人印记"特征时补充说："私下接受的仪式对个人来说成了对他在社会方面无能的补偿。"（莱藤，1971，第55页）

与祭祀相关的传统艺术品的个人印记，被本雅明确定为"一种远景的唯一显示，无论这种显示可以多么逼近"（本雅明，1936，1971，第178页）。一出戏剧的上演总是比一部影片更有"个人印记"，因为它是唯一的，给人以远隔的和不能再现的首次演出之感："《浮士德》在一个外省剧院里的最糟糕的演出，已经比同样题材的一部影片强得多了，因为它至少可以理想地与魏玛最初的演出相匹敌。"（本雅明，1936年，1971，第176页）

本雅明虽然对现代社会里个人印记的丧失感到忧伤，但还是希望有一种个人印记或文化价值让位于陈列价值、交流价值的艺术生产，只有这种艺术生产能使艺术和大众接近。

"民主"艺术和"陈列价值"。在20世纪的社会里，艺术品倾向于失去它的"个人印记（它的独特性和与观众的距离）；这种个人印记已经成为摄影术和电影工业特有的机械复制的牺牲品。

不要从字面上来理解本雅明提出的个人印记的空间定义；距离和独特性与其说是空间的，不如说是语义的和意识形态的。因此完全可以谈论一篇文本的个人印记或一首个人印记的诗歌。例如可以是一些由于保持距离而拒绝交流、难以"接近的"、无法理解的文本。

在市场社会里，艺术受到他律作用的影响，正是艺术品和非艺术品的结合摧毁了个人印记的距离和独特性。例如把一篇文学文本搬移到其他大众传播媒介中去，正是这种做法最终把它和不是它的东西同化了。通俗影片《威

1　赫尔穆特·莱藤（Helmut Lethen），德国文学批评家。

尼斯之死》就是这样把托马斯·曼的小说和一种商品化的、意识形态的老调同化的。很多或许从未读过文本的观众在电视上观看影片，而大众戏剧则使个人印记的另一方面即距离消失了。

在本雅明看来，复制艺术作品的技术可能性（再生产性），使一切显示其共同点的美学现象都变得可以比较。他虽然（往往含蓄地）批判了技艺，但仍然把陈列价值视为现代艺术生产的真正价值，把对个人印记价值的破坏看成一种批判的行为。按照他的看法，现代艺术应该在趋向大众交流时超越个人的沉思。在陈列价值（交流价值）中，他看出了当代艺术，特别是电影的民主性和批判性。

阿多诺首先注意到陈列价值和市场规律的密切关系："在应该取代个人印记的'文化价值'的地方的'陈列价值'，是一种交换过程的形象。艺术无法摆脱陈列价值而服务于交换过程，正如社会主义现实主义的一切范畴都迁就文化工业的现状一样。"（阿多诺，1970，1974，第 66 页）

陈列价值被本雅明视为一种批判的和民主的价值，一种现代艺术应像波德莱尔那样力求诉诸大众的价值，而按阿多诺的观点来看却是市场规律的一种表现。本雅明在论及波德莱尔时应该懂得这种"交换诡计"："波德莱尔和这种崩溃（个人印记在冲击中的破灭）的默契使他付出了沉重的代价。"（本雅明，1939，1971，第 275 页）

对《恶之花》的社会学分析。我们应该从上述的背景来理解本雅明对《恶之花》的说明。本雅明的评述是从这一观念出发的：波德莱尔的文体预示着一种非个人印记的、批判的甚至是民主的艺术。

"民主化"不仅在抒情作品里，而且从个人的角度也可以感觉得到：正是作家失去了他的"个人印记"、他特有的俗间神父的地位。他在大城市拥挤的人群中失去了他的光轮："当我穿过大街、略显匆忙地避开车辆时，我的光轮脱落并陷入了路面的污泥之中。我刚刚来得及把它捡起来，但是这种倒霉的想法不久便潜入了我的精神：这是一个凶兆……"（波德莱尔，1887，1975，第 659 页）

"凶兆"与诗人在现代社会里的地位有关，他失去了传统的声望，不再居于混乱的人群之上；他不得不在使他失去"光轮"和"个人印记"的"民主的"拥挤之中苟延残喘。没有任何神圣的距离把他与目前产生于工业社会、市场社会的渎神而混杂的熙熙攘攘的人群隔开。

在本雅明看来，诗人由于现代性而遭受的光轮的丧失，象征着当代艺术中个人印记的丧失。这两种丧失和本雅明所说的"冲击"是同时发生的。正如诗人在拥挤中遭受的实际冲击一样，文体的冲击破坏了独特性，缩短了诗篇中的距离（本雅明把拉马丁[1]看成一个"个人印记的"诗人，因为他拒绝混淆文体和词汇，力求保持约定俗成的、被奉为经典的距离）。

如何准确地理解文体的冲击？被确定为独特性和距离的个人印记，怎么会在一首诗篇里被取消？我们可以从四种不同的背景来阐明"破坏个人印记"的过程（本雅明语）。

1. 首先，本雅明证实在《恶之花》里，波德莱尔倾向于某些现代的主题，而从传统的、浪漫主义的观点来考虑，这些主题应该从抒情领域排除。例如大城市、人群、交通和卖淫，就没有被拉马丁和其他浪漫主义诗人当成诗歌的主题。

波德莱尔保留了传统的爱情题材，但却把它置于新的（俄国形式主义批评家会说是"奇特的"）背景之中：不是（像拉马丁、济慈[2]或莫雷亚斯[3]那样）把爱情与大自然或古代联系起来，不是把它和宗教感情进行对照，而是把它投入大城市的混沌之中。本雅明引用了名为《给一个过路的女子》的著名诗篇作为例证：

> 震耳欲聋的街道在我周围喧闹
> 走过了一位女子，纤弱苗条，
> 怀着庄重的痛苦，她用高贵的手
> 提起丧服的折边，裙带飘飘……

本雅明指出："在十四行诗《给一个过路的女子》里，没有一个用语、一个词明确地提到人群。然而正是人群驱动着整首诗，正如风推动帆船一样……"（本雅明，1939，1971，第241页）"震耳欲聋的街道"：这是一组在波德莱尔想与之决裂的浪漫主义诗歌中找不到的词。然而诗中却还流露出一种保留下来的、过时的浪漫主义的表达方式——"庄重的痛苦"。

1　阿尔封斯·德·拉马丁（Alphonse de Lamartine，1790—1869），法国浪漫主义诗人。
2　约翰·济慈（John Keats，1795—1821），英国浪漫主义诗人。
3　让·莫雷亚斯（Jean Moréas，1856—1910），法国诗人。

可以认为，波德莱尔的作品倾向于把（古典主义或浪漫主义的）传统认为不可并存的一些文学规则混合起来：在《恶之花》里，浪漫主义、象征主义和现实主义的词汇并存并互相渗透。对习惯于被奉为经典的规则的读者来说，这种看起来不能并存的词语之间的关系产生了冲击。冲击导致了个人印记的破坏，即文体的（语义的）距离和独特性的破坏。（尤里·洛特曼[1]认为现实主义是不能并存的规则和词汇的混合。他的理论在许多方面是对本雅明的社会学说明的补充。）（洛特曼：《艺术文本的结构》，1970，1973）

2. 关于《恶之花》，主题的革新使词汇有了革新的可能，本雅明对此作了一些细致的分析。他写道："《恶之花》是不仅把来自散文的词汇，而且把来自城市的词汇引入抒情领域的第一本书……这些诗里有油灯、车厢或公共马车，甚至连资产负债表、路灯或垃圾场也进入了诗歌。"（本雅明，1938，1974，第99页）主题和风格的混杂在这里同样反映在词汇上。

3. 波德莱尔作品的另一方面是放弃了作为诗歌主体的大自然。同样被逐出诗歌的还有"个人印记的距离"。本雅明在关于个人印记的定义中，把个人印记的距离和自然的、空间的距离联系在一起："在夏天的中午时分休息，注视着地平线上山脉的轮廓或投影在休息者身上的树枝——这是在表现这些山脉或树枝的个人印记。"（本雅明，1936，1971，第178页）

这种为注重沉思的浪漫主义诗人所赞美的个人印记的距离，被波德莱尔用于城市的现实中：街道的喧嚣使传统的、"个人印记的"沉思不可能存在。波德莱尔发明了一种在人群之中的新的沉思。他在《巴黎的忧郁》里写道："并非每个人都能沉浸在人群之中：享有人群是一种艺术……人群／孤独，对于活跃而多产的诗人来说是相等的和可以调换的字眼……孤独而沉思的散步者，从这种普遍的一致中获得奇特的陶醉。"（波德莱尔，1869，1975，第291页）

这里，我们饶有兴趣地看到波德莱尔如何用孤独和交流之间的辩证综合来补充文体的混合，这样混杂原则便不仅属于文体，而且也属于意识形态了。

本雅明力求根据作为市场社会的资产阶级社会的发展来说明波德莱尔的这种"混杂性"。他认为《恶之花》中不同文体和主题的并存，可以用市场社会的、把互不相容的伦理和认识的审美价值汇集一起的文化差异来解释（参阅第一章第四节九中马克思的评论）。

1　尤里·洛特曼（Yuri Lotman，1922—1993），苏联文艺理论家，符号学家。

市场机构在使文化产品脱离其最初的背景时，倾向于破坏文化的个人印记成分。从商品角度来看一切都是可比的：通俗杂志、伦勃朗绘画的复制品、艺术摄影，托马斯·曼和维斯孔蒂[1]，巴黎圣母院、埃菲尔铁塔和圣心教堂[2]。这种由市场规律造成的（米·巴赫金会说是）"滑稽可笑的"效果，由波德莱尔揭示资产阶级文化的商品性的抒情作品再现出来了："使物脱离其惯有的背景——通常显示陈列商品的特征的一种过程——构成了波德莱尔特有的一种手法。"（本雅明，1955，1976，第166页）

从本雅明的观点来看，波德莱尔的诗歌，与显示转化成商品的文化产品的陈列价值的市场社会、资本主义社会的飞跃发展是分不开的。在把冲击纳入他的诗歌时，波德莱尔对社会和经济的发展作出了反应，同时也避免写出已经过时的、"个人印记的"即传统的诗歌。

人们常常指责本雅明以过分隐喻和过分"类似"的方式，把马克思关于生产力和生产关系的辩证法应用于艺术领域（例如可参阅毕尔格的著作，1974，第38页）。这种指责不算错，但是却忽略了本雅明的社会学阐述中潜在的基本理论问题。

因为本雅明是最早从语言角度进行文学社会学研究的人之一，我们看到他是如何力图描绘波德莱尔作品中作为语言过程的对个人印记的破坏的。换句话说，问题在于描绘和解释在发达的市场社会里，诗歌话语对语言环境的反应。这种研究方法对于文本社会学显然特别重要。

这样一种社会学不会满足于分析诗作词汇的复杂性，而是试图超越本雅明分析的范围，确定波德莱尔构成的语义世界。它力求揭示这个世界里基本的语义对立，并显示出"混杂"的规则，这一规则的一切新颖的结合产生本雅明所说的"冲击"。（在这方面应该研究显示波德莱尔诗歌的特征的"诙谐十四行诗""滑稽可笑的"效果和语义的双重性。）

同时应该对我所说的时代的"社会语言环境"作更系统的深入研究，在诗里"重新发现"路易－菲利普[3]社会的词汇是不够的。必须从乔治·马多雷（马多雷，1951）的研究出发，尝试描述戈蒂耶和波德莱尔这类作家体验到的语言的商品化。本雅明的研究方法过于"内在"，没有充分注意波德莱尔的作

1　维斯孔蒂（Luchino Visconti，1906—1976），意大利电影导演。

2　位于巴黎北部的蒙马特尔高地。

3　路易－菲利普（Louis-Philippe，1773—1850），法国国王（1830—1848在位）。

品所吸收和改造的各种不同的集体语言（沙龙语言、政治、科学、新闻的修辞等）。

在名为《字里行间，语言之间》的评论中，让－勒内·拉德米拉尔（Jean-René Ladmiral）谈到本雅明的翻译理论的核心中包含的"语言学的和符号学的前提"（拉德米拉尔，1981，第71页）。作为波德莱尔作品的译者和翻译理论家，本雅明现在可以被视为文本社会学的先驱之一。最好能根据（仍然过于"形式主义的"）当代社会学来重读他的著作，以便发展拉德米拉尔所说的"前提"。

二、特奥多尔·阿多诺：作为批判的诗歌

我们看到，本雅明想用来代替传统艺术的个人印记价值的陈列价值，对阿多诺来说首先是一种交换价值，它是艺术转变成商品的结果（参阅第一章第四节九）。复制绘画、制作"古典"名著的（往往是压缩的）通俗版本、把著名的长篇小说和短篇小说搬上银幕，这些做法有一个共同点：为了获得商业上的成功。

阿多诺并不主张使个人印记艺术永世长存，但是他对个人印记这种双重现象的批判的一面，比本雅明认识得更为清楚。在《美学理论》里，他力求突出独特性和距离的批判功能，不肯使它们因大众交流而受到损害。在他看来，艺术家和艺术向可理解性和可交流性所作的一切让步，都是对交换价值和意识形态（商品化的和意识形态的陈词滥调）的让步。

在《美学理论》中，阿多诺设想的批判艺术带有否定性的烙印：由对意识形态的和商品化的陈词滥调的反抗、由对交流的拒绝而显示出来的烙印。只有能摆脱大众交流的作品，才能在当代社会里起到批判的作用："因为交流是精神对实用的适应，精神通过这种适应而进入商品范畴，今天人们所说的意义也就成了这种丑恶现象的一部分。"（阿多诺，1970，1974，第104页）

阿多诺主张的拒绝交流，在现代文学中有长期的传统。在法国，（被文学评论家们与"唯美主义"联系起来的）马拉美是最早主张神秘诗歌的人之一，这种诗歌以其多义性、新词的使用和非参照性而摆脱了交流语言的束缚。在马拉美的作品里，词汇只有在作为无法翻译、不可交换的能指时才有价值。他写道："诗句用几个词重新组成一个完整的、新的、与语言无关和咒语般的句子，完成了这种言语的孤立……"（马拉美，1945，第368页）

马拉美的否定性显示了19世纪末和20世纪初整个先锋派的特征，阿多诺的美学则恢复了这种否定性。这种美学由于利用先锋派的否定性和反抗来对付资产阶级的实用主义，达到了真正的批判艺术的自主性。新先锋派超现实主义和未来主义的代表乐于"使用诗歌"来抹杀艺术和生活之间的差距，从而使这种自主性本身成了问题，而阿多诺的美学却正是在这种历史环境中恢复批判艺术的自主性的。

阿多诺的美学在许多方面可以看成唯美主义的产物：犹如对马拉美、瓦莱里、普鲁斯特和格奥尔格的经典性实践的一种批判的"理论化"。阿多诺写作关于后三位作家的评论并非偶然。然而我们将看到，对他来说，问题不在于写赞美神秘诗歌的文章。他虽然没有以任何社会介入的名义谴责格奥尔格这样的诗人，但却力求揭示他诗作中潜在的矛盾：由于（否定的）批判因素和（肯定的）意识形态因素并存而产生的矛盾。

即使是追求否定性和自主性的艺术也逃避不了历史性，它是自主的，但同时又是社会现象。阿多诺从未（像莱布弗里德那样，见上文）肯定社会学分析不会倾向于神秘的、多义的、其社会或历史"内容"不明显的作品。根据《美学理论》的观点，一切艺术作品都具有双重性：它们既是自主的，同时又是社会现象。"艺术的那种既自主又是社会现象的暧昧特征始终在其自主范围内产生反响。"（阿多诺，1970，1974，第15页）因此（资产阶级的世俗化社会特有的）美学自主性本身也是一种社会现象。

抒情文本和社会。在一篇名为《关于抒情诗和社会的演讲》的重要论文中，阿多诺探讨了抒情文本的批判潜力：它对受"大量股份"操纵的交流的反抗能力。他断言："艺术作品的重要性只是揭示被意识形态所掩盖的东西的能力。"（阿多诺，1958，1969，第77页）（有趣的是在很久以后，相信文学文本能显示意识形态的缺陷和矛盾的皮埃尔·马歇雷，又以阿尔都塞的方式重新采用了这一观念。参阅第二章第二节五和本节的下文。）

在《关于抒情诗和社会的演讲》里，我们可以区分在谈到《美学理论》时已涉及的两个基本论据：以否定（意识形态的）意义来反对交流的神秘和多义的诗歌；但是这种对意义的否定远非不可解释，它们本身就有意义，而且应该在这种社会历史背景中加以解释——艺术用对交流的反抗来极力挽救它的批判方面和自主性。因此像在《美学理论》中一样，在《关于抒情诗和社会的演讲》里，诗歌也显然是自主的，而且是社会现象。

　　为了证明他关于抒情作品的社会学批判特征的论点，阿多诺引证了莫里克[1]和斯特凡·格奥尔格的诗篇。对两位诗人的作品，他都证明（他的证明对文本社会学极为重要）语言和风格被往往是矛盾的意识形态浸透到了什么程度。

　　对于莫里克，他描述了两种风格、两种极端的风格学的综合，其中每一种单独看来都表现了一种特定的意识形态。向往客观性的古典主义风格空洞无物，因为它失去了产生主观感情的能力。主观感情在"毕德麦耶尔派"[2]时代的浪漫主义风格中起着重要的作用，但是当时的浪漫主义文体不再超越个人的、私人问题的狭隘局限。它证实资产阶级的一部分退却到了私人的范围。

　　在对两种风格及其形式进行综合时，莫里克把浪漫主义的主观性和古典主义客观性，把社会范围和私人范围结合起来了："他同时承认毕德麦耶尔派时代高雅风格的空洞和小资产阶级狭隘派的平庸特征，他的绝大部分作品都写于这一时代：一个不能把握整体的时代。"（阿多诺，1958，1969，第96页）

　　莫里克诗歌的批判价值，在于对两种被损害的风格的成功综合，这种综合复活了一种被意识形态的流弊所毁灭的语言。在阿多诺批判性的评述中，革新概念显然起着重要的作用，但是革新在这里不像在俄国形式主义里那样是一个纯技巧的概念，莫里克的例子证明它已被阿多诺纳入了一种社会学的和社会学批评的背景。莫里克革新的综合同时也是使被意识形态分开的两个极端发生关系：私人范围和公共范围、个人和社会。

　　以同样的观点来看，斯特凡·格奥尔格的诗歌显然是意识形态和批判之间的一种脆弱的平衡。在阿多诺看来，格奥尔格的某些诗篇是向"格奥尔格－克雷斯"（格奥尔格创立的文社）的反民主的意识形态所作的让步，因为文社的成员摒弃了他们认为是平凡而庸俗的民主观念。

　　格奥尔格的某些诗句再现和发展了"文社"里精深的行话，从这个意义来说，它们带有意识形态陈词滥调的烙印。在以高雅的、往往是矫揉造作的语调提及独特性、纯洁和高尚时，它们暗示了与庸俗——可以看成否定意义上的"个人印记的"保持的距离，它们显示了诗人的自恋和"文社"的杰出思想（集体的自恋）之间的联系。

1　爱德华·弗利德里希·莫里克（Eduard Friedrich Mörike，1804—1875），德国作家。

2　毕德麦耶尔派，1814—1848年间德国的一种文化艺术流派，表现资产阶级脱离政治、自鸣得意的庸俗生活。

在发表于《文学笔记Ⅳ》上的关于格奥尔格的评论中，阿多诺引用了下列诗句来表明他所理解的"意识形态风格"：

> 你像火焰一样苗条纯净
> 你像早晨一样柔和光明
> 你是在树上怒放的鲜花
> 你像清泉一样神秘晶莹

阿多诺认为，这些诗句在他在《美学理论》中所说的"意识形态的堕落"之后不再继续存在。而在格奥尔格作品里还有另一些诗句，它们的纯朴和多义性使它们避免了意识形态的雄辩术，即它的象征、寓意、陈词滥调和语义的简化。阿多诺引证了另一首在他看来保留了真理内涵的诗：

> 你渴望着进入炉里
> 那里火焰都已熄灭
> 大地上仅有的光明
> 是月光洒下的朦胧
>
> 你钻到灰烬下面
> 带着苍白的手指
> 不断寻找和探索
> 然后再重新出现
>
> 安慰地看着你
> 月亮也在规劝
> 从炉里出来吧
> 现在已经太晚

阿多诺指出，这首诗虽然否定了一种即时的意义，但是暗示了一种历史境遇，在不提及明确的历史事件的情况下表现了"所有时代的感觉"（阿多诺语），同时也避免了反映一种特定观念的寓意。因此格奥尔格最好的作品是神秘的，其多义性不允许简单化阅读的诗篇。

　　然而阿多诺的评述不是要在抒情文本的批判因素和意识形态因素之间画一条简单的界线，而是辩证地揭示意识形态和批判、肯定和否定的相互依赖。

　　从这个角度来看，格奥尔格的贵族气派显然完全是一种双重的现象：一方面它不可能对深受商品化和大众交流之害的文化和语言进行彻底的批判，另一方面它（像尼采的贵族气派一样）预示和准备着纳粹的"超人"思想的来临。阿多诺在一篇名为《格奥尔格和霍夫曼斯塔尔[1]》的评论中指出："格奥尔格的文化由于野蛮而在任何时候都可能存在。"（阿多诺，1955，1976，第240）他在评论的最后部分承认两位诗人曾"堕落"到既定秩序之中：不过正是他们的堕落显示出了他们的异化，以及他们对市场社会、阶级社会的不断拒绝。

　　阿多诺的批判尽管具有"随笔性"、主观性，而且（从符号学的观点来看）往往是武断的，但是与卢卡契等和其他马克思主义者对尼采和格奥尔格的批判相比，却有一个决定性的优点：它既不简化也不片面，而是考虑到了有关作品和作家的双重性。（说尼采和格奥尔格与纳粹的到来"毫无关系"是错误的，然而断定他们是纳粹分子的先驱也同样是错误的，这方面可参阅卢卡契：《理性的毁灭》，诺伊维德和柏林，1962。）

　　阿多诺认为，文学批评的任务在于防止意识形态的简化，不使文学作品"在意识形态中堕落"，以及把它们往往被时髦的陈词滥调所湮没的"真理内涵"公之于世。艺术作品并非一劳永逸，由于作品被人们接受的情况在不断改变，所以它必然是一种历史变化，而随着时间的消逝，它始终都会贬值。作品变成什么样子取决于批评："但是如果完成的作品仅仅由于它们的存在是一种变化才成为现在这个样子，那是因为它们本身被置于使这一过程凝聚的形式之中：解释、评述和批判。"（阿多诺，1970，1974，第258页）

　　根据《美学理论》中的这句话，才能尽量清楚地理解连续发表在四卷《文学笔记》中的批判性的评论。

　　并列。在关于荷尔德林的长篇论著中，阿多诺力求使诗人摆脱他所说的"独特的行话"，即在50年代为了证明自身的学说而强占了许多文学作品的德国存在主义的雄辩术。在他的《独特的行话：论德意志意识形态》（法兰克

1　胡戈·冯·霍夫曼斯塔尔（Hugo von Hofmannsthal，1874—1929），奥地利作家。

福，1964）一书里，他揭示了存在主义语言在教育、报刊、文学批判和各种
文化建制中的重要性。他极力揭露海德格尔的存在哲学的保守性甚至反动性，
因为它把荷尔德林变成了一个"乡土"的即德国土地上的诗人。

在阿多诺看来，海德格尔由于强调荷尔德林诗歌中适于传统主义和民族
主义解释的因素而忽视了它人道主义的和批判的方面。他在《并列：荷尔德
林后期的抒情诗》（1964）一书中，指责海德格尔使荷尔德林的作品脱离了
其社会历史背景，只是在《存在与时间》中加以发挥的存在主义本体论的范
围内进行介绍。（这种借鉴胡塞尔[1]的现象学和巴门尼德[2]的先苏格拉底哲学
的本体论，努力探讨一切本体的问题，因而对社会问题和文学史的问题不感
兴趣。）

与本体论的论据相反，阿多诺力图把荷尔德林的抒情作品置于他本人主
张的人道主义和批判的传统之中。海德格尔在引证《面包与葡萄酒》中的诗
句"谁若是尝试过，谁就相信吧，精神在于它自身/不在于开端，不在于来
源"时，得出结论："大胆的遗忘是自觉地了解陌生事物，以便更好地适应本
地事物的勇气。"（阿多诺，1964，1965，第167页）阿多诺在他的批判性的
评述中，引用了"我想到高加索去！"这样的诗句来证明，荷尔德林作品中
的陌生事物远非把民族遗产占为己有的借口，而是本身就有一个目标：超越
民族主义的和保守的意识形态。

他认为海德格尔的解释有双重的根据：这些解释在颂扬作品来源时不
仅加强了民族主义的雄辩术，而且巩固了作为这种雄辩术的精神动力的集体
自恋。

为了更清楚地了解阿多诺对海德格尔的论战和他关于荷尔德林的阐述，
必须注意荷尔德林的作品对他本身的理论话语有着重大的影响。

荷尔德林的诗篇倾向于削弱话语的句法方面而重视其（非等级的、非
亚策略的）类策略的构成，这一倾向在阿多诺力求摆脱理性主义的等级结构
（参阅第二章第二节四）的理论著作里同样感觉得到。为了找到工具的理性及
其系统而等级化的话语的一种对等物，阿多诺倾向于——特别是在《美学理
论》中——一种在发展话语的类策略和例词方面时屈从于模拟冲动的文学。

1　埃德蒙·胡塞尔（Edmund Husserl，1859—1938），德国哲学家，现象学的创始人。
2　巴门尼德（约公元前6世纪末—约公元前5世纪中叶以后），古希腊埃利亚学派哲学家。

　　在理论的文体方面，这种倾向使《理性辩证法》的作者们对实证主义和理性主义的批判更加完整了。从理性主义的（工具的）理性与技术和工艺的统治密切相关这一观念出发，阿多诺和霍克海默力求实现（代表一种模拟的、和解的、理性的）艺术和理论之间的结合。自然和社会的和解，只有当人的思想在粉碎理性主义在控制和利用自然时强加的等级化的概念体系时才有可能。阿多诺在《美学理论》中放弃意群的和体系的论据时，从荷尔德林的类策略的话语中得到了启发。

　　阿多诺未能充分重视作品总体的语义结构，因而他的某些解释是武断的。除此之外，我认为必须注意《美学理论》的两个弱点：被阿多诺视为批判典范的神秘艺术，本身可以被看成市场社会的产物；他的理论忽视了文学文本在作为社会实践的语言中的起源。

　　阿多诺的美学和他所说的（没有更好的说法）唯美主义之间的关系，一开始便已经成为问题。对阿多诺来说，马拉美、瓦莱里或格奥尔格的神秘诗篇，除了其审美和批判的意义之外，还有特定的政治影响。根据从非同一性出发而拒绝与现存的政治势力之一认同的"批判理论"，艺术和理论代表着无产阶级革命失败之后社会上不满情绪的最后的避难所。

　　我们甚至可以在阿多诺的著作里区分两种互相补充的"唯美主义"：一种只重视瓦莱里、格奥尔格、马拉美、霍夫曼斯塔尔和普鲁斯特的作品；另一种则更为全面，在于识别批判意识（社会批判）和艺术意识，尤其是"神秘"艺术或先锋派艺术（卡夫卡、贝克特、布勒东）。我们看到即使是新古典主义的艺术，荷尔德林或歌德的艺术，都在这种"全面的"唯美主义中起着重要的作用。两种唯美主义互相补充，因为后者是前者的先决条件：正是采用了普鲁斯特、马拉美或瓦莱里的观点（当然是在"批判理论"的背景下），阿多诺才能识别真正的真实和艺术真实。在这方面，他的观点与（超现实主义或未来主义）先锋派的观点有着根本的区别：先锋派的代表们希望美化现实并以此超越资产阶级的自主艺术观念。

　　他关于瓦莱里的评论有一个意味深长的标题："作为权力人物的艺术家"。这篇评论以一种极端的形式把神秘艺术与社会批判及一个不存在的更美好的世界等同起来了。瓦莱里的诗篇蔑视感官的热情，它合理而又神秘的结构正如勋伯格[1]的十二音体系技巧一样，是对付整体化交流的唯一保证。他在谈到瓦莱里时说："构思艺术作品在他看来意味着：拒绝沉醉于自瓦格纳、波德莱尔和马奈以来杰出的肉感艺术所形成的麻醉剂，防止把作品变成宣传工具和使消费者成为心理技术学疗法的牺牲品的堕落。"（阿多诺，1958，1969，第193页）

目前，这种对艺术和社会批判的审美同化不再令人感到那么"明显"了。与阿多诺不同，皮埃尔·布尔迪厄[2]不考虑艺术的批判方面，而是力求证明高雅艺术是多么和市场规律相关。作为难得的和难以理解的象征性的福利，艺术属于在消费和交流体系中占有特殊经济地位的社会集团，一般来说，瓦莱里和普鲁斯特的读者，无论在经济还是消遣方面，都属于一个特权阶级。作为象征性的普遍权力（因而也是阶级权力）的一部分，"艺术领域"（布尔迪厄语）正如一个消费领域，属于社会里享有特殊利益的成员（布尔迪厄，1979）。

阿多诺不是不知道，在资产阶级社会里和在所谓的"社会主义"社会里一样，文化是一种阶级文化。在他的《论艺术的社会学》里，他证明对批判文学（批判艺术）的有限接受，正如拙劣的文艺作品极为畅销一样，都是一种社会现象（阿多诺，1967，第97页）。

他固然考虑到了"高雅"艺术和"大众"艺术之间的辩证关系，但我感到他却极少过问"真正的""批判的"艺术的意识形态价值和经济价值。他不是不了解普鲁斯特或马拉美作品的批判方面（像布尔迪厄所做的那样），他更应该（和布尔迪厄一起）批判这些作品的建制功能：在学校或大学建制里，一篇关于马拉美或普鲁斯特的论文，难道不比一篇关于西默农[3]或克莱尔·布雷泰舍[4]的《受挫者》的符号学论文更为"高雅"？怎样解释艺术的"象征性的福利"的价值，它的文化交换价值？

这个我不打算在这里解决的问题，由梅绍尼克[5]在关于萨特的一篇评论中作了概括。在这篇评论里，阿多诺主张的非交流和商品化交流发生了直接

1　阿诺尔德·勋伯格（Arnold Schoenberg，1874—1951），美籍奥地利作曲家。
2　皮埃尔·布尔迪厄（Pierre Bourdieu，1930—2002），法国社会学家，巴黎高等社会科学研究院教授，法兰西学院院士。
3　乔治·西默农（Georges Simenon，1903—1989）比利时法语作家，以写侦探小说著称。
4　克莱尔·布雷泰舍（Claire Bretécher，1940—2020），法国动画片专家。
5　亨利·梅绍尼克（Henri Meschonnic，1932—2009），法国当代文学批评家。

的关系："萨特证明，非交流的、不可交流的文学，是与当代拒绝交流的（阶级）消费的、消遣的文学，即'消化作品'（Ⅲ，第89页）联系在一起的。他证明'艺术家的思想可耻地'巩固了艺术所有者的意识形态（Ⅲ，第311页）。"（梅绍尼克，1979，第165页）我们固然同意萨特对这一问题的定义，但也可以（和阿多诺一样）询问："在卡夫卡的一部小说和弗莱明的小说《詹姆斯·邦德》之间，在罗伯-格里耶的一部小说和一部侦探小说之间，难道就不再有批判方面的区别？"

　　阿多诺美学必然产生的另一个问题是对文本社会学的看法。根据非交流的观点，阿多诺倾向于把文学作品看成一个"单子"[1]，一个不能以其起源来解释的封闭世界。他在评论发生学的研究方法时写道："混淆艺术作品及其起源，似乎变化是变化物的普遍关键，艺术的科学尤其变得与艺术无关，因为艺术作品在耗尽其起源时追随其形式的规律。"（阿多诺，1970，1974，第238页）

　　一种文学文本虽然不能简化为它的起源，但也不能脱离起源加以解释。文本是一些社会现象，因为它们是对其他口头的或书面的、肯定集体的问题和利益的文本的反应。阿多诺曾断言："艺术作品是彼此封闭的，它们是盲目的，然而却在它们的神秘性中表现作品之外的东西。"（阿多诺，1970，1974，第239页）这时他似乎忘记了文本间互相影响的过程（参阅第四章）。

　　这里和在其他地方一样，阿多诺富有隐喻的（然而是刺激性的）语言提出了也引起了一些问题：一种文本如果不能被视为与其他文本的公开的对话、一个尚未结束的过程，它怎么可能表现现实？阿多诺在把作品设想成一个已经完成的产品、"过程中凝固的时刻"而不是一个生产过程时，他使文学文本脱离了它最初的背景，即它得以产生的社会语言环境（参阅第四章）。

　　这种分离有着严重的后果：忽视了起源的社会语言学背景，阿多诺便倾向于把荷尔德林、瓦莱里或格奥尔格的抒情文本投入当代的背景之中，并混淆生产的语言和接受的语言。

　　例如在解释荷尔德林的作品时，他以自己批判的和人道主义的解释来反对海德格尔，而不问在诗人的社会语言环境和存在主义及"批判理论"的社

1　哲学用语。布鲁诺认为单子是物质和精神的统一体，莱布尼茨则把单子看作精神的实体，认为上帝是最高级的单子。

会语言环境之间的历史差距。荷尔德林的诗篇吸收和改变了哪些文学、哲学、政治等的话语？怎样根据起源时期的词汇来解释这些诗篇的词汇？阿多诺几乎没有回答这些问题。在大多数情况下，他只是满足于用他自己的社会学批评的解释来反对本体论的、存在主义的解释。他既然采用了这样一种内在的观点，那么与力求系统地抹去语言的对话性、社会性和历史性的"存在"哲学便没有足够的区别。

文本社会学保留了阿多诺美学的某些因素（即批判语言，认为作品是一个混杂的、矛盾的整体的观念），但强调的是发生学的、互文的方面。

第四节　小说的社会学

关于小说的社会学论著，要比对抒情文本的社会学批评分析多得多。与往往倾向于个人的精神世界或语言本身的抒情诗歌不同，小说表现的是社会的和历史的环境和行动。它不仅把对个人"内心的"精神生活的描绘和对社会环境的表现结合起来，而且和对这些环境的"社会学的"分析结合起来了。关于这个问题，我们可以想到巴尔扎克对法国贵族阶级的社会和政治作用的长时间的周密思考，他的小说《朗热公爵夫人》有很大一部分是用于这类"社会学"分析的，这些分析受到了马克思、恩格斯和后来的乔治·卢卡契的高度评价。

社会学家过去和现在都特别重视小说文学，因为它在表现和作为资料方面都胜过诗歌：完全可以把《人间喜剧》的长篇小说和中篇小说当成奥尔良党人社会的描述来阅读，而把普鲁斯特的《追忆似水年华》当成圣日耳曼区的自传性的分析。英国和北美主张他们所说的"通过文学的社会学"的人，都把小说当作理解一个社会或时代的历史资料。（参阅莱·科塞：《通过文学的社会学》，恩格尔伍德·克里夫斯，学徒馆出版社，1963）

不过我认为，纯粹从表现和资料的角度来分析小说的人忽视了这个基本问题：小说的语义和叙述领域在多大范围内构成一种社会现象，小说的文本又在多大程度上可以和一个时代的社会语言的（推论的）结构联系起来？

我们将看到，即使是认为超越了（《通过文学的社会学》的）资料角度的经验主义的马克思主义批评家，也都倾向于把小说简化为它的主题问题，即人们通常所说的"内容"。不过某些当代符号学家肯定"内容就是形式"时却不是一句简单的风趣话：他们力求人们注意，即使是所谓的现实主义小说也是一种语义的和叙述的建构，而不是现实的再现。一切理论的或文学的话语在语义和叙述方面都曲解现实，而问题在于说明这些曲解。

然而，像乔治·卢卡契这样的现实主义和现实主义小说的理论家，却完全不认为小说文本是简单地再现社会现实。我们看到（第二章第二节二），卢卡契的美学远非要求机械地再现现实，它所说的现实主义，是指以典型的性格和情节把社会或一种社会环境表现成一个一致的整体的（小说的或其他的）文本。这种美学似乎不把小说看成一份历史资料，而是在忽略它的语言结构时特别重视它的表现（和认识）方面。

在下面各段里，问题在于证实小说体裁的社会学是根据两种互相补充的基本假设发展起来的。按照第一种假设，小说的发展是与在这种文学体裁的生产和接受方面表现出来的资产阶级个人主义的发展同时产生的。按照第二种假设，既然小说的文体吸取了资产阶级的科学和唯物主义倾向，以及它的经验论和唯名论，小说便是最杰出的"现实主义"文本。此外，小说不再像悲剧或封建史诗那样特别重视有限的社会阶层（贵族阶级），而是倾向于资产阶级和全体人民。因而可以看出个人主义和现实主义互为补充，它们的共同点是资产阶级"世俗化的"和"科学的"世界观。

个人主义。一些像伊恩·瓦特[1]和杨·科特[2]这样的作家分别在他们的著作中证明，小说这种个人主义的体裁与资产阶级的意识形态有着多么密切的联系，例如关于杰出个人的观念、对心理描写的兴趣和把私下阅读作为最优先的接受方式。在这方面，他们对埃里希·柯勒根据资产阶级社会地位和经济的上升来解释小说体裁发展的研究作了补充（参阅第三章第一节）。

与力求在不断变化的文类体系范畴中说明小说演变的柯勒不同，波兰理论家杨·科特关心小说在主题方面的个人主义。在关于丹尼尔·笛福[3]的《鲁滨孙漂流记》的名为《一个荒岛上的资本主义》的评论中，他认为这位困于荒岛的水手和当时的资本主义社会有着类似的生活方式。鲁滨孙对自己以及后来对星期五的日常生活的安排，在许多方面都类似于自由企业家，这种安

1　伊恩·瓦特（Ian Watt, 1917—1999），美国文学批评家，斯坦福大学教授。

2　杨·科特（Jan Kott, 1914—2001），波兰文学史家，戏剧批评家。

3　丹尼尔·笛福（Daniel Defoe, 1660—1731），英国小说家。

排的特点是金钱、详细的账目和严格的精打细算。科特断定"鲁滨孙是斯密和李嘉图的一个先驱。鲁滨孙并非不知道一切价值都可以从投入的劳动中扣除，并且要根据它的生产所需要的时间来衡量"（科特，1954，1972，第167页）。

在科特看来，即使笛福小说的写作可以用当时实用的个人主义来解释，这位18世纪的作家忽视对自然景色的描绘也并非偶然："他总是匆匆忙忙，关心的只是人和他的活动。"（科特，1954，1972，第160页）（这里有趣的是不用引证霍克海默和阿多诺的《理性辩证法》便可以证明，科特恢复了这本把启蒙运动时代的理性主义精神和被市场经济转变为交换物的大自然的征服联系起来的书里的某些论据。）

丹尼尔·笛福的小说不是一种不可能与18世纪的小说生产联系起来的孤立现象。照科特的说法，理性主义精神和会计式的态度在理查逊的小说中同样起着重要的作用："在理查逊的《帕美勒》和《克拉丽莎》中，有一本同样详细的道德账目。洛弗拉斯记下了克拉丽莎使他遭受的一切屈辱。"（科特，1954，1972，第162页）

（资产阶级的）个人主义价值体系不仅仅对小说的主题作出了解释。在伊恩·瓦特的重要著作《小说的兴起》里，它还说明了民众对小说体裁的接受。

瓦特对主题问题不甚关心，他力求证明的是，小说在笛福、理查逊和菲尔丁时代深受欢迎，是与一批易受感染的资产阶级（特别是女性）读者的出现密切相关的。这些读者由于其个人主义思想而饶有兴趣地欢迎一切对个人的私生活、对内心的描写。瓦特分析了小说个人主义的三个重要方面：a. 主人公的专有名称所表现出来的唯名论（经验论）；b. 与小说演变同时产生的心理学在各种哲学理论中的迅速发展；c. 由一种世俗化的、往往（像托马斯·霍布斯的哲学那样）倾向于唯物主义解释的哲学所激发的现实主义。

专有名称在关注个人命运的文学体裁里特别重要，何况这种个人常常是杰出的个人，其家庭出身、社会雄心和热情成了最受欢迎的故事主题。瓦特写道："个人身份的问题合乎逻辑地与专有名称的认识论的地位密切相关。"（瓦特，1957，1974，第19页）他还引证了托马斯·霍布斯的名言："专有名称只表示一个东西，通用名称表示任何一个复合体。"

由此可见托马斯·霍布斯的观念：在虚构作品方面，只要人们还像经院哲学、像"学究"一样处于一般概念的形而上学的层次上，就不可能采用

"科学的"（经验的）观点——只有在个人方面，名称被认为与事物相符时才能发现真理。

　　然而作为个人的人的科学是心理学，它倾向于重视感情生活，并根据个人的"内心"生活、根据私人的范畴来说明社会环境。瓦特在他的书中，描述了从古典主义时代的社会（历史）倾向向（18 和 19 世纪的）小说时代的个人主义心理倾向的转变："因而理查逊的叙述技巧反映了一种更为重要的角度变化——从古典主义世界客观的、社会的和公共的倾向，向显示两个世纪以来文学生活特征的主观的、个人主义的和私人倾向的转变。"（瓦特，1957，1974，第 199 页）这种关于主观倾向和私人范畴的理论就是心理学，它的性格分析使 18 和 19 世纪的小说成了心理小说。（下面我们将会看到，在以个人主义的衰落为标志的社会历史环境中，阿兰·罗伯－格里耶等"新小说"作家对小说的心理传统提出了疑问。）

　　现实主义。我们在这里似乎可以不涉及作为需要确定定义或无法确定的概念的现实主义这个微妙问题，而在唯名论（经验论）的、往往是唯物主义的个人主义思想和现实主义的概念之间确立一种关系。在倾向于个人的物质成就的世俗化社会里，问题不再是表现一种形而上的探索（这是封建文学特别是艳情文学的主要题材之一），而是了解支配物质和社会现实的规律。

　　瓦特清楚地确定了现实主义文学和资产阶级个人主义之间的关系，他指出："现代现实主义的出发点，当然是个人的感觉能够发现真理这个公设。这一公设起源于笛卡尔和洛克的著作，并在 18 世纪中叶由托马斯·里德[1]完全表达出来。"（瓦特，1957，1974，第 12 页）所以在世俗化的社会里，真理失去了它的超验性、神性，它等于去发现"规律"的个人的物质、精神和社会经验。

　　这种现实和现实主义概念是巴尔扎克这样的作家的特点，他不仅（在《绝对之探求》中）对炼金术和自然科学感兴趣，而且力求弄清经济和社会发展中隐藏的规律。他在《幻灭》中对金融界和新闻界所作的分析也许是最突出的例子之一。

　　作为他的小说《农民》的序言的那封信，清楚地显示了研究一个特定社会，并揭示支配其演变的规律的"社会学的"设想。巴尔扎克恢复了卢梭的

1　托马斯·里德（Thomas Reid，1710—1796），苏格兰哲学家。

教育意图，他写道："让－雅克·卢梭在《新爱洛绮丝》的开头有一句话：'我看到了当代的风俗，于是发表了这些信件。'我难道不能像这位伟大的作家那样对你们说：我研究了当代的进程，于是我发表这部著作？"（巴尔扎克，1844，1968，第19页）在下一句里，他强调指出他的小说是一种"研究"。

我承认不能只把现实主义概念作为出发点，也承认在这方面有许多互相竞争的概念，然而我认为可以找到一切"现实主义"的共同点，即现实主义文学有助于更好地了解现实，因而具有一种（理论、科学、批判或教训的）认识价值的观念（或偏见）。

一、乔治·卢卡契确定的现实主义小说

在前一章里（第二章第二节二），已经讨论过卢卡契根据整体和典型概念所确定的现实主义。在他的理论中，他使现实主义文学（瓦尔特、司各特、巴尔扎克、托马斯·曼）与包括左拉和现代先锋派文学的作品在内的自然主义文学形成了二元论的对比。

在卢卡契看来，现实主义小说不仅仅创造典型的性格、环境和情节，它对现实的恰当表现同样来自它叙述结构的因果一致。左拉、卡夫卡或贝克特的"抽象的"和"自然主义的"小说中，是无论如何也找不到这样一种结构的。卢卡契力求说明这些小说的叙述很不一致，并断言自然主义作品没有在本质的层次上理解现实。在左拉这样一位作家的作品里，现实是难以把握的。主人公几乎不参与事件，他们倾向于保持被动，做单纯的旁观者。

卢卡契最优秀的论文之一名为《叙述与描写》，它表现了现实主义风格和自然主义风格在叙述方面的对立，并且证明一篇作品的（宏观）句法结构多么可能成为一场意识形态和社会学论争的赌注。这样他就证明了叙述（叙述现实的方式）远非纯粹的文学（通常是文本）的形式问题，实际上尤其是意识形态的因素。

这篇评论的开头，围绕"现实主义者"托尔斯泰和"自然主义者"左拉之间的对立，提出了如何区分现实主义叙述和自然主义叙述的问题。按照卢卡契的说法，托尔斯泰或巴尔扎克这样的现实主义作家重视的是使一切事件戏剧性地展开并导致结局的叙述，所以他们选择事件的因果的一致。他在谈到《幻灭》时指出："巴尔扎克使我们看到资本主义制度下的剧院是怎样被变成了妓院的。主角的戏剧在这里同时是他们在其中活动的机构的戏剧，他们

借此生活的事物的戏剧，他们相互冲突的舞台的戏剧……"（卢卡契，1948，1974，第 37 页）

　　戏剧性的展开和结局是巴尔扎克作品中出现了他所描绘的社会和历史现实的本质。典型性格以及相应的情节和环境，可以说概述了一个时代的社会的基本方面。巴尔扎克作品中的取舍并非偶然，而是根据本质的内容（黑格尔和马克思所说的"本质"）进行的，从这个意义来说，在一位经验主义理论家或作家看来始终难以理解的现实，经过这些取舍便变得明显了。

　　与巴尔扎克和托尔斯泰相反，左拉未能把他细致的描写纳入小说的戏剧情节之中。卢卡契从历史的角度证实，从 18 世纪开始，描写在小说文学中起着越来越重要的作用，而在 19 世纪与情节相比却变得自主了。在福楼拜和左拉的作品里，描写最终变成了一种目的，变得与叙述无关了："在司各特、巴尔扎克或托尔斯泰的作品中，我们目睹一些事件，它们的意义在于参与其中的人物的命运，在于这些人物在发展个人生活的同时对于社会生活所具有的意义。我们是小说人物所参与的那些事件的观众。我们在体验这些事件。在福楼拜和左拉的作品中，人物本身只是与事件或多或少有些关系的旁观者。所以这些事件对读者来说就变成了一幅图画，或者不如说是一系列画面。我们在观察这些画面。"（卢卡契，1948，1974，第 39—40 页）

　　福楼拜、左拉，以及后来的普鲁斯特和穆齐尔的作品，特点是叙述和描写脱节，从而不能把现实表现为黑格尔所说的一致的整体（参阅第二章第二节一）。一位左拉这样的作家的自然主义，由于不能利用典型的性格和环境来明显地反映社会现实并显示现实的本质，所以和巴尔扎克的"批判现实主义"有根本的区别。这难道不是一种唯心主义的理论？追求本质在社会学的层次上怎样才能得到解释或证明？

　　卢卡契依靠马克思的劳动分工理论提供了一种唯物主义的解释。在左拉这样的小说家的作品里，描写变成了一种自主的目的，因为艺术家是以纯职业的、专业的角度来看待现实的。卢卡契解释说，在经济困难的情况下，作家不得不接受导致文体专门化的资本主义的劳动分工。从前是普遍的、通常倾向于人类的艺术，变成了一种受到市场规律限制和补偿的职业，因为与"业余"劳动相比，市场规律更有利于"专业"劳动。

　　总之，市场要对日益发展的劳动分工以及艺术不能以一致的叙述形式（以"故事"的形式）表现现实负责。左拉描绘了一些现象，没有把它们纳入总的、一致的背景。（我感到这里卢卡契的论据不大令人信服：为什么把描写，而不是把叙述看成作家的"专长"？小说家难道不首先是故事的叙述者？为什么要在描写中看到一种特殊的、专门的现象，而在叙述中看到一些一般的、普遍的东西？我固然同意在 19 世纪末小说的叙述结构已成为问题的这一假设，但是我认为卢卡契的社会学解释是错误的。）（参阅第四章第五节）

卢卡契认为歌德、托尔斯泰、巴尔扎克和托马斯·曼是他所说的资产阶级现实主义或"批判现实主义"的代表，并用他们来反对"盲目"和经验论的自然主义。靠着他们"领主的"地位（卢卡契语），歌德和托尔斯泰这样的作家才得以摆脱劳动分工的后果：他们看得到整体，看得到社会世界的一致。（这里可以考虑卢卡契的马克思主义话语是面向未来还是更倾向于过去：我们即使接受关于在个人主义社会里劳动分工不是不可避免这个成问题的观点，另一观点，即认为"领主地位"是摆脱劳动分工的后果的唯一办法，从马克思主义的背景来看至少也是互相矛盾的……）

让我们仔细考察一下卢卡契对歌德的《少年维特的烦恼》的分析。照卢卡契的说法，这部小说表现的典型的性格、情节和环境，（可以说）以提喻法概述了一个既定历史时期的社会和政治关系。

根据这种分析，维特对绿蒂的爱情远非纯粹的个人问题，而显然是可以感觉到的社会的一个方面。在歌德的主人公的感情生活里出现了当时的社会冲突，特别是情欲和资产阶级的婚姻建制之间的矛盾："他（歌德）在描写中揭示了人性的充分发展和资产阶级社会之间不可超越的矛盾。"（卢卡契，1947，1967，第 27 页）在使公共范围和私人范围、社会和个人重合时，歌德显示了一个一致的整体，特殊的情况在这个整体中获得了普遍的、历史的特征。

维特的失败和自杀显示了另一个矛盾，即上升的、自由的资产阶级的愿望和"封建的—专制主义的"秩序之间的矛盾。卢卡契写道："歌德使维特对绿蒂的爱成了表现主人公生活中通俗的和反封建倾向的一种诗意的形象。"（卢卡契，1947，1967，第 27 页）

这句话非常清楚地表明了卢卡契对"典型的"和"现实主义的"理解，这仅仅是指一种能以个人的情况（例如维特的情况）来显示一个阶级乃至整个社会的问题、现实主义地反映世界的小说结构。个别（特殊）和一般之间的重合产生了卢卡契美学最重要的范畴之一：特殊。

说明个别和一般在特殊、在典型中重合的另一个例子，是托马斯·曼的小说《浮士德博士》。在这部小说里，先锋派作曲家（阿德里安·莱弗金）放弃了古典音乐的和谐与人道主义来发展复调音乐和不协和音，他的孤独是现代先锋派一切艺术产品的特征。从这个意义上来说，莱弗金的生活远非奇特而偶然的情节的连贯，而可以看作典范的和典型的生活：它揭示了在放弃"人类中心论"（人道主义）世界观的先锋派艺术和由一种多少有些衰落的人道主义价值体系支配的大众日常生活之间的决裂。

"新浮士德的工作室尽管更为神秘地对外部社会的世界关闭着——当人们从外面看它的时候——它实际上是巫师的厨房，那个时代的一切不可避免的倾向都在里面混合成了一种浓缩的物质。"（卢卡契，1949，1967，第250页）托马斯·曼的现实主义恰恰在于这种能力：把整整一个时代即魏玛共和国的政治和艺术倾向，集中在莱弗金这个人物——这位该死的作曲家身上。

我乐于把卢卡契对巴尔扎克的《农民》的分析和后来皮埃尔·马歇雷的分析进行比较，但在此之前，似乎有必要就卢卡契的（黑格尔的和马克思主义的）历史话语谈一些批判性的看法。

因为"现实主义"问题首先是一个推论的问题：当一位理论家肯定一部文学作品是"现实主义的"时候，他通常都假设（这种假设不一定明显地表示出来）在论及的作品和他自己推论的现实定义（他关于现实的叙述而不仅是实体的现实）之间存在着一致。应该补充的是，理论家在解释（始终是多义的）文学文本时也进行某些语义和句法选择和曲解。因而作品的符合现实是一个推论过程，并以两种可变的因素为前提：可以有多种解释的文本和现实。

卢卡契在宣称歌德或托马斯·曼的作品是"现实主义的"时候，并未考虑到他接触的是两个可变的因素：两种（可以作多种解释的）多义的现象。他天真地认为小说和社会现实的意义都一目了然，而小说文本则是单义的。为了弄清卢卡契推论的简化和"现实主义"概念的神秘性，应该对其论据的各个层次进行分析。

这位马克思主义理论家从这个（也许是正确的）假定出发：历史过程可以在他和马克思本人一致地称为"阶级"的集体施动者（参阅第四章）的帮助下被记录下来（"被重复"）。我们看到（这很重要）他忽略了所有这些考虑，他的历史话语不再投射在小说的文本、小说的"事件"（功能和施动者）上。

主人公的爱情具有一种社会政治尺度，因为它是通过一个由阶级分析决定的模特儿折射出来，并因此和一个确定的语义结构联系在一起的。这个语义结构以一些意识形态的对立为基础，其中主要的是革命的资产阶级和反动的封建制度的对立。

我们可以证实在卢卡契的著作里，"人民性"和"人民"是作为"革命"和"革命的资产阶级"的同义词来使用的。在一种话语里，只在一个施动者里就总有大量的参与者，它们可以根据借代替换的原则互相交换。卢卡契的分析到底是怎么回事呢？我们可以证明其中至少有四个不同的推论层次，每个层次里都有语义和句法的选择：

1. 卢卡契用来了解一个确定时期的历史文本。这些文本相当于数目不详的"历史叙事"，每种叙事都有自身的推论结构。这些文本在这里被方便地统一起来了。

2. 卢卡契的历史元文本，上述的文本就成了元文本的"对象文本"。

3. 歌德的小说再次被看成这些文本的一种变化：特别是话语通过有感染力的或小说般的书信的变化（把《新爱洛绮丝》作为《少年维特的烦恼》的"前文本"）。

4. 卢卡契对歌德小说的解释是一种精心选择过的元文本，是他引以为据的黑格尔和马克思的某些文本的一种变化。现在一切都清楚了，一种元叙事（卢卡契"重复""概述"的小说）被安排在一种历史叙事（层次2）里，而这种历史叙事本身又能从马克思的历史话语中推论出来，等等。与某些把小说和作家传记或某种时代"趣味"联系起来的评论相比，卢卡契的批评话语虽然看来更有价值，但是辩证唯物主义的文学理论若要免遭说它是一种简单的意识形态、连对自身的前提和起源都不会反省的指责，就应该尝试使它的推论做法明朗化。

作为结论我们要补充的是，根据某些经典著作来宣布一部作品应该是"现实主义的"而不是"自然主义的"，应该通过"典型的"人物和环境来反映现实，这样一种美学具有规定的特征。

它同样具有一种非历史的特征，因为卢卡契没有充分考虑到歌德或托马斯·曼的小说是在特定的社会历史环境中产生的，所以不能在这两位作家所不了解的社会和文化环境里作为模式。（在与卢卡契的论战中，布莱希特曾指出，社会变化必然会创造出在卢卡契的现实主义文学里不可能找到的新形式。

在他看来，卢卡契拒绝放弃过时的形式，他才是真正的"形式主义者"。（这方面可参阅《贝托尔特·布莱希特和乔治·卢卡契》，见亨利·阿尔冯[1]：《马克思主义美学》，巴黎，法国大学出版社，1970；乔治·卢卡契：《报道或是塑造？对奥特瓦尔特一部小说的批评注释》，见 F. 拉达茨编选的《马克思主义和文学》Ⅱ，莱因贝克，罗沃尔特出版社，1969。）

二、巴尔扎克的《农民》：从卢卡契到马歇雷

在马克思和恩格斯之后，两位马克思主义哲学家，乔治·卢卡契和皮埃尔·马歇雷对巴尔扎克的小说作过评论。他们对巴尔扎克的小说《农民》的评述，对文学社会具有特殊的重要性：首先，它们证明两种极为不同的马克思主义研究方法可以获得一些类似的结果；其次，它们的并存使我们可以知道，（马克思主义的）文学社会学从 1934 年（卢卡契）到 1979 年（马歇雷）在方法论方面是否有所发展。

卢卡契在分析中提出了一个马克思提过的老问题：怎样解释巴尔扎克保守的、正统主义的思想，与他对法国贵族阶级的衰落和资产阶级及资本主义的发展的（使人认清真相的）现实主义表现之间的差距？

卢卡契力求回答这个问题的基本论据比较简单，与马克思的论据没有本质的区别：巴尔扎克作为天才的现实主义作家，反对和超越了小说家的第二个我，即保守的思想家。我们就从这篇评论的最后一句话开始，我认为它是论据的核心："巴尔扎克的天才显现在以完全现实主义的必然性描写了会导致这一切（农民的破产、资产阶级的上升和无产阶级的最终胜利）的绝望。"（卢卡契，1934，1969，第 47 页）

巴尔扎克的读者懂得，小说家从未想过要描写这个黑格尔的历史"超越"过程。在作为序言的信中，他向嘉伏尔先生保证要使公众防止"我们今日依然称为弱者的人推翻那些自以为强者的人、农民反对财主的长期阴谋……这部作品不是要开导现在的立法者，而是想点醒将来的立法者。许多盲目的作家被民主思想弄得头晕眼花，在这种情况之下，我们不是迫切需要将农民描写出来吗？这些农民使所有权终于成为若有若无的东西，使民法变成一张废纸。您就会看见这些不知疲倦的破坏者、这个分割土地使之成为碎块的啮齿

1　亨利·阿尔冯（Henri Arvon，1914—1992），巴黎第十大学名誉教授。

者"（巴尔扎克，1844，1968，第 19—20 页）。

现实主义的和教训的意图在这段话里非常明显：小说力求启示未来的立法者并提供一种更好的社会结构。不过照马克思和卢卡契的说法，他却不自觉地实现了截然不同的意图。

在卢卡契看来，现实主义作家在摧毁正统主义者的保守的空想和表现社会发展的真实倾向时否定了正统主义的思想家。他的描写在个别的现象中突出了一般规律，倾向于典型事物："在这里，乡村的居民不再被当作乌托邦实验的抽象和消极的对象，而是当作既积极又消极的主角，并被以极为典型的方式表现出来了。"（卢卡契，1934，1989，第 25 页）一切被巴尔扎克搬上舞台的社会阶级都得到了典型的表现："一大批形形色色的典型人物被介绍进来表现三个交战的阵营，他们用经济、政治、思想等手段来支持这场战斗。"（卢卡契，1934，1969，第 27 页）

这种诚实的和现实主义的描写，在各方面都违反了小说家的初衷。他不是揭露农民的危险性，而是表明在无产阶级尚未发展到能与乡村的居民共同行动的历史时期里，资产阶级和它的资本主义制度是如何消灭农民的："违反他的意志，他上演了小块土地的经济悲剧……"（卢卡契，1934，1969，第 39 页）

在卢卡契的论文里，"违反他的意志"这几个词起着特别重要的作用：像大部分马克思主义理论家（尤其像马歇雷）一样，卢卡契认为这位作家不自觉地表现了某些"思想观点"。我们承认一部作品可以包含作者未曾意识到的因素，然而应该考虑卢卡契的解释是否真正揭示了小说中"隐蔽的"、巴尔扎克不知道的方面，或者他的解释只是把巴尔扎克作品的一部分纳入了马克思主义关于历史的话语。同样应该考虑巴尔扎克是怎样成功地超越和否定他自己的正统主义思想的。

我们不求回答第一个问题（它由于"无意识"概念常被用作一些武断解释的借口而显得极为微妙），但似乎可以回答直接涉及卢卡契的论据的第二个问题。按照这位马克思主义的和黑格尔学说的哲学家的说法，巴尔扎克由于是天才，才超越了正统主义思想的狭隘范围。在他关于《农民》的评论中，他几次谈到巴尔扎克的"伟大"和"天才"（见上文）。在一切源自黑格尔学说的美学理论（在戈尔德曼、卢卡契和甚至是阿多诺的著作）中，天才概念是一些基本论据的出发点：所以戈尔德曼认为只有"杰出的"作家（"天才"）

才能表现一种"世界观"。在卢卡契的著作里，只有天才能够超越思想而趋向现实主义的、"真实的"表现。

当我们开始读皮埃尔·马歇雷关于《农民》的评论时，我们深信没有发现卢卡契提出的论据：首先因为马歇雷依据的是阿尔都塞的马克思主义，它认为主体概念以及由这个概念派生的"天才"等一切观念都属于意识形态；其次是因为马歇雷了解符号学和拉康的精神分析学，它们证明（理论的或虚构的）话语从来都并非无可指责，它使用的语言不是"自然的"，而意识形态则被置于语言方面。

人们在读过马歇雷的著作后感到失望：虽然为不用面对"伟大"和"天才"这类词语而高兴，却又看到大部分论据都是卢卡契提出过的，而卢卡契的名字则被精心地省略了。马歇雷发表过两篇关于《农民》的文章，第一篇收在他的名为《文学生产理论》（1966）的书中，第二篇收在《社会学批评》（克洛德·杜歇［Claude Duchet］编选，1979）里。下面我主要谈第二篇文章，以避免受到常有的指责，说我批判一种作者本人都已超越的观点。

与马克思和卢卡契一样，马歇雷的出发点是这样一种观念，即巴尔扎克想做一件事，其实却做了另一件事：他力求为他保守的观点辩护，结果却揭露了他自身思想的缺陷和矛盾；他想使读者相信农民是危险的，结果却描写了农民在资本主义制度下的没落。小说的真实驳斥了正统主义意识形态的真实："因为历史的和叙事的真实在别的地方，在把农民当成工具和代理人来建立其政权的资产阶级的不可避免的发展之中。"（马歇雷，1979，第146页）（这恰恰是卢卡契所说的话："农民反对封建剥削的后果的斗争……使他们成了高利贷资本主义的附庸和苦力。"［卢卡契，1934，1969，第28页］）

在《农民》里，巴尔扎克揭露了意识形态的矛盾，小说的意图也就以否定这种意识形态而告终。小说家在不自觉的情况下造成了与他的保守意图相反的意识形态效果："巴尔扎克的作品比任何作品都更好地表现了所有作家的这种职责，即在描述一件事物的同时说明另一件事物。"（马歇雷，1966，1970，第326页）矛盾之所以被揭露，是由于作家为了能表现农民而让他们说话，而正是农民的话揭露了资产阶级思想的统治。

卢卡契并不关心这部小说的语言，认为它是清楚的、"不言而喻的"。与卢卡契不同，马歇雷分析了农民的叙述。特别是在第二篇文章中，他证明（这是他的评论中值得注意和革新的方面）农民说的是一种借自资产阶级的语言："伪装的农民语言同样完全表现了历史的欺骗，这种欺骗构成了一个阶级的真正命运。"接着又说："农民的词句形式一旦抹去其农民性便完全合法了。"（马歇雷，1979，第142、143页）

资产阶级（人道主义）的语言和农民语言的重叠，对于文本社会学来说当然是值得注意的现象。不过只把对这种现象的研究用于一个论据是不够的，因为这个论据和卢卡契的论据只有一点基本区别：对巴尔扎克的著名矛盾的解释。

卢卡契用巴尔扎克的天才来"解释"他作为思想家和作家的意图之间的矛盾。马歇雷则不同，力求用文学作品与其在"国家的意识形态机构"里的功能之间的这个范围更大的矛盾来加以解释。这种功能同时也是一种功能障碍。作品既是意识形态的又是批判的："当一种意识形态由于其在小说里的存在而总是显得可笑和富有表达力时，它就开始谈论它的不在了。"（马歇雷，1966，1970，第155页）

因此小说和意识形态之间的差距不是来自巴尔扎克的天才，而是由于小说倾向于背叛占统治地位的意识形态。这里我们又看到了马歇雷和艾蒂安·巴利巴尔的观念，即文学作品既不是一种意识形态的表现（"用话说明"），也不是它的可以说使它转而反对自身的体现、炫耀、行动（参阅第二章第二节五）。

阿尔都塞认为文学作品并非单义地表现一种特定的意识形态，它显示的是意识形态的缺陷。即使我们同意这种看法，也还要考虑是哪些语义的和叙述的方法可以"体现"和"炫耀"意识形态。读者碰到的难题之一，是马歇雷使用的词汇具有含糊和隐喻的特征：意识形态的"体现"或"炫耀"到底应该怎样理解？

重读马歇雷的评论（1979），不仅不能填补或减少，反而只能增加它的缺陷："这种虚构作品在使它所依赖的意识形态的意图变得清楚的同时炸开了它，恰恰是在赋予它一种小说形式的时候不自觉地揭露了它的内在矛盾。"（马歇雷，1979，第138页）可是怎么能使一种意识形态的意图变得"清楚"？如何"炸开"一种意识形态？意识形态和小说之间有什么样的关系？马歇雷对这些问题一个也没有回答。

要想能够对此作出回答，就必须描述意识形态和吸取这种意识形态的小说，并且把它变成一些推理的结构，即语义的和叙述的结构。例如可以证明

（正统主义的）保守意识形态的（语义的和施动的）叙述结构与小说的结构背道而驰，换句话说是巴尔扎克叙述了两个有些互不相容的"故事"。然而要做到这一点，仅从语言的（推论的）角度去描述意识形态是不够的，（至少！）应该对写出作为序言的信的正统主义的作家和也许否定作家的小说叙述者加以简单的区别。

可惜的是，以对形式主义的过激反应著称的马克思主义的社会学批评，几乎不关心语义和叙述的结构，因而无法确定始终是一种推理形式的意识形态。阿尔都塞的论著《意识形态和国家的意识形态机构》（1970）固然值得注意，但是它不可能描述和批判推理的意识形态机构，仍然是含糊不清和不完整的。我们即使完全同意阿尔都塞关于"意识形态质问作为主体的个人"的说法，却也想知道在语义和施动者的层次上怎么可能进行这种质问。主观性本身是一个推论范畴，因为主体并非独立于"他的"话语而存在。（参阅下一章和米·佩舍的《拉·帕利斯[1]的真理》，巴黎，马斯佩罗出版社，1975；齐马，1978，1981）

所以马歇雷的著作存在着双重的问题：他继续了马克思和卢卡契的分析，却又不明确指出他为什么认为卢卡契的假设（其中有些被他完整地引用了）不能充分说明问题；他继承了社会学批评的最大弱点，即不了解小说和意识形态首先是语义和句法（叙述）结构。这种自从俄国的形式主义者和马克思主义者决裂之后便被保持（甚至辩护）的无知，造成了这种富有隐喻的、含糊的、往往是不知其所以然的雄辩术，它在马歇雷的著作里达到了极致："这样作品便具有一种本身足够的，因而不需要加以补充的意义；这种意义来自作品内部的局部反映和某种反映的不可能性的配合。"（马歇雷，1966，1970，第151页）我承认"局部反映"和"某种反映的不可能性"这类说法对我来说是不知所云：它们是多义的和可以任意解释的。

我们由此得出结论，文学社会学从1934年到1979年几乎没有什么进展。它当然是在发展的，但只是改变了所用的术语，没有发展出能更加清晰和细致地分析作品的方法。

1　拉·帕利斯（Jacques de La Palice，约 1470—1525），法国元帅。

三、从卢卡契到戈尔德曼:《论小说的社会学》

脱离了乔治·卢卡契的《小说的理论》，就很难理解吕西安·戈尔德曼发展的现代的小说社会学。在这部从前被当作一部关于陀思妥耶夫斯基的全面论著的序言的著作里，卢卡契根据黑格尔历史哲学的启示解释了史诗、悲剧和小说的发展。

这本书的基本观点是黑格尔的假设：在现代的资产阶级社会里，古代（希腊）的意识和世界、主体和客体之间的统一性消失了。在卢卡契看来，这种统一性在希腊史诗中最为明显：在荷马的世界里，在《伊利亚特》和《奥德赛》里。相反，现代小说则是以人和世界的分裂，即异化为标志的。

在卢卡契之前，黑格尔、维兰德[1]、歌德和荷尔德林这样的哲学家和作家曾发展这一观点，肯定史诗反映了生活的整体，而小说"这种现代资产阶级的史诗"（黑格尔语）却揭示了个人和世界之间的距离，并且"以一种已经变得平凡的现实为前提"（黑格尔，1965，第213页）。史诗表现了主客体之间的统一性，而产生于史诗的小说却显示了主客体的分裂和主体的孤独。所以歌德才能把小说说成一种"主观的史诗"："小说是一种主观的史诗，作家要求以他的方式来表现世界。因此需要了解他是否有一种方式，其余问题都可迎刃而解。"（歌德，1821，1963，第16页）

根据这种背景，我们就能更清楚地理解卢卡契的基本观点，即小说主人公的追求是对已经失去的史诗意义的追求："小说是一个没有神的世界里的史诗；小说主人公的心理是恶魔般的，是小说的客观性，它有力而成熟地确认意义永远不可能贯穿于现实，然而没有意义，现实将会屈服于虚无和非本质。"（卢卡契，1920，1963，第84页）因此小说是对意义的一种寻求，然而这种意义不再像在古代或封建的史诗里那样是已定的；它要由主人公来发现或创造，而他是一个成问题的和处于社会边缘的，与没有意义的社会现实对抗的人，他执着的追求将导致失败。

这种追求可以有不同的形式。在《小说的理论》里，卢卡契根据这种现象把小说分为三种类型：1. 抽象的理想主义小说；2. 幻灭的心理小说；3. 主人公自我克制的教育小说，它可以看成对前两种小说形式进行综合的尝试。

1. 像堂吉诃德或于连·索黑尔（《红与黑》）这样的主人公力求把自己的

1　克利斯朵夫·马丁·维兰德（Christoph Martin Wieland，1733—1813），德国作家。

理想强加于现实，表现了抽象的理想主义。对于始终碰到意料之外和不可理解的障碍的堂吉诃德来说，现实是过于复杂和丰富了。关于抽象的理想主义，卢卡契谈到了主人公"过于狭隘的意识"和"活动着的心灵的狭窄"。

2. 第二类是心理小说，其主题是主人公的内在性：他的意识过于宽阔，以致不能适应社会现实的习俗（及限制）。这类小说的主人公倾向于成为消极的梦想者，例如福楼拜的《情感教育》中的弗雷德里克·毛罗。

3. 卢卡契区分的最后一类是以歌德的《威廉·迈斯特的学习时代》为代表的教育小说。小说的主人公不接受主观理想和客观现实之间的差距，但是他懂得这种差距的性质和不可超越性，因而采取了明智和忍耐的自我克制态度。第三类试图对前两类进行综合，因为威廉·迈斯特既保持着他的理想，又懂得在这个世界上不可能实现它。这种态度潜在的暧昧性产生了一种讽刺的笔调。

戈尔德曼发展的小说社会学，是以（唯物辩证法的）社会学背景来解释主体和客体、意识（"内在性"）和世界之间的差距的。他从卡尔·马克思的政治经济学批判，即资本主义社会被交换价值所支配（参阅第一章第四节九、十）的观念出发，力求证明小说主人公成问题的性格可以用堕落的文化现实来解释：一切（物质、精神、审美和认识）价值由于市场规律而堕落。

堕落的社会现实里，是找不到真实的文化价值的（戈尔德曼也称之为与交换价值的量相对的"质的"价值）。个人的内心依然在追求这些价值，但是它们却摆脱不了"在社会结构总体中起普遍作用的堕落的中介"（戈尔德曼，1964，第 47 页）。

去寻求真正价值的是一些"成问题的"人，因为他们不可能摆脱以交换价值为中介和物化造成的可耻后果（参阅第一章第四节十）。

从审美角度来看，与在个人主义社会里受着物化和中介的摆布、处于社会边缘的成问题的人相应的，是以不倦地寻求真实（质的）价值为标志的小说主人公，即"恶魔般的"人物。戈尔德曼写道："其实小说形式在我们看来是产生于市场生产的个人主义社会里的日常生活在文学方面的搬移。"（戈尔德曼，1964，第 36 页）

小说的这种寻求所具有的堕落性，说明了主人公为什么是"恶魔般的"（堂吉诃德是个疯子，于连·索黑尔是个罪人），以及作家为了与幻想的寻求保持距离而采用的讽刺。

在小说和社会现实里，真实的价值是不言明的：在大部分"没有问题的"个人都趋向的被交换价值所控制的世界里，这些价值并非立即可以感觉得到。

戈尔德曼由此得出了（很能说明问题的）方法论的结论：小说作为产生于个人主义的批判的创作，不可能与任何集体的世界观或任何社会集团发生联系。这是个人对不存在的、超个人的（真正的）价值的追求。他写道："我们研究的小说形式，在本质上是批判的和对立的。"（戈尔德曼，1964，第 52 页）他又说："小说文学，或许还有现代的诗歌创作和当代的绘画，是文化创作的真正形式，但人们不能因此便把它们与一个特定社会集团的意识——即使是可能意识——联系起来。"（戈尔德曼，1964，第 44 页）小说虽然和资产阶级个人主义密切相关，但却是对资产阶级的一种批判，或者不如说是它的"世界观"的表现。（对这一论据的方法论的内涵，在后面的评论中还会谈到。）

关于这个问题戈尔德曼的观点远非一致：他一方面肯定小说是个人主义的、对立的体裁，另一方面却认为可以把某些小说和一些集体的世界观联系起来。例如在他关于安德烈·马尔罗（André Malraux）的非常详尽的论著中，他提出要在作家的天地和当时的一个社会集团之间确立一种关系。他在《精神结构和文化创作》中走得更远："我们认为，应该把马尔罗和罗伯 - 格里耶的早期小说，当作这个最新的社会集团——无政府工团主义的工人和知识分子的集团——的世界观在文学方面的搬移来研究……"（戈尔德曼，1970，第 304 页）

戈尔德曼虽然犹豫着恢复了《隐藏的上帝》中基本的"世界观"概念，但还是根据资本主义社会里个人和个人主义的命运阐述了小说的演变。他把资本主义的发展分为三个阶段，与此相应的也有三个文学演变的阶段。

1. 自由资本主义，标志是以自由放任的原则和个人事业为基础的个人主义的飞跃发展。

2.（约 19 世纪末和 20 世纪初的）垄断资本主义，它导致"在经济结构里，从而在全部社会生活里取消个人的一切基本的重要性"（戈尔德曼，1964，第 290 页）。

3. 国家干预体系和自动调节机构的发展，它倾向于取消个人或集团的一切能动性，即国家垄断资本主义。

戈尔德曼认为，与第一个阶段相适应的是关于成问题的个人的小说：福楼拜、司汤达、歌德、巴尔扎克等的小说。第二个阶段的标志，是乔伊斯、穆齐尔、普鲁斯特、卡夫卡、萨特、马尔罗和娜塔莉·萨洛特的小说中成问题的主人公的解体。第三个阶段则是戈尔德曼在他论著的结尾部分分析的阿兰·罗伯-格里耶的新小说里主人公的消失。

戈尔德曼详加分析的马尔罗的小说属于资本主义发展的第二个阶段，它一开始便提出了一切与"奇特的王国"里质的价值的堕落、与去寻求真实性的个人所遭到的失败有关的问题。

个人主体瓦解的时代，同时也是集体价值和一切意识形态胜过个人价值的时代。考虑到集体因素、意识形态因素的优势，戈尔德曼力求在马尔罗的小说作品和历史及意识形态的变化，特别是法国共产党经历的变化之间确定一些关系。

从共产主义历史的意识形态背景来看，马尔罗的小说可以分为四个时期。第一个时期以《西方的诱惑》《纸月》和《奇特的王国》为标志，作家指出在西欧没有质的价值，肯定了"诸神的死亡和价值的普遍解体……"（戈尔德曼，1964，第62页）

在戈尔德曼看来，这三部作品不是随笔（《西方的诱惑》）便是"幻想的和寓意的故事"，它们的非小说的特征，来自马尔罗的否定态度及其认为旧的价值体系已经消失的观念。如果作家不承认哪怕是成问题的价值，他就不可能创作小说。而马尔罗早期作品中表现出来的态度完全是否定的：《奇特的王国》代表的资产阶级社会是死亡的、无价值的帝国。

马尔罗的三部小说（《征服者》《王家大道》和《人类的命运》）之所以有别于前三篇非小说的作品，是由于作家的意志肯定了一些积极的，不过是成问题的价值："介于《征服者》和《人类的命运》之间的小说家马尔罗，是一个相信虽然成问题但却是普遍的价值的人。"（戈尔德曼，1964，第84页）所以对真实价值的追求才有可能产生具有成问题的主人公的小说形式。

在马尔罗的作品里，这种追求必然要超越个人的内在性的范畴：因为在以个人主体的瓦解为标志的时代里，不可能再有《情感教育》或《包法利夫人》这样的心理小说，主人公的生活只有倾向于超越它的历史行动才能具有意义。

按照戈尔德曼的看法，人们在马尔罗前期小说作品里发现的虽然成问题但却积极的价值，可以用无产阶级运动与共产主义汇合的社会历史观点来解释。这种汇合使马尔罗可以根据马克思主义的意识形态——它显得"是一个正在解体的世界里的唯一真实的现实"——来创造一个真正的小说世界。

前两部小说《征服者》和《王家大道》的主人公，正是作为革命者、作为行动的人，才能赋予他们的生活以一种意义。历史的、革命的行动使他们防止了虚无。只要行动还存在，他们生活的意义便是确实的；行动一停止，例如加林由于死亡、鲍罗廷由于党的胜利而停止行动时，他们的生活便立刻失去了意义。在故事的结尾，濒临死亡的主人公又发现了他们的生活在行动中的意义，但是死亡最终战胜了一切，而行动家们也就在虚无中消失了。

这种虚无表现了对一切个人事业的限制，它最初存在于《王家大道》的主题之一即色情之中。脱离一切集体生活的孤独的个人，是不可能热爱和占有一个女人的。对色情感到绝望的佩尔肯[1]说过："人只占有他所爱的东西。"在这位孤独的行动家的生活里，色情取代了爱情，而在戈尔德曼看来，爱情只有在一个团体里才有可能。

马尔罗的第三部小说《人类的命运》的主题是个人向人的团体的超越，戈尔德曼曾把这部小说与托洛茨基主义进行对照。"小说里有一个成问题的主人公，但是作为过渡的小说，它向我们描绘的不是一个个人，而是一个成问题的集体人物：上海革命者的团体在故事里首先是由三个个别人物来代表的：高、卡托夫和梅……"（戈尔德曼，1964，第159页）

在前两部小说中，个人面临死亡时的虚无，由疾病预兆的虚无，现在在革命者的团体内部被超越了。团体虽然似乎保障了历史的意义，但仍然可以被看作"成问题的主人公"，因为归根结底，它是寻求与蒋介石妥协的斯大林的共产国际所强加的党的纪律的牺牲品。

照戈尔德曼的说法，个人向团体的超越对小说的美学产生了特别重要的影响：使高和梅之间有可能产生真正的爱情。这种爱情与《王家大道》中佩尔肯的色情毫无共同之处："像个人一样，色情被纳入了一个真正的和更高的团体：爱情的团体。"（戈尔德曼，1964，第176页）（我们不妨注意一下戈尔德曼辩证的人道主义话语中的黑格尔的结构，它涉及的是从资产阶级个人主义向一个"更高的"历史阶段即"人的团体"的超越。）

随后的两部作品《轻蔑的时代》和《希望》与前两类作品不同，因为作

1　佩尔肯以及上文中的加林、鲍罗廷均为马尔罗小说中的人物。

家"毫无保留地"接受了共产主义的意识形态。这种观点变化的后果是（集体或个别的）成问题的主人公的消失、一种史诗–抒情的形式取代了小说的形式。

当马尔罗与共产主义正式决裂之后，他写了介于文学创作和概念思索之间的作品《阿尔滕堡的胡桃树》。"他是一个叙述自己的幻灭并仍在为他对人类的信心寻求一种基础的人。"（戈尔德曼，1964，第84页）然而即使是这种并不过分的寻求，在《沉默的声音》这本"一切普遍的价值观念……已全都消失"（戈尔德曼，1964，第271页）的书里似乎也被放弃了。

因而在戈尔德曼的社会学里，小说显然是一种由价值及其否定之间的紧张状态所产生的文学体裁。在谈到新小说时，戈尔德曼放弃了价值问题，力求证明罗伯–格里耶的作品是以人类主体的被动性和简化表现了物化。

在个别主体瓦解的短暂时代之后，随之而来的是以全面物化为标志的有组织的资本主义时代。按照戈尔德曼的看法，罗伯–格里耶向我们描绘了有组织的资本主义时代的现实世界：一个没有主体的、个人和集团的主动性已被社会经济体系的自动调节机构代替的世界。

罗伯–格里耶的小说没有主人公。主人公被"物"取代了："对他（罗伯–格里耶）来说，人物的消失同样已经是一种得到确认的现象，但是他认为取代人物的是（娜塔莉·萨洛特不感兴趣的）自主的现实：物化的物的世界。"（戈尔德曼，1964，第302页）

在《橡皮》（罗伯–格里耶发表的第一部小说）里，一个秘密的组织提出要每天除掉一个人。有一天，杀害一个名为达尼埃尔·杜邦的人的行动由于意外而失败了，杜邦装死才在一段时间后逃过了敌人的迫害。结果被招来保护他的侦探由于判断失误，反而把他打死了。体系使个人陷于被动，全书的情节都取决于偶然或一连串荒诞的事件。

下一章将讨论的《窥视者》，显示了个人在被操纵的社会里的这种被动性：他们面对一起谋杀事件始终无动于衷。谋杀事件被纳入了物的范畴。（需要指出的是，戈尔德曼不是根据罗伯–格里耶的小说，而是按照自己关于资本主义社会的理论来解释这种无动于衷的。）

最后是在《嫉妒》中，物的主观性（物化的另一个方面）达到了极点。在这部小说里，年代和主人公一起消失了："七章中有四章都是以'现在'这个词开始的。"（戈尔德曼，1964，第320页）

戈尔德曼发展的、以假设甚至以论文形式发表的现代小说社会学，引起了相当激烈的批评。下面的各种批评意见不在于接受或全部摒弃戈尔德曼的研究方法，而是了解为什么这种方法虽然包含着简单化和曲解，但仍然具有一定的重要性。

最受指责的是想在小说天地和社会世界之间确定一种（存在的或表明的）直接关系的简单企图。因此以卢卡契和戈尔德曼的论著为出发点的雅克·莱纳特，还想把被戈尔德曼本人抛弃的"意义结构"和"集体的、超个人的意识"的概念再用于小说的社会学："戈尔德曼关于可能意识、意义结构和阶级或社会集团意识的概念……应该从它们在《论小说的社会学》里被抛弃的时候起重新用于小说的社会学理论……"（莱纳特，1981，第381页）

为什么要为"意义结构""世界观"和"可能意识"这类概念辩护呢？戈尔德曼从他的小说社会学中取消这些概念时，便倾向于在文学作品和他根据马克思主义关于资本主义及个人主义的理论所确定的社会经济的现实之间建立一种反映关系。

然而小说并不简单地必然是一种产生于资产阶级个人主义的"对立的"体裁。杨·科特和伊恩·瓦特的分析（见上文）非常清楚地证明，至少有一部分小说文学可以附属于上升的资产阶级的观点。因此笛福、菲尔丁和理查逊的小说，都倾向于（像巴尔扎克的小说一样）肯定资产阶级的某些观念和某些价值判断。戈尔德曼本人在谈到萨特时也指出个人主义是可以成为一种集体世界观的。（参阅戈尔德曼，1970，《让-保尔·萨特的戏剧中的哲学和政治问题》）

戈尔德曼研究方法的最大弱点，也许在于以为能超过语言学阶段，即可以忽视小说文本的语义结构和叙述结构的幻想。

例如当戈尔德曼断定马尔罗早期和末期的作品不是小说时，他就必须有一种关于语义和叙述的小说定义。这种文学体裁有哪些特征？怎样描述马尔罗的"随笔"作品的文本结构？戈尔德曼没有提出这些问题，而只是满足于谈论小说的"形式"及其在一种纯属直觉的背景中的解体。

不进行语言研究所造成的后果，在他对罗伯-格里耶小说的分析中最为严重。传统小说都或多或少直接涉及社会和心理的现实，而罗伯-格里耶的（乔伊斯、普鲁斯特和卡夫卡式的）作品却是以它们本身的产生和构成来暴露问题。分析时不考虑这一点便是忽略了最主要的东西。

戈尔德曼肯定《橡皮》《窥视者》或《嫉妒》表现了当代社会里的物化，这种看法丝毫不错，然而没有对文本作出解释。因为物化和以交换价值为中介并不单纯地显示在表现方面，即在对物的细致描绘或行动者和施动者的被动性之中。

只要不把物化和中介表现为语义的和叙述的语言现象，便不可能说明这些小说的结构。作为小说家，罗伯-格里耶接触的首先是一般的语言，特别是他周围的口语。他不表现、不描绘作为社会的、经济的现象的物化或中介。在一次关于新小说的讨论中，他完全正确地指出戈尔德曼的研究方法过于简单，因为小说家根本不想和马克思主义社会学家去竞相描绘物化。（参阅罗伯-格里耶，1972，第171页）

戈尔德曼的问题在于，他把文学（小说）作品看成一种直接反映社会现实的意义结构。而小说却是在语言上对社会和经济问题作出反映的一套语义、句法和叙述的结构，因此语言是文本和社会之间的中间阶段，社会本身也可以看成一种词语和非词语的符号体系。（戈尔德曼在谈到小说的主人公时似乎没有看到语言的现实，他把主人公看成一个现存的个人而不是叙述的一种功能：一个在叙述结构中起作用的行动者。）

比在《隐藏的上帝》中更进一步，类似性在《论小说的社会学》里显然是戈尔德曼论据的基础。罗伯-格里耶在表现物的世界时对物的重视胜过主体，这构成了（从戈尔德曼的观点看来）与资本主义现实的一种类比。戈尔德曼利用这种类似性来证明他自己的马克思主义话语，即在"叙述"现实时把资本主义的发展分为三个阶段：自由主义、垄断资本主义和有组织的资本主义。可是文学作品既非一种社会形象，也不是对理论话语的证明，它是把某些社会问题改变（表达）成语义的和叙述的问题。（所以在文学社会学和精神分析法中，"类似的"论据始终是不能说明问题的。）

在认识戈尔德曼研究方法的弱点时，当然不能简单地抛弃这种方法来"另搞一套"。因为戈尔德曼的著作包含着一定的道理，即证实了以交换价值为中介乃是起源于市场社会的价值危机。他在这方面肯定了阿多诺、霍克海默和皮埃尔·布尔迪厄的某些基本假设，所以他的著作才常常受到批判、驳斥而又被人引证和反复阅读。

不过问题在于（在文本社会学的范围内）从语言的角度来表现中介：把它作为一个语义的和叙述的问题。在这方面走得最远的（从未谈过戈尔德曼或阿多诺所说的中介的）小说理论家是米哈依尔·巴赫金。他关于狂欢节双重性的理论，是这里要考察的小说文本社会学的起源。

四、米哈依尔·巴赫金：狂欢节、双重性和小说

初看起来，巴赫金采用的观点似乎与卢卡契和戈尔德曼截然不同。这里我想证明这两类观点是互相补充的，它们的综合则是小说社会学的重大发展。

在巴赫金的著作里，小说理论的出发点不是意识和世界、主体和客体之间的差距，而是狂欢节：反对官方（封建）文化的严肃性的民间节日。狂欢节的特征是：双重性、复调和笑。

巴赫金在《弗朗索瓦·拉伯雷的作品》和《陀思妥耶夫斯基的诗学》这两部重要著作中，力求以狂欢节的传统来解释这两位作家的作品。他对陀思妥耶夫斯基小说的解释，和他认为这些小说的双重性和复调起源于狂欢节的观点，对于文学社会学有着特别重要的意义。

狂欢节。巴赫金认为，狂欢节胜过现代意义上的一种不满现状的"机遇剧"。它是一种批判性的亚文化，其仪式和活动动摇了占统治地位的道德和通行的规范。这些道德和规范在一种他律的和漫画化的背景中被可笑地表现出来。怎样说明这种被巴赫金与"人民"的不满和解放联系起来的亚文化的出现呢？按照巴赫金的看法，它主要出现在中世纪和文艺复兴时期之间的过渡阶段。在这个以某种不稳定性（迪尔凯姆会说是"社会混乱"）为标志的历史环境中，农民、手工业者和自由民集团开始（自觉或不自觉地）怀疑贵族和教会的统治，并发展一种"交替的"文化。在拉伯雷的社会里（1530 年前后）显然不可能产生一种革命的亚文化，由于经济、政治和文化的原因，农民的各个阶层不可能一贯地反抗占统治地位的集团。然而在作为民间节日而得到贵族和教士许可的狂欢节里，却明显地表现出批判的冲动。

把巴赫金的看法放在一边，我们可以把当时狂欢节看成社会的一个"安全阀门"，一个（格奥尔格·齐美尔[1]所说的）通风口：在一定的空间和时间范围内允许进行日常生活中禁止的活动的既定仪式。乍一看来，人们会以为这样一种仪式在社会体系中有确定的功能，因而不可能促使这个体系分崩离析。其中一个原因是它防止了怨恨、好斗性和冲突的堆集。在初期，狂欢节

1　格奥尔格·齐美尔（Georg Simmel，1858—1918），德国哲学家，社会学家。

的传统很可能有助于封建秩序的稳定，但是久而久之，它便产生了破坏性的、与领主和教会的官方文化的严肃性不相容的效果。巴赫金说在狂欢节里，"人民嘲笑这种文化"。

谈到狂欢式的笑，他解释了民间节日的批判和自我批判的功能，它揭露了封建建制的相对性和暂时性。在一种双重的和渎圣的背景里，狂欢节把高尚和庸俗、神圣和渎神、生和死、国王和疯子联系在一起，从而动摇了官方价值的绝对性和永恒性。它承认的唯一价值是双重性：两种互不相容的价值的结合。

巴赫金多次指出，人民在节日里也嘲笑自己，不把自己的处境和看法当成什么大不了的事情。狂欢节使一切都具有相对性，即使是死亡的绝对性也由于怀孕老妇的出现而变得不可靠了，因为在她身上结合着死亡和生命、末日和延续、"神圣的"晚年和"渎神的"性欲。

作为批判的和破坏的力量，狂欢节式的笑与封建文化的四个重要部分相对抗：

1. 它在重视延续性和未来即现存事物的不断变化时否定了传统。

2. 狂欢节用生活和肉体来对抗中世纪宗教的精神禁欲主义，并强调肉体的性功能和粪便的作用。（可参阅巴赫金著作的第六章：《拉伯雷作品中肉体的末端》）换句话说，占统治地位的文化（大部分占统治地位的文化都是如此）是禁欲的和唯心主义的，而狂欢节的亚文化则是唯物主义的和享乐主义的。（从柏拉图的《共和国》到黑格尔的体系，唯心主义都似乎和统治密切相关。）

3. 官方文化的严肃性被狂欢节式的滑稽和丑角般的特点否定。

4. 最后是生与死的对抗。狂欢节不承认官方神学的末世学[1]，末世学在死亡和新生的结合中被否定和超越了。同时被超越的还有构成封建主义的生与永生之间的对立。

要理解巴赫金的狂欢节理论的重要性和现实性，必须避免任何使这种理论脱离其社会历史背景的形式主义。在我看来，汉斯·巩特尔和巴赫金的其他读者，把封建的严肃性和狂欢节亚文化之间的对立放到20世纪二三十年代，即产生巴赫金的主要著作的斯大林社会的背景中去是正确的："他的许多

1　一种以末日审判、灵魂不灭、世界末日等为内容的神学。

问题和概念都产生于它们作出反映的同时代的文化背景之中，对这一点不应该视而不见。"（巩特尔，1981，第 138 页）

在谈到拉伯雷的笑和陀思妥耶夫斯基小说的复调时，巴赫金间接地对苏联（黑格尔的、不是马克思主义的）官方唯心主义文化的专横独白提出了疑问。巩特尔把巴赫金作为一位（至少是潜在的）"社会主义现实主义"批评家来介绍时也指出："因此，这种批评大概也倾向于反对在社会主义现实主义中被奉为经典的，专横、单义和单价叙述的神话。"（巩特尔，1981，第 105 页）巴赫金的现实性在于，他能在解释拉伯雷、陀思妥耶夫斯基、塞万提斯和果戈理的作品时阐明当代的现实：无论在社会主义现实主义还是中世纪的宗教里，双重性和复调都同样是令人难忍的。

双重性。狂欢节的双重性不承认绝对价值。它把官方文化为了维护阶级统治而分离的东西结合起来，从而使一切价值都成为相对的："具有把赞扬和辱骂合在一起的双重声调的形象，极力抓住从旧到新、从死到生的变化瞬间和过渡的时刻。这种形象同时在加冕和废黜。在阶级社会的发展过程中，这种世界观只能在非官方的文化里得到表现，因为在使赞扬和辱骂被严格限定和不得越轨的统治阶级的文化里，它没有存在的权利……"（巴赫金，1965，1970，第 168 页）

拉伯雷的作品则相反，它吸取了狂欢节的叙述方式，赞扬和辱骂相结合是它特有的方法之一。例如在《卡冈都亚》里，僧侣们赌咒发誓，甚至用古代的雄辩术来为他们的诅咒辩护："怎么（帕诺克拉特说），您赌咒了，约翰兄弟？——（僧侣说）这不过是为了装饰我的语言。这是西塞罗雄辩术的特色。"（拉伯雷，1535，1965，第 319 页）巴赫金本人引证了《卡冈都亚》，特别是《作者序言》中双重的叙述方式："我的好学生，还有若干有空闲的疯子……"（巴赫金，1965，1970，第 171 页）

陀思妥耶夫斯基和其他像托马斯·曼这样的现代作家，他们作品中狂欢节的双重性很难用民间节日来解释。因为在 19 世纪的俄国社会，尤其在 20 世纪的德国社会里，这种节日显然已不再有从前那种不满现状和破坏性的功能：它变成了民间艺术的乃至旅游业的事情。

为了解决这个问题，巴赫金强调了文艺复兴时期的一些作家对陀思妥耶夫斯基的影响（巴赫金，1963，1970a，第 230 页）。托马斯·曼的双重性则离中世纪和文艺复兴时期的狂欢节根源更远了。照巴赫金的说法，它受到的是陀思妥耶夫斯基的影响（巴赫金，1963，1970a，第 222 页）。

当巴赫金肯定"陀思妥耶夫斯基结合了相反的事物"（巴赫金，1963，1970a，第 42 页），其小说的双重性产生了人格的两重性、滑稽人物、笑、滑稽模仿和复调时，陀思妥耶夫斯基的读者们可能会同意他的看法。了解托马斯·曼作品的人也会证实他对于《菲利克斯·克鲁尔》的见解："我们要指出托马斯·曼的作品被深刻地狂欢化了。这在他的小说《骗子菲利克斯·克鲁尔的自白》中以最清晰的外在形式表现出来（甚至在库库克教授的嘴里也有一种狂欢节双重性的哲学）。"（巴赫金，1963，1970a，第 222 页）

但是如果不借助这样一些（有时难以验证的）影响，对现代小说里的双重性又如何解释呢？对这些影响的研究永远不能回答这个基本问题：为什么语义的双重性在尼采的哲学、弗洛伊德的精神分析学，以及陀思妥耶夫斯基、穆齐尔、普鲁斯特、卡夫卡和斯韦沃[1]的小说中，成了最重要的问题？即使能够证明所有这些作家都受到了拉伯雷、塞万提斯或果戈理的强烈影响，也应该对这种"影响"在现代作品中的连续性和普遍存在作出解释。

在一篇关于比较文学的方法的评论中，狄奥尼兹·迪利辛正确地断言，文学的各种联系（影响）往往可以通过类似的社会和文化结构来产生，正是应该根据这些结构来对影响作出解释（迪利辛，1980，第 99 页）。不可能仅仅在文学发展方面，从影响的角度来说明陀思妥耶夫斯基、卡夫卡或穆齐尔小说的双重性，何况这种影响的重要性往往难以证明。（认为卡夫卡、穆齐尔或普鲁斯特塑造的人物具有双重性，仅仅是由于这些作家受到了尼采或陀思妥耶夫斯基的"影响"，这种观点似乎难以令人信服。）

可惜的是巴赫金并未探讨现代社会里"狂欢节的"双重性的社会和经济根源，似乎对他讲过多次的拉伯雷时代的狂欢节和市场机构之间的关系也并不关心。他在论拉伯雷的著作中，描绘了"巴黎的喊叫"和广场雄辩术的狂欢和双重的特征："应该顺便指出，民间的叫卖始终是嘲笑的，在这种或那种范围内，它总是嘲笑自己……在广场上，利益的诱惑和欺骗具有讽刺和半坦率的特征。"（巴赫金，1965，1970，第 163 页）。

巴赫金固然承认广场事件和狂欢节之间的类似性，却并未就市场的狂欢特征和作为市场社会产物的双重性进行发挥。根据巴赫金的狂欢节理论来重读青

1　伊塔洛·斯韦沃（Italo Svevo，1861—1928），意大利小说家。

年马克思的著作，人们发现文化的双重性和"狂欢化"是市场社会的现象，是以交换价值为中介所直接或间接地造成的结果："因为货币作为现存的和起作用的价值概念把一切事物都混淆和替换了，所以它是一切事物的普遍的混淆和替换，从而是颠倒的世界，是一切自然的性质和人的性质的混淆和替换。"[1]

这篇论著的最后一部分，非常清楚地证明了以交换价值为中介可以产生"狂欢的"双重性。因而双重性的现代形式就不能直接或间接地由民间节日推断出来。在现代的文化和文学中，"狂欢节"成了"市场"的一种借代的名称。

以上的论述不是抛弃，而是从社会学的角度来验证和扩展巴赫金的研究方法。他对民间节日和拉伯雷或塞万提斯的作品之间的关系的阐述，和他认为（托马斯·曼或陀思妥耶夫斯基的）现代小说被"深刻地狂欢化了"的观点，仍然是同样有效的。不过，当现代文学里狂欢的双重性不再被看作纯粹文学影响的结果，而是文化方面的中介的一种产物时，这种观点的合理性和社会学价值便大为提高了。从尼采和陀思妥耶夫斯基到穆齐尔和普鲁斯特，文学都对19世纪末期产生于中介的双重性作出了反映。

在关于陀思妥耶夫斯基的论著的某些地方，巴赫金察觉到可以根据资本主义的飞跃发展来解释小说人物的双重性，不过他没有发挥这一观点。他在谈到奥托·考斯的一部著作（《陀思妥耶夫斯基及其命运》，柏林，1923）时指出："考斯的解释大部分是正确的。确实，复调小说只能存在于资本主义时代……"资本主义突然闯入沙皇俄国的古老的社会，"为复调小说特有的、大量的镜头和声音创造了必需的客观条件"（巴赫金，1963，1970a，第50页）。

巴赫金并未指责考斯的唯物主义解释，然而也不想在上述背景中加以发挥。这种仅此而已的解释是过于简单了，它似乎不了解作为词汇和语义的现象，双重性和复调在语言的层次上渗透了小说的文本。例如在尼采、穆齐尔、普鲁斯特和卡夫卡的作品里，相反事物的结合产生了一个由双重性、人格的两重性和复调所支配的领域。当真理和谎言、科学和迷信、道德和罪恶结合在一起时，语义领域便具有两重性，而真实的话语、独白便变得不可能了。

语言和复调。双重性和复调之间的真实关系是什么？两个概念的共同点

---

1   译文引自马克思：《1844年经济学哲学手稿》，《马克思恩格斯全集》第42卷，人民文学出版社，1979年，第155页。

是对话。一个（结合着互不相容的方面的）双重的人或物，引起了互相竞争的、能进行对话的一些矛盾的假设。例如在卡夫卡的《审判》里，（被画家蒂托雷里画成狩猎女神的）正义女神的双重性引起了无休止的讨论，在讨论中一切真理都可以蜕变为谎言，反之亦然。《审判》中的许多话语没有一种是真实的。

巴赫金虽然把陀思妥耶夫斯基的小说看成复调作品的模式，但他指出拉伯雷的作品是产生于狂欢节的小说的复调的根源。在关于民众词汇的一章中，他证实拉伯雷采用了大量双重的叙述方式，而它们是民间亚文化的组成部分。

这种认为社会的问题和对抗在语言的问题和冲突中表现出来的观点，对于文本社会学至关重要。它可以避免把文学作品简化为与它没有直接关系的"资本主义""物化"或"交换价值"之类的抽象。巴赫金写道："语言是一些世界观，但它们不是抽象的，而是具体的、社会的，被一切评价的体系渗透的，与日常生活和阶级斗争分不开的。所以每个对象、每个概念、每种观点、每种评价、每种语调，都处于语言—世界观边界的交点上，被包含在激烈的意识形态斗争之中。"（巴赫金，1965，1970，第467页）文学就这样作为推论的结构，作为集体的语言对社会结构作出反映。（在下一章里我还要谈到这个对文本社会学极为重要的观点。首先要指出的是，在戈尔德曼的著作中，"世界观"是一种"观念性的"结构，现在它在一种不同的背景下变成了一种推论的结构。）

除了双重性和广场狂欢节的因素之外，拉伯雷的作品还吸收了民间亚文化的复调：它的多种推论性。随着一切矛盾的价值被狂欢节结合，由这些价值产生的一些互不相容的话语也结合起来了。它们相互竞争并产生了一种开放和复调的结构，这种结构是陀思妥耶夫斯基小说的特色，而在他的小说中，传统小说的单推理结构被超越了。没有一种说法等同于现实：在单推理小说（例如托尔斯泰的小说）里是这种现实的东西，现在变成了多种可能的现实，一种推论的复调。关于陀思妥耶夫斯基，巴赫金谈到了"小说的对位法"（巴赫金，1963，1970a，第80页）。

复调有哪些主要方面？首先，巴赫金认为在复调小说里，每种话语都能成为另一种（讽刺的、批判的或滑稽模仿的）话语的对象，它自己也能变成元话语。复调小说的特征是语言和元语言之间的辩证关系："这种在表现的同时被表现的另一种话语—世界观，是小说的最大特色……"（巴赫金，1968，第 128 页）加·索·莫尔松有理由相信自己在巴赫金的著作中看到了一种"元语言学"的"发明者"，人们可以把它看成对索绪尔的单推理语言学的一种代替。（莫尔松，1978，第 407 页。参阅下一章）

其次，人们可以把复调小说看作一种偏移中心的文本，即其中没有一种话语能获得"语言的垄断"。即使是作家的话语也在开放的对话结构内部起作用，它不能躲开批判和滑稽模仿。叙述者的话语经常被各种主角滑稽地模仿、批判和改变，而他们的叙述同样也经受着复调的摆布。

复调理论潜在的另一种观点是自我的相异性：无论是作者还是叙述者（还是一个主角）的我都不可能完全表现自己。在表现"自我"时，另一个人及其声音是必不可少的，两者的同一性至少部分地存在于相异性之中。"我不能看到我自己。"巴赫金在他的评论《作者问题》中曾就此指出："一种抬高自己身价的态度在美学上是毫无结果的，因为从审美的观点来看，我对我自己而言是一种非实体。"（巴赫金，1977，第 150 页。可参阅托多罗夫：《巴赫金和相异性》，诗歌出版社，第 40 页，1979）

最后，双重性和复调问题与主观性问题是分不开的。由互不相容的价值的结合所产生的复调的和偏移中心的文本，不承认关于一个坚如磐石的个别主体这种理性主义的传统观念。巴赫金的现实性在于他清醒地批判了主体的概念，这种概念与单推理话语的结构，与认为这样一种话语"符合"这种现实的幻想错综复杂地联系在一起。

"巴赫金小组"的许多著作，如沃罗希诺夫[1]和梅德维杰夫的一些著作，使人们可以把主观性的危机与在受到社会混乱折磨的社会里个人的危机联系起来。例如在 1930 年的一篇以沃罗希诺夫的名义发表的论著里便有这样一段话："于是我们看到了一种具有意识形态性质的、个性与其社会环境分裂的现象，这正是个人失去社会地位时常有的结果。"（沃罗希诺夫，见托多罗夫，1981，第 296 页）沃罗希诺夫认为在一个其价值体系陷入危机的社会里，肉欲和性欲变得重要起来，看看他对此如何解释很有意思。社会的意义让位于对性欲的崇拜，本性起来反对一种变得可疑的文化："个性便丧失在社会的世界里，但从此以后它就在自己肉欲的冲动里，在他原始状态的本性里重新出

1　瓦列金·尼古拉耶维奇·沃罗希诺夫（Valentin Niklaevich Volochinov，1895—1936），苏联音乐家、诗人、语言学家。

现了……伴随着经济和政治关系的深刻变化的危机和颓废的时期，都经历了这种'动物人'对'社会人'的胜利。"（沃罗希诺夫，见托多罗夫，1981，第 297 页）

沃罗希诺夫的这些评述，使我们更清楚地理解了巴赫金和陀思妥耶夫斯基、巴赫金和 20 世纪上半叶小说家们之间的相似性。和这位俄国理论家一样，像普鲁斯特、穆齐尔、卡夫卡、黑塞和萨特这样的作家，都在与由于社会价值体系的瓦解而产生的问题作斗争。这些问题是个人和主观性的危机、真实和单推理的话语的失败，以及本性和文化之间日益明显的对立。

沃罗希诺夫关于现代社会里个人危机的评述，得到了穆齐尔、卡夫卡、黑塞、萨特和莫拉维亚[1]类似看法的证实。突出的例子是《荒原狼》和《恶心》，这是两部互为补充的作品，前者表现了"神奇剧院"里本性（兽性和性欲）的解放，后一篇的叙述者对本性"战胜"文化的反应是"恶心"的感觉。

批判和危机。从以上关于小说社会学的论述中可以看出，戈尔德曼和巴赫金的研究方法是互为补充的：这不仅由于狂欢节的双重性和复调可以与马克思阐述的中介发生关系，而且因为戈尔德曼分析的价值危机与巴赫金主张和代表的批判是密切相关的。

莱·科斯雷克在他的著作《批判和危机》里，描述了社会危机和批判之间的辩证关系，强调在历史的发展中，过渡时期和危机时期都有利于社会批判和对现行规范的反抗。科斯雷克所写的关于专制主义时代的著作（科斯雷克，1959），除了某些局限之外，也适用于现代：由中介和意识形态冲突引起的价值危机，现在导致了人道主义、个人主义和主观性的衰退。

综上所述，巴赫金的观点显示了价值体系的危机，戈尔德曼的观点则肯定了批判，在这个范围内，我认为巴赫金的观点使戈尔德曼的观点变得完整了。当然，在（作为黑格尔和卢卡契的信徒的）戈尔德曼与这位比黑格尔更接近尼采和陀思妥耶夫斯基的复调理论家之间，存在着一些本质上的差异。

然而这里的问题不在于列举他们的分歧，而是证实在社会科学方面，一些很不相同的（有点互不相容的）理论也可以彼此补充、互相启发。戈尔德曼描述的个人和主人公的没落，巴赫金描述的主观性在双重性和复调中的瓦解，是同一种现象的两个方面，我们在下一章里将详细地分析这种现象。

---

1 阿尔贝托·莫拉维亚（Alberto Moravia，1907—1990），意大利作家。

第二部分

文本社会学

第四章　文本社会学

第一节　引言

对各种文学体裁的社会学分析表明，过去人们常常试图以一种社会背景来解释文学的"形式"。我们在这里研究的文本社会学，不是恢复那种（例如在卢卡契的著作里）具有唯心的和形而上学的内涵的、传统的形式概念，它要试图超越美学（哲学）话语的局限，描述各个同时作为语言结构和社会结构的文本层次，尤其是语义和句法（叙述）的层次及其辩证关系。

如果考虑到（似乎不为传统的文学理论所知的）科学的劳动分工的话，就不可能专门为此创造或"发明"一种新的"社会学的"符号学。倒不如利用某些现有的符号学概念，来显示其迄今为止被忽略的社会学面向。

要对文本（语义和句法）的结构进行完整的社会学说明，就应该把社会领域看成由各种集体语言组成的整体，然后便可以从文本社会学的这一基本假设出发：这些集体语言在吸收和改变它们的文学文本中起着重要的作用。

上一章谈的是卢卡契和戈尔德曼的马克思主义的研究方法，它们倾向于作品和社会之间的类似性或结构同源性，如维特的自杀和德国资产阶级的失败，罗伯-格里耶的客观描绘和资本主义的物化。类似性并非总是具有这种直接的和机械的特征，它可以（例如在《隐藏的上帝》中）通过一种被置于历史现实和拉辛虚构的领域之间的"世界观"而被中介化。这些理论家提出的类似性固然值得注意，却并非总是令人信服的，因为它们没有涉及一些经验的、可以论证的关系。

在这种情况下，是否可能在经验的层次上描述文学文本及其社会背景之间的关系这一问题，便应该放置在方法论舞台的中心。只有在文学和社会都以语言角度出现的情况下，这样一种描述才有可能。

我们看到，皮埃尔·马歇雷在对《农民》的分析中企图采用这样一种角度，但是他忽视了意识形态的语言的、推论的特征，因为意识形态的缺陷和矛盾是在文学中和通过文学得到"体现"的。在这方面，他关于"反映"的美学理论和传统的马克思主义理论没有什么区别。它没有回答文学作品怎样在语言层次上对社会和历史问题做出反映的问题，而这个问题是文本社会学的出发点。从前我在分析马塞尔·普鲁斯特、弗兰茨·卡夫卡、罗伯特·穆齐尔、让－保尔·萨特和阿尔贝·加缪的作品时，曾试图发展前述那种社会学，为此写出了两部关于小说的论著:《小说的双重性》(1980)和《小说的无差异性》(1982)。它们可以作为本章中论据和分析的参考。

但这并非简单地介绍或概述已经发表的著作，而是对这些研究中获得的理论成果进行系统的思考，并在涉及上述两部著作几乎未触及的文学文本时扩大研究的范围。

文本社会学以两篇小说为范例：阿尔贝·加缪的《局外人》和阿兰·罗伯－格里耶的《窥视者》。我要继续在《小说的无差异性》中已经开始的研究，以证明罗伯－格里耶的小说重现并强化了加缪的社会语义学的无差异性问题。下一章再回过来谈普鲁斯特，以及精神分析方法和文本社会学的方法在什么程度上可以结合起来的老问题。

第二节　作为社会功能的语义学和句法

（布龙菲尔德[1]的）传统语言学所分析的句子结构、最大单位结构，可以假定是一种中立的、处于社会对抗和意识形态冲突之外的现象。然而考察一下过去在风格（美学）方面的讨论和争端，这种假定便显然是错误的了。

古典主义对"完美"句子的捍卫具有一种社会功能，正如浪漫主义和超现实主义企图毁灭句子的结构，使话语摆脱句法的束缚一样。前者是在微结构的层次上实行"和谐整体"的社会和审美规范，后者则是把个人及其特殊性置于舞台的中心。

1　莱奥纳尔·布龙菲尔德（Leonard Bloomfield，1887—1949），美国语言学家。

像夏尔·莫拉斯[1]这样的新古典主义者对浪漫主义作家们的批判，显然是一场冲突的政治赌注，人们企图把这场冲突简化为语言或风格的问题。在莫拉斯看来，1830 年的运动"把词语捧上了天……（而且）为了得到美的东西而驱逐了美……作为句法的附属成分的词语，随着浪漫主义而变成了主要的成分"（莫拉斯，见马多雷，1951，第 150 页）。只要考虑到莫拉斯的反个人主义和他为"民族"（为民族的集体性）所作的辩护，我们就能更好地理解他赞成句法和反对文本里的个人自由的态度。

不久前，罗兰·巴特使我们注意到句法的，特别是句子意群的文化和意识形态功能。他在《文本的欢悦》中指出："句子是分等级的，它包含着一些内在的约束、从属关系、附加成分。"（巴特，1973，第 80 页）早在巴特和法国符号学之前，阿多诺和霍克海默就已经强调过意群因果性和体系因果性的意识形态方面（阿多诺，1955，1976，第 29 页）。巴特在从符号学的背景出发重提阿多诺对句法的批判时，引证了朱丽亚·克里斯特娃的话："'一切思想活动都以业已构成的叙述形式表现出来。'我们可以将朱丽亚·克里斯特娃的这一主张反过来说：一切完成的叙述都可能是思想。"（巴特，1975，第 80 页）

应该在这种背景下来理解（例如民主德国时期的）"社会主义现实主义"批评家们对欧洲先锋派的批判。这些"社会主义现实主义"的理论家反对某些先锋派作家（如乔伊斯、未来主义者、超现实主义者）使句法解体，在古典主义的、黑格尔的美学范围内捍卫句法的一致性和封闭性，这种美学用体系和系统的真实来反对开放的、对话的话语。（齐马，1978，《论文学文本的社会学》，《单义的神话——对民主德国的社会主义现实主义的批判》）

在重视句子的社会和意识形态功能的同时，不应该忘记，对文本社会学（和话语符号学）来说，微句法的或叙述的结构重要得多。因为一篇文学或理论文本的叙述结构构成了一个相对一致和自主的领域；它模仿和再现现实，并且往往以暗含的或明显的方式认同这种现实。叙述（例如历史的）事件的人都认为他的话语符合现实，或者与现实是一致的。这种看法有心理的和社会的根源（叙述者都要肯定一些明确的利益），它在话语的竞争和推论的冲突中起着重要的作用。

1　夏尔·莫拉斯（Charles Maurras，1868—1952），法国作家。

　　实际上，所有关于现实的话语只是一种可能的话语。换句话说：各种叙述图式并不符合它们的对象，它们或多或少带有偶然性。因而对于话语批判来说，特别重要的是弄清主体（叙述者）对他自己的、作为语义和句法结构的话语抱什么态度，这种结构表达了个人或集体的一些利益。一方面，叙述的主体可能（在不说明或不同意的情况下）把他的话语和现实等同起来；另一方面，他也可能对他所表达的利益、对他的话语所包含的社会价值和语义基础产生疑问。话语的语义和句法（叙述）之间的关系，几乎总是最受批判的目标。

　　在（例如热奈特[1]或布雷蒙[2]的）形式叙述学里，这种关系几乎没有得到分析，肯定没有受到批判。热奈特对"叙事"和"话语"关系的研究，不能确定叙述结构和社会结构的关系，因为这些研究忽略了话语的语义基础。然而正是在语义和词汇方面，社会利益才在语言中表达得最为明显。（热奈特在说明叙述的技巧时没有考虑到这些技巧的意识形态内涵。）

　　由于方法论的原因，显然是不可能把形式叙述学的概念搬移到文学社会学里去的。这样一种搬移的后果将是毫无结果的折中主义，同时将导致符号学论据和社会学论据之间的语义差距。

　　同样似乎也不可能专门为此来发展一种社会学的符号学（社会符号学），这样一种理论将会被兴趣观点玷污，也不可能实现我们现在所考虑的方法论的综合。这种综合只有依据某些现有的符号学理论才有可能，这些理论的概念可以使社会学的、社会学批评的理论更为丰富和明确。

　　必须避免把当代的一切符号学理论看成"形式主义的"。虽然现代的符号学家没有系统地发展人们可以称为"社会符号学"的理论，格雷玛斯的结构语义学，以及路·普利埃托、克里斯特娃和埃科的理论，却为社会学家提供了一些可以说明文学和社会的关系、在推论层次上确定意识形态的概念。

　　在社会学方面，布尔迪厄表明他也关心语言问题，尽管他和格雷玛斯或普利埃托的关心有着完全不同的理论背景。在这种情况下，文本社会学应该尝试：1.确定一些具有社会学特征的符号学概念之间的系统关系；2.发展某些社会学理论的社会语言学和符号学的方面，尤其是对语言问题特别敏感的法

1　热拉尔·热奈特（Gérard Genette，1930—2018），法国批评家，巴黎高等社会科学研究院教授。
2　克洛德·布雷蒙（Claude Bremond，1929—2021），法国批评家，巴黎高等社会科学研究院教授。

兰克福派的批判理论。

一、词汇和语义层次

文本社会学应从两个互相补充的定理出发：社会价值几乎不独立于语言而存在；词汇、语义和句法的单位表达了一些集体利益，并且能够成为社会、经济和政治斗争的赌注。

在词汇方面，米歇尔·佩舍十分强调"词语"的社会性："一切阶级斗争往往都可以概括为拥护一个词、反对另一个词的斗争。"（佩舍，1975，第194页）这种说法也许是一种夸张，却是一种有益的夸张：它表明词汇单位多么能带上利益的乃至社会冲突的烙印。（见第四章第四节一）

虽然大量的词汇具有政治、宗教或形而上学的内涵，但似乎不可能仅仅在词汇方面确定语言和社会的关系。因为词汇学是一种经验的甚至是经验主义的学科，其范围极为有限。乔·马多雷和阿·于·格雷玛斯在把词汇学方法应用于不同的课题之后便放弃了它，而去探索结构语义学所呈现的各种可能性。（马多雷，1951，格雷玛斯，1966）

语言对社会、集体利益的表达，在语义方面能比在词汇方面表现得更加明显和系统。语言学家和社会学家们都已承认这一现象，并且强调必须说明作为社会和政治过程的分类过程（格雷玛斯会说是"分类行为"），这些过程与一些集团或阶级的利益是密切相关的。

与法国、意大利或苏联的符号学无关，重要论著《作为意识形态的语言》的作者肯·克雷斯和罗·霍杰，在解释分类的社会背景时介绍了当代社会语言学的观点："首先，分类就是把秩序强加于被分类的东西，因而是一种具有两个层次的监督工具，即监督一门'学科'里物质的和社会的现实的经验交流，以及社会监督这种现实的一切现有概念。不过分类的体系并不属于整个社会，不同的集团有不同的体系，即使这些体系之间差别不大。其次，个人所处环境的偶然性，以及他们利益的不一致，会在分类体系内部产生压力。分类就这样成了一个紧张的和斗争的领域：首先是在个人之间，每个人都力图把自己的体系强加给别人，或者屈服于一种更高的权力；然后是在社会、伦理、民族或种族的集团之间。"（克雷斯，霍杰，1979，第63—64页）

后面还要分析分类、社会方言和话语之间的关系。我们将看到，克雷斯和霍杰完成对分类的相当概括的描述，有一个（源自巴赫金和沃罗希诺夫的理论的）长期的过程，并且由于格雷玛斯、普利埃托、埃科和克里斯特娃的细致研究而变得完整了。

二、叙述层次

一旦把分类确定为一种使敌对的集团能表达各自利益的语义过程之后，几乎不可避免地要出现这些利益在句法（叙述）方面如何表现的问题。这个问题涉及文本的语义基础及其叙述过程的关系。

自从弗拉基米尔·普罗普[1]对（维斯罗夫斯基搜集的）大量的俄国民间故事进行研究之后，文本的语义基础决定其叙述结构这一点已很清楚。具体地说，这意味着，对大/小、好/坏、真理/谎言等某些语义对立的选择，决定着叙事的施动者角色的分配，因而决定着与"反英雄"对照的"英雄"、与"反对者"对照的"辅助者"等的功能定义。

格雷玛斯以普罗普的《民间故事形态学》（1928）为出发点，证明一篇叙述文本的语义结构（深层结构）是施动者功能分配的原因。格雷玛斯在普罗普之后确定的施动者，可以有一种集体的或非人的特征；正如格雷玛斯本人向我们指出的那样，它可以是一种"行动者的混合"。这样，一个政党便可以具有集体施动者的功能，而它的个别的成员或代表则可以确定为属于施动者"党"的行动者。相反，一个行动者可以是几个施动者的混合，因此个人可以属于几个集体施动者（例如属于一些政治建制）。

格雷玛斯提出的施动者概念，比普罗普的人物概念更为抽象。施动者可以是个人或集体（或一种自然力），一个人类主体或一个物，它是根据它在一个特定的叙述序列中履行的功能来确定的，"在这个序列里，实现过程的行为叫作功能（F），过程的可能性的行为主体称为施动者（A）"（格雷玛斯，1970，第168页）。因而解释一篇文本的叙述结构，先决条件是要对文本的施动者进行分析，这种分析和语义分析有密切的关系。

这在推论实践中意味着，由话语主体（叙述行为的主体）进行的一切语义选择（分类），将在由它们控制叙述过程的施动者层次上表现出来。因此正如库尔泰向我们指出的那样，施动者模式可以"从体系（或构成体系的词语之间的关系）的角度，然后从过程即有可能产生过程的活动的角度"加以考

1　弗拉基米尔·普罗普（Vladimir Propp, 1895—1970），俄国形式主义批评家。

察（库尔泰，1976，第 63 页）。

对于文本社会学来说，结构语义学有个方面特别重要：像文学文本（民间故事）一样，一切理论、意识形态或宗教的文本，都可以借助施动者模式来表示。格雷玛斯自己在某些方面对施动者的图式进行了简化，以尝试在施动者（集体）的层次上表示两种意识形态的话语，即"古典哲学"和"马克思主义"意识形态哲学的话语。为了便于说明，我全文照录格雷玛斯的示意表，它是作为推论结构的意识形态这一定义和对加缪及罗伯－格里耶的小说进行分析的基准点。

格雷玛斯在解释他的示意表时指出："在充分简化之后，我们就可以认为，对于一位古代的哲学家来说，通过一种语义的投入，欲望的关系就像认识的欲望一样被明确了，他认识的景象的施动者大致是按下列方式分类的：

主体……………………哲学

客体……………………世界

发送者…………………上帝

接受者…………………人类

反对者…………………物质

辅助者…………………精神

同样，出于助人的欲望，马克思主义的意识形态在活动分子的层次上能以类似的方式分类：

主体……………………人

客体……………………无阶级社会

发送者…………………历史

接受者…………………人类

反对者…………………资产阶级

辅助者…………………工人阶级

（格雷玛斯，1966，第 181 页）

我们当然不能满足于把这个十分简单的图式机械地应用于文学或非文学的文本。要想从社会背景出发来解释文本的结构，文本社会学还需要其他的、不能在结构语义学中全都找到的语言学和符号学概念。文本社会学利用了格雷玛斯的一些基本概念，如施动者或语义的同质异构（见下文）；但是放弃了其他许多主要用于语义学或叙述学的详尽分析，然而几乎无助于研究文本与社会的关系的概念。

这种关系在格雷玛斯制定的图式中十分明显，从中可以看出，一些像物质／精神或无产阶级／资产阶级这样的语义二分法，决定着施动者和行动者的分类。文本社会学主要是细致地表达和发展这一观念：语义分类（"分类行为"）构成施动者模式的基础，并且是从一种（文学或其他）话语的叙述过程开始的。

为了具体阐明这一观念，我想用翁贝托·埃科在60年代发表的关于小说《詹姆斯·邦德》的一些看法来结束这篇概括性的引言。

根据某些像自由世界／苏联和英国／非盎格鲁-撒克逊国家这样的施动者对立，加上其他像责任／牺牲或冒险／制订计划（对语义层次和施动者层次不加区别）之类的二分法，揭示了作家的语义选择和他的叙事的因果性之间的关系，他证明弗莱明构成的语义领域受着一种严格的、决定小说事件结构的、善恶二元论的支配。正如在封建史诗、民间故事和意识形态叙事中一样，英雄对反英雄的胜利，一开始就在二元论的图景中得到了保障，被说成是出于常识的、自然的事情。

弗莱明在制造他的"叙述机"时，没有进行自觉的意识形态选择，他无意识地再现了某些在日常生活里、在常识里起着重要作用的意识形态的偏见。埃科指出："……我们这位作家不是按照意识形态的裁决，而是出于纯粹的雄辩术需要才以这种或那种方式使其人物具有特色的。雄辩术在这里具有亚里士多德最初赋予它的意义：是一种为了令人信服、为了得出可信的推理而依靠 endoxa，即依靠大多数人所考虑的东西的艺术。"（埃科，1966，第91页）

后面我们将会看到，意识形态可以被确定为一种阻止理论反省的推论结构，这是因为它显得自然和"不言而喻"。

正如在科学方面一样，在文学方面也可以把意识形态话语和批判话语区别开来。因为弗莱明所使用的二元论图式显然不是全部小说文学的图式。乔伊斯（《尤利西斯》）、萨特（《恶心》）或穆齐尔（《没有个性的人》）的小说，使意识形态的二元论以及与之相应的叙述模式论成了问题。它们不是制造一些绝对的对立，而是强调一切文化价值的双重性，显示了"理性"的不合理、

"文化"的野蛮、"英雄"的怯懦和"人道主义"的不人道性。

与统治语义领域的双重性相适应的是零碎的叙述结构，叙述者经常对被文化价值的危机所动摇的传统叙事的问题产生疑问。弗莱明的小说使它们的语义和句法图式显得自然和"不言而喻"，萨特、穆齐尔或卡夫卡的小说则不同，是要使读者对它们本身的语言结构进行思索。

我在分析《局外人》和《窥视者》时，将试图说明在穆齐尔、普鲁斯特、卡夫卡和萨特的作品中占主导地位的语义双重性如何变成了无差异性。小说家正是以这种既是社会的又是语言的无差异性，批判了自以为是在用善反对恶、用英雄反对反英雄，是在叙述"真实"故事的意识形态专家们的善恶二元论的话语。

第三节　社会语言环境

把语义学和句法概括地确定为一些"社会现象"当然是不够的，卢卡契、阿多诺和柯勒已经暗示过这个定义。要确定（文学）文本及其社会背景的关系，应该把社会领域表现为一个由各种集体语言组成的整体，这些语言以不同的形式出现在虚构作品的语义和叙述结构之中。

在试图从语言层次上表现社会时，人们可以从两个模式出发，我在过去的一部著作（《文本社会学》，1980）中已经谈到过这一点。捷克斯洛伐克的结构主义代表之一杨·穆卡洛夫斯基的观点是：在一个既定的历史时期里，一个特定社会的语言可以分成一些集体的和地区性的语言。

穆卡洛夫斯基名为《对诗歌语言社会学的看法》（1935）的文章，对文本社会学来说特别值得注意。他在文章中分析了捷克作家杨·聂鲁达的通俗的文笔，并力求以特定的社会语言背景来加以解释。

他依据的形式主义观点是：文学和社会的关系只能在语言方面得到描述。他发展了图尼亚诺夫的看法："文学系列和社会系列的相应关系是通过语言活动来建立的，与社会生活相比，文学具有一种言语的功能。"（图尼亚诺夫，见托多罗夫，1965，第132页）

穆卡洛夫斯基认为社会问题是文学文本的结构所固有的，这一点与形式主义者认为社会（经济、政治、法律）结构影响"文学系列"的机械观点有所不同。他十分强调文本的成分除了实现虚构作品的（内在的）功能之外，还要实现明确的社会功能。"在因此肯定诗作所包含的一切都必然要通过语言时，我们同时也要说，多亏语言的中介功能，诗作才和社会密切相关。"（穆卡洛夫斯基，1941，第 1 卷，第 240 页）

例如在把对风格的研究置于社会学背景中时，穆卡洛夫斯基就思考过聂鲁达的通俗风格的起源，并且用这种风格来反对爱尔本[1]的"高雅"（往往是矫揉造作的）风格。他对 19 世纪上半叶出现的一种城市通俗语言十分重视，这种汇集了几种行话、主要在布拉格发展起来的语言，在许多方面与各种乡村的通俗语言不同。杨·聂鲁达在把城市的词汇变成文笔的工具时发展了一种特殊的文体，它在不同的层次上再现了布拉格人民的语言。

穆卡洛夫斯基从索绪尔和迪尔凯姆关于集体习俗是语言的基础的观念出发，力图根据 19 世纪捷克斯洛伐克的工业化和都市化，阐明一种新风格的出现。他分析聂鲁达的作品时所依据的根本对立是城市和乡村的对立。

在阐明穆卡洛夫斯基的模式时，人们可能会探讨劳动分工在语言和文学方面造成的后果，因为它在这些方面产生了一些词汇可以千差万别的集体语言。然而我以为这样一种研究方法，只要它不了解一个既定的社会体系中各个等级或阶级之间的关系，以及不同的语义和句法（叙述）层次，便仍然不能说明问题。穆卡洛夫斯基重新采用了迪尔凯姆的某些定理，和他一样倾向于把社会看成一个（像"集体意识"一样）相对一致的整体，也忽略了集团和阶级之间的政治、经济的统治原则和冲突。同时，他还有意把分析限制在语言的词汇层次上。

杨·穆卡洛夫斯基对文本（"风格"）社会学的贡献相当于乔治·马多雷（《路易-菲利普时代的词汇和社会》，1951）。与他不同的是两位俄国作家米哈依尔·巴赫金和瓦·尼·沃罗希诺夫。他们尽量在语言的层次上考虑社会冲突和集团的利益，他们不是把语言看成一个静止和封闭的体系，而是看成一个由变化的历史结构组成的总体，造成变化的原因之一是这些结构所引起的社会冲突和革新。

巴赫金和沃罗希诺夫从索绪尔所主张的理性主义语言观出发，对索绪尔关于语言建立在相对一致的集体习俗之上的观念提出了疑问。在他们看来，

---

1 卡莱尔·雅罗米尔·爱尔本（Karel Jaromír Erben，1811—1870），捷克诗人。

与社会体系同源的语言体系呈现为一个对立和矛盾的整体，而不是由个人为了说话、为了产生话语而使用抽象规则组成的体系。

日内瓦语言学派把叙述行为主体视为一种脱离历史的集体利益的、抽象的要求，巴赫金和沃罗希诺夫在批判该派的共时语言学时得出结论："实际上，我们刚才证明，语言形式总是在明确的叙述背景下呈现给说话者，这就始终导致一种明确的意识形态背景。在实践中，我们说出的或听到的不是一些词语，而是真理或谎言、好事或坏事、重要的事或平凡的事、可爱的事或讨厌的事，等等。词始终被赋予一种意识形态的或事件的内容或意义（巴赫金／沃罗希诺夫，1929，1977，第102—103页）。

路易－让·卡尔韦在谈到沃罗希诺夫主张的对话语言学时正确地指出："面对索绪尔的语言／言语二分法，他（沃罗希诺夫）提出了建立一种言语语言学的必要性。"（卡尔韦，1975，第94页）这样一种语言学有两个重要的内涵：它以言语的集体性为前提（这种集体性不再被视为个人对某些社会规则或习俗的应用）；一种关于言语的社会符号学理论，它只能是一种话语的（批判）理论。语言学过去被索绪尔、后来被乔姆斯基限制在个人主义心理学的范围内，因而现在要使它脱离这一范围，把它放在一种批判社会学的层次上。奥古斯都·蓬齐奥评论道："对于索绪尔和乔姆斯基来说，语言学是心理学的一部分，然而它却和心理学一起进入了生物学的范畴。"（蓬齐奥，1981，第122页）

巴赫金和沃罗希诺夫的功绩，是使语言学摆脱了往往与笛卡尔的唯理论联系在一起的索绪尔的个人主义，但不能因此便把他们的著作《马克思主义和语言哲学》看成一种话语理论，它至多是这样一种理论的一个可能的出发点。

蓬齐奥在谈到巴赫金时，无疑正确地指出了他已超越传统的倾向于句子的语言学（例如布龙菲尔德的语言学）而趋向叙述语言学："在这种意义上，巴赫金（1968）认为必须超越——特别是在文学理论方面——语言学的限制，以走向一种他明确地称之为元语言的研究方法。"（蓬齐奥，1981，第120页）

这样一种以超句子的叙述（话语）为对象的语言学同时具有社会学的和对话的特征，因而与索绪尔的以单独的、孤立的说话人为出发点的独白的语言学不同。它依据的观点是一切叙述都（不言明地或明确地）属于一些集体之间的范围广泛的对话，而这些集体的利益和世界观可以相互冲突。

　　然而，尽管巴赫金、沃罗希诺夫和梅德维杰夫作出了努力，这样一种话语语言学、这样一种"元语言学"却尚未出现。当他们把巴赫金和沃罗希诺夫的某些定理与当代一些话语理论，特别是格雷玛斯发展的推论符号学结合起来时，似乎有可能向这种推论语言学迈出第一步。因为不可能笼统地谈论"言语""叙述"或"话语"，必须在一种语义和句法（叙述）背景中指明人们所理解的话语。（巴赫金、沃罗希诺夫以及目前的尤尔根·哈贝马斯都笼统地谈论"叙述"或"话语"，因而无法揭示语言的语义和叙述结构的社会和意识形态方面。）

　　在作出"社会语言环境"这一节的结论之前，应该明确集体语言或集团语言的概念。是指一些什么样的集体？是否应该和（从前被斯大林批判过的）俄国语言学家尼·雅克·马尔[1]一样认为存在着一些阶级语言，并且每个阶级的成员都以一种特定的方式说话？

　　阶级概念本身不很明确，当把它应用于一个复杂的、不能用贵族阶级／资产阶级或资产阶级／无产阶级之类简单的二分法加以解释的社会时，它的用处就值得怀疑了。阶级冲突当然是存在的（在资本主义社会和社会主义社会里都是如此），但是这样一个社会阶级是一个过于广泛和过于复杂的总体，因而不能认为它有一种一致的语言、一个独有的语义领域。

　　我们将看到在一个阶级如资产阶级的内部，就存在着一些集体语言，自由主义的、天主教的、反教权的或社会主义的话语会互相冲突。某些马克思主义者所称的"资产阶级报刊"远非一种一致的、可以只根据一个特定阶级的观点来分析的现象。

　　从文本社会学的观点来看，"资产阶级报刊"显然是一个矛盾的语言领域，其中有自由主义的、激进派的、社会主义的或天主教的话语，它们在按千差万别的背景来确定和叙述现实时互相竞争。这样一种社会学最关心的是（评论员、记者和批评家）把社会事件归类和根据往往互不相容的分类来制定施动者模式，以及彼此论战的政治叙事时采用的不同方式。

　　在对加缪的《局外人》所进行的社会学分析中，人们将看到代理检察长怎样在叙述墨尔索的经历时坚持排斥一切可能和它竞争的替代性话语。这位代理检察长不仅是以一个集团（殖民地的大资产阶级）的名义说话，他也是

1　尼古拉·雅可夫列维奇·马尔（Nikolai Jakovlevich Marr, 1864—1934），俄国语言学家。

在某种批准他的话语，并赋予其一种社会、道德和政治威望的建制（"司法"建制）范围内说话，因而应该在语言（一种话语）的集体性上再加上它的建制性。因为各种社会集团都不是在真空里活动，它们是通过常常成为狂热冲突的赌注的社会建制和在这些建制里活动。（我们可以想想文学杂志、报纸的方向和历届政府的教育政策。）

皮埃尔·布尔迪厄是最早系统地分析语言的建制方面的人之一，他认为一种话语的效力（成功或失败）是不能用推论结构来解释的。建制的权威性是从外部进入话语的："试图从语言的角度来理解语言的表现力，在语言里寻找建制语言的逻辑和效力的起因，就是忘记了语言的权威性是来自外部，正如权杖具体地说明了这一点，在荷马的作品里，人们是把它递给就要讲话的演说者的。"（布尔迪厄，1982，第105页）

我们即使同意布尔迪厄（与索绪尔、奥斯丁[1]或塞尔[2]相反的）强调言语（话语）的集体性和建制性，也不能接受他把对话语的语义和句法分析排除出社会学研究范围的方式。因为即使是"被批准的"、建制化的语言，在尚未形成某种结构时也显然是没有效力的。

话语的语义和句法结构（"本义上的语言实体"）如果与它的社会效果无关，一切修辞理论便会失去意义。路易·马兰在他的著作《叙事是一个陷阱》（1978）中，清楚地指出话语的效力取决于它的结构。"在这方面，真与假的范畴附属于话语的力量和这种力量所采用的策略。"（马兰，1978，第135—136页）让-皮埃尔·法耶[3]在另一种不同的背景下说明，德国纳粹主义的极权语言在推论层次上"彻底改变"德国人民的历史，创造一套（以"人民的""异类的""蜕化的"等词汇为中心的）新的词汇，制定像"雅利安人种"/"非雅利安人种"这类新的语义二分法以及相应的施动者对立时，为什么能获得惊人的说服力。

只有对话语的语义和句法进行分析才能解释话语在一种社会背景里的作用，因此不应该像索绪尔和索绪尔主义者的形式主义那样抛弃这种分析。不要认为社会处于话语即语义和句法"之外"。与这种观点相反，我在本章开头就试图说明语义和句法完全是一些社会现象。

1　约翰·奥斯丁（John Langshaw Austin，1911—1960），英国语言学家。

2　约翰·塞尔（John Searle，1932—　），美国语言哲学教授。

3　让-皮埃尔·法耶（Jean-Pierre Faye，1925—　），法国诗人、小说家、剧作家、评论家。

最后，我们在下面的分析中将会看到，一种集体语言（一种社会方言）并非总是单独一个集团的产物，它可能产生于由于经济和政治原因而具有共同的利益和问题的两个集团或阶级的交界处。在马塞尔·普鲁斯特的《追忆似水年华》里起着重要作用的 19 世纪下半叶的社交谈吐，就是产生于一个相当复杂的集团，组成这个集团的是通过"豪华的婚姻"、沙龙的社交生活、赛马俱乐部等联系在一起的贵族和资产阶级的食利者，因而这种历史悠久的谈吐（塞维尼夫人[1]的著作中曾多次提到）不属于 19 世纪末的贵族或资产阶级，而是属于整个有闲阶级（托·凡勃伦语[2]），属于当时游手好闲的食利者。

总之可以认为，在文本社会学的范围内，语言显然是一种历史体系，其（词汇、语义、句法的）变化可以用社会集体之间的，或多或少已明确地建制化的集团语言（社会方言）之间开始的冲突来解释。为了重视语言（变化的）历史性和社会性，我才谈到了社会语言环境。

第四节　社会方言和话语

巴赫金、沃罗希诺夫和梅德维杰夫谈到的"言语"或"叙述"，显然是哲学概念而不是语言学的或社会学的概念。因此我认为必须重视当代的劳动分工，并用各种符号学理论中正在具体化和明确化的话语概念来代替（过于空泛的）叙述概念，同时应该阐明"社会方言"和"话语"之间的关系。（当然不是以实证主义的方式用一劳永逸的确定的"科学概念"来反对哲学的"形而上学的"概念，因为社会科学的概念从来都不是"一劳永逸"地确定的，它们要随着社会科学的变化而逐渐发展和具体化。）

一、社会方言

上面我已提到把社会看成一个由一些或多或少是对立的，其语言（社会方言）会互相冲突的集体组成的总体的可能性。然而采用这样一种既是社会学的又是符号学的观点，并不意味着把社会现象和集体（集团）的问题简化

1　塞维尼夫人（Madame de Sévigné，1626—1696），法国散文家。

2　托尔斯泰因·凡勃伦（Thorstein Veblen，1857—1929），美国经济学家，制度经济学派创始人。

为一些文本的现象。恰恰相反，是要在语言的层次上表现集体的利益和问题时确定文本和社会之间的密切关系。归根结底，只有这样一种表现才能使文学和社会发生关系，而无须求助于"社会内容"或"世界观"之类的符号学产生以前的概念。（需要发展和重新确定的）意识形态概念在符号学的背景下被重新提出并与话语和社会方言的概念发生关系时，便有了一个新的尺度。

社会方言可以从互相补充的三个方面加以描述：词汇方面、语义方面、句法或叙述方面。作为叙述结构，社会方言采用了话语（"用话语表达"）的形式。

它具有词汇方面的特征，是因为它由一些征候性的词语组成，这些词语可以使人在经验的层次上识别自由主义的、基督教的或法西斯主义的社会方言。因此当自由主义的或新自由主义的社会方言出现在报刊、政治协定和宣言或社会科学里时，像"个人""自由""自主性"或"责任"就是它特有的词语。

注意不要把社会方言的概念和"职业行话"或"技术、专业语言"的概念混为一谈：因为社会学家、伦理学家或心理学家的专业行话，本身就是些相互竞争的、在肯定互不相容的集体利益时互相驳斥的社会方言所共有的。现象学的、马克思主义的、功能主义的和"结构主义的"社会学同时存在，这是众所周知的事实。在每一种社会学背后，人们都能发现一种不同的社会和政治态度。

在《符号学和社会科学》（1976）里，格雷玛斯在一种可以说是功能主义的背景中确定了社会方言的概念，因为他把社会方言和社会职务（工程师、医生、律师等职务）的观念联系起来了（格雷玛斯，1976，第53—54页）。值得注意的是他在以后的研究中，是如何根据（沃罗希诺夫和巴赫金所理解的）意识形态的和对话的尺度来重新确定社会方言的概念的："社会方言是一些可以通过互相对立的符号变化（这是它们的表达方面）、与它们同时产生的社会内涵（这是它们的内容方面）来加以识别的亚语言，它们构成了隐蔽在社会话语里的社会分类。"（格雷玛斯，库尔泰，1979，第354页）

在目前社会方言概念被（巴赫金、沃罗希诺夫的）叙述概念所取代的情况下，在词汇、语义和句法方面确定一些特定的集体利益的是一种意识形态的语言。

我们知道某些社会和政治集团（托派分子或无政府主义者），一些社会主义运动、基督教团体、工会和雇主联合会的代表们，都求助于一些不同的词语来解释和捍卫他们各自的观点。我们也知道，正如 20 世纪 60 年代法国和意大利的基督教徒和马克思主义者的对话所证实的那样，当一些介入的个人对两种意识形态即两种敌对的社会方言是否能并存产生疑问时，个人可以属于一些不同的集团。一种个人的话语之所以不连贯，往往是由于他使用了互不相容的词汇（社会方言）。因为像"自主性""解放"和"宽容"这类词语，是几乎不可能和"历史规律""修正主义""民主集中制"等词语结合在一起的。

离开词汇层次来研究语义问题，我们就会看到，大部分宗教、政治或艺术集体不仅引进了许多新词（如世界主义、修正主义、超现实主义或未来主义），而且还有新的对立和区别。因此世界主义 / 国际主义的对立和批判现实主义 / 社会主义现实主义的区别就成了马列主义的社会方言的特征，而现实主义 / 超现实主义的对立则在超现实主义的语言中获得了一种决定结构的功能。

安德烈·布勒东的语言表明，为了确定能将社会语言的现实分类（分成语义的类别）的语义对立和区别，是多么需要"占有"、创造某些词语："更有理由的是，我们本可以占有热拉尔·德·奈瓦尔[1] 在《火的女儿》的题词中所用的词超自然主义，因为奈瓦尔似乎出色地掌握了我们所需要的精神……"（布勒东，1924，1969，第 36 页）在"占有"某个词（"超现实主义"）和拒绝别的词（如"超自然主义"尤其是"现实主义"）时，布勒东的决定有利于某种观点或某种合理性，由此他就能重新确定社会的、文学的和别的现象并进行分类。

什么样的区别和对立会被认为是合理的呢？合理性（"语言观点"）可以被确定为一种标准，它能进行某些语义区别，并且对此格外珍视。显而易见，接受某些词汇单位和某些语义区别而拒绝其他词汇和语义区别，这就构成了一种社会活动，负责进行语义和词汇选择的仲裁者是个别的和集体的主体（程度不等地组织起来的社会集团）。

在我看来，路·普利埃托有理由强调合理性对于社会科学（人的科学）里对象构成的重要意义，因为主体在对话结构范围内确定的集体利益，只有在合理性的层次上才能对对象的定义产生影响："一个主体所承认的与一个对

---

1 热拉尔·德·奈瓦尔（Gérard de Nerval，1808—1855），法国诗人、小说家、散文家。

象的同一性，取决于使他认出它的类别，即取决于与他认出的对象不同的一切对象和他得以认出这个对象的一切特性。"（普利埃托，1975，第83页）

不过非科学的认识也以类似的方式进行，它确定它的对象（现实的一部分），同时要求一种开始一个分类过程或（像格雷玛斯所说的）一种"分类行为"的特定的合理性。话语的对象是这种分类行为或分类的结果。（因而一种社会科学的、政治的或神话叙事的对象，是完全或部分地由一种特定话语的分类构成的。例如弗洛伊德的无意识不可能脱离弗洛伊德的词汇和分类而存在，这一概念的用处及其对象的存在往往被经验心理学所否认。从这个意义来说，无意识概念和磁场概念是不可相比的。）

由一种特定的分类产生的对立和差异在被看成体系时，便构成了一种社会方言的语义代码。它可以被确定为一种分类或一种分类行为的结果，然而（像洛特曼那样，1973）把它看成一组对立和差异则是不够的。这样一个概念过于简单化，不能描述社会方言的代码和全部词汇之间的关系。

这些关系只有在引进语义的同质异构概念的结构语义学范围内才能得到令人满意的说明。在相对一致和封闭的体系的代码里，由一种特定的分类行为所确定的对立和差异，变成了同质异构之间的对立和差异。（同质异构："……保证话语—叙述的一致性的分类沿着一条意群链重复进行。"［格雷玛斯，库尔泰，1979，第197页］）

在根据一种既定的合理性确定某些对立和差异（分类）之后，叙述行为的主体就使由他的社会方言和通常的语言提供给他的词义单位服从于他认为合理的概念范畴。在这种情况下，主体选择的基本概念（如意识和无意识，超我和本我）便像一些类素那样发生作用，这些类素可以构成语义类别（义素的类）的同质异构。（因此弗洛伊德提出的概念如压抑、移情或行为缺失[1]属于无意识的同质异构；换句话说，作为义素，它们是可以从"无意识"这个一般概念或类素中推断出来的。）

因此一个作为分类行为结果的代码，显然是一个程度不等地一致的整体，其中类素（二上下文的符素）的差异和（或）对立，产生着作为语义类别的同质异构之间的差异和（或）对立。（人们是在这种情况下谈到一个语义同质异构的，即至少两个义素——两个词素或上下文中的"词"——具有一个共

---

1 指人在生活中轻微的、没有严重后果的失败行为。

同的类素，所以把移情这个词和行为缺失这个词语联系起来的类素是无意识。同质异构概念的更为详尽的定义，可参阅格雷玛斯，1966，尤其是格雷玛斯、库尔泰，1979。）

　　一种社会方言暂时可以被确定为一套代码化的词汇，也就是按照一种特定的集体合理性形成结构的词汇。例如当一个基督教徒谈到"永生"时，他的词语便具有一种含义，因为它们反映出一种特定的合理性：肉体和灵魂、人和神之间的根本对立。我们知道某些马克思主义者和一切无神论者都拒不承认这些对立是合理的，他们倾向于另一种合理性和分类。

　　这就使我们更清楚地懂得，巴赫金和沃罗希诺夫为什么在语言的层次上把社会看成一种修辞性质的对抗和冲突的体现。特别是在现代社会里，在一个本身以"多元"为特征的复调社会里，每个代码、每种社会方言都不言明地或明确地反映了一切互相竞争乃至"敌对的"代码和社会方言。

二、话语（意识形态）

　　迄今为止，社会方言被表现为一种静止的实体，即一套词汇和代码。然而口头和书面的语言不能简化为这些静止的概念，因为它使一套词汇和语义结构成为话语。一种话语又是什么呢？

　　人们不能在仅以句子为对象的（例如布龙菲尔德的）句子语言学范畴内说明话语的特性。超越了这种语言学的狭隘范围，就应该把话语确定为超句子的单位，其语义结构（作为深层结构）属于一种代码，因而属于一种社会方言，其句法过程可以借助于一个施动者的（叙述的）模式来表现。所以主要的是把话语的句法变化看成来自叙述行为主体进行的语义选择：来自他的合理性和作为这种合理性的结果的分类。

　　格雷玛斯在他的符号学论著中证明，一切话语都可以认为是一种叙述结构，其冲突的特征能以一个施动者图式（见上文）来表现，话语的行动者和施动者之间的关系则可以根据它的语义结构来解释。

　　叙述行为主体进行的语义选择（选择某些认为是合理的对立），显然要导致一些完全是特定的、在其他话语里不存在的施动者和行动者的布局。格雷玛斯举例说明，社会主义或马克思主义的话语以社会主义和资本主义的根本对立为出发点，最终以（叙述的）辅助者"工人阶级"来反对"资产阶级"这个反对者；而以宗教信仰/无神论的对立为依据的基督教的话语，则可能表现一个基督教主体和一个无神论反主体（或魔鬼和基督教徒）之间的根本对立。

指出这一点非常重要：在前一种话语里，我们面对的是集体施动者，而在后一种话语里则是个别的施动者。前一种话语的发送者（"赋予英雄以某种拯救使命"，格雷玛斯，1970，第234页）将是"历史"，在后一种话语里则是"上帝"。

话语的施动者（叙述）结构在这里是根据（叙述行为）主体的语义选择来解释的，而这些语义选择只有在属于一种社会方言，因而属于一个特定集团的代码范围内才有可能。各个集团在以不同的、往往是矛盾的方式叙述现实时，肯定了它们的政治、法律、历史、文学或科学的利益。超现实主义者在重新发现浪漫主义，重新发现阿波利奈尔和洛特雷阿蒙时，力求"彻底改变"文学的历史。

在《局外人》里，加缪批判了基督教人道主义的意识形态，尤其指责这种意识形态的叙述结构，即指责这一观念：作为发送者的"上帝"把一种"拯救使命"赋予作为主体的"人"，而人则应该为了获得客体即"灵魂得救"而行动（反对许多反主体或反对者）。在（通过他的叙述者的话语）批判基督教人道主义时，加缪最终对作为叙述结构的"历史"的意义提出了怀疑。他揭示了这种结构的偶然性并把它与特定的集团利益联系起来，显示了它的意识形态性质。

我们要着重指出，（自由主义、基督教人道主义或社会主义的）社会方言不能脱离它的话语的形式而存在，而话语形成的形式可以各不相同。从相对一致的一些代码和几套词汇开始，有可能创造一些非常不同的、在某些方面甚至自相矛盾的话语。天主教徒、社会主义者、自由主义者和马克思主义者之间的"内部"讨论已经被提上议事日程，而且表明一种社会方言（它的词汇和代码）的相对一致性并不排斥推论的分歧。

作为结论，可以从社会方言的三个基本方面来说明它的特性：一套词汇、代码（合理性和分类）和话语的形成。成为话语是社会方言的经验的表现，因而只是一种理论结构，一种对现实的假设。

在这方面所说的一切，使我们可以在社会符号学的层次上确定或重新确定意识形态的概念（第一章第四节六至十已就社会学的背景对此作过介绍）：

在第一个阶段，意识形态可以被确定为特定社会利益（在词汇、语义和句法方面）的推论表现。在这种形式下，它既不（像在阿尔都塞的著作中那样）妨碍科学，也不妨碍哲学。当社会利益在一切合理性、一切分类和一切无论是文学、哲学或科学的叙述结构中表现出来的时候，意识形态是一切文学、哲学、社会学、心理学等文本所固有的。

不过人们不能停留在这个过于笼统的意识形态定义上，如果一切话语在意识形态方面都程度相同，"意识形态的"这个形容词便失去了它的意义，不再是合理的了。

在第二个阶段，就应该根据叙述行为主体对他本身的语义和句法（叙述）活动所采取的态度，把意识形态话语与理论或批判的话语区别开来。主体只有在对它的话语（它的合理性、分类和叙述）所表达的社会利益和历史（因而是变化的）价值进行思考时，才可能采取一种批判的尤其是自我批判的态度。靠着这种批判的和反省的态度，它才能在某些方面超越它自身的意识形态。（这决不像阿尔都塞那样使理论或科学的话语脱离意识形态，而是探讨一种理论摆脱产生它的意识形态的各种可能性。）

反省和自然主义。（作为叙述行为主体的）意识形态话语的主体自认为是自然的、自发的和自由的，也认为它用来表现、"叙述"现实的语言是自然的。按照阿尔都塞和佩舍的看法，它不知道它之所以成为主体，全靠一些先于它存在的，具有特殊性、局部性和往往是武断性的推论形式："……话语互涉决定着推论的构成，主体在他的话语中认同这种构成，并且盲目地接受这种决定，也就是'完全自由地'实现了它的效果。"（佩舍，1975，第198页）

换句话说，作为"错误意识"的意识形态思想，自然地、不言而喻地接受了先于它存在的特定和偶然的意义，以及它本身的主观性，即把这种意义，或确切地说是一种特定的语义范围（埃科，1973，第156页），不假思索地当作话语的出发点。

相反，我们在这里考察的理论（批判）话语则对它本身的语义和叙述结构进行反省，因而也反省它的分类（代码）和由此产生的施动者模式。在反省它的语言活动和这种活动所肯定的社会（集体）利益时，它认识了自身的特殊性和偶然性。这种反省的和自我批判的态度，有助于它向其他社会方言和话语开放。

对话和独白。意识形态话语的"自然主义"说明了它的独白性质。一个把一种社会方言和某种推论构成看成自然的主体，倾向于把它的话语视为关于历史、文学、大学或经济的唯一可能的话语，这样它就不言明地或明确地和它的词语对象（们）同化了。由于这种同化，它就要（自觉或不自觉地）禁止一切有别于它的、关于对象（词语对象）的推论表现，从而使理论对话和经验的检验变得不可能了。

这种独白的、与政权密切相关、敌视批判和理论的态度，是一切专横和极权的语言的特征。在许多例子中，它只是把它关于历史的叙事和历史同化，并且把多义的文学作品简化为一种唯一的解释（单义）。在强调解释的"客观"性时，这种话语使理论对话不可能进行，而且它自己也沉湎于意识形态了。（齐马，1981，《意识形态的推论结构》，见《社会学研究所期刊》，第4期，布鲁塞尔）

这里所说的理论对话不是就这个术语的个人主义和唯理论意义上的"主体互涉的"，因为参加讨论的不是被摧毁的、孤立的个人，而是集体利益的代表——一些讲社会方言的主体。如果我们承认这一事实，我们同样也要承认必须用相互推论性这个批判概念来代替主体互涉性（这一概念哈贝马斯仍在使用，1973，第389—390页）这个个人主义的概念。这个批判概念考虑到了一切理论话语的集体的和社会方言的特征。

双重性和二元论。在与现实（对象）同化时，意识形态不能容忍现象的暧昧性和双重性。（在大部分情况下自认为是科学的）意识形态话语以绝对的二分法、二元论为出发点，而且力图消除由黑格尔描述的，并由尼采、克尔凯郭尔和阿多诺发展成为疑难的辩证双重性。

同时它也消除了悖论和讽刺：悖论是在发现严格的唯理论的神秘性、自由主义的抑制性以及社会主义和法西斯主义之间的联系（例如在墨索里尼身上）时产生的。意识形态作为政权的话语是用来动员群众的，它应该消除双重性、悖论以及揭露英雄的怯懦或一种科学的神秘性的讽刺。

只有消除双重性和以语义的二分法为依据，意识形态才能保存它的叙述结构，而在这个结构范围内，（叙述的）主体及其推论的辅助者便能战胜反主体和反对者，使它们脱离寻找的对象。

自相矛盾的是，意识形态专家各自都想以反对市场的双重性和无差异性（参阅第一章第四节九）来消除语义的双重性，意识形态斗争却只是使这种双重性有增无减。在《语言和意识形态》里，勒布尔分析了在一种斗争中的意识形态的社会方言，即斯大林主义范畴内产生的暧昧性："在其他情况下，意识形态急于使一切都具有价值，把同一对象的名称分为两个对立的符号，一个是肯定的，另一个是否定的。这样，斯大林主义里的'国际主义'就会容纳一个同时是反义词（由于价值对立）的同义词（由于参照的同一性），这就是'世界主义'这个词，最可耻的侮辱……可以认为对于斯大林主义者来说，'国际主义者'和'世界主义者'不是指同样的人。然而如果说它们不意味着同样的事物的话，实际上它们却完全是指同样的人；后来被宣判为'世界主义者'和'分裂主义者'的，恰恰是国际纵队的英雄们和纳粹主义的受害者。"（勒布尔，1980，第66—67页）

　　我们在结束这一节时应该认为，不是在一种非辩证的二分法（意识形态/理论或意识形态/科学）的范围内，而是根据叙述行为主体对它本身的话语、对其他话语和经验现实采取的态度，我们可以把意识形态和批判理论区别开来。其次重要的是，在语言（推论）层次上表现意识形态不仅是为了使它有别于理论，而且是为了能使它在互文的层次上与文学文本发生关系。

第五节　作为社会学范畴的互文性

　　在谈到社会语言环境、穆卡洛夫斯基、巴赫金和沃罗希诺夫时，我们已经涉及必须在语言层次上把文学文本及其社会背景联系起来的问题。只有把意识形态表现为一些语言（社会方言和话语），才可能解释它们在一部小说或戏剧中的功能。作为语言，它们在文本里有一种经验的存在，能够被描述出来。

　　人们只要还在问一篇文学文本"表现了"什么样的意识形态或世界观，就是越过了语言（经验）的阶段，并且迫使社会学研究使用"意识""介入"或"远景"之类的模糊概念。这些可以被理论话语任意确定的概念，几乎无法用文学文本来检验，它们的经验价值极不可靠。（所以穆卡洛夫斯基认为理论家得出的"世界观"不是分析文学文本的结果，而往往是他自己的话语的产物，他的怀疑是完全有道理的。）

　　从文本社会学的角度来看，虚构作品的领域显然是一个互文的过程，是文学文本对口头的或书面的、虚构的、理论的、政治的或宗教的社会方言和话语的吸收。克里斯特娃在评论巴赫金时勾勒了这个过程："……巴赫金把文本置于历史和社会里，而作家则把历史和社会本身当成文本来阅读，并在描写它们时寓身其中。"（克里斯特娃，1969，第144页）

在第一个阶段，应该把文学文本置于一种由作者及其社会集团体验过的、特定的社会语言环境里。在这种环境里，某些社会方言和话语显然要比其他社会方言和话语对小说、戏剧或诗篇的结构更为重要。无论如何应该说明，对社会方言和话语的互文的吸收是怎样产生一种特定的文学结构的。

因而互文的分析与仅限于了解哪些口头的或书面的文本能在文学领域里被"重新发现"这一问题的经验研究毫无共同之处，与以作者的"技巧"为对象的修辞分析毫无共同之处。它应该在一种对话背景里，即根据它以吸收、改造、滑稽地模仿等作为反应的推论形式来说明一篇文学文本，因为正是要根据这些推论形式来解释它的语义和叙述结构。例如我们将看到，加缪的《局外人》的叙述结构和代理检察长的基督教人道主义话语的叙述结构是分不开的。

为了更具体地说明上述的一切，我想在涉及加缪和罗伯－格里耶的作品文本之前，先概述一篇发表在我的《小说的双重性：普鲁斯特、卡夫卡、穆齐尔》里的，分析穆齐尔的《没有个性的人》的论文。当然我不是在详述这项极为复杂的研究，只不过想使分析小说文本的理论观点变得更具体一些。

在互文的层次上，穆齐尔的《没有个性的人》吸收、改造和批判了20世纪二三十年代各种意识形态的社会方言。由这些社会方言产生出来的大部分话语，（像上述的意识形态话语一样）是以一种严格的二元论、以对它们本身的起源和功能没有反省能力为特征的。

在一篇随笔式的和讽刺性的叙事里，穆齐尔的叙述者在揭示各种意识形态话语——每一种都向往绝对真理——的偶然性时批判了意识形态。他用会使教条主义的叙述信誉扫地的双重性和讽刺来反对它的善恶二元论。

在这种情况下，我认为特别重要的是像韦伯所确定的那样，把意识形态理解成对科学客观性的一种反映（参阅第一章第四节十），间接地也是对市场的无差异性和交换价值的中介作用的反映。与不关心任何政治、道德或形而上学的真理的广告专家（他以纯粹功能的方式使用语言）不同，意识形态专家宣布他要以宗教信仰／无神论、社会主义／资本主义、英雄／叛徒、神话／科学等善恶二元论的二分法来表现一些绝对真理。归根结底，商品化的文本里显示出来的市场的无差异性，以及由交换价值所产生的科学的客观性，由于使一切文化价值信誉扫地的意识形态冲突的补充而变得完整了。意识形态话语是价值危机的一种产物，穆齐尔正是从这个角度来表现它的。

我们来仔细看一看穆齐尔的小说。在互文的层次上，我们可以把它看成把一些不同的意识形态话语体现出来的企图，其中大部分是从讽刺的角度来加以批判和表现的。这里文学文本和社会背景发生的关系是在推论的、语言的方面，因而不同于戈尔德曼的同源性或马歇雷对意识形态的批判。

《没有个性的人》里有许多对法西斯主义的、教权主义的、保守的、科学的话语的滑稽模仿。即使是常常作为叙述者的基准点的个人主义（自由主义）的话语，也往往从讽刺和批判的角度来表现。被巴赫金视为小说特征的对话形式，在穆齐尔的文本里成了滑稽模仿和讽刺的重要工具。

在以《和施梅塞的谈话》为标题的一章里，（乌布利希的）自由主义话语和一位年轻的活动分子的社会主义话语相对立。个人主义的话语激起了社会主义者施梅塞的教条主义，而这种话语的宽容、讽刺和对话的态度则产生了滑稽的模仿。活动分子用社会主义的信念来对付乌布利希反省的讽刺："当他说完，施梅塞的嘴唇便为了快意地回敬他这句话而勉强张开了：'党只能做这些冒险的事情：我们要靠自己的力量达到目的。'——资产者被打得爬不起来了！"（穆齐尔，1952，1969，第3卷，第216页）

阅读这一章时一眼便可看到三种语言成分：1. 乌布利希坦率而疑问的话语和施梅塞教条的反应之间的（形成滑稽模仿的）对比；2. 穆齐尔的主人公以个别的施动者来表现现实，而施梅塞却引进了集体施动者——用政党的"我们"来反对乌布利希使用的"我"；3. 叙述者怀着一种讽刺性的同情看待主人公的言论和行动，在他的话语和主人公的话语之间有某种相似。

叙述者的最后一次评述证实了这种相似，它形成了这一章的结论。叙述者在揭露活动分子幼稚的虚荣心时，他的言语间接地和乌布利希的言语一致了："那么我断定——乌布利希微笑着明确指出——您在其他事情上要遭到失败，譬如说，您相不相信我们能把某个人当成狗一样对待，即使我们爱狗胜于爱我们的邻居？——一面镜子映照出的一个年轻人在固执的额头下戴着大眼镜的形象，使施梅塞平静下来，他觉得没有必要回答。"（穆齐尔，1952，1969，第3卷，第220页）

在小说的中间，主人公的话语以一种讽刺性的同情（因而是一种双重性的态度）和主人公乌布利希的话语联系在一起。我们不能把这种推论关系简化为戈尔德曼或卢卡契所说的一种世界观或意识形态的单义性。这两种话语虽然都产生于（使穆齐尔感到绝望的）自由个人主义的危机，却不能与这种个人主义的价值哲学混为一谈；因为在小说里，乌布利希、叙述者和作家所怀疑的正是这种价值哲学。

（被穆齐尔本人当作主人公的一位朋友来介绍的）叙述者的话语反对一切意识形态的二分法，和一切被意识形态当作单义的和自然的东西来表现的价值；它的标志是一种根本的双重性，这种双重性在使保守的、教权主义的和法西斯主义的语言的语义二元论成为问题时产生了讽刺。在这种话语的观点里，只有一切由自由主义价值哲学的危机和瓦解所产生的文化价值的双重性。

这种双重性来自不仅构成这一章，而且构成穆齐尔这部小说的悖论和讽刺。两性人、迷信的科学、导致战争的和平主义、理性主义的不合理性和爱憎交织的主题，都可以用这种无所不包的双重性来解释。

正是这种双重性说明了小说文本的片段的和"随笔式的"结构，这篇文本是不可能简化为一个一致的施动者图式的。小说的双重性在揭示文化价值和表现它们的施动者的双重性时，使一切意识形态（神秘的和二元论的话语）所固有的施动者模式遭到了挫折。在一篇强调一个主体内部的矛盾而使主体、反主体、英雄、反英雄、辅助者和反对者的单义性成为问题时，叙述图式本身也成了问题：它和意识形态的模式论一起听任批判和讽刺了。

穆齐尔在谈到"听叙事的需要"时指出："一旦意识形态得到巩固、对象已定的时候，这种需要便出现了。"（穆齐尔，1978，第 8 卷，第 1412 页）

现在我们看到，穆齐尔在他的小说中间对意识形态的批判获得了一种形成结构的功能，正是它说明了对线状（因果）叙事及其施动者图式的批判。它在揭示价值和相应的施动者的双重性时使这些图式信誉扫地，并且开创了一种随笔式的、反省的和自我批判的文体。这样一种文体是不可能产生一部传统小说的，它产生的是一部随笔小说：一篇以《没有个性的人》为书名，以两种版本（1952 和 1978）发表的，不加判断的和片段的文本。

第六节　小说的文本社会学
阿尔贝·加缪的《局外人》

在《小说的双重性》里，我试图证明性格、行为和叙述在语义和社会方面的双重性最终动摇了叙述的因果关系。托多罗夫认为"性格的特征是行为的原因"（托多罗夫，1975，第 421 页），如果这种观点是正确的话，就可以合理地假定，在不可能单义地确定"性格特征"、行为和言语的情况下，叙述的因果关系也将被动摇。

穆齐尔、卡夫卡、普鲁斯特、黑塞或乔伊斯的小说正属于这种情况。在这些小说里，不仅叙述结构成了问题，而且（叙述的和叙述行为的）主体的地位也随着无所不知的或天真的叙述者的消失而变得不可靠了。现代的叙述者不断地对他的话语和随时可能摆脱它的"现实"之间的关系产生疑问。

"我是谁？""他是谁？""现实、真理在什么地方？"这类卡夫卡式的问题，趋向于取代"他要做什么？""他们会如何反应？"等传统的，以相当清楚地确定的性格、行为和言语为前提的问题，即一些以主体的完整性（他单义的身份）为出发点的问题。然而在卡夫卡、穆齐尔、普鲁斯特或乔伊斯的小说里，这种完整性不是既定的，它得由双重性来摆布。

在吕西安·戈尔德曼提出的小说社会学里，小说的危机、叙述句法的解体和主体（叙述者）的危机产生了这一假设：19世纪末和20世纪初（卡夫卡、穆齐尔、普鲁斯特或乔伊斯）的小说表明了自由个人主义即个别主体的危机（参阅第三章第四节三）。这种假定若是正确的话，就应该考虑戈尔德曼怎么能把加缪的《局外人》看成和卡夫卡、普鲁斯特、穆齐尔和乔伊斯的小说属于同一个文类范畴，因为即使粗略地读一下《局外人》，也能看到这篇文本的叙述结构和《追忆似水年华》《城堡》或《没有个性的人》是截然不同的。

在肯定普鲁斯特、卡夫卡或穆齐尔的小说表明主体、价值体系和叙述的危机的同时，也应该提出这种危机在加缪的《局外人》里是否不再表现出来的问题，因为这部小说有一致的甚至是习惯的叙述结构。它既没有《追忆似水年华》或《没有个性的人》里的随笔式的离题，也没有时间方面的片段性或空白。由此是否应该得出结论，在卡夫卡、普鲁斯特、穆齐尔和乔伊斯的作品里极为明显地表现出来的小说危机，是否已经在加缪的一致的、比较简单的叙事里得以幸免？不，因为危机并未消失，而是采取了一种不同的形式。

我分析的出发点可以用这几句话来概括：在加缪的社会和语言领域里，（人道主义和基督教的）规范和价值不仅是双重的和矛盾的，而且开始变得无差异和可以互换了。

在以交换价值为中介、意识形态对这种日益强烈的中介作用的反映终于使一切价值信誉扫地的社会语言环境里，应该最珍爱什么样的（道德、政治、形而上学的）文化价值的问题已不再存在。这种堕落的后果在小说层次上显然可以得到证实：主人公不再（像约瑟夫·K、乌布利希或马塞尔那样）追求真理，他不再发现现实的本质或其他人物的真实性格。在叙述的层次上，这意味着不再提出故事是否真实的问题（如约瑟夫·K是否有罪、墨尔索是否爱玛丽或他的母亲）。"在真实里生活"（卡夫卡）的问题消失了。

一、社会语言环境

首先必须面临一个方法论的困难：怎样描述一种"社会语言环境"？在寥寥数页中对这种现象进行的描述和分析，是否过于广泛？如果描绘的是一个时代（例如20世纪30年代）的整个社会语言环境，这种现象无疑太复杂了。幸而这里涉及的事情要有限得多：需要说明的是被论及的作家和他所认识的、批判的或依据的作家们经历过的语言的社会环境。关于加缪，应优先研究布勒东、萨特、西蒙娜·德·波伏瓦和弗朗西斯·蓬热[1]这类作家，他们的生活方式和判断语言变化的方式对于《局外人》的分析来说特别重要。这些方式至少可以部分地说明，这部小说为什么要批判和滑稽地模仿一些已经失去可靠性的基督教人道主义的话语。

在这方面，再提一下在涉及意识形态和交换价值的关系时所说的话（参阅第一章第四节九）似乎是恰当的。为此我们引证安德烈·布勒东在谈到现代社会里的价值危机时的看法："……这都是被侮辱的精神价值、混乱的道德观念，堕落得分辨不出的善行。到处是金钱的污迹。祖国、正义或责任这些词所指的内容变得与我们无关了。"（布勒东，1935，1972，第23页）

布勒东的另一篇文章，可以看成对语言因意识形态、意识形态冲突而造成的堕落的说明。他在证明不仅是交换价值破坏语言里的意义这一点上补充了上面引证的过程："像权利、正义、自由这些表明价值的词汇有了一些局部的、矛盾的意义。人们对它们的伸缩性从各种角度作了如此巧妙的思辨，以至于可以把它们简化或扩展成随便什么东西，直到使它们所表示的是与它们所要表示的内容恰恰相反的东西。"（布勒东，1944，1965，第76页）

在这些批判性的评述中，布勒东揭示了产生语言压力和冲突的两个极端：市场和作为对商品化及经济价值的无差异性的反映的意识形态。

1　弗朗西斯·蓬热（Francis Ponge，1899—1988），法国诗人。

　　让-保尔·萨特和共产党之间的大量论战，证明了布勒东在谈到词汇的"伸缩性"及其语义简化时所要说的话。这些意识形态的论战虽然只是在第二次世界大战以后、即《局外人》（1942）出版之后才爆发，却仍然是 20 世纪 30 和 40 年代典型的"意识形态之战"。它们表明，像"戴高乐主义""美帝国主义""法西斯主义"和"存在主义"这类（在严格的二分法范围内）通常相互无关的语义成分，是怎样出于"实用主义"的理由被组合在一起的："《人道报》形成了谈论为戴高乐主义（或根据情况是美帝国主义）'效劳的走狗'的习惯……在《存在主义不是一种人道主义》里，卡纳巴[1]指明了在他看来由萨特代表的法西斯主义的祸患。在同一时期，保尔·尼赞[2]被法共的报刊当成警察看待。"（布尔尼埃，1966，第 53 页）

　　在把"法西斯主义"或"帝国主义"这类概念应用于一种例如萨特的哲学时，法国共产党人抽去了它们的语义价值。他们出于策略把一切混为一谈，使词语变得具有双重性，使语言失去了价值。

　　萨特本人也指责词语的政治堕落，他在一篇关于布里斯·帕兰[3]的评论中指出："帕兰研究的是 1940 年的语言，而不是一般的语言。那是由病态的词汇组成的语言，'和平'意味着侵略，'自由'的意思是压迫，而'社会主义'则是社会的不平等制度。"（萨特，1947，第 236 页）而我们在分析《局外人》时接触的正是"1940 年的语言"而不是一般的语言。

　　所以纯粹形式上的叙述学或语言学的研究，是永远不可能解释这部在 20 世纪 30 年代的社会语言环境里产生的小说的。语义的无差异性（主人公对词语的无差异性）在《局外人》里起着极为重要的作用，要解释它就离不开词语的非语义化，这种非语义化使《恶心》里的洛根丁感到绝望，也促使弗朗西斯·蓬热把词语比作没有生气的自然物。

　　在谈到蓬热的书《对事物的偏见》（和《局外人》一样出版于 1942 年）时，萨特写道："所以在蓬热身上有一种对同谋关系的拒绝。他发现自身有一些被玷污的、由与他无关的一些被驯服的、贬值的物'构成的'词语。他试图通过一种同样的变化，在词语的表面意义下寻找它们的'语义深度'时使它们非人化，在剥去事物的实用意义的美丽外表时使它们非人化。"（萨特，

1　让·卡纳巴（Jean Kanapa，1921—1978），当时的法共中央政治局委员。
2　保尔·尼赞（Paul Nizan，1905—1940），法国作家。
3　布里斯·帕兰（Brice Parain，1897—1971），法国哲学家，语言学家。

1947，第 313 页）

蓬热的经验在许多方面类似于萨特的经验。像萨特一样，蓬热对语言因商品化和意识形态斗争而堕落十分敏感。他正是在一种"病态的"语言之中寻求一种纯正的风格，这种风格倾向于"沉默的大自然"，倾向于一种不与意识形态共谋的"客观性"。（蓬热后来指出）艺术家的作用是"为了表现沉默的大自然"（蓬热，1967，1983，第 62 页）。

他补充说，这种关于艺术家的观点"来自科学的进步（相对论）、机关化（卡夫卡语）、新的社会革命（共产主义、专家政治）、人种学的新发现（黑人、原始人的文明）……"（蓬热，1967，1983，第 63 页）

蓬热在确认加缪和某些新的小说家的客观愿望时，力求"通过赋予物质、物和产生于古典主义和浪漫主义的一切闻所未闻的性质以优先地位，来超越古典主义和浪漫主义"（蓬热，1967，1983，第 65 页）。因而对于蓬热（和以后的罗伯－格里耶）来说，问题在于使令人窒息的沉淀物脱离一种被贬值的语言。必须使话语摆脱蓬热和萨特一样进行批判的一切意识形态的陈词滥调。

他在 1950 年写道："吸引我们参加法国共产党的，首先是对人类生活条件的反抗、对美德的爱好和忠于一种非常崇高的事业的渴望。其次是对可鄙的谨慎、人道主义的哀叫、社会党（法国统一社会党）的啰唆和妥协的反感……"（蓬热，1950，1983，第 30 页）这种对使其使用的词语和概念失去价值的人道主义意识形态的批判，令人想起萨特青年时代的作品尤其是《恶心》里对人道主义的批判，因为在这些作品里，语言的批判与词语因意识形态的操纵而遭受的贬值是分不开的。

不过，对一种新的客观性和一种纯正语言的追求，只是萨特、蓬热和加缪从事写作的社会语言环境的一个方面。另一个方面是（被萨特和加缪所承认并感到担心的）一种语言对意义变得无差异的可能性，即语言变成一种其词语只是一些物、一些可以互换的语音单位的物化语言的可能性。

被玷污的意识形态意义的丧失，可以说就是意义的丧失。《恶心》里的洛根丁、萨特在关于蓬热的评论中担心的都正是这一点："……我们不是在从词语里驱逐它们本身的意义，即将处于一切名词都绝对相等的灾难之中，并且仍然不得不说话吗？"（萨特，1944，1947，第 305 页）

"绝对平等"这个词语反映了萨特、蓬热、加缪和后来的罗伯－格里耶等作家所经历的社会语言环境的根本问题。把互不相容的语义价值和文化价值结合起来的双重性最终产生了价值的无差异性（相等）。这种相等使人们在道德、政治、审美或形而上学方面不可能进行有价值的区别。

以为狂热的追求能发现真理，这样一种（在卡夫卡的作品里和《恶心》里仍然存在的）希望消失在加缪的语义领域里：爱情这个词"毫无意义，可说明不了什么"。在我看来，加缪引证（不是采纳）达达主义者怀疑一切的观点并非偶然："什么是善？什么是丑？什么是强大和极端软弱……不知道！不知道！"（加缪，1951，1967，第116页）

加缪的作品里有两股既互相补充又互相矛盾的思潮。一方面，加缪像萨特和蓬热一样担心语言因市场规律和意识形态而贬值；另一方面，他接受这种贬值所产生的无差异性，并把它作为一种批判工具来反对意识形态话语的"意义"。

他在谈到"商人社会"时指出："当这个社会选择了一种形式原则的道德并使之成为它的宗教，在监狱和金融的殿堂上同样写上自由平等的词语时，人们不会感到惊讶。然而滥用词语必受惩罚。今天最受诬蔑的价值无疑是自由的价值了。"（加缪，1957，1965，第1082页）

记者加缪明确承认意识形态冲突在语言和文化的贬值过程中所起的作用。其中他证明在一种具有双重性的背景下，一些反义词如何靠着"辩证法"的诡计变成了同义词："辩证法的奇迹、从量到质的变化表现在这里：人们把彻底的奴役称为自由。"（加缪，1965，第637页）

在一篇关于布里斯·帕兰的评论中，加缪探讨了语言因意识形态和中介而贬值所产生的后果，并觉察到一个荒诞世界的可能性。这里所说的荒诞不（像某些"存在主义"的批判者使我们相信的那样）是一种形而上学的概念、一个人类学的常数，而显然是一种历史、社会和语言过程的结果："因为帕兰的深刻思想在于这一点：剥夺语言的意义便足以使一切丧失意义，使世界变得荒诞。我们只能通过词语来认识。证明它们无效，也就是我们确定无疑的盲目。"（加缪，1965，第1673页）

《局外人》显示出来的正是这个其语言对一切意义都变得无差异的荒诞世界。在这部小说里，无差异性成了一种批判工具：作家和他的叙述者用它来揭示，一切意识形态话语在一种被它们本身贬值了的语言当中是无效的。

二、社会方言、话语和互文性

如果仅限于在上述的社会语言环境的背景里表现《局外人》的问题，对小说文本的分析仍将是抽象和不能令人满意的。因为在这种情况下会碰到这个问题：这部小说是由两篇互相补充的叙事组成的，每一篇都以一种紧密的叙述因果关系为标志，加缪为什么要写这部特殊的小说？

对这个问题的任何社会学的答案都必然会是不全面的，因为心理的（个人的）问题和与之相适应的个人习惯语，总是要介入一篇文本的结构中去。（关于这个问题参阅下一章，我将在论及马塞尔·普鲁斯特的《追忆似水年华》时，考察精神分析法和社会学研究方法的综合。）然而只要能识别小说在互文层次上所吸收和批判的社会方言，答案就会更加具体。社会方言是把小说及其结构和社会语言环境联系起来的纽带。

《局外人》所涉及的是基督教人道主义的社会方言，它在代理检察长的话语里表现得最为明显。当然，用"话语"这样的时髦概念来代替"意识形态"这样的传统概念没有什么用处。这里的问题不是满足于一种简单的概念替换，而是应该在不放弃文学作品文本表现意识形态这个著名观念的情况下，在作为语义结构和叙述结构的推论方面来考虑意识形态。它最终能以这种形式和文学文本的结构联系起来，所以应该把代理检察长的基督教人道主义的意识形态看成一种由特定的社会方言产生出来的话语。

可以用几句话来说明这个根本的问题：基督教人道主义的话语通过双重性和无差异性对代码的解体作出反应，同时在建制的层次上强加某些传统的对立和差异，并否定语言和文化里出现的双重性和矛盾。官方文化的代表们（像《局外人》里出现的那些人一样）拒绝承认价值的危机、语义的危机。在这方面，他们类似于在《没有个性的人》里被批判和被滑稽地模仿的意识形态专家。在这种情况下，《局外人》可以看成对基督教人道主义话语以及使它获得价值的二分法的批判。

检察长的，总的来说是法庭的话语，是由例如善／恶、无辜／有罪、爱／憎之类的二分法构成的，它在对墨尔索的指控里显然是一种善恶二元论的叙事。在这种话语里，施动者和行动者（主体和反主体、发送者和反发送者、辅助者和反对者等）都是以单义的方式确定的。偶然性被消除了，代之以责任的概念：英雄要对善负责，反英雄则要对恶负责。

在这样一种叙事的范围内，墨尔索被确定和表现为一个要对犯罪的叙述程序（格雷玛斯语）负责的反主体而受到法庭的判决。墨尔索对于一切文化和语义价值的无差异性，使他无法作为负责的主体来行动和依靠一个发送者（一种社会权威），而这一事实被意识形态的话语取消了。

他之所以被判决，是由于他在埋葬母亲时没有表现出正常的（子女的）感情，以及官方认为他应对一桩精心策划和行动周密的谋杀案负责：他会在充分意识到自己的行为的情况下不动声色地杀掉一个阿拉伯人。

当然，这只是一种可能的叙事，没有被叙述者（墨尔索）和他的朋友们接受。然而这是官方的叙事。它以法庭的即基督教人道主义的社会方言的语义对立作为出发点。这些对立被严格地编成了法典，是统治阶级强加于社会分类的组成部分。代理检察长在"司法"建制的范围内以这个阶级的名义说话，因而用布尔迪厄的话来说，他的话语是一种"被批准的语言"（布尔迪厄，1982）。

这段话是代理检察长的自认为全是真理的话语的重要部分："事情就是这样，先生们——代理检察长说——我把这一系列事情的线索向你们勾画出来，说明这个人如何在神志完全清醒的情况下杀了人。我强调这一点，因为这不是一桩普通的谋杀案，不是一种未经过思考的、你们也许认为可以酌情减轻惩罚的行为。这个人，先生们，这个人是很聪明的。你们都听过他说话，不是吗？他知道怎样回答问题，他懂得词汇的价值。人们不能说他行动时不知道自己在干什么。"（加缪，1942，1962，第1196页）

需要指出，代理检察长的话语在墨尔索的责任和他的语言之间建立了一种单义的因果关系："他懂得词汇的价值。"然而是谁确定了词汇的价值？这位法庭的代表不提这个决定性的问题并非偶然。他根据的是这种（在他的话语里始终不明说的）观点："词汇的价值"对所有的人都是一样的，而认为它们无差异的主人公墨尔索也是承认法庭的官方语义学的。

正是在把一种对墨尔索来说完全陌生和无差异的语义代码，即基督教人道主义的社会方言的语义代码赋予他的时候，代理检察长才能判决小说的主人公。在法庭的话语里，主人公显然是一个要对否定的叙述程序负责的反主体。

法庭掩盖（或压制）了这一事实：在由双重性和无差异性支配的社会语言环境里，像"正义""民主""爱情"或"名誉"之类的词汇单位的价值变得不可靠了。以一种被贬值的词汇构成的语义对立如善／恶、爱／恨、民主／

专制等也同样如此，这些对立（以及与它们相适应的施动者模式）远非一种政治话语或法律话语的可靠基础，而显然是抽象的、偶然的了。

它们在上述社会语言环境里，在由主人公（叙述者）和某些别的人物的无差异性所控制的小说语义领域里便是如此。正是在这种同时是语言的、情感的和意识形态的无差异性之中，代理检察长的话语失去了它的可靠性：读者正是在无差异的背景里察觉了它的虚伪和卫道的特征。

当法庭的话语极力使普遍的无差异性消失在一种说教的辩术之后时，便获得了一种意识形态的功能。它就是这样为自认为在捍卫一个无可指摘的价值体系的统治集团的利益服务的。

它同时有一个意识形态结构，因为它把某些善恶二元论的语义二分法和施动者模式看成自然的。它拒绝反省自身的历史起源和它在一种特定的社会语言环境里的功能（参阅第四章第四节二）。它必须拒绝这种批判性的（自我）反省，以免让日益增长的语义无差异性使它专横地自恃的社会语言贬值。

墨尔索被判决，是因为意识形态专家们不可能——在不认输的情况下——接受叙述者所揭露的、由他们自己负责的无差异性。在代理检察长看来，墨尔索没有灵魂，他的"心是空虚的"，"他不能得到的，我们不能怪他没有。但是对于这个法庭，宽容所具有的完全消极的作用应该转化为正义所具有的作用，这不那么容易，然而更为高尚。尤其是当这个人的心已经空虚到人们所看到的这种程度，正在变成连整个社会也可能陷进去的深渊的时候"。（加缪，1942，1962，第1197页）

无差异性（"心的空虚"）威胁着市场社会的价值体系。在这种情况下意识形态专家进行干预，以挽救这个被交换价值所贬值的体系。他们不考虑本身的破坏作用（对语言的滥用），而是通过用绝对价值来加以反对的方法非辩证地否定无差异性，同时他们也否定了宽容。

下面我们将会看到，《局外人》的语义和叙述结构，是如何从善恶二元论的意识形态和市场的无差异性之间的激烈冲突中产生出来的。

三、双重性和无差异性：《局外人》的语义学体系

从一种通常的观点来看，并且撇开被批判和被滑稽地模仿的社会方言，我们可以认为《局外人》是在和这里所说的关于社会语言环境的问题进行斗争。萨特的话非常恰当地说明了这种环境的特征："处于一切名词都绝对相等

的灾难之中，并且仍然不得不说话。"（见上文）

名词、词语失去了它们的意义，什么都不再表示，在被语言危机所动摇的代码里不再起作用。墨尔索和他的女友玛丽的一次对话流露了这种危机："过了一会儿，她问我是否爱她。我回答她说这种话毫无意义，不过我大概是不爱她。"（加缪，1942，1962，第 1151 页）

"爱情"这个词在这里显然失去了它的语义内容，它像它的反义词"憎恨"一样什么都不再表示。墨尔索杀了一个阿拉伯人却不恨他，并且力图用"那是由于太阳"这句话来解释这桩偶然的罪行。

他和靠妓女生活的雷蒙之间的关系显示的不是他的同情心而是他的无差异性。在他看来，友谊是一种没有意义的抽象，而且朋友是可以互换的："做不做他的朋友，怎么都行，他可是好像真有这个意思。"（加缪，1942，1962，第 1148 页）

无差异性同样说明了在小说的开头，墨尔索为什么在埋葬他的母亲时没有哭泣。代理检察长所说的"心的空虚"不能从心理的、个人的范畴来解释，因为它是社会、文化和语言的长期演变的结果，这种演变导致了以相应的词语和价值、行动和建制的非语义化为标志的环境。

子女的爱不仅是一种个人的感情：它与一种社会价值相适应，正如玛丽的色情构成婚姻的一块奠基石一样。墨尔索认为婚姻是无所谓的："晚上，玛丽来找我，问我愿意不愿意跟她结婚。我说怎么样都行，如果她愿意，我们可以结婚。她想知道我是否爱她，我像上次说过的那样回答说这种话毫无意义，或许我是不爱她。"（加缪，1942，1962，第 1156 页）

墨尔索的态度在加缪于 1959 年发表在《季节手册》上的一篇短文《毫无价值》里也有所表现。关于婚姻建制有这样的话："结论：从被普遍接受的价值来看，婚姻不是一种毫无价值的行动。但是如果抽去了它的生物、社会等的意义，婚姻就的确是一种毫无价值的行为，而对于那些认为这一切都无差异的个人（我承认是罪人）来说正是如此。"（加缪，1962，第 1905 页）

墨尔索甚至同意娶任何另一个建议和他结婚的姑娘。在他看来，一切个人也像他们所代表的词语和文化价值一样变得可以交换了。他采纳的观点就是倾向于抹去词语、行动和个人之间的质的差异。

只有在市场规律和一切意识形态把互不相容的文化价值和价值等级结合在一起的、20 世纪的欧洲社会里，才可能抹去这些质的差异。在"狂欢节的"

（巴赫金语）背景下，一切对立都被缩小了，高尚和庸俗、严肃和可笑、悲惨和滑稽都被联系在一起了。一个饭店的平台是"浪漫的"，一辆新车的车身是"古典的"，烹调是一门"艺术"，放在角落里的唱片柜名为"天堂"。在《没有个性的人》里，"天才的赛马"这个词组使乌布利希承认，他在一种被贬值的文化当中是"一个没有个性的人"。

广告话语和意识形态冲突产生的双重性（想想"社会法西斯主义"这个词组，法国共产党人力图用这个词组把社会民主党和法西斯主义联系起来，从而使它信誉扫地）被小说的文本吸收，变成了批判的工具。例如在穆齐尔的作品里，把"天才"和"兽性"结合起来的、双重性（狂欢节）的词组"天才的赛马"可以揭露关于天才的意识形态——从讽刺的角度把它显示出来。

仔细考察《局外人》里语义的无差异性，可以看出它和狂欢节的双重性密切相关。在小说领域和社会语言的现实里，无差异性（语言价值的相等）显然是狂欢节双重性的一种后果。

墨尔索的行为尤其可以说是双重性的或狂欢节的。法庭指责他在为他母亲守灵时喝了咖啡和抽了一支烟，同样指责他在葬礼之后到海滨浴场去，并和玛丽一起看了一部费南代尔[1]的影片。

在墨尔索看来，意识形态所强加的严格的区别和对立是没有意义的。他拒绝旨在尊重一些人们并不认真对待的形式的虚伪（例如法庭的虚伪）。在小说的结尾，他由于揭露了意识形态专家和道学家们无法掩盖的空虚而受到了惩罚。

他们力图取消将使他们的基督教人道主义的社会方言的代码（分类）解体的狂欢节的双重性。在《局外人》里，这种双重性使叙述者对文化价值和语言采取了无差异的态度。这种态度使他不可能和一种肯定的或否定的叙述程序结合：墨尔索既不代表善也不代表恶。

这种现象在墨尔索和预审法官的对话里表现得很明显。这位法官力求在基督教人道主义话语的范围内，把他确定为善（基督）的一个敌人，最终为自己的罪行感到悔恨并皈依了。然而很明显，只有在主体把某些语义和文化的对立（如无辜／有罪、爱／憎、基督教徒／无神论者等）当作合理的东西接受时才能产生对话。

1　费南代尔（Fernandel，1903—1971），法国演员，多演滑稽角色。

墨尔索拒绝接受这样一种合理性，固执地维护他的无差异性，这使初审法官感到失望。墨尔索模糊地感到一种他无法容忍的语义空虚："'难道您要使我的生活失去意义吗？'他叫道。我认为这与我无关，我也这样对他说了。可是他已经隔着桌子把刻着基督受难像的十字架伸到我的眼皮底下……"（加缪，1942，1962，第 1175 页）

传统的罪犯面对基督的形象便要皈依，墨尔索和他们不同。他的罪行比一个普通的杀人犯更为严重，因为后者承认官方代码的一切对立，并认同它们的否定词汇：他们在代表恶和恨的时候（不言明地）承认了善和爱。但是墨尔索拒绝照章办事，拒绝一切规则，即代码、它的合理性、对立和区别，因而否定了全部基督教人道主义的社会方言的基础和存在的理由。传统的罪犯不损害初审法官所说的"生活意义"，而墨尔索的无差异的态度则相反地显示了这种意义的偶然性。

最重要的是，要看到墨尔索（叙述者）的无差异性不是一种孤立的现象，它似乎是小说所表现的社会的重要特征。墨尔索被指控"怀着一颗罪恶的心"埋葬了母亲，而叙述者在叙事开头曾这样谈到她："妈妈虽然不是无神论者，却也从未在活着的时候想到过宗教。"（加缪，1942，1962，第 1129 页）和他母亲一样，墨尔索的老板对宗教也同样如此。他对职员母亲的死感到讨厌，唯一关心的是他应该给墨尔索的事假及其损失的工作时间。玛丽和其他行动者也没有多大区别，她的朋友在母亲死后第二天便和她去海滨浴场，她知道这一点时颇为吃惊，但很快便丢在脑后："晚上，玛丽把什么都忘了。"（加缪，1942，1962，第 1139 页）

所以在墨尔索的世界里，无差异性几乎是普遍的现象。然而叙述者和其他人物的不同之处在于他接受无差异性的态度，并且在故事的第二部分里对此有清楚的意识。与其他人不同，他拒绝意识形态的显现：为了坚持事实而撇开一切价值判断。埃·劳特曼在他的传记中正确地指出"他决非毫无感觉，而是因一种追求绝对和真理的深刻激情而获得了活力"（洛特曼，1978，第225 页）。

然而在加缪的叙事里，真理处于意识形态之外：处于它善恶二元论的二分法之外。在这方面，《局外人》可以被认为表现了《西西弗的神话》里涉及的新的客观性："在被清醒所统治的地方，价值等级变得毫无用处。"（加缪，1942，1965，第 144 页）

意识形态专家们不会容忍这种产生于价值危机和语言危机的新的清醒。我们将看到它在罗伯-格里耶的小说里发挥极为重要的作用。

四、无差异性和叙述结构

说明《局外人》的叙述结构，就是在叙述层次上突出无差异性和意识形态的对比，并指出这种基本的对比如何使小说分裂成两个部分。

托多罗夫，特别是格雷玛斯的研究成果，使我们可以把语义结构看成叙事的基础。在这种情况下，《局外人》里对语义无差异性的一切描述便导致一个问题：（分类和代码的）语义"基础"的解体，在"叙述的上层建筑"层次上是怎样表现出来的。（使用马克思的这两个著名概念绝非一种隐喻游戏：米·佩舍、阿·夏夫和 M. A. K. 哈里代这些截然不同的理论家都曾着重指出，社会的利益和冲突在语义层次上表现得尤为明显，他们正是在语义层次上深入理解话语的。可参阅佩舍，1975，第 145—194 页。）

在一切差异和对立不再是合理的，爱／恨、正义／非正义或忠实／不忠实这类二分法失去存在理由的语义领域里，主观性的基础也被动摇了。主体在行动层次和叙述层次上都变得不可靠了：墨尔索作为叙述者不承认文化的任何价值（任何对立），因而他不可能把他的话语建立在一种由例如爱情、正义、憎恨、忠实或不忠实的概念（义素）构成的语义的同质异构之上。

在这方面，他和穆齐尔、普鲁斯特、卡夫卡或萨特的叙述截然不同，他们都是在具有双重性的现实中寻求真实的合理性或真正的同质异构。作为施动者，墨尔索显得没有能力选择一种特定的叙述程序（格雷玛斯，1976a）。因为在一个虚构的、一切文化价值显然可以在其中互相交换的领域里，不可能优惠一个（作为"真实叙事"的）叙述程序。这样一个程序的前提是一个完整的、由一些明显确定的对立和差异构成的代码，而这样一个代码在主人公无差异性的领域里是没有的。

所以在某些叙述学论著里，墨尔索被确定为一个"非主体"，或一个没有主观性的，即没有叙述程序和对象的施动者："施动者对象（A^2）没有被认同。他似乎被从这个组合中排除了，因为对于和加缪的其他人物一样生活在'无对象的欲望时代'的墨尔索来说，是没有可以想象的追求的。"（科凯，1973，第 57 页）与没有对象相适应的是主观性的减弱：按照科凯的说法，墨尔索只是一个"表面主体"。

　　主体（行动着的自我）的萎缩表示的意思之一是，没有能力发展他自己的叙述程序的墨尔索，可以被纳入别人构思的任何程序。墨尔索的可塑性清楚地表现在小说的一些决定性的部分，例如在他同意替因为虐待一个女人而被警察追寻、靠妓女生活的雷蒙做证人（辅助者）的时候。

　　当雷蒙问墨尔索是否愿意做"他的朋友"时，墨尔索仍然是无所谓和不清楚的："我说这对我是一样的，他很满意。"（加缪，1942，1962，第1146页）后来在警察局里，他为雷蒙作证也没有什么正当的理由，他同样可能做相反的事情。

　　无差异性作为叙述范畴，作为叙述程序的可交换性，在小说末尾墨尔索力图为他对指导神父的态度辩护时，由叙述者自己说出来了："我曾以某种方式生活过，我也可能以另一种方式生活……什么都不重要，我很知道为什么。他也知道为什么。"（加缪，1942，1962，第1210页）

　　最后一句话可以看成对别人潜在的无差异性的影射。意识形态专家们，这些在小说里依仗基督教人道主义的人，非常清楚无差异性不是一种孤立的现象，然而要想不使自己的话语信誉扫地，他们就不能允许这种现象存在。上面所引的一段话同时也确定了无差异性和叙述结构（组合的差异）之间的一种联系：叙述结构同样变得可以交换了。

　　在这里人们要问，是否可能在加缪的小说里识别一个发送者。在施动者－主体（按高概的说法）只是一个"表面主体"的情况下，是否可能谈论一个发送者？不要忘记在格雷玛斯的叙述学里，像发送者、主体、反主体、客体和反发送者这样的概念形成了一个整体（格雷玛斯，1976a）。出于对称，要识别一个主体就几乎不能不同时识别它的发送者。

　　不过在加缪的小说文本里是存在着一个发送者的，但是他有着双重性的、矛盾的特征。"表面主体"墨尔索的发送者是大自然，它在叙述者的议论中显然是太阳和水的矛盾综合：水象征生命，而太阳则象征死亡。

　　墨尔索的发送者不是这种"赋予主人公以某种拯救使命的社会权威"（格雷玛斯），但是大自然具有双重性，一切社会和文化价值对于它都是无差异的，这一事实为叙述结构的物化作出了解释。因为自然赋予墨尔索的一切"使命"互相抵消、中和了，所以谈不上格雷玛斯所说的"拯救使命"或"叙述程序"。这样一种程序要以社会语义学的意向性和一致性为前提，而在墨尔索的故事里什么都没有：这个故事被命运所控制，它只是一连串偶然的事件。

墨尔索在和监狱的指导神父进行冗长的争论时，（像《鼠疫》中的里约医生一样）为生命和爱情辩护，以大自然的名义说话并否定像"恶"或"罪"之类概念的合理性。他的话语间接地使当时的文化成了问题。然而在毫无文化（政治、宗教或道德）动机地杀死阿拉伯人时，他同样是以大自然的名义行动的。在前一种情况下，他顺从由水象征的自然；在后一种情况下，他顺从太阳象征的自然。在把两种矛盾的本原（生和死、水和太阳）结合起来时，他陷入了矛盾。

正是在小说的文本里，墨尔索经受了命定的因果性与大自然的力量，即与水和太阳发生了关系。仔细阅读小说第一部分的最后几段，人们可以看到主人公的行动缺乏社会的动机，这些动机纯粹是自然的、"生物学的"："我热得受不了，又往前走了一步。我知道这是愚蠢的，我走一步也逃不过太阳。但是我往前走了一步，仅仅一步。这一次，阿拉伯人没有起来，却抽出了刀子，迎着阳光对准了我。阳光在刀锋上闪烁，仿佛一把寒光四射的长剑刺中了我的头……我全身都绷紧了，手紧紧握住枪。枪机扳动了，我摸到了光滑的枪柄，就在那时，猛然一声震耳欲聋的巨响，一切都开始了。"（加缪，1942，1962，第1168页）

读者同时看到，墨尔索回到阿拉伯人所在的岩石底不是由于受到岩石后面的泉水的吸引，不是由于他想"再听听淙淙的水声"（1167），所以在最后几个场景里，水和太阳显然是他们行动的动力。

然而主人公最后的一些行动完全是由太阳和阳光控制的，作为肯定因素的水的影响并不存在。上面所引的一段话，给人印象最深刻的是行动的物化、物的主观性："枪机扳动了"，"阳光……闪烁"等等。文本这一部分里可以明显看出的决定论甚至可以证明一种解释，即行动的不是墨尔索而是发送者——太阳本身。在这样一种施动者布局里，主体被降低为一个对象，因为最后的冲突是在不仅处于善恶之外，而且也是在墨尔索的意志之外的自然领域里进行的。决定他关键性行动的是太阳和水、死和生。它们构成了一个具有双重性的整体，而且归根结底与社会价值体系的观点无关。

作为矛盾的整体，自然在加缪的作品里显然是一个具有双重性的施动者，一个对于所有文化价值都无差异的实体。加缪所表现的人性在这里首先是本性（就这个词的生物学意义而言）。

不过，把社会学的分析极力归结为自然／文化的对立，将会遗漏小说的一个主要方面。在语义层次上构成小说的这种对立，应该用上述的社会、语言和经济背景来加以解释。在这种背景里，自然显然是交换价值的一种神秘表现。马克思把市场规律看成自然的（马克思，1971，第361页），这种看法绝非偶然。

在自然和交换价值（金钱）之间存在着一种关系，这一观念通过小说本身，特别是墨尔索在监狱里反复阅读的捷克斯洛伐克人的故事被暗示出来并变得合乎情理了。在换喻（提喻法）的层次上，从整部小说来看，这个故事可以说是以部分代替整体：一个出生于波希米亚地区的年轻人离开家乡到国外去发财。二十五年之后，他积攒了一份财产并成了家，他回到家乡，在母亲和妹妹开小旅店的镇上停留。为了使她们喜出望外，他让妻子和孩子住进另一家旅店，自己则到母亲的旅店里租了个房间，他没有被她们认出来："为了开个玩笑，他想租个房间，并亮出他的钱来。夜里，他的母亲和妹妹用大锤把他打死，偷了他的钱，把尸体扔进河里。"（加缪，1942，1962，第1182页）。当被害者的妻子说出他的身份时，母亲上了吊，妹妹投了井。

在这个比喻的故事和整部小说的文本之间，可以看出三点类似之处。a. 谋杀儿子被代理检察长所指责的墨尔索对母亲的（假定）谋杀取代，施动者角色在小说的叙事里被颠倒过来了。这种颠倒可以用在"捷克斯洛伐克的"故事和整部小说里起着重要作用的偶然概念来解释：施动者及其行动变得可以互换，因此相互无关了。b. 在"失而复得的儿子"的故事里，作为交换价值的金钱是唯一的动机。c. 金钱是比喻故事的发送者，因而起着类似于太阳和水的作用：墨尔索躲避太阳并力求得到水，在"捷克斯洛伐克的"故事里，母亲及女儿力求得到的则是金钱。（几年之后加缪并非偶然地在他的剧本《误会》[1944]里进一步发展了这个故事，剧本中玛尔塔和母亲杀了隐姓埋名归来的儿子。在玛尔塔看来，即使是家里的儿子也变成了经济上的对手："儿子来到这里会发现任何一个顾客都必然会发现的东西：一种善意的无差异性。"[加缪，1944，1962，第139页]市场规律和无差异性的关系，在这里由加缪本人的文本加以阐明了。令人惊讶的是，评论界从未想到将这个比喻的故事和发表于同一时代的《误会》结合起来看这部小说。）

捷克斯洛伐克故事和小说文本之间的类似倾向于证实这一假设：大自然（太阳和水）的无差异性与交换价值的无差异性相吻合。在这种情况下要指出的是，叙述者在谈到一个"自然的"故事时说："一方面它是不真实的。另一

方面它是自然的。"（加缪，1942，1962，第 1182 页）

从这个角度看来，交换价值的中介作用显然不仅是在这部小说里起决定作用的语义现象，对于由一种与施动者的意志和意向性无关的物化的因果性所支配的故事的第一部分来说，它还是叙述的主要动机。自然的偶然性同时也是马克思所说的"自然生成的"（这种"自然的"决定论在罗伯-格里耶的《窥视者》里具有特殊的重要性）。

不过对小说第一部分叙述的因果性的这一解释不适用于第二部分。在第二部分里，动力不是市场的无差异性（物化）而是意识形态，即意识形态的话语。

法庭的代表们（他们在这里看起来是一个集体施动者和反主体，是墨尔索的反对者）不可能接受由市场的无差异性所产生的物化和偶然性。他们用意识形态话语的一致性和目的论来反对这种无差异性及其因果关系。

在一个叙述程序的范围内，他们以某些否定价值的名义、以恶的名义把墨尔索变成一个负责的主体。他们自己则以在整部小说里反对自然发送者（墨尔索的发送者）的文化反发送者的名义行动。

他们同时确认了路易·阿尔都塞的名言"意识形态质问作为主体的个人"（阿尔都塞，1976，第 84 页）。正是作为"负责的主体"和"坏的主体"，墨尔索才会受到质问、判决和惩罚。

墨尔索的"那是由于太阳"这种（简单而又真实的）解释，对于拒不承认大自然是真正的发送者的意识形态专家来说是不能接受的。他们用一个虚构的发送者、一种否定的社会权威，即恶取代了自然。这样他们就在文化和意识形态的范围内，对小说第一部分的自然（盲目）的因果关系重新作了解释。

现在我们懂得小说为什么要分成两个自主的叙述系列：第一个序列由语义的无差异性及其在叙述上的后果、物化的因果性控制；而在第二个序列里，物化的因果性被代之以法庭的意识形态叙事，这种叙事现在也受到了具有无差异性的叙述者的评论和批判。

代理检察长的话语由叙述者复述并以无差异性的眼光加以评论，这一现象使意识形态在叙述方面成了问题。墨尔索在评论时并不为自己辩护，他的评论几乎是对经典的科学的解释。他力求弄清代理检察长的观点："我发现他观察事物的方式倒是清晰的，他说的话还是可以接受的。"（加缪，1942，1962，第 1196 页）

　　然而读者明白，法庭话语的清晰、可被接受和一致性，与真理、与小说阐述的事实毫不相干。叙述者讽刺性地承认判决他的话语是清晰的、可以接受的，有助于他揭露意识形态的偶然的、专横的叙述结构，其一致性和教条主义与它经验的和对话的价值是成反比的（参阅第四章第四节二）。

　　与法庭的意识形态叙事同时成为问题的是 19 世纪传统小说的叙事。通过这个具有无差异性的，只是一个没有意向性、没有目的（没有对象）和叙述程序的主人公，像于连·索黑尔、维特、吕西安·德·吕贝普雷，甚至弗雷德里克·毛罗这类小说主角的雄心、激情和功勋都受到了滑稽的模仿。在上述理论背景下，我们或许能理解，这种对传统小说的批判是不能根据一种特定的社会语言环境（词语价值失去了意义的环境）和根据对（基督教人道主义的）意识形态话语的批判来解释的。对这种拒绝考虑语言和叙述危机的话语的批判，涉及对传统小说及其叙述者的批判：这种叙述者对他自己、对他以至高无上的姿态所确定的现实是过于自信了。

　　现在我们的分析又回到了它的出发点：《局外人》是市场的无差异性和意识形态的二元论（善恶二元论）之间的冲突的一种体现。与市场和意识形态之间的这种社会学的对立相适应的，是加缪提出的自然和文化之间的神秘对立。

　　在加缪的作品里，这种对立构成了对故事进行彻底批判的出发点，故事一词具有双重含义：力图把一种意义强加于人类演变过程的（基督教的或马克思主义的）历史叙事，和自以为是自然的、与它的现实等同的一般意识形态叙事。加缪用来反对意识形态专家的故事的是"南方思想"，它产生于这个基本观念，即世界和自然对于精神、文化、历史和意识形态的故事来说是无差异的："世界是美的，而且除此之外别无他途。它耐心地教给我的伟大真理是，精神什么都不是，也不是心灵本身。被太阳晒热的石头，或者在天空下长大的柏树，限定了这个使'有理'具有一种意义的唯一领域：没有人的大自然。"（加缪，1965，第 87 页）

　　以对《局外人》的分析和自然 / 文化的结构对立为出发点，我们会更清楚地理解加缪为什么在拒绝基督教故事的同时，要拒绝历史的目的论："从好消息到末日审判，人类的任务只是顺从一种事先写成的叙事所规定的道德目的。"（加缪，1965，第 478 页）这个既不考虑幸福、又不考虑人的生活的"事先写成的叙事"，也是使个人屈从于一种世俗化的目的论的叙事。这正是代理检察长的叙事，它力图把一种主观性、一种叙述程序和一种意识形态强加给一个只懂得大自然的无差异性和偶然性的个人。

加缪在批判基督教人道主义时，为人的本性、人的生活，简而言之是为生活作了辩护。在这方面，他重新提出了尼采哲学的一个基本观点。比安卡·罗桑塔尔在谈到尼采和加缪时完全正确地断定："他们两人的思想倾向于世界，生活对于他们是最高的价值……"（罗桑塔尔，1977，第16页）

加缪对基督教和目的论的批判虽然在某些方面有效，却有一个重大的缺陷：它没有考虑它自身起源于一种特定的社会历史和语言的环境，在这种环境里自然概念显然是交换价值的一种隐喻的和换喻的表达方式。尼采、黑塞或加缪等作家对"自然"的发现，不能被视为一种自发的事情：这种发现的原因之一是文化和语言价值体系的危机。

在指出加缪著作中缺乏这种反省时，批判理论就要力求避免意识形态的二元论和产生于中介的无差异性。它将以文化和语义价值所固有的双重性为出发点，并力图开始进行关于某些价值判断的合理性的对话。某些像"自由""正义"或"合理性"这样的价值词汇可以是具有双重性的、矛盾的和成问题的，然而并未因此而缺乏意义。

五、方法论的评述：勒内·巴利巴尔论《局外人》

这里所说的社会学观点，不是单义地确定文本的意识形态或世界观，而是表明文本是在什么样的社会和语言环境里产生的。换句话说，是描述和解释它在某些历史条件下的生产。在关于阅读社会学的最后一章里，我们会看到在不研究社会语言起源的情况下，是不可能理解接受（读者集团的反应）的。

这里提出的社会学解释具有一种启发性。它不排除把一部小说看成一个由语义结构和句法结构组成的整体的各种阅读方式。遗憾的是这些阅读方式为数不多。

例如在我看来，布里昂·菲奇提出的社会学分析就极不可靠，因为它把小说限定在说明和资料方面。在这方面，它和把文学文本当成历史资料的内容社会学相去无几："不言而喻，社会学研究的对象是小说家所表现的社会，即主人公活动的领域。"（菲奇，1972，第49页）

这种把《局外人》作为阿尔及利亚社会的描述来读的企图是过于简单化了：它不考虑小说的语义结构和叙述结构，完全忽视了《局外人》和《西西弗的神话》《误会》等的文本关系。它同样忽略了当时法国文学的社会语言环境。

　　勒内·巴利巴尔在文学和学校建制的范围内分析《局外人》，我认为他提倡的研究方法的成果更为丰富。它表明学校里教授的某些风格学的方法如何渗入了文学，文学又是如何对学校里的语言教育产生重要影响（参阅第一章第四节一）。

　　关于《局外人》，我想可以用几句话来概括勒内·巴利巴尔的主要论据：对小说的语言作出解释的结构对立，是初等教育和中等教育的对立。在这种对立的范围内，巴利巴尔力求说明叙述者的话语所特有的复合过去时的建制的和意识形态的功能。加缪特别重视复合过去时是为了捍卫初等教育的语言，反对中等和大学教育以及经典文学的语言。为此，巴利巴尔在谈到文学法语和初等教育法语之间控制关系的颠倒时为后者作了辩护（巴利巴尔，1974，第 290—291 页）。

　　按照巴利巴尔的说法，《局外人》进行的这种颠倒具有批判的一面，因为它使高雅的文学风格成了问题，并且有助于小说生产的"民主化"。但是它也有保守的一面，因为它造成了一种新的幻觉，即认为存在着一种自然风格，小说家可以和路上的行人一样来表达思想感情。所以巴利巴尔指出加缪的"自然的"语言（复合过去时）其实是一种讲究的文学手段，它在《局外人》里是和"别扭的"简单过去时及一些相当复杂的风格形象并存的。

　　巴利巴尔的功绩在于揭示了某些语法形态的意识形态功能，但是他的研究方法虽然引人注目，却有一个根本的缺点：它在以一种特定的语法形态（例如复合过去时）为目标时忽略了推论方面。而在我看来，越过推论的阶段是不能把文学文本和社会语言环境联系起来并解释其结构的。

　　指出《局外人》的文学风格属于"资产阶级"的文学建制，以及复合过去时是这种建制化风格的一个方面，还不足以说明问题："《局外人》的虚构的、形象地等同于加缪的文学天才的复合过去时，是文学的意识形态外观的一个组成部分，是学校的法语在负有阶级利益的理想化表现和某些实践之间的虚构作品里的一种妥协的构成。"（巴利巴尔，1972，第106—107页）这里指的显然是资产阶级的阶级利益。

　　但是由于绝大多数现代文学都是"资产阶级的"，所以弄清一部小说吸收了什么样的（自由主义的、法西斯主义的、社会主义人道主义的或基督教人道主义的）社会方言和话语，并且加以细致的区别，看来是十分重要的。我认为把一切建制化的文学风格都形容为"资产阶级的"做法收效甚微：似乎在夏·莫拉斯的古典主义话语和一切浪漫主义或新浪漫主义的话语之间没有意识形态的差异。（在分析日报和周报时，文本社会学同样关心推论的和社会方言的差异：如《费加罗报》和《世界报》、《黎明报》和《法兰西晚报》、《一分钟报》和《解放报》、《人道报》那样笼统地谈论资产阶级报刊，从理论的角度来看是毫无结果的。）

比不能把握复杂的社会语言背景更糟的是，不能对小说的结构作出方法论的解释。勒内·巴利巴尔把分析仅仅局限于一种语法形态即复合过去时，就无法解释《局外人》的语义领域、不同的叙述序列和为什么分成两个部分。所有这些因素，与社会语言环境（语言危机）、与被小说在互文层次上吸收的基督教人道主义社会方言（"事先写成的"目的论的叙事）的结构，密切相关。

这些批判性的评论绝不意味着巴利巴尔提出的观点平淡无奇或可以忽视。恰恰相反，谈到社会方言和话语，文本社会学要（比过去更加）重视语言的建制方面。它始终要寻求和勒·巴利巴尔、雅克·杜布瓦或皮·布尔迪厄这样的理论家进行对话。

第七节　新小说的社会学
阿兰·罗伯－格里耶的《窥视者》

与 20 世纪上半叶的小说相比，新小说对它自身的话语和文本结构进行了更多的反省，因而使自普鲁斯特、乔伊斯、卡夫卡和穆齐尔开始的批判和自我批判运动能够继续发展。新小说的一些截然不同的代表，像让·里卡杜[1]和米歇尔·布托尔[2]，在他们的理论评述中都强调先锋派小说的反省特征："小说自然而且应该澄清自己……"米歇尔·布托尔这样写是在用反省的和批判的文体去对抗"一反省就立即会显出它们的不当和谎言……"的传统形式（布托尔，1955，1960，第 11 页）。很久以后在不同的背景下，让·里卡杜在批

1　让·里卡杜（Jean Ricardou，1932—2016），法国小说家。
2　米歇尔·布托尔（Michel Butor，1926—2016），法国小说家、文学评论家。

判一种他称之为表现形式的教条时，为一种意识到它文本的产生、意识到它不是表现一种明显的现实而是在语言层次上产生这种现实的一些模式的文学辩护："所以表现形式的教条在把作家变成一个'有些话要说'的人时，就完全掩盖了文本和产生文本的真实过程。"（里卡杜，1971，第 22 页）

在一切自以为等同于现实的话语都变得可疑的社会里，传统小说家非个人的和"客观的"笔调不再令人信服了。叙事的偶然性一旦被揭露，对"真实故事"的信心也就消失，读者看穿了语言在商品化和政治方面的滥用，从而失去了他的天真。他开始探索叙事的起源和它的主体。只是天真地谈论而不揭示他的存在、不反省他的观点的小说家，不得不面对读者的怀疑："他似乎听到读者像第一次听母亲讲一个故事的孩子那样打断他问道：'这是谁说的？'"（萨洛特，1950，1956，第 84 页）这个问题在米歇尔·布托尔的《度》的结尾时也出现了："是谁在讲话啊？"

新小说的全部社会学、对罗伯－格里耶或布托尔的一部小说的所有分析，都要考虑这些由小说家本人提出的语义学和叙述学的问题。而在过去，文学社会学经常是越过语言的阶段，去确定小说领域里的物和人物与"现实"（即对现实的某种社会学解释）之间的直接关系。

联系上一节对方法论的评述，我想再谈谈吕西安·戈尔德曼在《论小说的社会学》里对《窥视者》的分析。（上一章已讨论过）戈尔德曼的出发点，是罗伯－格里耶的小说表现了发达的、个人的自主和主动性已被消除的社会里的异化。在《窥视者》里，推销员马蒂亚斯在一个虚构的岛屿上行凶杀人，却没有引起被动的居民们的任何反应，他们让已被揭露的凶手逃跑了："实际上，和《橡皮》里的谋杀案一样，这桩谋杀案是被插进事物的秩序里去的。由于被杀的小女孩不像别的居民，而是代表了一种自发的和混乱的因素，她的消失会使居民们感到宽慰。"（戈尔德曼，1964，第 312 页）在 19 世纪小说里起主要作用的是个人的活动，现在却被与国家垄断资本主义的自我调节"相适应的"物的无名机构取代了。

在这篇论著发表之后写成的两份补充性的笔记里，戈尔德曼力求说明文本的多义性，并断言小女孩的"自发性"或许只有逸事的价值，至于谋杀，可能是"一桩纯属虚构的罪行"（戈尔德曼，1964，第 313 页）。

与马蒂亚斯（推销员）是否杀了小女孩的问题无关，戈尔德曼补充的笔记表现出一种根本性的怀疑，从而显示出这种社会学方法的两个弱点：1. 对于一篇应由社会学家来解释其多义性和多样性的文本来说，不可能也不需要填补它的空白和减少它的暧昧性；2. 在主人公的"被动性"直接地反映出某种社会历史构成中个人的被动性的表现方面，不可能有社会学的分析。

以表现关系为出发点，这位理论家造成了一种短路，它毁灭了一部小说里的一切重要之处：合理性、语义结构、词汇层次、叙述者的态度和施动者的结构。因为小说或戏剧的文本（想一想阿多诺对《最后一局》的分析）不表现一种社会演变：它在一种社会的和语言的环境里产生，并在语言层次上表现社会的问题或矛盾。雅克·莱纳特在对《嫉妒》进行本义上的社会学解释之前先分析它的语义结构，我以为是有道理的。

无论是文学的、法律的或历史的社会现象，社会学家显然都不会放弃对它的解释：法律文本和历史事件与虚构商品一样是可以作多种解释的，即使它们的多义性属于另一个不同的范畴。然而切莫忘记小说、戏剧或诗篇的主要方面乃是文体。只是某些社会学家曾以为可以越过语言的阶段，其他一些社会学家才得以肯定对一首多义的或神秘的诗是不可能进行社会学分析的（莱布弗里德，1972，第 175 页）。倾向于表现方面的社会学一旦被文本社会学所取代，这种不可能性便显得是一个神话了。

一、社会语言环境：连续性

关于罗伯-格里耶，人们常常谈到神话、专有名词、陷入深渊、隐喻和人道主义，1975 年在塞里齐举行的讨论会证实了这一点。迄今为止，对于《窥视者》这样一部往往使话语在矛盾或支离破碎中解体的小说，人们还没有探讨过语言危机所起的作用。罗伯-格里耶的作品常常涉及意识形态和对意识形态的批判，然而问题在于弄清《窥视者》里批判的是什么样的集体意识形态（什么样的社会方言和话语），以及是从什么角度进行批判的。

在提出这些问题的时候，我认为不能把这种（被认可的）观念作为依据：存在着一种被称为"新小说"，而且像"俄国形式主义"或"达达主义"那样可以在理论上加以确定的、一致的文学潮流。对比一下布托尔的《变化》和罗伯-格里耶的《窥视者》，人们很快就会发现这是两篇极为不同的文本，前一篇要比其他一些"新小说"更接近于普鲁斯特的《追忆似水年华》。罗兰·巴特是最早强调这种差异的批评家之一："布托尔最近的小说《变化》，似乎在每一点上都与罗伯-格里耶的作品截然不同。"（巴特，1964，第 102 页）

在我看来，更为重要的是指出罗伯－格里耶的话语在对语言危机做出反应时，如何恢复和发展了由蓬热、加缪、超现实主义（布勒东）和未来主义（马里内蒂[1]）先锋派所引进的某些观念和技巧。下文将证明，在一切往往有各种意识形态根源或商业根源的"流派""运动"和"主义"之间，都有一些贯穿它们的关系和连续性。

罗伯－格里耶在《论新小说》里对萨特和加缪的批判，可以作为对两种看来互不相容的小说文体进行比较的出发点。在其中一篇更富于论战性的评论中，罗伯－格里耶指责这两位"存在主义"作家继承了人道主义的传统，发展了一种倾向于人类主体的感觉和倾向于人与现实、与事物共谋的"拟人的"风格。关于《局外人》和它所表现的荒诞，他写道："荒诞就这样成了悲剧人道主义的一种形式。它不是证明人与物之间的距离，而是证明人与物像情人发生口角一样导致了为情欲所驱使的犯罪。世界被控为罪行的同谋者。"（罗伯－格里耶，1963，第 71 页）

问题不在于弄清罗伯－格里耶对《局外人》的解释是否正确（鉴于作为发送者的大自然和作为主体的墨尔索的无差异性，人们会怀疑是否可能把"情欲所驱使的犯罪"看成一个偶然的事件），而是在于根据社会语言的发展来说明罗伯－格里耶的解释，这种发展倾向于增强语义的无差异性，并且使一切价值词汇（例如真理、正义、爱情）和一切表达道德、政治或形而上学的意义的语义建构和句法建构信誉扫地。那么如何解释罗伯－格里耶对加缪小说的批判呢？

在《局外人》里，意识形态和无差异性、意义和荒谬之间的对立具有一种决定构成的功能（参阅第四章第六节七），支配着小说第二部分的意识形态话语，是对一种特定意义的武断肯定。然而在罗伯－格里耶所处的第二次世界大战之后十来年（《窥视者》出版于 1955 年）的社会语言环境里，基督教人道主义的社会方言及其话语，即使作为批判的对象也已经失去了它们的可靠性。其他一切以社会主义、自由主义或激进主义的名义来主张人道主义的集体语言也同样如此。在这种环境里，小说家只能全部放弃一种被商品化和意识形态冲突所摧毁的"病态的语言"（萨特语）。

对于罗伯－格里耶来说，问题不再是在几种对立的意识形态，在乐观主

1　菲利普·托马索·马里内蒂（Filippo Tommaso Marinetti，1876—1944），意大利作家、文艺理论家。

义和悲观主义之间做出选择："问题不再是在幸运的物我一致和不幸的物我相辅相成之间进行选择，而是从此以后拒绝一切物我共谋。"（罗伯－格里耶，1963，第81页）人们会想起萨特在谈到蓬热时说过一种"拒绝共谋"（萨特，1947，第313页），这种批判性的拒绝，我想根据市场社会里语言的逐步非语义化和语义无差异性的增强来加以解释。

罗伯－格里耶无论与加缪和蓬热等作家有多少差异，他还是在继续进行他们为使词语摆脱一切滥用它的意识形态和商品化的话语而作出的努力。他会同意加缪在《西西弗的神话》里提出的看法："为了事实判断，价值判断在这里被一劳永逸地排除了。我只要从我能看到的一切中得出结论，而且决不尝试提出任何假设。"（加缪，1942，第84—85页）加缪的这种排除价值判断和一切意识形态判断的企图，必然会导致探索一种中立的、与信誉扫地的价值词汇无关的语言。

这样一种探索要放弃一切事先确定的合理性和分类，企图脱离人的合理性来想象一切物（自然）。人们就这样发现了萨特和加缪所说的"没有人的大自然"，或者蓬热所说的"沉默的大自然"。语言的无差异性（它的非语义化）显示了"不再向人说话"的物。罗伯－格里耶提到的物的不透明性是不神秘的、沉默的，他在谈到雷蒙·鲁塞尔[1]时写道："形状和尺寸的精度和细枝末节堆砌得越多，物就越失去它的深度。所以这是一种不神秘的不透明性：就像在一种背景后面一样，在这些表面后面什么都没有，没有内心、没有秘密、没有不可告人的想法。"（罗伯－格里耶，1963，第89页）

我们要强调，罗伯－格里耶提出的对物的新看法不能用"重新发现现实"来解释。它是最终使既定的集体分类成为问题和毁灭的语言危机及语义无差异性的产物。在他对"类似的词汇"和陈腐的隐喻的批判中，他在拒绝像"雄伟的山岭"或"无情的烈日"等表达方式时，不仅摒弃了一些信誉扫地的词语单位，而且摒弃了一些语义的分类：如与平淡无奇相对的雄伟，与祖国美好、柔和的阳光相对的无情的和异国的烈日，与奥斯特尔里茨的骄阳相对的天天看到的普通的太阳等。在摒弃这些对立以及高尚和平庸、善和恶、正常和反常等更广泛的语义对立时，罗伯－格里耶不言明地指责了由这些对立在施动者层次上构成的意识形态话语。（想把罗伯－格里耶的批判贬低为对

1　雷蒙·鲁塞尔（Raymond Roussel，1877—1933），法国作家，被认为是超现实主义和新小说的先驱。

"词汇"、对词汇方面的批判是错误的。)

　　在这种背景里，加缪和罗伯-格里耶的差异十分明显：加缪拒绝（意识形态的）意义并用（自然的）无差异性来反对它，罗伯-格里耶则把语义的无差异性视为一种"不言而喻"的既定事实。在他的小说里，无差异性和意识形态的冲突（荒诞问题）变得次要或完全消失了。巴特在谈到他的小说时，正确地指出了一种"意义的缄默"，并且补充说："从物的无意义到环境和人的无意义有一种必然的再现。"（巴特，1964，第 200 页）

　　先锋派文学在对意识形态的合理性、对"共谋"的拒绝方面，有一些重要的先驱。早在法国超现实主义飞跃发展之前，早在新小说出现之前，马里内蒂就向先锋派发出呼吁，要求他们摆脱老一套的陈词滥调："因而必须在语言里消灭它包含的老一套的形象、失去文采的隐喻，也就是几乎一切。"（马里内蒂，1909，1976，第 186 页）

　　但是在放弃语言里的"几乎一切"的同时，叙述主体却又成了问题，因为它的存在与话语的词汇基础和语义基础是分不开的。解释马里内蒂或罗伯-格里耶提倡的"客观性"的依据，不是对物或自然的毫无理由的发现，而是被词语的非语义化和语义的无差异性所摆布的主体的语言危机。正是对人道主义（意识形态）的主体及其话语的彻底批判，促使先锋派特别重视物的地位："物质始终被一个漫不经心的、冷漠的、只顾自己、充满谨慎的成见和人的困扰的我注视着。"马里内蒂在摒弃关于物的人道主义话语时补充说："物质既不悲伤也不快乐。"（马里内蒂，1909，1976，第 187 页）人们在阐述罗伯-格里耶的看法时也可以补充说：山岭既不"雄伟"也不"可怕"，阳光既不"无情"也不"柔和"。

　　安德烈·布勒东也许是最早把无意义和无差异性联系起来的人。面对一个不得不放弃一整套堕落的词汇的主体，物和自然的无差异性显示得越来越清楚了："我试图练习记住的正是具有无差异性的东西：没有说教的寓言、中立的印象、不完整的统计……"（布勒东，1924，1970，第 15 页）我们将看到《窥视者》就是这样一个"没有说教的寓言"，它的剔除了政治、宗教、道德或形而上学意识形态的陈词滥调的语言令人产生了中立的印象。

二、互文性："科学的"社会方言

　　罗伯-格里耶的文体虽然和加缪、马里内蒂或布勒东的文体有很大的差距，但是无差异性的发现和放弃"价值判断"的愿望无疑是这些不同作家的共同因素。加缪的人类中心论在布勒东和马里内蒂的作品里同样存在，它不应该妨碍我们识别文学演变的一种基本倾向：语义单位逐渐从双重性向无差异性转变。物变得与人无差异，因为人的语言已被剔除了一切传统的、被公认是错误的意义。

被这样剔除过的语言是具有无差异性的语言，它在许多方面类似于自然科学的语言，后者在它们倾向于量化的话语里是不会容忍道德、政治或形而上学的价值判断的。先锋派的话语并非偶然地吸收自然科学的词汇，同时极力消灭陈旧的形而上学的痕迹。这些话语在这方面类似于当代的一切社会科学（特别是某些实证主义思潮），它们要消灭一切主观的判断、一切价值判断，以便能够科学地阐述它们的对象。

在读《未来主义文学技巧的宣言》时，很难不想到罗伯－格里耶的评论和文体："注意不要把人的感情赋予物质，倒不如去推测它的各种定向的冲击运动，它的收缩和膨胀、聚合和分裂的力量，它的分子集结成团或电子的急速旋转。不要把悲剧赋予拟人化的物质。我们感兴趣的是一块坚固的钢板本身，即它的分子和电子的超人力的和不可思议的结合，它能经得起例如一颗炮弹的射击。对我们来说，今后一块铁片或木头的热量都要比一个女人的微笑或眼泪更为动人。"（马里内蒂，1906，1976，第187页）

戈尔德曼所说的物化，并不在于先锋派作家描写物而不描写人，而是在于他们力图摆脱意识形态（人道主义）的语言，强调词语的无差异性、"中立"，即《局外人》所揭示的无意义。我们看到在这部小说里，无差异性是与语言的意识形态用法对立的。作家为摆脱意识形态的意义所做的努力，指明了一种普及的科学社会方言（语言的、生物学的或数学的话语）的方向。

仔细阅读《窥视者》，可以看到科学的、数学的或语言的行话在小说里起着重要的作用。例如某些批评家认为，象征马蒂亚斯的环形路程，或使他恐惧的手铐，或象征永生的倒8字的形状，是以一种"几何的"笔法仔细描绘的："那是一个倒8字，两个边缘相切的相等的圆圈，直径略小于十厘米。"（罗伯－格里耶，1955，第17页）[1]这类几何的或数学的描绘在罗伯－格里耶

---

1 本章中引自罗伯－格里耶的《窥视者》的段落，均参照了郑永慧先生的中译本（上海译文出版社，1979年），谨致以衷心的谢意。

的作品中并不罕见。这方面最有代表性的是以"快照"为标题发表的故事集。例如对一部自动楼梯的描绘（《在地铁的过道里》）："整部楼梯在上升，它笔直而缓慢地、几乎觉察不到地以匀速的节奏升高，并与直立的人体相比显得倾斜。"（罗伯－格里耶，1959，第 78 页）虽然像"觉察不到"这样的词语含有人类中心论的意思，但这种笔法的意图是利用一种"几何的"词语来使对人体的描绘中立化。

　　这种词语有一个明确的功能，即它避免重新堕入人道主义意识形态的描绘："维奥莱的两条腿分开，可是都贴着树干；脚后跟碰着树根，而两只脚后跟隔开的距离和树干的周长相等——大约四十公分。"（罗伯－格里耶，1955，第 84 页）这种令人想起《快照》（特别是《秘密房间》）的描述方式的、对一个"固定场面"的描述，在放弃传统小说的道德或心理词汇的同时避免了价值判断；然而它并非必然地只是一种对准意识形态的批判工具。系统地放弃价值判断，也可能变成一种肯定的、通过无差异性来排除批判的话语。这一点我后面还要谈到。

　　吸收科学的社会方言不仅可以使描述容易获得它的客观性（中立），同时也可能对社会语言环境进行反省，对布托尔、里卡杜和罗伯－格里耶所要求的小说话语进行自我反省（见上文）。小说家在把语言学的词汇纳入他的叙述者的话语时，为他的叙事补充了一个新的方面：一种能描述和批判主角们的语言或主人公所读的文本的、"科学的"元语言。在谈到报上的一篇（被旅行推销员马蒂亚斯反复阅读的）叙述强奸和谋杀一个小女孩的文章时，叙述者指出："关于这一类事件，使用'可怕''卑鄙'和'可恨'等形容词毫无用处。"（罗伯－格里耶，1955，第 76 页）这篇评论显示了罗伯－格里耶对被玷污的人道主义语言的批判。

　　在小说的其他地方，叙述者对某些主角的不一致的话语进行反省："他的谈话不是用明确、清楚、直接的语言一件一件地叙述，而像惯常一样使用一些十分含糊的属于心理学范围或者道德方面的暗示，还加上无数说不尽的因果关系，使人根本弄不清楚主要责任由谁来负。"（罗伯－格里耶，1955，第147 页）"科学的"话语（这里它有着语言学乃至叙述学的内涵）由于在词汇层次上不能简化，便有可能对文本里的语言和主角（主人公和叙述者）的地位进行反省。我们将看到，这篇评论所描述的叙事的解体，同时也是对叙述者在一种受双重性和无差异性所摆布的语言里的境遇的反省。

　　虽然罗伯－格里耶的小说以没有意识形态（人道主义、基督教或社会主义）的话语为标志，《窥视者》却可以看成对一种特定的文学体裁即侦探小说的滑稽模仿。这种体裁的特点中有这样的观念或成见：认为现实是明显的，而个别的主体、天才的侦探则能控制这种现实，把他所代表的秩序强加于它。

　　然而在《窥视者》和《橡皮》（1953）里，主体（尤其是旅行推销员马蒂亚斯）却无法了解隐晦的现实，它的隐晦性不是来自一种无法认识的神秘，而是来自物和个人的无差异性。马蒂亚斯乘船到一个虚构的岛上去卖手表，没有一个侦探、没有一个道德的或司法的法庭发现他犯的罪行，人们甚至无法肯定这究竟是一桩真实的罪行，还是旅行推销员在发生幻觉时想象的结果。由多义而矛盾的叙事所揭示的空白从未得到填补。

　　在《橡皮》和《窥视者》出版二十来年之后，罗伯－格里耶在最近的一篇记者访问记里，解释了他这种有空白的和不可知的叙事所具有的（反意识形态的）批判功能。这种叙事不承认传统侦探小说的封闭结构和透明性，因为作为它的前提的观念，是可以根据一种特定的合理性来理解"现实"："这就是说，一部好的传统小说是这个样子：有一些杂乱无章的材料，有些空白之处，有了侦探会来整理全部材料并填补空白，一旦小说结束，就再也没有不清楚的地方了。这也就是说，侦探小说是一种以通常所说的现实主义意识形态为突出标志的小说，在这种意识形态里每个事物都有一种意义，一种意义……而我们所关心的叙述结构恰恰是空白的结构。"（罗伯－格里耶，1983，第16页）

　　如何解释对空白结构的兴趣呢？它是与对意识形态（人类中心论）语言的批判、与科学语言的无差异性密切相关的：一旦意识形态的语义学信誉扫地，一旦发现了科学语言的中立，便不可能接受一种使一个叙述主体把一种特定的合理性（一种意识形态的意义）强加于现实的叙事了。在严格的分类范围内区分善和恶、正常人和病态者、罪犯和无辜者的传统侦探小说也变得不可靠了。

　　在构思一种不是以侦探小说的意识形态合理性，而是以一个"客观的"叙述者的无差异性和不可知论为基础的"空白叙事"时，罗伯－格里耶在互文的层次上驳斥了一种既定的小说体裁。他使一个旅行推销员犯了事，而住在岛上的那些无差异的和不可捉摸的人，却对罪行的反常（残忍）性视而不见。无论是真实的还是想象的，这桩罪行都从未被发现，这不仅是由于其他主角不把它看成一桩罪行，而且是由于没有能在善恶二元论的话语范围内确定和惩罚这桩罪行的意识形态法庭（警察局、法院、教会）。

在这方面，《窥视者》与以（自然的）无差异性和善恶二元论的意识形态之间的对立为标志的小说《局外人》截然不同。在加缪的小说里，意识形态话语（法庭的话语）存在于小说内部并构成了小说的后半部分，而在罗伯－格里耶的小说里则没有意识形态（"意义"）。侦探小说作为文学体裁肯定了一种个人主义（自由）的意识形态，《窥视者》在互文的层次上不言明地驳斥侦探小说时提到了意识形态，然而没有一个叙述主体或施动者在小说结构的内部来表现它。意义的"意识形态的"问题没有再提出来。罗伯－格里耶的小说在这方面与"存在主义"时代的小说彻底决裂了，因为那个时代的小说或是要找到一种已经失去的意识形态的合理性（《恶心》、莫拉维亚的《冷漠的人们》），或是拒绝这样一种它认为是用以镇压的合理性（《局外人》）。

但是在罗伯－格里耶、加缪和萨特的小说里，无论是在小说内部或是在文类体系的层次上，语义的无差异性始终和意识形态相对立，关于这个问题，值得注意的是在对《嫉妒》的分析中，雅克·莱纳特令人信服地证明这部小说滑稽地模仿了殖民小说的意识形态（莱纳特，1973）。他在概述其论著的一个基本论据时指出："在《小说的政治释读》里，我证明了《嫉妒》是根据一些可以鉴别的文学和类文学的话语片段构成的。"（莱纳特，1976，第18—19页）由此我们看到意识形态话语可以采取（更普遍的或更特殊的）极为不同的形式，而且始终要专门地根据此事所涉及的文本来确定它。（由此我们也看到，阿尔都塞派仍在使用的表达方式"资产阶级的意识形态"，虽然不一定错，却完全是含糊不清的。）

为了作出结论，我想再回过来谈谈科学社会方言的概念：因为罗伯－格里耶正是根据这种社会方言，根据语义的无差异性和它的中立来批判意识形态的（特别是在他的理论著作里）。这是一种什么样的科学社会方言？是否能根据罗伯－格里耶所经历的社会语言环境来使这一概念变得更为科学？

布吕斯·莫里塞特在他论述罗伯－格里耶的小说的著作里，提出了一些值得注意的、关于罗伯－格里耶的小说文本吸收了一些科学话语的假设。他认为其中的数学话语对作家有深刻的影响："另一方面人们觉察到，在罗伯－格里耶小说的具有几何风格的段落和小学用的算术书的某些文本之间，有一些惊人的相似之处。在《窥视者》的第191页上写着：'这是一个普通的路碑：一个长方形的平行六面体，和一个同样厚度的半圆锥体接合（有共同的横轴）。两个主要的平面，上面是半圆形，下面是方形……'等等。（六年级的）课本上则有这一段：'一块指路的界石……包括一个长方形的平行六面体底座和立于其上的一个圆柱……圆柱上放着一块立方体的指路板……'等等。（C. 勒波塞和 C. 埃梅里主编的《算术和实际应用》，巴黎纳唐出版社，第 152 页）这类精确的描写强烈地显示了年轻的罗伯－格里耶的精神。"（莫里塞特，1963，第 99 页）

试图根据阿兰·罗伯－格里耶的工程师职业，他在法国统计学院里的经验，他在实验室里进行的生物学研究，或者他在热带水果蔬菜学院里的活动来解释这种互文性，这些传记的论据还不足以说明问题。它们不能说明这种集体的社会现象：在从马里内蒂、穆齐尔、布勒东直至罗伯－格里耶的文学里，科学话语所具有的重要性。互文性始终是一个社会过程，它不可能归结为（我并不否认其重要性的）个人经验。

对自然科学的（排斥价值判断的）具有无差异性的和中立的话语的兴趣，是语言危机的一个后果，这种危机将使一切被认为是意识形态的、毫无意义的价值判断信誉扫地。在罗伯－格里耶的作品里，当《窥视者》和《嫉妒》的作者开始引证卡尔·波普尔[1]的"伪造"理论时，这种兴趣便有了一种明确的形式。像波普尔一样，他用公开的、可以伪造的理论，来反对侦探小说的，由认为有唯一的、可以认识的意义的观念所构成的意识形态："当波普尔指责爱因斯坦对科学的观点时说科学应该是'可以伪造'（这个术语用法语表达不太完美）的时候，他的意思是说，至少在一个问题上，一种科学理论一定会出差错……至少在一个问题上必须有这个口子。这是一种非常现代化的观念，它与 19 世纪的科学观念和当代的许多唯科学主义都是完全对立的。"（罗伯－格里耶，1983，第 17 页）

伪造符合由自然科学所确定的、趋向于全凭经验的理论倾向，它意味着放弃价值判断和肯定韦伯的"无价值"论（参阅第一章第四节十）。这在波普尔和汉斯·阿尔贝的"批判理性主义"里是基本的原则。我曾着重指出，"无价值"论产生于价值危机和交换价值的中介作用，从这个角度来看，它显然是与可以确定为语义"无价值"（客观性或中立）的无差异性是一致的。罗

1　卡尔·波普尔（Karl Popper，1902—1994），奥地利哲学家。

伯－格里耶对波普尔的理论感兴趣并非偶然：就消除最后的形而上学残余和发现一种能"为了事实判断而摆脱价值判断"（加缪语）的语言来说，这位新小说作家和这位哲学家是一致的。

三、语义领域：无差异性和多义性

必须看到在罗伯－格里耶的小说里，科学话语不再保留它们最初的认识功能（发现、确定物和规律），而是获得了一种新的功能。科学话语在使词汇、语义和叙述的单位摆脱它们的意识形态保障时，有助于使一切既定的意义成为问题。

在词汇层次上，"词语"不再有什么意义，它们与意义无关并变成了物，变成了毫无意义的语音单位："这时候旅行推销员又想起了胖女人没有说过在'转弯角后面'，她说的仿佛是'在转弯角下边'——这句话的意思也是不明确的，甚至是毫无意义的。"（罗伯－格里耶，1955，第115页）

脱离了一个明确的语义范围，词语就不再像交流手段那样起作用了，它们成了标本或者被物化了。对于罗伯－格里耶，萨特关于蓬热的评论也是适用的：他使言语"成为标本"，把它变成语音的物。物化在罗伯－格里耶的作品里起着重要的作用，但绝非在戈尔德曼从未离开的参照层次上。对物和人的细致而中立的描写是语义和词汇的无差异性造成的后果，而这种无差异性又可以根据语言危机，根据旨在达到意识形态的中立、客观性和量化的科学话语的飞跃发展来解释。

罗伯－格里耶从批判的角度来瓦解语义的合理性，这在许多方面再现了当代社会语言环境的概况：意识形态（尼采会说是"形而上学"）的对立在具有双重性和无差异性的背景里被简化了。值得注意的是在《窥视者》里，连"左"和"右"的基本区别（对立）也受到语义无差异性的摆布。主角们对马蒂亚斯进行详尽而又矛盾的解释（这方面他们类似于卡夫卡的主人公）："即使在叙述这些住所的时候故意弄错也不会把他弄得更糊涂，实际上他有点怀疑他们把一大堆自相矛盾的话和许多废话混在一起了。有几次，他觉得其中一个水手似乎随意地、毫无区别地使用'左边'和'右边'这些字眼。"（罗伯－格里耶，1955，第125页）对《窥视者》的社会学分析的对象不是岛上居民的被动性或精神上的无差异性，而是能对叙述行为和叙述层次上的主体简化作出说明的语言无差异性（见下文）。

合理性曾被符号学确定为观点并使主体能根据它来对物进行区别（普利埃托，1975，第 162 页），现在却被专横压倒了。想尽快卖掉手表的马蒂亚斯向岛上的两个水手打听情况，然而他在长谈之后得到的信息却毫无意义。合理性消失了，语言被简化为它的语音（"自然"）方面："可是后来谈到怎样开始走的时候，两个水手之间才突然有了不同意见；他们开始同时说话，每个人都想使马蒂亚斯接受自己的看法，而马蒂亚斯却连他们的看法之间有什么不同都弄不明白。"（罗伯－格里耶，1955，第 126 页）这个观点远非分类和定义的出发点和基础，它本身也变成无差异的了。

这里有趣的是看看当合理性消失时主体如何沦为物。马蒂亚斯记不起这个捉摸不透的渔民了，可是他却认出了（或自以为认出了）旅行推销员是一个"老同学"，他说的话不可思议。马蒂亚斯只能记住一些不连贯的声音，看着一些毫无意义的手势："他新认识的老同学说话越来越快，两条胳膊做出种种动作，范围很大而且很用力，使人担心他打碎了拿在左手里的那瓶酒。马蒂亚斯不久就不再想从他的滔滔不绝、意义却不连贯的说话中找出某些线索来说明所谓他和这个人过去共同度过的日子。他的全部注意力还来不及追随对方用一只空着的手和那一公升红酒所做的动作——这些动作有时是分开的，有时是合拢的，有时是表面上看不出有任何关系的。"（罗伯－格里耶，1955，第 129 页）

这一段里有两个重要方面，它们有助于细致而系统地理解罗伯－格里耶的文体。不连贯的话语使词汇"成为标本"，把语言变成了一些语音的物，也同时倾向于把叙述主体变成物。在引用的对话里，马蒂亚斯起初想弄清对话者的叙事，但是当他发现对方的语言无法理解（不一致）时，他就把注意力集中在物上：渔民的手和酒瓶。

作为叙述主体的人类主体就这样被分割并简化为一个物或一些不一致的物。这个简化过程服从于一个十分简单的逻辑：在话语的一致性随着合理性消失的交流（或非交流）环境里，人类主体只是偶然的、肉体的、没有任何意向性的个人。而无法确定一种合理性和一种特定话语的个人，是不被看成主体，不被看成与语义的一致性、合理性和推论的意向性分不开的主观性的。

因而在以无差异性为标志的社会语言环境里，可以从这种主体的萎缩里推断出罗伯－格里耶的"客观风格"。普鲁斯特和超现实主义者已经认识到人体的分裂，在他们之后，罗伯－格里耶像马蒂亚斯一样倾向于使个人"客观化"。个人在变得不可理解或默不作声之后，便被放进了物的行列："那女孩仿佛既疲劳又紧张：脑袋侧向右边，整个身躯都有点向右边歪扭着，腰右侧稍微抬高，比腰左侧突出一点，右脚只有前端碰着地面，右手肘隐没在身后，左手肘的肘尖突出在树身以外。"（罗伯－格里耶，1955，第84—85页）《嫉妒》《快照》或《幻影城的拓扑学》里都有大量类似的描写，对（特别是女人的）人体进行"几何学的"分析。

个人默不作声和被客观化，就变成多义的和可以做出各种解释的了。在这种情况下，各种面孔不能再形容为"可爱的""敌意的"或"悲哀的"。它们变得难以理解、不再有意义，完全和简化为语音方面的语言一样："他脸上的表情也没有改变：深不可测，粗暴，像蜡制似的。从他的脸上可以看出敌意，或者忧虑——或者仅仅是心不在焉——这要根据观察者喜欢从哪一方面解释。你也完全有权利说他怀着最阴险的企图。"（罗伯－格里耶，1955，第60页）

"没有改变"，现在我们更清楚地懂得为什么罗伯－格里耶描写的场面往往是"固定的"，为什么（《窥视者》里维奥莱／雅克琳的）真实写照和（《在迷宫里》的）绘画在他的小说文本里起着如此重要的作用。改变几乎总是向某种事物改变，动作往往有一个目标、一种隐藏的目的论。而在罗伯－格里耶的作品里，手势、面孔和言语的多义性，与任何一种因果性或合目的性都很难一致：你不知道马蒂亚斯所看到的咖啡馆老板的面孔为什么是粗暴的或深不可测的，也永远不会知道他是否有"阴险的企图"。像渔民一样，他是一个非主体、一个无差异的因而是可以随意解释的人。

这样一种没有意向性、没有合目的性的个人是很难识别的。所以毫不奇怪，在《窥视者》和罗伯－格里耶的其他小说文本，例如《幻影城的拓扑学》里，一个个人（行动者）有几个名字。例如真实的或虚构的被马蒂亚斯杀死的女孩，有时叫作（与旅行推销员想象的强奸联系在一起的）维奥莱，有时叫作雅克琳，在大多数情况下，雅克琳（或雅克，第181页）的名字符合岛上的"现实"；而维奥莱的名字则相反地出于旅行推销员性虐狂的想象，无论什么东西都会激起他对小女孩、分开的腿和强奸的幻觉："旅行推销员马上认出了这是维奥莱。"（罗伯－格里耶，1955，第133页）

名叫让·罗宾或皮埃尔的渔民，他的身份也和维奥莱／雅克琳一样暧昧不清。帕特利西亚·约翰逊正确地看到，名字的混乱使某些情节的"现实"本身都变得可疑了："在下文里什么都没有得到明确或解释，而包括让·罗宾／

皮埃尔的不明确的身份在内的事件却因此变得同样不真实了。像由于名字的混乱而不得不怀疑人物的真实性和身份一样，人们不可避免地要怀疑——特别是第三部分里关于灯的场面——情节本身的真实性。"（约翰逊，1972，第94页）这里我们想起罗伯-格里耶本人关于传统人物的评论："人物小说完全属于过去，它显示了一个时代的特征，标志着个人达到顶点的时代。"（罗伯-格里耶，1963，第33页）

吕西安·戈尔德曼重新提出并发展了这种观念，但它还不足以在社会学层次上解释文本的功能。因此我曾试图证明，当主观性的词汇和语义基础开始解体时，个别的主体是如何瓦解的。语言危机最终使人的主体简化为这种可以交换和互换的个人，其身份变得无差异，总之是无法确定的了。

主体的身份由于罗伯-格里耶的批判而成了问题，它在处于危机的语言中被意识形态的话语和广告的话语消灭了：正如政客或"发言人"，他们散播的往往是毫无意义或矛盾的、老一套的口号，以及女人，她们会为一种"革命的洗涤剂"而欣喜，并用一种凝固的（付钱的）微笑来伴随其话语，说着一种不属于她的语言。主体与他的身份（他的"个人意见"）毫无关系，因为他与具体的经验和质量无关，正如他所肯定的交换价值一样。

主观性的词汇和语义基础逐渐消失，导致主体在句法和叙述方面的解体。在《窥视者》里，叙述者和行动者无法以一种一致的话语来叙述或再现现实。必须注意，不要把罗伯-格里耶（《窥视者》《在迷宫里》）或克洛德·西蒙[1]（《佛兰德公路》）等"新小说作家"作品里叙述句法的解体，仅仅看成一种为了使读者的感觉"非自动化"而发明的革新技巧。这样一种形式主义的（永远时髦的）解释忽视了一些社会的和经济的进程，正是这些进程导致了一个由语义的双重性和无差异性所支配的社会语言环境。

四、无差异性、多义性和叙述结构

对叙述结构的分析几乎总是在两个层次上进行的：叙述行为层次和叙述层次。叙述行为的分析不应该限制叙述者的话语，它应该注意次要的（主角们的）叙事，以便使它们与主要的叙事发生联系。叙述的分析在这里和在对《局外人》的阐述中一样，倾向于文本的施动者结构，这种结构往往被热奈

1　克洛德·西蒙（Claude Simon，1913—2005），法国作家。

特这样的"叙述学家"所忽略,他们倾向于使叙述结构脱离话语的语义基础(热奈特,1972)。然而社会问题正是在语义层次上才表现出来的(参阅第四章第二节一)。

在《窥视者》里,主要的即叙述者的叙事,常常得到次要叙事的补充。在大多数情况下,次要叙事是旅行推销员和岛上一位居民对话的一部分。上面已经谈过马蒂亚斯和渔民让·罗宾或皮埃尔之间的显得"非语义化"和毫无意义的对话。渔民向马蒂亚斯叙述的一切,如他邀请马蒂亚斯到他的小屋里去吃螃蟹,都是矛盾的或干脆是无法理解的。渔民的话语不是澄清岛上的现实,而是使它变得更为费解。他所说的关于雅克琳(维奥莱)的话,使这个女孩的故事变得更隐晦了:"他的怒气稍微平静以后,他就用隐隐约约的话谈起那个女孩子的罪行——总是那么几件,使得旅行推销员这一次重听觉得比前几次更糊涂。"(罗伯-格里耶,1955,第146页)从让·罗宾的不一致的话语里得出的唯一"事实"就是他恨雅克琳,把她形容为"恶鬼"和"小吸血鬼"。这种强烈的恨出于什么动机却没有得到解释。

在《窥视者》里,主角(两个水手)在混淆"左边"和"右边"时简化了对立,词汇变得可以互换(无差异),想使过去和现在得到澄清的各种叙事都受着片段化和多义性的摆布。它们和上文里费解的物和面孔一样可以随意解释。某些"新小说"的话语不是像传统小说或侦探小说那样去安排和解释"现实",而是成了表现现实的一个障碍。

马蒂亚斯的遗忘症补充了主角们"非语文化的"语言,他的记忆混乱不清,他无法(在叙述层次上)再现刚过去的时间——他在岛上度过的一天。他想找到一个令人信服的借口,重新安排他(在场或不在场)的活动,以便使别人相信他没有杀害维奥莱,但是他的一切企图都失败了。犯罪的叙述者尽管作了努力,仍然无法证明他不在场;而在文本里,他的不在场正好和第88页上著名的、构成小说叙事里的空白的脱漏相一致。

在第87页的末尾,旅行推销员从读者的视野里消失了,他不是到马力克的农舍里去向他们出售手表,而是走上了一条通向"年轻的维奥莱在牧羊"的悬崖边的小路。小说的叙述者没有说马蒂亚斯是否碰到了维奥莱/雅克琳,是否看见了她或杀害了她,甚至对他是否到了悬崖边都没有绝对的把握,因为在第87页末尾写得很简单:"过了几百米之后,路面倾斜成浅坡,一直伸向开始耸起的崖脚。马蒂亚斯让车子自己滚下坡去。"(罗伯-格里耶,1955,

第 87 页）在小说第三部分的开头，读者发现马蒂亚斯在不明不白地消失之后又回到了十字路口，并在那里遇见了马力克太太，她以为他在农舍里谁也没有见到……

对于马蒂亚斯的不在场和小说的空白，社会学和符号学的分析所关心的问题不是马蒂亚斯是否荼害了维奥莱/雅克琳，而是他无法以自己的方式来建构不在现场的叙事和填补空白这一事实。像让·罗宾和小说的其他主角一样，他无法以一致的方式叙述和再现"现实"。他试图重构过去的一天，把空白（他的不在场）纳入一种一致的叙事里，却在片段而矛盾的解释中糊涂起来了："时间表上还存在着一个漏洞。"（罗伯－格里耶，1955，第 202 页）

马蒂亚斯无法在一种一致的叙事里再现现实（他自己的过去），这是与小说里的语言环境密切相关的。对作为叙述行为主体的旅行推销员本来可以有所帮助的其他人的叙述（像让·罗宾或皮埃尔的叙述那样），是双重性的、无差异的，因而是可以随意解释的。

于连·马力克也许（作为窥视者）目睹了维奥莱的被杀，而他自己又被他父亲疑心是杀了"小女孩"的人，他就是这样以模糊暧昧的断言来"解构"马蒂亚斯的叙事的："不会的。既然于连说谎——而且说得那么大胆——看来事情的经过似乎不是那么一回事……马蒂亚斯认为是无礼的注视，实际上是一种恳求。否则就是那小伙子想对他施行催眠术吧？"（罗伯－格里耶，1955，第 200—201 页）小马力克在某个时候肯定曾在他父母的农舍里见到过旅行推销员，然而他这种同谋关系极不可靠，因而不足以成为马蒂亚斯（不在现场）的叙事的保证。在文本的另一个地方（第 227 页），于连·马力克不再像马蒂亚斯的一个同谋者（辅助者），而像是要向"保安队员"揭发他了。

"看来事情的经过似乎不是那么一回事"，和《窥视者》的叙述者，和罗伯－格里耶（《在迷宫里》）的其他叙述者一起，马蒂亚斯力求杜撰一些可能的情节，以填补时间的即他的叙事的空白。每当他重构的企图失败，他就会像《在迷宫里》的叙述者那样说："可是这段情节毫无结果。"（罗伯－格里耶，1959，第 179 页）

迄今为止，我只是谈到了处于叙述者的概括的、主要的叙事之内的主角们的叙事。鉴于叙述者大都采用马蒂亚斯的观点，他们的叙述与旅行推销员的叙述没有质的区别也就并不奇怪了。

像旅行推销员和《在迷宫里》的叙述者一样，叙述者似乎撞上了一种费解的、与一切合理性无关的现实和语言。与渴望一种可能的一致性并试图填补其叙事空白的马蒂亚斯不同，叙述者接受了小说现实的多义性和可随意解释性。

他不估计也不解释，只是科学地观察情况。他采用了他的主要人物的观点，所知道的也不比这个主要人物更多。他不回答马蒂亚斯可能提出的或者读者可能就马蒂亚斯提出的问题："为什么他要停在路当中，仰望着天上的云彩，一只手扶着一辆镀镍自行车的车把，另一只手拿着一只纤维制的小箱子呢？只有在这时候他才发觉自己到目前为止一直游荡在一种失去感觉的境界中（从什么时候起的呢？）……"（罗伯-格里耶，1955，第92页）

文本的这一段可以有几种解释：马蒂亚斯失去感觉，可能是他刚犯了杀人罪的后果，或者是另一种特别强烈和缠人的性虐狂幻觉造成的，或者仅仅是由于阳光和炎热……然而叙述者没有做出传统小说的读者所习惯的任何一种因果的解释。他让主角们或他自己在文本里提出的一切问题都悬而不决。

在这种情况下，问题就不在于填补空白、简化文本的多义性和确定并不存在的因果关系，也不在于确定马蒂亚斯是否"真的"杀害了维奥莱/雅克琳，或者他的谋杀是一个精神分裂症患者想象的行为。任何回答这些问题的企图都必然是简化了的，因为它没有把罗伯-格里耶的叙述者故意安排的不可知论考虑在内。奥尔加·贝纳尔着重指出《窥视者》《橡皮》或《嫉妒》中的"空缺""空白"的功能（贝纳尔，1964），我认为是有道理的。取消空白或否认其功能是错误的，必须对空白做出解释。

在第一个阶段里，可以用罗伯-格里耶在《论新小说》里所说的一句话来解释空白的功能和对叙述一致性（单义性）的否定："严格地说叙述变得不可能了。"（罗伯-格里耶，1963，第37页）这句话也应该得到解释。因而人们在第二个阶段里可以说，拒绝创作一种倾向于两种互相补充的幻想——（现实的）意义和透明性——的叙事，是对语言危机，即它的商品化的、意识形态的和科学的（劳动分工）贬值的一种反应。语言变得具有双重性和无差异性，主体就不能再在系统和一致的叙事范围内倾向于现实和把物占为己有了。

这些叙事在罗伯特·穆齐尔、弗兰茨·卡夫卡、让-保尔·萨特和阿尔贝·加缪的小说里受到了彻底的批判。约瑟夫·K无法确定教士在大教堂里向他叙述的多义比喻的意义，而洛根丁感到绝望，他不能对德·洛勒旁侯爵生涯里一切不协调的事件赋予一种意义："没有任何启示是从洛勒旁那里来的。这些来得缓慢、迟钝、没有趣味的事实，虽然严格地按照我想给予它们的顺序排列起来，可是这个顺序对它们来说只是表面的东西。"（萨特，1938，1981，第19页）在罗伯-格里耶的小说里，这些把叙述的一致性强加于现实的企图被放弃了，物就是它存在的那个样子，与人的感觉无关。同时主体也遭到了在穆齐尔、卡夫卡、萨特和加缪的小说里已经显示的萎缩：他不能倾向于虚构的现实，受着（与他的意志无关的）匿名机构的摆布并被纳入了物的范畴。

在《窥视者》里，这种主体的萎缩清楚地表现在叙述层次和施动者的层次里，其中的施动者——主体（马蒂亚斯或旅行推销员），担负着一种"使命"，它与传统小说的"拯救使命"毫无共同之处：他要向家乡岛上的居民（他认识的或可能认识的人）出售手表，以便迅速而较为轻易地获得利润。这个"使命"对于马蒂亚斯来说成了纠缠不休的烦恼，因而具有经济的特征，而对旅行推销员的叙述程序负责的发送者则是金钱或交换价值。与这个发送者相应的施动者—客体是利润（或者是利润形式下的金钱）。在这个层次上，任何反发送者（一种政治、道德或经济的要求）都不会被识别出来；同样也没有一个要使旅行推销员的商业计划归于失败的反主体或反对者。（居民的无差异性和时间的缺乏只是要加以克服的障碍。）

然而这种没有一个反发送者和反主体的现象，却由于出现了第二个发送者（一个"共同发送者"）和与第一个叙述程序在某些方面不能并存的第二个叙述程序而得到了"弥补"。发送者性欲赋予"主人公"以第二个使命，即强奸和杀害一个小女孩（维奥莱或雅克琳）。这个性欲程序在想象的层次上实现了几次，或者这种想象是否终于成为现实，这些问题并不重要；重要的是金钱和性欲这两个叙述程序之间的关系。

在第一个阶段里，我们会看到这两个程序是自相矛盾的，至少在部分情况下是如此：旅行推销员根据美国的"时间就是金钱"的格言，几乎以分钟来计算他的时间，是不会追逐虐待狂、受虐狂或别的性目标的。像服从于一个双重的发送者（由水和太阳构成的大自然）的墨尔索一样，马蒂亚斯受着两个矛盾的、在时间层次上互相排斥的原则的控制。像墨尔索的主观性一样，马蒂亚斯的主观性受到这个基本矛盾的妨碍，它阻止施动者-主体的表现和影响一个一致的叙述程序的完成。

但是在第二个阶段里，我们可以看到这两个原则具有相互补充的性质：金钱和性欲虽然不像水和太阳那样属于一个一致的和具有双重性的施动者

（大自然），它们却在许多方面互相补充。这两种情况涉及的都是一种量的、重复的原则，它与一切道德的、政治的、审美的、形而上学的或别的"质的价值"（戈尔德曼语）无关。

与马蒂亚斯想象中不断出现的性虐狂形象（被用细绳绑在地上、两腿分开的小女孩）相对应的，是（首先是想象的，然后是"真实的"）经商场面："他必须计算一下：如果他要在这段时间里卖掉八十九只表，每只手表能够花多少时间呢？……马蒂亚斯试着想象这种四分钟的速成买卖是怎样进行的，走进屋子，谈生意经，货品展出，顾客挑选，按价付款，走出屋子。"（罗伯-格里耶，1955，第34—35页）销售的重复性和机械性，随着旅行推销员懂得这是一场与时间的赛跑而逐渐加强了："旅行推销员把小箱子放在长桌子的一端——掀开锁扣，向后揭开箱盖，挪开备忘录……"（罗伯-格里耶，1955，第151页）过了几页节奏加快了，动词的省略表明纯粹是机械的进行速度："过道，右边第一扇门，厨房，厨房中间一张椭圆形的大桌子，铺着印了小花的漆布，掀开锁扣，等等。"（罗伯-格里耶，1955，第155页）

除了机械而连续的重复之外，旅行推销员销售的特征是情感和道德的无差异性：在马蒂亚斯看来，情感规范和社会规范只是一些借口，一些增加利润的手段。岛上的居民是他"童年时的朋友"，这一事实在他和他们的交往中毫无用处。他伪装的情感是简单的推销手段："他的伪装的愉快心情，刚刚表现出来就自动消失了。"（罗伯-格里耶，1955，第64页）

把旅行推销员的想象和萨德侯爵[1]的想象相比，可以看到一些惊人的类似之处。像在他之前的萨德一样，马蒂亚斯不断地想象完整的强奸场面，细绳子都会使他想到维奥莱被绑住的、分开的双腿。最后一幕景象是全部这类场面的概括："而她呢，恰恰相反，现在乖乖地躺着，两手被缚在背后——在脊背下面的腰弯那儿——两条腿伸直而张开，嘴里塞着口衔。"（罗伯-格里耶，1955，第246页）

在这些对一动不动的准备被强奸的小女孩进行的几乎是几何学般的描写里，绝无快感、激动或任何价值判断："价值判断在这里为了事实判断而被排斥了。"从道德或文化的观点来看，可以说马蒂亚斯是一个非主体：像墨尔索一样，他的无差异性使他不能再区分善恶和爱憎。

1　萨德侯爵（Marquis de Sade，1740—1814），法国作家，以描写性变态著称。

能够对马蒂亚斯的行为做出解释的两种动力（两个发送者），是非社会的和非文化的力量：金钱和性欲被置于善恶、美丑、爱憎之外。在这方面，马蒂亚斯所服从的经济决定论补充了性欲决定论。

早在罗伯－格里耶之前，阿尔贝托·莫拉维亚就确定了金钱和性欲之间的关系："我曾想了解人们为什么能够买到性的满足，却不能买到同情。"（莫拉维亚，1979，第32页）像金钱一样，性欲与一种文化的价值、区别和合理性无关，而同情和爱情则相反地与这些（道德、审美、政治的）区别是分不开的。把金钱和性欲结合起来，（莫拉维亚谈到的）卖淫便撇开了一切文化价值。

对于被经济—性欲决定论简化为一个计算机、一个非主体的马蒂亚斯来说也同样如此。这里的问题不在于重提戈尔德曼的经济学论据，因为显然只有在被语义的无差异性所支配的一种社会语言环境里和一种科学的社会方言的范围内，才有可能把经济和性欲的因素分离出来。只有语义的无差异性才能使加缪及罗伯－格里耶以更为彻底的观点撇开一切价值判断，倾向于交换价值的"中立""客观性"。

作为语义学概念的双重性和无差异性，可以把加缪和罗伯－格里耶的小说与社会语言环境，普遍地说与社会联系起来。尽管这些概念能够与交换价值和物化等某些政治经济学概念发生关系，但它们是不能简化为政治经济学概念的。它们的不可简化性符合文学文本的不可简化性，它们可以解释《在迷宫里》这样一部不涉及经济或金钱的小说的结构。马蒂亚斯是个旅行推销员，这一事实显然不是一种可以忽视的偶然现象（何况文学评论界对此极少保持沉默），但是它在社会学分析中并非必不可少。（认为在一个其结构体现市场规律的社会里，经济规律在社会的价值体系中不起任何作用，这是一种幼稚或意识形态性。）

在这种背景下，我们更清楚地理解了（经常争论但从未得到解释的）"窥视者"和"旅行推销员"之间的关系。当然小说最初的标题应该是"旅行推销员"，是出版商建议了采用现在的标题（可能是出于销售的理由）。考虑到上述的一切和马蒂亚斯常常注视一个想象的女孩或一位弱女子的脆弱的颈背（"他的目光顺便看了一下一个十分年青的女人的瘦削而光滑的脖子……"（第

143 页），我们就理解了莫里斯·布朗肖 [1] 的表达方式"推销的窥视者"不仅是一句俏皮话。（布朗肖，1972，第 65 页）

马蒂亚斯是否是窥视者，或者于连·马力克可能看到了谋杀（莫里塞特，1963，第 104 页），这些问题都无关紧要。沉默的目光是这部小说的一个基本题材，它与无差异性的问题密切相关，并且不能归于一个（确定为"窥视者"的）具体的行动者："女招待望着脚下的地板。店主人望着女招待。马蒂亚斯望着店主人的眼睛。那三个水手望着他们的酒杯。"（罗伯－格里耶，1955，第 57—58 页）没有表情的目光是与合理性的丧失，与主角们非语义化的、无差异的语言相适应的。

窥视者马蒂亚斯与其他窥视者的区别，是他在自己的叙述程序里结合了经济原则（旅行推销员）和性欲原则（窥视者）。他是在以无差异性为标志的背景下唯一把这两个原则结合起来的人。标题的双重性和文字游戏（旅行推销员－窥视者）[2]，可以根据马蒂亚斯的双重性格即这一事实来解释：他服从于两个互相补充的发送者并完成它们的、在某些方面相互矛盾的叙述程序。这又一次表明，问题涉及的是文本的功能，而不是新小说所怀疑的人物及其"身份"和名字。

在许多方面，《窥视者》的施动者图式都类似于《局外人》：罗伯－格里耶的小说与加缪的小说之所以类似，是由于它们表现了一种既是经济的又是性欲的（因而是非社会的）决定论。像罗伯－格里耶一样，加缪表现了一个对一切都无所谓、被自然力盲目的因果性所摆布的个人：神秘自然（水和太阳）的决定论，与《窥视者》里经济和性欲的双重决定论相对应。在这两种情况下，个人的社会（道德、政治或情感）主观性被无差异性消除了。

然而存在着一个重要的差异：在加缪的小说里，意识形态话语是与这种无差异性对立的。它在质问作为主体的个人和惩罚他的无差异性时恢复了意义（合理性）。在《窥视者》里，意识形态的话语消失了，意义（价值）问题不再存在。

1　莫里斯·布朗肖（Maurice Blanchot，1907—2003），法国作家、文学批评家。
2　在法语里旅行推销员（voyageur）和窥视者（voyeur）只差两个字母。

五、《窥视者》里的批判和认可

罗伯－格里耶和其他新小说作家，倾向于把放弃意识形态的意义看成一种进步、一种批判因素。作为结论，我想指出的是，这种同样为当代某些科学思潮所特有的放弃，却受到了一种基本的暧昧性的有害影响：想使一切意识形态及其依靠的价值都信誉扫地，这无疑是一种批判行为。但是人们似乎不禁要问，这种概括的、全面的批判，是否只是对现存一切的确认。

加缪的小说清楚地揭示了一种特定的意识形态，即把墨尔索变成一个犯罪的和应受惩罚的主体的、基督教人道主义话语的镇压性质。罗伯－格里耶则无疑是在目前的社会语言环境里，正确地批判了"主体""主人公"和"意义"等的意识形态性。在这两种情况下，语义的无差异性显得是一种有力的，能使过时的和镇压性的概念信誉扫地的批判工具。

不过这种无差异性的功能和双重性不同。在卡夫卡、普鲁斯特、萨特和穆齐尔的小说里，文化和语言的双重性，是一种导致或应该导致（约瑟夫·K就遭到了失败）发现真实领域即美学、道德或政治真实的长期探索的出发点。普鲁斯特和萨特的主人公发现了文体；卡夫卡和穆齐尔的主人公寻求真理、"法"或"另一种政体的乌托邦"。人们即使把这种探索视为意识形态或形而上学，也会承认它的批判性质：它是对现存事物，对（小说里描写的）现实的一种否定。

相反在罗伯－格里耶的作品里，在无差异性的背景下对一切意识形态的否定却不产生任何探索。在一部像《窥视者》这样的小说之中，现实和虚假都是被原封不动地接受的。一切价值判断都被排除了。

这种排除里有部分的认可，那就是对现实，尤其是对支配旅行推销员行为的交换价值的无意义的认可。接受这种无意义，不仅排除了对现存事物的批判性的超越，而且包含着对现存社会关系的事实的确认。

罗伯－格里耶可能会抗议对他的小说的这种批判，例如说他的文本既不拥护也不反对现存的社会：这是一种叙述结构，它的作者与传统小说的陈词滥调决裂，什么都没有肯定或确认。

错误恰恰在于这一点：一部像《窥视者》这样的小说在排除意义问题（探索）的同时，正是确认了某些现存的社会关系和陈词滥调：小说里女人被简化为一个性欲的对象，并且始终显得被动、驯服、软弱和屈从于男性的意志。我以为这不是偶然的。在这种情况下，是马蒂亚斯还是（被妻子或未婚妻指控的）渔民杀害了维奥莱／雅克琳的问题就无关紧要了。

后来的一部小说，以半裸或全裸的姑娘们为主题的《幻影城的拓扑学》证实了这种怀疑：罗伯－格里耶的文本以非批判的方式再现了消费社会里的某些商业神话。像在《窥视者》里一样，女人（大多是一个被动的处女）是男性目光的对象。罗伯－格里耶特别重视的这种两性之间的关系，并非一个可以忽略的细节：无论作家愿意与否，它都确认了社会的现状。

这里显示了无差异性的暧昧性：在强调意义的否定和语义的中立时，小说家（或实证主义理论家）无意识地或违心地再现了某些互相补充的或者矛盾的社会上的老一套。如果他确实成功地消除了一切价值判断，他就只是确认了与文化无关的交换价值。（这里可以发现，在社会学或哲学的新实证主义的"无价值"和小说的无差异性之间的一种类似：两种情况涉及的都是消除一些价值判断；在这两种情况下，一种模仿市场的无差异性、渴望意识形态中立的话语里渗透了一些成见、神话和意识形态性。）

在目前的情况下，要用一种简单的或令人信服的办法来代替罗伯－格里耶对意识形态的批判。寻求这样一种办法不是本书的目的，然而我认为解决的办法不会是试图取消一切价值判断和意义的问题。不是放弃这个问题，不是把现存的社会价值看成无差异的或只是意识形态的价值，而是必须去寻求一种理论或虚构的，能对变得具有双重性的社会价值，即处于危机中的社会价值的起源、功能和真理内涵进行反省的话语，因为在一切价值判断被排斥之后，对现状的批判就变得不可能了。在无差异性和认可之间有一种直接的关系。

第五章　社会学批评和精神分析批评

马塞尔·普鲁斯特作品中的社会和心理

第一节　方法问题

传统的社会学和精神分析学方法，有一个共同的方法论问题：它们倾向于"内容"和"主题层次"，忽视文本的语言结构。联系前几章的内容，我想证明在倾向于社会语言环境、社会方言和小说文本的语义及叙述结构的文本社会学范围内，有可能把社会学和精神分析学的研究方法结合起来。

在这里提出的既是社会学的又是精神分析学的研究方法里，要用社会方言的概念来代替作为这方面许多研究者的方法论基础的类似性概念。我不是确定人物、情节、物和例如压抑、退化或恋母情结等某些精神分析学概念之间的关系，而是要提出被文学文本吸收的语言结构的心理（社会）功能问题。我不是提出有关行动者"隐蔽的"象征意义的问题，也不在文本里寻求（母亲、父亲或男性生殖器的）性的象征，而是提出一种观点，即认为对作家及其集团成员的心理来说，某种语言形式即某种社会方言是有意义的。

简而言之，是用以语言进程为对象的功能研究方法，来代替被类似性控制的象征性的研究方法。对于卡夫卡的《审判》，问题不再是弄清站在"法"前面的著名哨兵是否象征他的父亲，而是探讨卡夫卡的文体有着什么样的心理功能。下面的分析可以看成第三章中对类似性批判的继续（参阅第三章第二节）。

当新批评在 20 世纪 60 年代成为文学争论的中心时，雅克·莱纳特曾试图阐明文学社会学的话语和夏尔·莫隆的精神分析批评之间的某些类似。他从戈尔德曼和莫隆的文学分析出发，证明一个社会学论据为什么可以看成类似于一个精神分析批评的论据，反之亦然。

他指出了文学方面和在文学之外的现象里的一些类似性：戈尔德曼把冉森主义表现为悲剧的世界观，这种世界观受到社会法律和神的戒律之间的压力，产生了"在世界里拒绝世界"的悖论；与此相应的是莫隆对青年拉辛的心理分裂的解释，即他是在对戏剧的激情（力比多的困扰）和由保尔－罗亚尔修道院及其禁令所代表的超我之间不停地往返。

这些压力和冲突表现在拉辛的悲剧领域里。莫隆描述了拉辛作品里乱伦欲望的曲折过程，并将它分为三个阶段：

a. 面对超我的强有力的和性虐狂的代表者，主角们的恋母冲动受到压抑。

b. 在莫隆认为占据拉辛作品的中心地位的悲剧《米特里达特》里，恋母欲望取得了胜利。莫隆本人就此写道："……值得注意的是《米特里达特》向我们提供了一个不仅是承认的，而且是胜利的恋母例子。"（莫隆，1957，第29页）

c. 最后，对恋母的指责在超我层次上被内心化了，乱伦欲望变成了受虐狂和自我惩罚。

这种精神分析学的描述，和吕西安·戈尔德曼的社会学阐述之间在形式上有着惊人的相似：

a. 在拉辛早期的悲剧里（例如《贝蕾妮丝》），控制主角们的行动的是被戈尔德曼与冉森主义极端派的立场联系起来的对社会世界的彻底拒绝（参阅第三章第二节三）。

b. 在《巴雅泽》和《伊菲革尼娅》，特别是在《米特里达特》里，对世界有了一种可能的妥协。在《隐藏的上帝》中，《米特里达特》被视为"内在的和在世界里的希望之巅"（戈尔德曼，1955，第395页）。

c. 在《费得尔》（戈尔德曼认为是"充满波折和认识的悲剧"）里，在世界里拒绝世界和神的理想最终被内心化了，同时悲剧的意识也得到了确认。

这里不是批判这些非常武断地排斥拉辛早期剧作（《亚历山大大帝》和《戴巴依特》）的解释，戈尔德曼和莫隆只是顺便提到它们。我认为更重要的是评述在超文本层次上构成拉辛悲剧的"意义"的、精神分析学话语和社会学话语的结构。

过去许多批评家都强调这些话语的基础是类似性。在评论莱纳特关于社会学和精神分析学在文学批评方面的关系的报告（塞里齐学术讨论会，1966）

时，热拉尔·热奈特显得相当严厉："我常常感到，戈尔德曼的论著涉及的往往是一种不自然的类似关系。我担心在戈尔德曼的著作里，同源性这个词会不会经常是一个时髦的，为了掩饰一种有时是粗暴的类似性而使用的字眼。"（热奈特，1968，第391页）提出这类异议的并非只有热奈特。（可参阅布阿齐斯，1970，第82—84页）

冉森主义和拉辛悲剧之间的类似性／同源性的公设还是说得过去的。在一种截然不同的理论背景下，它（至少是部分地）得到了莱奥·洛文塔尔的证实（参阅第一章第二节二）。我以为比这一公设本身远为不可靠的，是作为推论过程、作为理论争论手段的类似性。

仔细考察这个确定理论和虚构关系的过程，可以看出它是一个分为四个阶段的模式，无论是戈尔德曼还是莫隆，都未能在各自的论著中对它加以说明：

1. 弗洛伊德的元文本。以古代索福克勒斯的悲剧《俄狄浦斯王》（以及由此产生的神秘作品）为出发点，弗洛伊德凭直觉构成了一个施动者模式（格雷玛斯语），主要的施动者是本我、自我和超我。作为这个悲剧的类比，这个施动者模式构成了一种话语的基础，这种话语的任务是说明个人精神生活中的某些过程。

2. 元文本的变化。在引进萦绕隐喻和个人神话等新概念的精神分析批评范围内，莫隆发展和改变了弗洛伊德的元文本。

3. 文本和元文本之间的类似性。弗洛伊德的推论图式（尤其是他的三元施动者模式），经过重新解释和补充之后，被莫隆应用于拉辛的悲剧：这种做法涉及弗洛伊德的施动者（本我、自我、超我）之间的一些类似性，和悲剧的某些施动者如帝国、罗马、权力、爱情等。这些类似性被公设化了，它们的合理程度则随着解释的不同而不同。（夸张地说，精神分析学靠着它通过神话的迂回办法，最终确立了古代戏剧和17世纪戏剧之间的类似性：因为精神分析学是从戏剧话语中产生的。）

4. 元文本之间的类似性。最后，莱纳特揭示了社会学的元文本和精神分析学的元文本之间的类似性，并提出了莫隆和戈尔德曼的解释之间有借代关系的公设：恋母之情—拒绝世界；恋母之情的胜利—在世界里的接受；超我拿起武器—理想的内心化等。（他也确定了概念和施动者之间的一些类似关系。莱纳特，1968，第381页）

这些评论的目的不在于排除科学话语的类似性原则，人们不会把科学和任何一种合乎逻辑的实证主义混为一谈，实证主义以为在放弃话语的一切形象和引进一些"严格确定的"概念时就能排除意识形态（或"形而上学"）。莫隆和戈尔德曼的论著揭露了这样一种实证主义的贫乏，并且证明类似性或同源性的概念只要有一种具体的功能和坚实的经验基础，对理论可能是十分有益的。他们同时还揭示了理论的类似性的局限和弱点，它在陷于思辨和抽象时便不再令人信服了（戈尔德曼对新小说进行的既不考虑文本结构也不考虑社会语言背景的分析便是如此）。

与始终忽视语言结构的戈尔德曼不同，莫隆力求确定文学文本无法摆脱的隐喻，以揭示"一个个人神话的形象"（莫隆，1963，1983，第32页）。但是他和戈尔德曼一样忽略了这个基本的问题：把小说领域和社会的或心理的领域联系起来的是什么样的语言结构。不错，在文学批评的一切可变因素中，他把"语言及其历史"也包括在内了："就一部文学作品而言，这些可变因素分成三类：环境及其历史、作家的个性及其历史、语言及其历史。"（莫隆，1963，1983，第12页）然而某些语言结构（某些话语）的心理功能问题却没有提到。莫隆虽然对文学的"联想"和形象（"萦绕隐喻"）感兴趣，但是在确定文本及其心理背景的关系时却过于依赖类似性了。

我在这里分四个阶段介绍的、在我看来过分远离社会科学实践的"类似性的"论证，是不可能在传统方法的范围内得到纠正的，因为它在这个范围内履行着一个明确的和必不可少的功能：它应该帮助弗洛伊德和莫隆这样的心理学家，或卢卡契和戈尔德曼这样的哲学社会学家，把文学文本和现实联系起来。因而文本—现实的关系就被这些作者设想成一种表现的关系而不是一种互文的关系。

把文本和它的背景联系起来的企图，往往由于它的抽象作用和无法说明文本结构而告失败。我们看到，戈尔德曼关于《窥视者》里主角们的被动性"符合"资本主义的物化的观点是多么简单化：（小说家们最重视的）一切语言问题和叙述问题都被回避了。

加缪、蓬热或贝克特这样的作家，他们本人都把语言的无差异性和物化看成自己文体的一个基本问题。如果以此为出发点，戈尔德曼提出的主题类似性就显得并不重要，甚至是多余的了。

我在这里建议对普鲁斯特的《追忆似水年华》进行既是社会学的又是精神分析学的释读，是想表明从下列两个方法论的假设出发，有可能降低（不是完全取消）类似性的功能并加强论证的经验基础：

1. 文本和社会的关系应该被看成一个互文的过程，在这个过程中，文学产品显然是小说或非小说的、口头或书面的语言的一种变化。

2. 在一部小说或戏剧里被滑稽地模仿或被批判的语言，在其中履行着同时是审美的、心理的和社会的功能，分析这些功能可以说明全部文本的结构。（换句话说，解释《追忆似水年华》的结构的根据之一，是这部小说吸收的语言和话语。）

过去我已试图证明，在普鲁斯特的《追忆似水年华》里，作为有闲阶级（凡勃伦语）的社会方言的社交谈吐起着特别重要的作用。它的功能在内文本方面说明了小说的某些结构，而它也在这方面被滑稽地模仿和批判了。

问题不在于了解小说如何"表现"或"反映"了第三共和国的社会现实，而是了解作为集体语言，作为 1900 年左右有闲阶级和巴黎沙龙社会的社会方言，社交谈吐具有什么样的审美、社会和心理功能。问题是要采用在这里提出的观点，证明这些功能是互相补充的，以及心理问题（自恋）可以在一种特定的社会结构范围内得到解释。

同时，了解作者的神经官能症如何在文本的主题层次上得到表现的这个传统问题，也让位于一种既是符号学的又是功能的研究了，这种研究的对象就是文本结构在作者心理演变中的功能。

第二节　谈吐和自恋

一些批评家如米莱（1956）或杜布洛夫斯基[1]（1974）强调叙述者马塞尔和他的母亲，或者普鲁斯特和他的母亲之间的乱伦关系，我不认为这些关系可以忽视，但是像他们那样是永远说明不了小说的结构的。只有揭示乱伦欲望的文本功能，才能突出它对于小说的重要性。在这种情况下，主题分析只能是一个出发点、一种手段。

莫洛亚[2]或佩恩特尔对普鲁斯特传记的研究，倾向于肯定这一假设：普鲁

1　塞尔日·杜布洛夫斯基（Serge Doubrovsky，1928—2017），法国当代文学批评家、作家。

2　安德烈·莫洛亚（André Maurois，1885—1967），法国作家，著有《普鲁斯特传》。

斯特和他的母亲的关系特别密切（佩恩特尔，1966，第 88 页）。这些研究同样指出，在小说里，特别是在《在斯万家那边》（贡布雷）里，乱伦关系是如何表现出来的：马塞尔利用家庭环境供他支配的一切手段，力图使母亲摆脱父亲的影响，确保自己对母亲的"占有"。曼夫利德·施内德尔着重指出在《追忆似水年华》里母亲和祖母行动者的统一，她们共同形成了往往与父亲的领域对立的一个母亲施动者（施内德尔，1975），我认为是有道理的。

这里讨论的中心不是传记事实和小说事实之间的类似性，而是乱伦欲望的领域，同时是文体的、文学的领域。贡布雷的母亲世界也是拉辛、高乃依、奥古斯特·蒂埃里 [1]、塞维尼夫人、乔治·桑的世界。叙述者马塞尔对他母亲和祖母的感情，往往和文体的，和这两个妇女阅读或引用的文学的欲望混在一起。叙述者不仅提到过，而且体验过塞维尼夫人所描绘的母子关系。

在这种情况下，《追忆似水年华》里引用的小说之一、乔治·桑的《弃儿弗朗沙》在精神分析的层次上起着特别重要的作用。它的重要性的一方面是它在普鲁斯特小说里的功能，另一方面是它的从未被普鲁斯特的叙述者揭露过的乱伦问题。

一天晚上，就在（夏尔·斯万的）一位客人来到之前，马塞尔的父母决定不再让他的母亲到他房间里去亲吻他，向他说晚安了。这一拒绝是由对母子分离负直接责任的父亲宣布的："不，不，放开你的母亲，你不是早就跟妈妈道过多少回晚安了吗，这些个名堂，真可笑，快上楼去！"（普鲁斯特，1954，第 1 卷，第 27 页）

可是马塞尔并未放弃让母亲到他房间里去的打算，他的父母最终还是在他的要求和压力下让步了。父亲甚至允许他的妻子整夜和儿子待在一起："妈妈这一夜就睡在我的房间……"（普鲁斯特，1954，第 1 卷，第 38 页）她又一次给他读了乔治·桑的小说《弃儿弗朗沙》。

选择这部小说并非偶然，因为这是一个孤儿（一个弃儿）的故事，他最终娶了他的养母，一个女磨坊主。过去把他看成一个对头而把他赶出去的、满怀敌意的磨坊主死去了。

《弃儿弗朗沙》的某些段落，应该和《追忆似水年华》中相应的段落同时阅读。和马塞尔一样，弃儿弗朗沙也渴望母亲的亲吻："那么，这是……是因

1　奥古斯特·蒂埃里（Augustin Thierry，1795—1856），法国历史学家。

为您老是亲让妮，而从我们刚才说过的那一天起您就从来没有亲过我。"（桑，1952，第 256 页）像在普鲁斯特的小说里一样，"父亲"（作为养父的磨坊主）对"母亲"和"儿子"的暂时分离负有责任："事情只是越来越糟。布朗舍发誓说她爱着这个医院里的东西，并因此替她感到害臊，还说她若是不马上把这个弃儿赶出去，自己就要把他打死，把他像麦子一样磨碎。"（桑，1962，第 286—287 页）在这两部小说里，父亲的反抗被制服了，而"母亲"则和她的"儿子"结合了。在《追忆似水年华》里，乱伦是在象征的层次上完成的，而在《弃儿弗朗沙》里，它在道德上是可以接受的，因为涉及的是一个养子。

另一个重要因素是弃儿养母的名字：玛德琳·布朗舍。我们可以和克里弗·戈尔登一样，考虑（在《追忆似水年华》的开头和末尾）由小玛德琳蛋糕所引起的回忆和激动，在这种背景下是否是乱伦欲望的升华："在小玛德琳蛋糕的场面里，是小玛德琳蛋糕驱走了'生活的沧桑'。"（Ⅰ，第 45 页）这是一个神经官能症的场面，症状就是用小玛德琳蛋糕代替了母亲。（戈尔登，1980，第 154 页）

因而在乱伦欲望和文体之间存在两种不同的关系：第一种是直接的关系，在母亲读《弃儿弗朗沙》时表现得最为明显；第二种是以"不自觉的回忆"为中介的关系，这种回忆一方面可以看成普鲁斯特文体的基础，另一方面可以看成乱伦想象的一种升华形式。

对《追忆似水年华》中的母子关系进行阐述具有特别重要的意义，因为它对解释在普鲁斯特小说里占有中心地位的自恋有着决定性的作用。自恋的产生与儿子的乱伦欲望是分不开的。弗洛伊德在谈到母子之间的色情关系时指出，它不知道作为其他一切亲密关系的特征的竞争和敌意："唯一的例外也许是母子之间的关系，它没有因以后的竞争而变得暗淡，反而由于它是性对象的最初选择这一事实而得到了加强。"（弗洛伊德，1967，第 40 页）

在《追忆似水年华》里，正如在许多关于普鲁斯特的传记作品中一样，可以看到自恋（在乱伦欲望里）的产生是以同性恋的产生为补充的。"在大多数情况下，男子同性恋是以下面的形式产生的：青年男子长时期忍受着一种恋母情结意义上的对母亲特别强烈的固恋。青春期结束时，终于到了必须把母亲换成另一个性对象的时候了，就在这时发生了意想不到的转折——青年男子不是抛弃他的母亲，而是把自己和她同化了……"（弗洛伊德，1967，第 40 页）

和母亲同化不仅导致"儿子"追求同性恋，而且也涉及——这一点在这里特别重要——作为自恋欲望，即以自我为对象的乱伦欲望的持久性。自恋的主体不断地再现上述乱伦环境，因为他力图唤醒别人的、他自己由于仍然服从于乱伦的禁忌而拒绝实现的欲望。

在《神话的欲望》（1973）中，我曾试图表明，马塞尔为什么在许多场合力求使自己的身体成为别人的（吉尔贝特、奥黛特·斯万、德·盖尔芒特夫人的）爱情的对象。每当他欣赏和渴望的女人开始对他产生兴趣，每当她把他作为自己欲望的对象，马塞尔便对她失去了兴趣。他只能需要别人的欲望而不能实现这种欲望，因为这种欲望不是受到"父亲"行动者的阻碍，便是受到他自己的抵制。

穆·萨富安非常清楚地确定了乱伦欲望和作为欲望之欲望的自恋之间的关系："换句话说，对'母亲'的欲望得到一种对他的欲望的欲望的支持。由于他的欲望对于主体来说是极为模糊的（再说对于'母亲'本人来说也同样如此，因为它是无意识的），欲望之欲望便归结为一种要求的欲望……欲望之欲望是一种被爱的欲望，它采取了一种完成的形式……同时确定了被分析理论描述成自恋的自映形象的某种困扰。"（萨富安，1968，第265页）

我认为正是应该以这种精神分析学的背景来解释马塞尔和钓鱼姑娘的场面。它特殊的重要性在于揭示了马塞尔爱情的自恋性，并且表明普鲁斯特的叙述者（像《追忆似水年华》中的大部分主角一样）不了解真正的性对象：他自以为爱着的人只是他自恋欲望的一些借口。

马塞尔和维尔帕利西夫人一起旅行，在乡间小住时遇见了一位坐在桥上的钓鱼姑娘。像往常一样，马塞尔被这个陌生情人（表面上）的不可接近迷惑了："而这个漂亮的钓鱼姑娘的内心似乎对我还是关闭的，我怀疑自己是否进去了，即使我已经瞥见了她目光的镜子里转瞬即逝地映出了我自己的形象……"（普鲁斯特，1954，第1卷，第716页）

"映出"和"镜子"这两个词在这里特别重要，因为它们揭示了欲望的（"简练的"）自恋结构，同时使自恋和拉康的"想象范畴"发生了关系：一个以孩子和别人同化为标志的个人发展阶段。这种同化使孩子可以在自映形象的形式下达到统一。（拉康，1966，第1卷，第95页）

下面一段清楚地显示了普鲁斯特欲望的自恋性，它伴随着一种对要求的需要。马塞尔追求的是别人的欣赏和欲望。叙述者在谈到钓鱼姑娘时说："这正是我希望她知道的，以便她能对我有一种高贵的印象。但是当我说出'子爵夫人’和‘两匹马’的字眼时，我突然感到十分快慰。我感到钓鱼姑娘会想起我，并且和我因不能再见到她的恐惧，即我想再见她的欲望的一部分一起消失。”（普鲁斯特，1954，Ⅰ，第717页）

在自恋的欲望里，主体自身得到了满足。然而并非像在《贡布雷》开头的自淫场面那样是直接的满足，而是间接的、把别人（的欣赏）作为一种催化剂而获得的满足。自恋主体的目的不是占有对象（姑娘），而是他本身的自我，对象只是一个借口。

值得注意的是，自恋欲望的结构在普鲁斯特小说的其他一切方面都显示出来了，小说里的一些非色情的对象如巴尔贝克、威尼斯或某些难以进入的沙龙都被色情化了：叙述者渴望它们而又不想占有它们。占有它们必然要导致失望和幻灭。

在这种情况下，我们更清楚地理解了普鲁斯特在致比贝斯科夫人[1]的信中谈到欲望的持久性时所说的话（比贝斯科，1956，第87页）：起源于乱伦欲望的自恋欲不求满足，因为它的被压抑和遗忘的对象乃是被禁止的母亲。

“钓鱼姑娘”的情节和社交界（即冒充高雅者、纨绔子弟和清客）的野心与欲望联系起来，便获得了一种辅助的意义。自恋欲和社交谈吐（有闲阶级的社会方言）的关系，与精神分析学和文本社会学之间的关系是一致的。正如说话是为了引人注目，为了受人欣赏，其目光映照出他渴望的形象的清客一样，《追忆似水年华》的叙述者追求的是在谈吐中满足他的自恋：“但是当我说出‘子爵夫人’和‘两匹马’的字眼时，我突然感到十分快慰。”

在这里我们看到，《追忆似水年华》里的冒充高雅、讲究时髦和谈吐履行着一项特定的心理功能：它们能够使自恋欲发生变化，摆脱自淫的背景而在社交界交往的背景中得到实现。

菲·尤利安在他论罗伯特·德·孟德斯鸠[2]的著作里写道：“纨绔子弟是一个自恋者。他想使自己在欣赏的目光中被映照出来，并在肖像里寻求他镜子的恭维。”（尤利安，1965，第64页）尤利安关于孟德斯鸠所说的话，完全适用于马塞尔和普鲁斯特本人。在与社交界的交往中，他们力图满足自己的欲望，它具有一种反省的、简练的特征，是被欣赏的欲望，或者是要求的，欲

1　马尔特－吕西尔·比贝斯科（Marthe-Lucile Bibesco，1886—1973），法国女作家，原籍罗马尼亚。

2　罗伯特·德·孟德斯鸠（Robert de Montesquiou，1855—1921），法国作家、诗人、艺术批评家。

望的欲望。

对马塞尔和普鲁斯特本人来说，社交界的交往本身成了目的，至少在一段时期里是如此。像 19 世纪的纨绔子弟一样，《在盖尔芒特家那边》的马塞尔不能设想过一种没有社交界及其谈吐的生活。他等着向德·夏尔吕斯先生讲他刚离开的盖尔芒特沙龙里发生的事情，并且由于意外的耽搁变得十分不耐烦。在下面一段里，问题不仅是使叙述者激怒的"没有谈吐"，而且也是在等待时体验到的"说话的狂热"："我多么需要德·夏尔吕斯先生听我渴望向他讲述的故事，想到主人也许在睡觉，而我只得回家平息我说话的狂热时，我就感到难以忍受的失望。"（普鲁斯特，1954，Ⅱ，第 552 页）

马塞尔后来的发展是由于他发现了艺术、文体。像《追忆似水年华》的作者一样，他最终摆脱了社交界，同时抛弃了他认为是虚假的、不真实的社交言语，并代之以（作为意义的产生）与无意识和不自觉的回忆密切相关的文体："那时我不惜一切地摆脱这些由嘴唇而不是由头脑选择的言语。像人们在谈吐中所说的那样，这些言语充满了幽默，而在和别人谈了很久之后，人们还在不自然地对自己说话……"（普鲁斯特，1954，Ⅲ，第 897 页）

由于发现文体而最终与社交界的交往决裂，现在还需要解释的是这种决裂（对作者和叙述者来说）获得的心理功能。我想在说明普鲁斯特自恋的第二个，也是最后一个变化的同时，说明这种功能。

当自恋欲的第一个变化使主体摆脱他乱伦的固恋，并把欲望引向交往和别人时，（与马塞尔发展的第三个阶段相吻合的）第二个变化可以说取消了第一个变化引起的过程。在普鲁斯特身后发表的《笔记》之一中写道："默默地接触 / 他本人……不要忘记：/ 孤独的作家和 / 社交作家……友谊的谎言 / 因为别人那里什么都没有……现实在于 / 自己。"（普鲁斯特，1976，第 71、98、101 页）

从精神分析学的观点来看，可以说与交往的自恋及"反映"的和倾向于别人的自恋的决裂，导致它返回出发点：作家的自我里的力比多的困扰，不自觉的回忆的无意识，以及被变成作者的叙述者用文体、文学产品所代替的母亲。（在这方面，作者普鲁斯特的演变或许可以看成类似于叙述者的演变。）在这个过程中，《贡布雷》里表现的简单的自淫让位于作家的自我反省和自我凝视。在这种情况下，《重现的年华》里的返回贡布雷（小玛德琳蛋糕的天地），显然是返回到被文体升华的母亲那里。

在弗洛伊德之后，自恋理论在梅兰妮·克莱因[1]（1948）和亨茨·考乌特（1973）的著作中得到了发展。从他们的理论出发，可以纠正一种广为流传的解释，即认为普鲁斯特的自恋符合一种幼稚型退化的形式。对于《重现的年华》，说它是返回童年的母亲天地尽管合乎情理，但是应该注意到，主体（叙述者）没有返回到由对母亲的依恋所控制的自淫的自恋阶段，在小说的结尾，他和一个理想的自我（弗洛伊德语），即作家的自我同化了。

成为艺术家之后，自恋的孤独便不再像《贡布雷》里孤僻的孩子的孤独那样了。艺术家欲望的对象不是母亲，而是起源于文学的理想的自我，而文学是"生活的最严格的学校"，后弗洛伊德学说的各种自恋理论阐明了这一发展。吉奥季奥·萨沙内里谈到这些理论时指出："何况克莱因学派许多作者的论著，也清楚地显示出一切自恋形式都简化为第二次自恋，即自我与一个理想对象的同化。"（萨沙内里，1982，第47页）在这一节里，我试图描述的是初期的（乱伦的和自淫的）自恋向倾向于文体的第二次自恋的转变。

第三节　从精神分析学到文本社会学

在《小说的双重性》（1980）里，我详细分析了普鲁斯特作品中言语／文体二分法的社会功能。这里我只能复述书中的某些补充精神分析学评述的论据。中心问题是个人（心理）因素和集体（社会）因素之间的关系。让－保尔·萨特的《方法问题》曾注意到这种关系，即要把一种集体的研究方法和一种个人的观点结合起来（萨特，1960）。

在戈尔德曼的著作里，作为论据的是历史事件和戏剧情节之间、冉森主义的波折和拉辛悲剧的曲折之间的某些类似性；在莫隆的著作中，精神分析学的施动者模式（本我、自我、超我）被投射到虚构作品的领域里，精神分析学话语的行动者或施动者与悲剧领域里的主角们相对应；最后，莱纳特揭示了在精神分析学的元文本和社会学（马克思主义）的元文本之间的一些对比。

社交谈吐是一种由小说在互文层次上吸收的社会方言，从这一观点出发，

1　梅兰妮·克莱因（Melanie Klein，1882—1960），奥地利精神分析学家。

我不需要小说和现实之间有一种类似性的公设。小说不再被等同于表现了。文本社会学虽然尽力用互文性的概念来代替传统的表现概念（参阅第四章第七节），但是要完全抛弃模拟的概念是不可能的。像传统的文学社会学一样，它不会放弃这一公设，即小说领域里的某些进程是与社会历史现实中的一些问题和矛盾相对应的。不过，当人们不再像卢卡契、戈尔德曼或莫隆那样把"进程"理解为人类的事件或行动，而是理解为互文的、语言的进程时，这种方法论的观点便彻底改变了。

然而《追忆似水年华》的语义结构是受言语和文体、谈吐（叙述）和文体之间基本的（和结构的）对立支配的，因而重要的是用社会学的阐述来补充精神分析学对这种对立的阐述。

正如在阿贝尔·埃尔芒[1]等作家所描写的社交界一样，小说里的谈吐显然是一种社会方言，其话语是倾向于别人，倾向于所有其他人的。在清谈的人的眼里，他话语里陈述的一切审美、道德或政治的价值，不过是一些为了获得社交成就的借口。他力图给别人留下深刻的印象，以增强自己的社交魅力，即别人的要求。对他来说，语言美本身远非一种目的，而是引人注目、卖弄他的修辞技巧和炫耀"象征性的权力"（布尔迪厄语）的一种手段。在这方面，社交话语类似于使一切质的（审美的、道德的或政治的）价值屈从于交换价值，即利润的广告话语。

在 1900 年左右出现于巴黎沙龙的社交谈吐中，文学、艺术和科学是一些可以交换的财富，其使用价值（质量）却被健谈的人忽视了。在阿贝尔·埃尔芒描写的社交界里，谈吐的词汇显然是一种受他律支配的、可以交换的文化财富。例如他在谈到一位贵夫人时写道："她拥有一切哲学家的词汇，因而使健谈的人感到自如……"（埃尔芒，不定期出版，第 137 页）

阿多诺是最早发现交往和交换价值的关系的批评家之一。他关于一般的交往，尤其是受交换的他律支配的社交界的社会方言的评论是富有启示性的："交往其实就是使精神适合于实用，并由此进入商品的范畴，今天所称的意义也就参与了这种极为可怕的事情。"（阿多诺，1970，1974，第 104 页）

有些人断言，健谈的人追求的是突出语言的审美方面，这无疑是有道理的，可是他们却不知道他的"唯美主义"只是一种空想。因为他不是（像作

1　阿贝尔·埃尔芒（Abel Hermant，1862—1950），法国作家。

家那样）关心语言质量的本身，而是利用它来确保自己在别人眼里的成就。他的华丽辞藻所固有的原则，是阿多诺从交换价值的中介作用推导出来的"为另一个人而存在"的原则。

基于以上的分析，我认为在表明清谈的人（冒充高雅的人或纨绔子弟）的自恋如何在交往和作为"观念交换"的交换中得以实现的同时，可以确定精神分析学论据和文本社会学论据的关系。

自恋存在于一切社会阶层。它的极端形式经常出现在由冒充高雅者和纨绔子弟组成的社交界，因为他们百无聊赖，可以把大部分时间用来崇拜他们自己。普鲁斯特所处的社会阶层的成员是资产阶级和贵族的食利者，他们把圣日耳曼镇视为世界的中心，把引人注目的谈吐当成社交成就的一种必不可少的因素。

因而自恋的极端形式（冒充高雅和讲究时髦）是"有闲阶级"的特征，这个阶级的经济基础是积累的资本。无论在《追忆似水年华》中，还是在靠父母的股份和债券生活的马塞尔·普鲁斯特所生活的社会现实之中，食利者都占有重要的地位，这一人群的存在是第三共和国社会经济环境的特征之一。阿泽玛和维诺克就此指出："人们担心生产过多，人们歌颂食利者的理想。"（阿泽玛，维诺克，1970，第129页）

这里勾勒的社会精神分析学的论据，不仅是以一种交往形式（谈吐）和交换价值的中介作用之间的类似性为表现，也以这一假设为根据，即有闲阶级的社会经济基础应该在它的文化生活中表现出来。

这种论据同时也是从这个观念出发的：在社交界的交往中，作为个人的马塞尔·普鲁斯特找到了理想的语言形式，使他可以满足其乱伦的自恋（至少在一段时间里是如此）。（并非只有普鲁斯特研究过社交界的社会方言，另一个例子是奥斯卡·王尔德的作品，书中对社交生活的爱好表现在小说或戏剧的"幽默谈吐"里。）

在这种情况下，人们会问为什么是马塞尔·普鲁斯特在《追忆似水年华》中描写了1900年左右的沙龙社会，为什么普鲁斯特的弟弟没有写一部类似的小说，为什么罗伯特·德·孟德斯鸠（也是一个同性恋者）没有写《追忆似水年华》。对这些问题似乎不可能做出令人满意的回答。

因为理论（尤其是社会学）的研究目标不是唯一例子的独特性，而是表现某些普遍倾向的独特性。它永远无法回答为什么是普鲁斯特而不是其他任何人写作《追忆似水年华》这一问题，永远不能说明克伦威尔或拿破仑一世是否可能被当时的其他人代替；但是它可以试图阐明在某种心理和产生这种心理的社会语言环境之间的功能关系。

为了得出结论，应该分析另一种推论形式，即在《追忆似水年华》中与谈吐对立的文体的功能。

在精神分析学的背景里，文体可以被视为作者和叙述者都趋向的理想的自我的基础。作为文学或艺术的产品，它属于往往被叙述者用来反对圣日耳曼镇的沙龙领域的、贡布雷的母亲的天地。

在社会学的背景里，文体显然是重新获得的审美价值，它是被交换价值中介化了的谈吐的真正替代物。换句话说，在社会学的层次上，与言语和文体的对立相对应的是交换价值和使用价值的对立。

过去我曾说明，言语／文体（作为"言语的沉默"或"孤独"）的二分法是怎样构成整部小说的。对社交谈吐的彻底批判（自相矛盾地）导致了对传统小说的叙述言语的批判，导致了像拒绝小说的叙述因果性一样，拒绝普鲁斯特所怀疑的、按照时间顺序进行的、线状的叙事。这种批判产生了一种与不自觉的回忆的无意识密切相关的（例词的和类策略的）联想文体。（这个过程十分明显地表现在《故乡的名称》里，名称，小说第 1 卷的末尾。）

"从这种观点来看——普鲁斯特接着写道——我的书或许将是一系列'无意识小说'的一种尝试……"（普鲁斯特，1971，第 557 页）普鲁斯特的联想的、随笔式的和与梦幻（梦的经历）相互关联的小说，是一种在叙述的、宏观句法的层次上与社交谈吐决裂的尝试。梦的片段和景象，显然是唯一可以代替巴尔扎克式的、服从叙述的因果性规律的叙事的手段。

在词汇方面，普鲁斯特拥护唯一的和不可交换的名称，用它来反对社交谈吐中昙花一现的和抽象的词语。与无意识过程和不自觉回忆的联想密切相关，名称肯定了艺术本能的冲动，普鲁斯特认为这种本能是唯一可以代替社交才智的办法。在强调作为能指的名称时，普鲁斯特削弱了词汇单位（所指）的概念方面，同时对它们的参照方面提出了疑问。它们不再是与现实（例如词语）相比，而是在与个人的心理即无意识相比时才具有意义。（与斯韦沃、卡夫卡、黑塞、穆齐尔和乔伊斯一样，普鲁斯特在小说文本里引进了某些精神分析学的概念。他没有读过弗洛伊德的著作，却使用了"无意识"这个词，并在《女囚徒》中描写了一种缺失行为。因此我认为在 19 世纪上半叶的小说发展和精神分析学的发展之间，存在一种相似性。）

从精神分析学的角度转到社会学的角度，也可以看出普鲁斯特对文体的发现包含着向贡布雷的返回。但是在这种情况下，贡布雷不是"小玛德琳蛋糕"（玛德琳）的母亲世界；这是（1900 年左右）资产阶级家庭的世界，是否是自由主义社会最后的范围之一，其价值尚未接受交换价值的可耻的中介作用。

普鲁斯特为一种自主的艺术和文学所作的辩护，是否确认了一种杰出的资产阶级意识形态性，这样提问似乎是合乎情理的。确实如此，而《追忆似水年华》的成就也——至少是部分地——来自文学是"生活最严格的学校"和"真正的末日审判"的观念，在资产阶级的世俗化的社会里，这些断言只是证明了艺术的建制化的极度繁荣。人们同样会看到，像罗伯-格里耶这样的当代作家拒绝把审美范围看成真实价值的、意义的范围。

《追忆似水年华》的批判价值，可能与它对一种因供求规律而贬值的语言和交往的拒绝，与它为不可交换的能指和名称所作的辩护是一致的。

第六章　接受美学和阅读社会学

第一节　生产和接受

前面各章的内容都与文本结构及其社会生产有关。目前，这样一种重视生产和生产者的研究方法，在一些发现了读者和观众的理论家看来也许已经过时了。

这种发现构成了德国的"接受美学"的出发点，它不可能被看成一种新的时髦或一种新的精神迷恋。因为这样一种解释过于简单，甚至是过于简单化。康斯坦茨学派的"接受美学"在 20 世纪 70 年代成了德国文学批评的主流，这一现象应该用社会学的观点加以解释。

我们在分析局外人和旅行推销员时讨论过的个别主体的没落，同样表现在理论方面：在主体概念开始成为问题的社会语言环境里，像天才、独特性、作者、创作和个性等概念，在（叙述者的）叙述行为层次和（主人公的）叙述层次上都已经不用了。主人公的概念变得和杰出个人的概念一样成问题了。

自由主义时代的个人主义意识形态已在日常生活和文化生活中被否认，在这样的环境里，作为唯一而独特的个人的作者失去了他的"光轮"（波德莱尔语）。艾蒂安·巴利巴尔和皮埃尔·马歇雷这样的阿尔都塞主义者常常把"作者"这个词加上引号，以表明一种语义上的距离。他们重视的是文本，因为它揭示其生产者的意识形态的无意识（参阅第二章第二节五）。与此同时，德国接受美学的代表们发现了匿名的读者，并用对（往往是抽象的）集体匿名的分析取代了对个别的特殊性的分析。

与作为生产者的作者的没落（瓦尔特·本雅明曾分析过这一点）相对应的是，生产过程在被物化摆布的社会里的取消（参阅第一章第四节十）。海德格尔主义者和新海德格尔主义者由于看不到使物存在的技术和经济的生产过程，便对物的本体论的存在产生疑问；与此同时，接受美学的代表（尧斯[1]、伊瑟尔[2]）在文学文本里只觉察到它"在那里"，而对产生它的互文生产过程一无所知。

在本书的最后一章里，我将证明：1. 不考虑生产和生产的社会条件，便不可能理解接受或阅读；2. 康斯坦茨学派的接受美学，产生于它对布拉格语言学派的阅读理论的曲解；3. 德国的约瑟夫·尤尔特、法国的雅克·莱纳特和匈牙利的皮埃尔·尤查[3]所发展的阅读社会学，（至少在某些方面）可以看成一种代替接受美学的有效方法；4. 生产和接受的关系只能在文本社会学的范围里加以分析。（关于这一点，我在对阿尔贝·加缪的《局外人》的评论中还要谈到。）

第二节　布拉格语言学派的阅读理论

在第四章（第四章第三节）里已经讨论过杨·穆卡洛夫斯基的尝试：以语言和语言结构为中心制定一种文学风格的社会学。穆卡洛夫斯基意识到文学文本的多义性，所以在极力发展一种文体社会学时和俄国形式主义者联合起来了。他重视文学的多义性，因而注意不把文本简化为一个单义的所指体系，即一个"意识形态的等价物"或一种"世界观"。

他根据的（后来被接受美学重新提出的）基本观念是：文学文本不可能和对它的一种解释等同起来。他认为接受和阅读永远不会结束，并着重指出一切（马克思主义的或唯心主义的）企图——想在一篇多义的文学文本的结构和一个集体的世界观之间确定一种同源性——所固有的弊端。

所有这类企图都带有一种主观性的烙印，"对某些文学作品的所谓哲学思考，倾向于通过引证所分析的诗人来解释理论家自己的哲学"（穆卡洛夫斯基，1966，第 246 页）。

穆卡洛夫斯基充分意识到，一般的文艺作品都产生于某些审美的规范，

1　汉斯·罗伯特·尧斯（Hans Robert Jauss，1921—1997），德国康斯坦茨大学教授，接受美学的首创者。
2　沃尔夫冈·伊瑟尔（Wolfgang Iser，1926—2007），德国美学家、文艺学家，接受美学的代表人物之一。
3　皮埃尔·尤查（Pierre Józsa），匈牙利当代文学批评家。

它们不可能脱离社会（道德政治或法律）规范的总体。然而，这种针对审美规范领域的社会学观点，并不妨碍人们认识多义的文学文本及其变化的、多样的历史意义之间的差距。

按照这位（1975 年去世的）布拉格理论家的看法，文学作品作为符号现象，一方面是一种多义的物质符号，另一方面是通过一个特定的社会集团成员的集体意识来解释这种符号或使之具体化。被解释或被具体化的作品被称为审美对象，其语义内容符合欢迎这一作品的集体所拥有的价值体系和规范体系："一切艺术品都是一种自主的符号，它包括：1. 具有明显的象征价值的'具体作品'；2. 扎根于集体意识之中，并占据'意义'的位置的'审美对象'；3. 与一个被说明的对象的关系，这个对象作为一个自主的符号，它追求的不是可以确定的具体存在，而是一个特定环境里的全部社会现象（科学、哲学、宗教、政治、经济）的总背景。"（穆卡洛夫斯基，1966，第 88 页）

从穆卡洛夫斯基提出的观点来看，阅读就像一个不能简化为个别读者的审美反应的集体过程。尽管（一部小说或一首诗篇）几乎总是由个人来阅读，然而阅读却与个人所属的一个或几个集体的规范体系是分不开的。

集体意识的作用在接受戏剧时更为明显，这种接受包括两个主要方面，即一个剧本的"意义"的审美对象是由导演和观众的解释构成的。因而巴罗特[1]导演的《贝蕾妮丝》（1955）向观众提供的解释，就和 17 世纪及后来由罗杰·普朗松[2]导演的《贝蕾妮丝》不同。在这两种情况下，由观众集体产生的审美对象，受到了导演的想象力和解释的强烈影响，而导演也要受到他的阶层和时代的审美规范的影响。

我认为有必要在这里介绍一些批判性的看法，并试图表明与穆卡洛夫斯基的解释略有区别。因为在我看来，他又一次从一个相对一致的社会这一观念出发，假定审美对象（对一部小说或戏剧所做的集体解释）是随着历史上公众的改变而逐渐变化的。

对于这个（不如说是迪尔凯姆的）观念，人们可以用一个混杂社会的观念加以反对。这种社会往往以冲突为标志，其公众并不构成一个一致的集体或一群无差异的大众，而是一个由各种不同的，有时是互不相容的审美价值

1　让 - 路易·巴罗特（Jean-Louis Barrault，1910—1994），法国演员和导演。
2　罗杰·普朗松（Roger Planchon，1931—2009），法国导演、作家。

和规范的集团组成的整体。

在这种情况下，就不存在一个唯一的和一致的，被一个时代的全社会所接受的审美对象：每个集体都倾向于产生它自己的、与它的社会文化利益和意识形态密切相关的审美对象（参阅第四章第四节二）。这个审美对象将随着时间，随着该集团的利益和社会环境的变化而逐步改变。例如在 20 世纪60 年代，东欧的某些马克思主义者企图重新解释卡夫卡的作品，以揭示它们的批判特征，并证明它们与"社会主义的"现实并非不可调和。目前，这种（在法国被罗杰·加洛蒂[1]重新提出的）解释在东方国家里已不再流行，但是它总有一天还会被"现实化"。

我们固然同意穆卡洛夫斯基对具体作品和审美对象的区别，但也要表明与他的阐述略有不同，即要用一种共时的观点来补充对审美对象的历时性（历史）的说明。唯一的、适用于整个社会或时代的审美对象，在共时观点里将被几个对立的审美对象的共存所取代。（关于这个问题，可以回想特奥多尔·阿多诺力图驳斥海德格尔对荷尔德林的抒情诗歌的解释，并为对审美对象进行人道主义的解释辩护。按照穆卡洛夫斯基提出的观点，关于荷尔德林我们就可以说在 20 世纪五六十年代的德国社会里，至少有两个审美对象在相互竞争：一个是存在主义的，另一个是人道主义和唯物主义的。参阅第三章第三节二。）

促使审美对象发生变化的各种因素，应该包括文学本身，即文学的发展在内。在穆卡洛夫斯基看来，文学只是靠着它革新的能力，靠着它对现行审美规范的不断否认才得以幸存。与某些别的（政治的、经济的或法律的）社会实践不同，艺术应该不断地否认和违反既定的审美规范。在现代社会里，它的合法性和成就与革新，即对现存事物的否定密切相关。

在把审美规范的体系和语言、艺术家个人的创作和言语进行比较时，穆卡洛夫斯基指出："对既定审美规范的否认的根本任务在于反对言语的自动化……"（穆卡洛夫斯基，1974，第 132—133 页）形式主义者倾向于否定审美规范和其他社会规范之间的辩证关系，他则相反地强调艺术革新对于改变一般的规范体系的重要性："在价值的变化过程中，艺术作品显然是种强有力的催化剂。"（穆卡洛夫斯基，1971，第 33 页）

1　罗杰·加洛蒂（Roger Garaudy, 1913—2012），法国理论家、文艺批评家，《论无边的现实主义》的作者。

在审美价值体系中进行变化时，（文学）艺术的生产同样有助于审美对象的改变。布勒东和超现实主义者在依靠浪漫主义，特别是热拉尔·德·奈瓦尔的名声的时候，向公众提出了一种关于浪漫主义作品的新的阅读方法。后来新小说的代表也提出重新阅读普鲁斯特、乔伊斯、斯韦沃和雷蒙·鲁塞尔的作品，有助于与这些作家的作品相适应的审美对象的改变。因此可以看到，作为互文过程和重新阅读的生产，不断影响着审美对象的构成，影响着接受。

正是从杨·穆卡洛夫斯基的观点出发，费里克斯·沃季契卡[1]（布拉格语言学派的另一位成员）试图描述文学的发展。他把这种发展看成审美对象的一种变化，这种变化是和艺术对占统治地位的审美规范的否认同时发生的。在沃季契卡看来，文学史是和审美对象史吻合的。

穆卡洛夫斯基最关心的，是一些（主题的、文类的或风格的）审美规范如何被文学文本吸收和改变。沃季契卡则不同，他要弄清社会集团的作用，因为这些集团的成员对审美规范和审美对象的改变负有直接的责任。

他首先提到的是作家本身，他们在自己的生产和批判中，引起了审美规范方面的或多或少的重大变化。正是他们生产了一些具有规范特征的模式：人们正是根据《娜嘉》来确定超现实主义，根据《恶心》来确定存在主义小说，根据《橡皮》《嫉妒》或《窥视者》来确定新小说的。当人们确定、解释或批判一些后来的作品时，文学生产把公众引向某些作为规范的著名模式，因此，这样的文学生产在阅读层次上具有规范的特征。（在采纳雅克·杜布瓦和勒内·巴利巴尔提出的建制观点时，不妨也谈谈文学模式的建制化。参阅第一章第四节一。）

按照沃季契卡的看法，起规范作用的诗论、先锋派（未来主义、超现实主义或存在主义）的宣言和像阿兰·罗伯-格里耶的《论新小说》这样的纲领性的著作，是和"模式作品"同样重要的。上文已讨论过这些著作在阅读方面可能产生的影响。正因为如此，"新小说家们"的评论明显地改变了某些读者对小说，总的来说是对文学的态度："新读者"不是与主人公同化或关心人物的心理，而是倾向于叙述的结构，并在一种只想成为没有"形而上学深度"的"表面"的文本向他提供的、富于隐喻和借代的景象里获得乐趣。

最后，沃季契卡在分析文学批评在接受过程中的功能时接近了经验的文

1　费里克斯·沃季契卡（Felix Vodička, 1909—1974），捷克文学史家。

学社会学。在沃季契卡看来，文学批评家是在（和应该在）审美对象的层次上谈论文学文本。他在谈到个人的批评时写道："他的义务是作为审美对象来评论……"（沃季契卡，1975，第75页）批评家在这里显然是熟悉情况的发言人，他根据现行规范体系的观点向他的读者大众指明一篇文本的价值。换句话说，批评家是以一个集体及其价值的名义说话。正是他担负着说明一篇文本——它产生穆卡洛夫斯基所说的"审美对象"——的集体阅读标准的任务。因此各个不同的文学批评家集团对这个审美对象的发展有着决定性的推动作用。英美社会学家把这些集团称为"趣味的领导者"，我认为是有道理的。

沃季契卡阐明的一个特别值得注意的观念是"审美对象的自动化"。文体的革命形象一旦被别人的模仿变成陈词滥调便失去了革新的能力，某种阅读方式也像它一样会被"自动化"。用法国的例子来代替沃季契卡提供的捷克文学的例子，我们可以举出在20世纪60年代，对尤内斯库、贝克特、卡夫卡或兰波作品的"结构的"或"符号学的"阅读，代替了存在主义的阅读。从前曾是争论焦点的问题，即要了解文本意味着什么（"人类的命运""世界的荒诞"等），现在让位于要知道作为"能指系"的文本怎样表示意义的问题了（巴特，1970，第12页）。

作为结论，我们认为这种阅读自动化的概念——在生产方面与之相对应的是文体自动化——仍然是过于机械了。形式主义者认为读者大众习惯于以某一种方式，因而看起来是以"自动化的方式来感知事物，这种论据太偏重于心理和个人的经验，它没有充分注意到我在试图说明从存在主义小说（《局外人》）到新小说的历史转变时，所谈到过的社会经济的和社会语言的变化。

第三节　从布拉格到康斯坦茨：接受美学

接受美学的出发点是汉斯－格奥尔格·伽达默尔的阐释学、卡尔·曼海姆[1]的认识社会学、俄国形式主义和布拉格语言学派的理论，因而它可以看成对穆卡洛夫斯基和沃季契卡的某些定理进行的发展。当然，这种说明接受美学——尤其是汉斯·罗伯特·尧斯的研究方法——的方式，既不是"客观

1　卡尔·曼海姆（Karl Mannheim，1893—1947），德国文学社会学家。

的", 也不是必需的。在另一种背景下, 也可以强调尧斯和伽达默尔, 或尧斯和卡尔·曼海姆之间在理论上的相似性, 这就是本节要讨论的问题。

在把接受美学描述为布拉格结构主义的继续时, 我也想揭示这两个学派的一点根本区别。与从来不想放弃对文学文本进行社会学分析的穆卡洛夫斯基不同, 尧斯把意义 (历史意义) 的问题只放在阅读 (接受) 方面。他声称能把全部文学史建立在接受过程、连续的阅读之上, "为了革新文学史, 必须消除历史客观主义的一切偏见, 并把生产和表现的传统美学建立在一种生产和接受效果的美学之上" (尧斯, 1978, 第 46 页)。

与穆卡洛夫斯基一样, 尧斯所根据的观念是现代艺术 (中世纪以后的艺术) 不断地否认既定的审美规范: 无论在形式的或主题的层次上都是如此。从斯特恩的《项狄传》到福楼拜的《包法利夫人》, 小说通过对叙述结构的疑问, 或者引入通奸这类不为官方道德所接受的主题, 来反对占统治地位的审美规范。

形式主义者 (什克洛夫斯基[1]) 认为革新是现代艺术生产的动力。赋予革新以特殊的地位, 艺术和文学就必然会使个别的读者和一般的公众感到失望。公众面对一篇刚出现的文本, 都期待着某些经典化 (或商品化) 的图式, 而作家却力图限制和批判现行的审美规范, 因而他新的写作方式便与尧斯 (仿照曼海姆) 所说的期待视野发生了冲突。

尧斯所确定的期待视野不能简化为读者的审美经验: "如果说文学的创造力就这样预先为我们的经验指出了方向, 这不仅仅因为它是一种以新颖的形式与日常感觉的自动性决裂的艺术……新的文学作品不仅是通过与其他艺术形式背景的对比, 而且是通过与日常生活经验的背景的对比而被接受和判断的。" (尧斯, 1979, 第 75—76 页)

因此期待视野至少有四个主要成分: 1. 对一个既定的、"被接受的"作者的文体的认识 (例如罗伯-格里耶的"客观的文体"); 2. 读者在一个特定体裁方面的经验 (习惯于"新小说家们"的技巧的人, 会从一个特定的角度去读一本刚出版的新小说); 3. 对一般文学的认识 (了解超现实主义、未来主义或表现主义等先锋派的人, 比从未读过先锋派作品的人对新小说更能适应); 4. 读者的文学之外的 (心理的和社会的) 生活。

1　维克多·波利索维奇·什克洛夫斯基 (Viktor Borisovich Shklovsky, 1893—1984), 苏联作家、文艺学家。

尧斯把经常存在于一个作者的文体和读者的期待视野之间的差距称为美感距离。这个概念至少可以区别一个潜在读者的三种反应：1. 面对一部完全熟悉其文体的作品（例如一部传统的侦探小说），读者找到了他的被证实的期待视野（他的审美规范），并心满意足地合上书本；2. 在试图把罗伯-格里耶的《窥视者》当成一部普通的侦探小说来阅读时，他会感到失望、不快或恼怒，并且像皮埃尔·德·布瓦德福尔（Pierre de Boisdeffre）那样说，罗伯-格里耶赢得的每个读者"对于小说文学来说都是一个迷路的读者"；3. 如果他属于兼有明智和某种适应性的少数幸运儿，他就会同意学习一些东西，他的"期待视野"也将改变。

在尧斯的理论中，美感距离的概念显然具有一种规范的特征：对于一种文化的陈词滥调，不是反对它，而是去适应它的、意识形态的或商品化的文本，不如一篇批判性的、不随大流的文本。后一类文本会使读者进入一个学习过程，尧斯称这个过程为视野的融合。

革新的文本在要求"有能力的"和创造性的阅读的同时，不断地改变着历史上与它相适应的审美对象。每出现一种新的（无论是现象学、符号学、社会学还是精神分析学的）批评方法，都会引起对卡夫卡的《审判》或普鲁斯特的《追忆似水年华》的新的阅读，从而使相应的审美对象发生无穷的变化。

尧斯想为文学史和文学社会学指明的方向，正是这种审美对象的变化。他在谈到穆卡洛夫斯基时指出："按照穆卡洛夫斯基大胆做出的对艺术的社会方面的重新解释，文学作品不是一种与它的接受无关的结构，而仅仅是'审美对象'，因而它只有在它一系列连续的具体化当中才能被描绘出来。"（尧斯，1978，第118页）（在沃季契卡的著作中，一篇文本的具体化，就是由使它成为一个审美对象的集体对它进行的解释。）

我认为尧斯的方法正是在这一点上暴露了它既是简化的又是意识形态的特征。穆卡洛夫斯基在区别具体象征和审美对象时，力求说明文本及其读者之间无限的辩证关系，尧斯则不同，他要把文本结构和文本的生产都从研究领域里排除出去。在上一段的引文中，"仅仅"这个词（原文为"nur"，尧斯，1970，第247页）具有特殊的重要性：它可以阻止文本社会学把生产过程描述和解释成一个社会过程，或一个肯定集体的问题、矛盾和利益的意识形态过程。

尧斯如果真正了解穆卡洛夫斯基的全部作品，他在引证时就会更加小心谨慎了。然而这些作品只有一部分被译成德文，译作的编选显示出一种在接受美学强烈影响下的合理性，因为接受美学的飞跃发展和穆卡洛夫斯基著作的翻译是在 20 世纪 70 年代同时发生的。这里有一个阐释学的问题，伽达默尔弟子大概不会觉得陌生……

我们可以回想起穆卡洛夫斯基企图用社会学的观点来解释杨·聂鲁达的文体（第四章第三节）；想起他致力于把不同的（乡村的、城市的）语言阐述为社会现象，把文学生产阐述为内文本的研究，认为社会规范的吸收和改变在其中起着重要的作用。对穆卡洛夫斯基来说，文本不只是一种可以随意解释的或"可以具体化的"建构，不只是一种"潜在的语义效果"（伊瑟尔语）。

在文学领域里，社会价值和规范在语言方面得到了肯定。克韦托斯拉夫·克瓦蒂克在他的易于理解的著作中解释了捷克斯洛伐克的结构主义："艺术作品中表现出来的第三类规范是（与审美规范对立的）非审美规范……它们包括一切在作品结构中产生艺术效果的伦理、社会和意识形态的规范。"（克瓦蒂克，1981，第 144 页）穆卡洛夫斯基本人肯定了这种解释，即社会学对作品的结构及其生产，和对审美对象同样关心，他指出："非审美的价值是艺术作品的结构所固有的。不可能排除它们，把它们撇在一边来判断作品的结构。"（穆卡洛夫斯基，1971，第 32 页）

在接受美学里，由布拉格语言学派建立的生产和接受之间的平衡由于意识形态的原因而被摧毁了：康斯坦茨学派用一种接受理论来反对唯物主义（马克思主义）的美学，反对"批判理论"，指望自主的艺术摆脱社会学的影响。它和传统美学一样，认为"艺术作品"本身处于社会、意识形态和经济的混战之上。从这种概括的批判出发，我们可以提出下列论据来反对尧斯的研究方法：

1. 对于一篇程度不同地多义的，在共时和历时性的层次上引起一些对立解释的文本，不可能确定它的全部意义，尧斯有理由强调这一点。然而他的错误是（在一篇后来发表的评论里）断言不可能对文学文本进行结构的、"客观的"描述："因为结构人类学的组合逻辑，完全像符号学的二元符号体系一样取决于合理性……"（尧斯，1977，第 56 页）

这个观念毫无革命的意义，它是符号学（普利埃托、格雷玛斯、克里斯特娃）的一种老生常谈，本书在谈到合理性和分类学时已经讨论过这一观念。

（第四章一）它虽然具有方法论的重要性，却不应该妨碍我们在一篇文学文本中寻求并找到语义和叙述的一些不变因素。

这些不变因素可以通过一些极为混杂的，倾向于不同的合理性、分类学和社会方言的话语来识别。这样一种不变因素是《局外人》分为两部分的叙述，也是水和太阳之间的具有一种结构功能的语义对立。其他这类不变因素已由格雷玛斯从对贝尔纳诺斯[1]作品的分析（1966），和对莫泊桑的《两个朋友》的重要研究（1976a）中推断出来。在这些作品中，生和死、天空和水之间的语义对立不会被看成抽象的结构。它们是物所固有的，不大可能在五十来年之后不再得到公认。（例如在普鲁斯特的《追忆似水年华》里，某些谈吐／文体或生活／艺术等对立是不会成为问题的。）

我的这些评论远非想证明上述文本的单义性，而是力求说明它们的多义性，这种多义性始终受到语义和叙述的不变因素的限制，因而始终是相对的。无论是社会学、精神分析学还是符号学的批判性的解释，都会试图在文本的不变因素和可变因素之间穿梭往返。关于倾向于突出可变因素而忽视不变因素的接受美学，应该引证贝蒂尔·马尔贝格对德里达的"解构"的评论："因而实际上是普遍（深层）结构的和语言学一般概念的原则解释了翻译的可能性，就像它解释语言内部变化的可能性一样。"（马尔贝格，1974，第196页）

换句话说，是文本语义的不变因素和一般概念使翻译和解释变得可以比较、检查和批评。如果不变因素不存在，文学批评也将失去存在的理由，其他一切与多义文本有关的社会科学也将随之消失。精神分析学家、社会学家、历史学家和法学家，常常要分析和解释一些文本，这些文本的多义性并不亚于文学文本的多义性。（这一切并非对"马列主义"美学中隐蔽的观点——认为文学文本"表现"一种确定的意识形态意义——的辩解。不变因素和可变因素、一般概念和特殊概念之间的辩证法，不能为了相对主义或教条主义而被取消。）

2.尧斯在从他的研究领域中排除生产过程（文本结构的产生）时，没有能够对接受和阅读做出解释。例如，如果不知道在一种特定的社会语言环境里对骑士小说进行滑稽模仿的意义，对《堂吉诃德》的成就该怎样解释？如果对语义和叙述结构的社会功能一无所知，又如何说明法国和某些别的国家

1　乔治·贝尔纳诺斯（Georges Bernanos，1888—1948），法国小说家、政论作家。

对《局外人》的接受？（这一点我后面还要谈到。）

对一篇（文学的或其他的）文本的各种反应虽然往往与产生文本的背景无关，却永远不能脱离它的结构：正是语义问题和叙述方法说明了读者的反应。皮埃尔·德·布瓦德福尔在拒绝承认罗伯-格里耶的作品对小说体裁文学做出的新贡献时，表现出一种墨守成规的、保守的价值判断；然而这种价值判断始终是难以理解的，因为它没有和新小说的语义和叙述问题，同时（正如我曾试图阐明的那样）也是社会语言学的和意识形态的问题联系起来。我们可以和穆卡洛夫斯基一样认为，审美对象从未独立于具体符号所固有的规范和价值。

（个人和集体的）阅读对文本结构作出反应，文本结构与生产的背景也是分不开的。要解释这些文本结构，就不能不考虑产生它们的社会语言环境。构成《追忆似水年华》的文体／谈吐的对立，与普鲁斯特在某些补充其小说的著作中对社交谈吐的批判是分不开的，与同时代的一些作家的作品里对社交界的社会方言的批判是分不开的。文学的接受就这样总是通过文本结构迂回地和生产发生联系。

3. 某些批判尧斯的人，特别是在民主德国时期，使我们注意到这一事实：期待视野与其说是一个社会学的或历史的概念，不如说是一个文学概念，因而它不能用来确定文学生活和社会生活之间的关系（璐曼，1975）。在联邦德国，约瑟夫·尤尔特批判了期待视野的（纯美学的）文学性："汉·罗·尧斯本人在他的文章《接受美学方法的不完整性》里承认，他的期待视野概念是以文学内部的起源为标志的，他有点忽略了文学之外的影响。"他补充说，"……尧斯并非没有感到文学现象的社会影响，文学的经验通过接受行为可以进入读者的社会生活，预先构成他的世界观并接着影响他的社会行为。不过社会对于阅读之后的接受者来说不仅是活动范围，它也通过多种渠道促进和干预接受过程的本身。"（尤尔特，1983，第217页）

我们看到，尧斯虽然和肯定文学领域自主性的美学家们进行了论战，却忽视了决定和说明一种特定的阅读方式的社会因素。所以他不同于把"远景"和"世界观"看成表现集体的利益和问题的卡尔·曼海姆，他决不会想到把一种集体的现实概念确定为一种纯粹的文化或哲学现象。对曼海姆来说，一种思想的结构除了表现个人的问题之外，还表现了"集团对经济和社会权力的渴望"（曼海姆，1980，第89页）。尧斯是把曼海姆和穆卡洛夫斯基的一些社会学概念"美学化"和"理想化"了。

4.可以提出一些类似的论据来反对尧斯著作的"文学读者"的概念。尧斯在抵制社会学的和马克思主义的批判时，自己承认应该赋予期待视野这个概念以一种社会学或社会学批评的尺度："我不想否认，我所引入的'期待视野'概念仍然由于只在文学范围内发展起来而受到影响，一群确定的文学读者的审美规范的代码——像人们将会如此重新构成的那样——能够而且应该按照各个集团和阶级的特殊期待而被从社会学方面加以调整，而且也和决定这些期待的历史和经济环境的利益和需要联系起来。"（尧斯，1978，第258页）

这段话里令人吃惊的尤其是某种折中主义：尧斯力图吸收和抵消批判的论据，却没有考虑到它们在他的理论内部所产生的冲击。如果读者确实是混杂的，如果审美规范是由集体利益决定的，人们就不懂作者的审美规范、生产所服从的审美规范何以会摆脱这种决定性。因为作者只有作为文学和非文学文本的读者才能生产，而且他的生产是一个互文的、社会语言学的过程（参阅我对尧斯的批判，齐马，1978）。

尧斯本人从未实现他的计划（这难道是计划的问题？），即对在一个并存着一些对立的"审美对象"的、混杂的社会里决定着阅读的集体规范和价值进行分析。在他的名为《审美经验和文学阐释学》（1977）的这部为"审美快感"辩护的著作中，只是谈到了一般的"读者"。为了能够表现阅读（一切阅读）和并存于一个既定社会里的不同价值等级之间的关系，必须离开接受美学，采用最近由阅读社会学提出的观点。

继罗伯特·埃斯卡皮之后，主要是约瑟夫·尤尔特、雅克·莱纳特和皮埃尔·尤查等理论家要发展这样一种社会学。我认为它显示了一些具体的方法，可以用来代替尧斯理想主义的阐释学。

第四节　从读者社会学到阅读社会学
埃斯卡皮、尤尔特和莱纳特

在某些方面，由罗伯特·埃斯卡皮发展起来的书本社会学，可以看作接受美学与尤尔特和莱纳特等主张的阅读社会学之间的一条纽带。埃斯卡皮在注意阐释学方面——文学文本的多义性——的同时，力图把接受问题纳入一种社会学的背景。他不是像尧斯那样去参考读者大众或假定的读者的意见，而是想根据社会和经济的进程说明书本的功能。

早在接受美学出现之前，埃斯卡皮就已力求回答一部文学作品为什么在产生它的背景消失之后仍能继续存在的问题：拉辛的悲剧在当代社会里已经和（按照戈尔德曼的观点）产生它的冉森主义无关，却仍然具有意义，这一事实该如何解释？一部西班牙的或英国的作品被译成了法文或德文，为什么在不同的社会背景下仍然具有意义？

埃斯卡皮提供的关于接受过程的解释，使人想起布拉格学派和康斯坦茨学派的定理。他在谈到翻译的文本时指出，意义是一个对话的过程，在这个过程中文本被赋予一种与接受它的集体的规范和价值相适应的新的所指："然而翻译是把作品从一个社会领域搬移到另一个领域，它不仅导致精神意义代码的变化，而且也导致一种新的审美工具。由此可见通过翻译而被搬移的东西只是文学创作的一部分，其余的东西是由接受的集体提供的。"（埃斯卡皮，1961，第 88 页）

这里我们又发现了穆卡洛夫斯基和沃季契卡的观念：文学的意义是一种变化，一个把生产范围和接受范围联系起来的互文的过程。这样，把马塞尔·普鲁斯特的《追忆似水年华》和萨特的《恶心》重新译成德文的要求，显示了要在改变了的社会文化背景下"彻底改变"和"重新确定"审美对象的集体愿望。同意这种关于阅读特别是关于翻译的观点，就可以认为意义的过程永远不会结束，一篇文本的创作（再创作）仍在接受和翻译的层次上继续进行。

我认为正是应该从上述的背景出发，来理解埃斯卡皮在他的几部著作中引入的"创造性的背叛"的概念，它指的是多义的文本"背叛"其起源背景并在新的社会文化及社会历史背景下产生意义的能力。

译者在不了解一篇文本的生产背景所具有的文化内涵的情况下把它搬移到自己的母语中来，是背叛了文本原有的意义，但这往往是一种创造性的背叛，因为他使文本在一种可能远离其起源的新背景下产生意义："翻译即背叛并非一个空洞的公式，而是对一种必然现实的肯定。任何翻译都是背叛，但是即使在原文的所指已变得毫无意义的情况下，翻译仍能使能指赋予某些事物以意义，这种背叛便是创造性的。"（埃斯卡皮，1970，第 27 页）换句话说，翻译（或翻译的方式）可以保证一篇文本的继续存在，这种存在始终取决于不变的"具体象征"和变化的"审美对象"之间活跃的、历史的关系。

埃斯卡皮对这种关系的许多阐述，我认为都过分倾向于确认接受美学的不可知论，即文学文本的原文意义是不可认识的。在埃斯卡皮看来，完全可以研究文本的能指（或全部能指），尽管这个能指的历史意义或发生学的意义是被掩盖的："能指的译码总是可以较为准确，所指的译码则不然，因为它取决于全部已经消失的内涵、已被遗忘的经验，以及整个社会为了自身用途而产生的无法描述的事实组成的体系。"（埃斯卡皮，1970，第27页）（参阅埃斯卡皮，1976，第127页）

这种不可知论最终从研究领域里排除了文本的生产过程和历史意义。代替这种不可知论的方法，或许是德国研究英国文化的学者罗伯特·魏曼提出的"过去意义"和"现在意义"之间的区别（魏曼，1972，第98—99页）。在魏曼看来，对一篇文本的原文意义和后来对它作出的解释（沃季契卡会说是"具体化"）进行区别是完全正当的。研究这些具体化并不排斥对生产过程及发生学的原文的意义进行社会学的研究。

埃斯卡皮（和尧斯一样主张）的不可知论，对社会学家和历史学家造成了严重后果：如果不能确定文学现象的历史-发生学的意义（它的生产的意义），也就不可能阐明某些历史文件原有的意义。然而是否应该得出结论，美国的"独立宣言"的社会历史意义已无处可寻，也不能根据当时的社会政治背景来解释第五共和国的宪法呢？彻底的不可知论者会（不无理由地）强调那是一些多义的、由以后的一些政府和政体重新解释过的文本，因而不可能发现它们最初的意义。这样一种结论将导致一切社会科学的末日，因为它们不得不放弃探讨《独立宣言》或第五共和国的宪法里肯定了什么样的社会和政治利益……现代文学文本极端的多义性——它本身就是一种社会现象——不应该妨碍社会学家在并非凌驾于社会之上的文学领域里提出这个问题。

在生产方面和接受方面，埃斯卡皮关心的与其说是作者的和阅读的文本，不如说是交流和分配的体系。在研究接受时，他提出了哪些读者集团读哪些作者的作品、读什么样的书的问题，但是某些集团怎样阅读一篇特定的文本，什么样的价值等级（什么意识形态）在影响他们的阅读，这些补充性的问题却被忽略了。

在大多数情况下，埃斯卡皮对接受的分析仅限于现象，而对这些现象并未做出解释。所以他没有解释为什么小资产阶级不接受像萨特、加缪和萨冈[1]这样一些（极为不同的）作家："一些人有声望，甚至有'被诅咒'的荣誉。萨特、加缪、萨冈这三个人尤其如此；据我们调查，他们被法国小资产阶级长时间地看成'反常'文学的老一套。只有诺贝尔奖才为加缪恢复了名誉。"（埃斯卡皮，1970，第 155 页）

但是加缪为什么会受到小资产阶级的指责呢？《局外人》这类小说的语义结构和叙述结构，与小资产阶级读者、雇员、大学生或工人的元文本之间有什么样的关系？埃斯卡皮似乎对这些涉及作为意识形态结构的文本和读者的元文本的问题不感兴趣。第一个问题是由尤尔特、莱纳特和尤查在极为不同的背景下提出来的。

尤尔特在评述法国新闻评论界对乔治·贝尔纳诺斯的接受时指出，文学的读者大众远非像接受美学要使我们相信的那样是一个一致的整体，而是再现着一个时代的政治冲突。他不是泛泛地谈论现在的评论界，而是对一些意识形态集团做了区分："人们就这样根据报刊的政治倾向，把各种反应分成九种思潮（极右派、右派、资产阶级、天主教、温和派、文学中心派、激进左派、社会主义左派和共产主义左派）。我们的分析可以在各种既定思潮内部阐明所有的反应有着相当大的一致性，我们可以看到，一切文学判断都分别受到各种意识形态前提的强烈影响。"（尤尔特，1983，第 218 页）

总的来说，尤尔特在调查之后区分了两类反应：首先是尤尔特所称的"判断性的"批评，即根据一种（往往是不言明的）审美理想来判断作品的批评；其次是"理解性的"批评，它为了理解和向读者解释作品而倾向于文本的整体。

在这两类批评的总对立的范围内，可以根据截然不同的"期待视野"来区别意识形态集团。尤尔特在概括他分析的结果之后得出结论，其中有一点认为，尧斯关于期待视野是整个时代或整个社会的期待视野的假设并未得到证实："……接受美学的主要假设是可以检验的。我们看到，它认为一种期待视野几乎仅仅由文学知识的经验所构成。我们的分析没有证实这一假设。解释者的判断不是首先决定于审美标准，评价的标准往往属于非文学的范畴，审美标准常常被用来证实一种先决的意识形态判断。"（尤尔特，1983，第

1　弗朗索瓦兹·萨冈（Francoise Sagan，1935—2004），法国小说家、剧作家。

219 页）

　　这里所说的是什么样的价值等级、什么样的意识形态？按照尤尔特的看法，判断性的批评内部存在一种由"明晰"合理的意识形态性产生的审美标准。这种标准继承了 17 世纪的传统，是由肯定"小说应该类似于一个完美形体"的于埃[1] 创立的（于埃，1670，第 44 页）。这种批评有利于文笔的"明晰"和"高雅"，它从一个自主的文学领域这一理想出发，对作者怀疑人物的、总的来说是文学的自主性的一切企图予以谴责。

　　与"判断性的"批评不同，"理解性的"批评更加面向革新，对数世纪来被一部分资产阶级奉为经典的某些审美形式也更为怀疑。可以说，这种批评的代表者不是把"独特性"当成一种既定的理想，而是使它与对现行规范的不满联系起来了。

　　尤尔特认为，贝尔纳诺斯的作品包含着对市场社会和交换价值的中介作用的严厉批判（参阅第一章第四节九）。从这一观点出发，他解释了这些作品被特定的意识形态集团接受的情况，其中指出了这一点：极右派拒绝资本主义的秩序并主张某些已经过时的价值，因此相当赞同地欢迎贝尔纳诺斯的全部作品；而资产阶级右派（保守的大资产阶级）却——正确地——把这些作品看成对市场社会的否定，因而持极为否定的态度。

　　天主教的批评虽然占有重要的比例（占评论总数的 25%），它对贝尔纳诺斯作品的态度却不比资产阶级右派好多少。于埃对这种否定态度的解释是，贝尔纳诺斯的"天主教教义"具有极为暧昧的性质，这位作家尽管主张某些天主教和基督教的价值（例如贫穷），他的故事却对教会的官方规范提出了怀疑："……在他的小说领域里，一切社会、教会和文化等级的代表都是以被批判的角度出现的，而在社会等级中占据边缘位置的个人却代表着真正的价值。在他的作品里，贝尔纳诺斯揭露了现存秩序的破坏性。"（尤尔特，1979，第 225—226 页）

　　贝尔纳诺斯的这种批判倾向，或许是他的作品受到自由主义报刊，即"温和派"和"文学中心派"的大部分代表欢迎的原因。"中心派"的"温和的"批评家们所关心的可以说不是天主教教义问题，而是一种对现行等级和规范表示怀疑的故事向批判和对话的开放。

1　皮埃尔·达尼埃尔·于埃（Pierre Daniel Huet, 1630—1721），法国哲学家、神学家、文学批评家。

尤尔特令人注目地指出，（激进的、社会主义的和共产主义的）左派的批评并不多（三派共占评论总数的 8.6%）。然而微弱的反应却并不能排除对这位作家的某种好感；尤尔特认为这个集团的评论决不是完全否定的，因此他力图就左派对贝尔纳诺斯的"沉默"做出解释。他的结论是，这种沉默是被作家置于作品中心的天主教问题造成的。贝尔纳诺斯的作品一旦被列入"天主教文学"，便只能在左派批评家中激起微弱的兴趣了。

考察这些结果（这里不可能详细介绍），可以看到在大部分情况下，评论界对一部文学作品的反应是由集团的意识形态和利益引起的。值得注意的是，对贝尔纳诺斯的否定的评价，来自两个支持现存秩序的意识形态集团：官方的天主教会和保守的右派。而对现存秩序采取批判态度的一些混杂的集团，如自由主义知识分子、极左派和极右派，则在标尺的另一端形成了一种"批评同盟"。

我们可以就方法问题作出结论，尧斯参照的一致的期待视野并不存在，而穆卡洛夫斯基和沃季契卡著作中常常谈到的集体规范问题，永远属于一个特定的集团而不是整个社会。

雅克、莱纳特和皮埃尔·尤查的分析，在一个基本点上与尤尔特不同：他们分析的对象不是文学批评，而是作为集体现象、意识形态现象的阅读。在《阅读之阅读》（1983）和其他著作里，涉及的是确定文学评价和某些集体价值等级（"价值哲学"）之间的关系。同尤尔特一样，尤查和莱纳特证实（法国或匈牙利的）读者大众并不一致，但是在阅读体系的层次上，往往互不相容的集团利益却是连接在一起的。

《阅读之阅读》的两位作者肯定了尤尔特对接受美学的批判，他们在这部著作的开头解释说："无论如何，我们终于证明了人们是以一些不同的方式来读同样的小说的……这样，与小说社会学证明小说结构与社会结构和意识形态体系之间的关系一样，我们可以从我们调查所得的材料中，推断出支配读者意识的意识形态体系的特点，以及这些体系在构成社会总体的集团和阶级上的内部功能。"（莱纳特，尤查，1983，第 35 页）

像尤尔特一样，他们区分了读者的不同方法即阅读方式，和他们称为阅读体系的集体价值哲学的选择。在《阅读之阅读》里，有三种阅读方式与尤尔特区分的"判断性的"和"理解性的"阅读相对应，每一种都表明了读者个人对文本所采取的、与他主张的价值等级或意识形态无关的态度：

1. 以不强调批判价值为标志的只叙事实的或现象的方式，读者满足于再现事实。

2. 受情感的或社会的价值判断支配的情感辨识方式，读者赞扬或指责人物。

3. 对人物既不赞同也不责备，而是以企图解释人物的行为为特征的综合分析方式，读者力求弄清叙述事件的因果关系。

莱纳特在他的论文《阅读社会学引论》中谈到不同的阅读方式时指出："不同阅读方式之间的区别，其特点是只涉及智力的程度，与一切价值判断无关。"（莱纳特，1980，第49页）对此人们会怀疑是否确实能把"阅读方式"和"阅读体系"分开：因为情感的辨识几乎从不脱离意识形态的价值等级，而且在大多数情况下，描绘和解释一个叙述事件的序列的方式是由一种意识形态的合理性决定的（参阅第四章第二节二）。

在尤查和莱纳特的著作里，阅读的方式和体系的关系是这样确定的："阅读方式是形成阅读的形式，而阅读体系则显示了由这些形式转换的价值。"（莱纳特，尤查，1983，第97页）

联系他们对"方式"的分类，这两位作者区别了由不同的价值判断所决定的四种阅读体系。第一种体系（体系Ⅰ）的特征被两位作者比作一种"合理的可能派理论"，它确定手段和目的之间的功能关系，不怀疑（为个人和小说主角）规定手段和目的的社会体系。与这种"实用主义的"价值体系不同，第二种体系（体系Ⅱ）是以明确的文化或道德价值为前提的。作者们区别了它的两个变种（ⅡA和ⅡB）："我们从体系ⅡA听到的一切答案中孕育着以代替理想的某些价值为前提的一种否定、指责或批判，这些价值可能涉及文化、自由、意识、团体，总之是我们文明里一切重要的行动向量……体系ⅡB则往往以比体系ⅡA激烈得多的方式来否定一种被指责为软弱、怯懦、优柔寡断的行为，指责被一个伦理体系的一致性所否定的人物缺乏活力和决心。"（莱纳特，尤查，1983，第99页）最后，第四种体系（体系Ⅲ）在许多方面符合综合分析的或社会学的阅读方式，因为它倾向于用因果性的或"社会学的"解释来代替估价体系（ⅡA和ⅡB）的价值判断。

在阅读的方式和体系相互渗透的背景下，莱纳特和尤查对乔治·佩雷克[1]

1　乔治·佩雷克（Georges Perec，1936—1982），法国作家。

的小说《东西》和恩德尔·菲叶斯的小说《铁锈色的墓地》在法国和匈牙利被接受的情况进行了分析。为了不超出本书论述的范围，我只能勾勒一下法国读者对佩雷克小说的接受。

这部小说出版于1965年，副标题是"一个六十年代的故事"。它"叙述了一对年轻夫妇的经历，他们是心理社会学家，一方面有报酬合理而又相当自由的工作所提供的一切方便，另一方面又受到新的奢侈所提供的、由时髦杂志表现出来的消费福利的诱惑，因而备受折磨。他们必须选择，但又不知所措。他们企图解决这个矛盾，（于是）到突尼斯去教书。然而这种经验并非一个真正的代替办法：他们回到了巴黎，抛弃了青年时代的某种'自由'生活，去从事正常的、平凡的职业。他们有了所渴望的一切东西，但是一切都使他们感到枯燥乏味"（莱纳特，1980，第46页）。

两位作者并不把自己的阅读视为"正常的阅读"，他们分析了121位法国读者（还有145位匈牙利读者）对乔治·佩雷克小说的反应。他们调查的问题主要是读者们对两个主角即热罗姆和西尔维娅的态度。问题在于对人物的行为做出肯定的或否定的反应："两个人物中哪一个更令人喜欢？是热罗姆还是西尔维娅？""热罗姆或西尔维娅的生活是否取得了成功？""他们在巴黎和斯法克斯[1]的生活有什么不同？"等等。

从方法论的观点来看，与尤尔特根据报刊的政治倾向来确定各个批评家集团的价值等级的方法相比，《阅读之阅读》中的经验研究要更为复杂。相反，莱纳特和尤查在这部著作的开头指出，法国报刊对佩雷克小说的反应是肯定的，右派和左派对此有一致的看法。这种一致看法里潜在的价值体系，是由处于体系 Ⅱ A 中心的理想概念所控制的（见上文）："人们在作结论时会注意到，这种一致性——如果存在的话——是会符合阅读的估价体系的，我们将会看到，理想概念在这个体系里占有统治的地位。"（莱纳特，尤查，1983，第59页）大部分批评家和读者认为，在热罗姆和西尔维娅的生活中没有理想。

两位作者接着指出，法国的读者对小说的接受，要比新闻评论界的反应远为复杂。他们区分了六个社会职业集团，阅读层次上显示了他们往往互不相容的价值等级：1.工程师；2.类知识分子；3.雇员；4.技术人员；5.工人；

1　突尼斯港口名。

6. 小商贩。作者意识到不可能把一个集团的成员所给出的答案看成一种一致的世界观（戈尔德曼），但还是试图根据获得的材料去构成一些集体的看法。这个方法包含着戈尔德曼的假设，即集体渴望一致性却又永远可望而不可即，我认为这种假设是完全合理的。关于接受方面的可能意识和世界观，格拉齐埃拉·帕格利亚诺－安加里指出："因而在研究文学信息的传播和接受时，必须同时注意到接受者的可能意识的概念……"（帕格利亚诺－安加里，1977，第 142 页）

　　工程师的阅读是由处于危机中的个人主义价值引起的：工程师们懂得在现存体系的范围内，这些价值（自由、个人的自主性）是很难，而且往往是不可能实现的。同时他们拒绝承认自己的失败，因而对佩雷克小说里的人物采取了一种讽刺的态度。他们指责热罗姆和西尔维娅的被动性，说这两个人物没有主动性、自主性和斗争性。他们为某些已经成问题的个人主义价值辩护："我们注意到对工程师来说，与其说提出一些可以成为主题的价值，不如说是在用一个矛盾的范围来对抗体系的稳定性；在这个范围里，个人将在必然性之外显示自己——如果他有这种能力的话。"（莱纳特，尤查，1983，第 121 页）

　　集团 2（类知识分子）的成员在许多方面类似于西尔维娅和热罗姆，像小说的人物一样，他们忍受着一种想要反抗却又无能力的社会文化体系的后果。与工程师们不同，他们不认为劳动是一种自我表现的手段。他们为既不能满足自己的欲望却又要拒绝体系而万分痛苦，因而是以悲剧性的眼光来读佩雷克的《东西》的："感到自己被体系控制，却又意识到这种控制，类知识分子容易受到这种诱惑：躲入一种咬文嚼字的乌托邦，而新的野蛮人在这种乌托邦里所说的'一切都会顺利，如果……'，归根结底只是证实了一种人们感到无力超越的依赖。"（莱纳特，尤查，1983，第 129 页）

　　个人和世界之间的对立（对工程师们来说是"唯意志论的"，对类知识分子来说是"悲剧性的"）在雇员中得到了发展，他们是根据世界由幼稚和成熟之间的语义对立所构成的这一概念来读《东西》的。他们批评热罗姆和西尔维娅在做着幼稚的梦时忘记了自己，他们主张一种"成熟的"态度，即放弃童年和青年时代的欲望，并使自己——不乐意地——与现存的社会体系融为一体。

　　与甘心一体化的雇员们不同，技术人员在第一种阅读体系（体系Ⅰ）的"合理的可能派理论"的范围内来看《东西》里的问题。他们在确定手段和目的的关系时，指责佩雷克在人物没有主动性、只有被动性的情况下还使他们有可能取得成功："真是怪事，经理！这是不真实的，换了几次职业，而且还当经理？……我没法理解。"（莱纳特，尤查，1983，第 144 页）技术人员指出，西尔维娅和（被任命为经理的）热罗姆不配取得这样的成就。

最后两个集团（工人和小商贩）的反应特别值得注意，因为他们是用明确的价值等级来反对主角们的意识形态的和道德的无差异性。工程师和技术人员实用主义的价值体系，在这里被体系 Ⅱ 的价值判断代替了。

令人吃惊的是工人集团的价值体系和阅读体系的一致性："如果说技术人员集团因其处于中间状态的环境而只在答案中显示出一连串杂乱无章的，往往是矛盾的，我们曾试图推断其功能的见解的话，技工集团则相反地向我们提供了一整套见解，这种见解即使不是一种在文化和精神上真正代替'占统治地位的意识形态'的办法，至少也是极为坚定的。"（莱纳特，尤查，1983，第 145 页）

那么是哪些见解呢？其他集团在个人的层次上，而且往往在一种个人主义价值体系的范围内（工程师）来面对热罗姆和西尔维娅的问题，工人则不同，他们是从集体的角度来观察佩雷克描述的一切社会问题。从这个角度出发，他们批判了主角们抽象的"人道主义"，因为主人公抗议阿尔及利亚战争，却不在政治层次上采取行动，不加入任何具体的社会力量。在工人们眼里，个人的自由必然处于一种集体的政治行动的背景之中。作为对集体行动这一概念的补充，他们还认为社会成就与集体行动和家庭生活密切相关，而社会成就的唯一基础就是劳动。

在这种情况下，某些工人不理解主角们的渴望，其他工人则指责他们的个人主义和想入非非，也就不会令人奇怪了。热罗姆和西尔维娅"过分要求，不自量力"。研究工人们对这个"60 年代的故事"的反应，我们就更理解他们为什么不和 1968 年造反的大学生团结一致了：他们是现实主义者。

"小商贩"也是如此，不过方式截然不同。他们对小说的集体阅读和工人的阅读一致，但是体现了一种个人主义的价值体系，劳动在其中变成了一种个人主义范畴。构成小商贩们主要基准点的是两种价值：应该"凭良心"从事的职业与热罗姆和西尔维娅所没有的意志。小商贩们虽然在道德上谴责主角们不负责任的、空想的被动性，却能够理解西尔维娅和热罗姆对自由的渴望：他们在这方面有别于现实主义的工人。然而，他们的理解和同情却与一个在当代社会里变得脱离社会的集团的幻灭紧密相连：他们"懂得"年轻夫妇的愿望是虚幻的。

作为结论，我们要补充的是，只有类知识分子在他们的阅读中肯定了以超越现存体系为目标的价值判断，其他集团则确认了现行的价值体系。《阅读之阅读》的重要性在于对文学问题的超越：在于揭示了某些共存于一个混杂的社会里，并在阅读层次上依次连接的集体价值的等级。

第五节　作为互文过程的阅读
加缪在苏联

上面已讨论过莱纳特和尤查的分析的主题倾向，他们调查的问题尤其涉及叙事的行动者和读者之间的社会和情感关系。无论《阅读之阅读》这样的大规模研究（它在社会学方面是独一无二的）多么重要，它还是忽略了小说（语义和叙述）的推论结构。调查中只有一个问题直接与叙述问题及小说是在语义和叙述方面重新构成现实这一现象有关："您如果处在作者的地位将怎样结束这部小说？"然而我认为，阅读和批评一部小说的方式主要取决于它的语义和叙述结构，即作者（和叙述者）叙述"事物"的方式。

为了证明这一观点，我要引用埃米利·托尔在《比较文学研究》上发表的一篇关于阿尔贝·加缪在苏联的接受情况的论文：《加缪在苏联：一些新移民的话》。托尔的调查与尤查和莱纳特的研究相比固然微不足道，但如果和我关于《局外人》的分析联系起来，就表明了一部小说的语义问题和（宏观）句法问题是多么能说明对它的接受和不一致的阅读。下面所讲的不是分析加缪被接受的情况，只是勾勒这样一种分析所应重视的问题。

分析的出发点可能是苏联当局对加缪作品的态度。关于官方的政策，埃米利·托尔写道："苏联官方对加缪的政策，多年来在怀有敌意的容忍和公开的敌视之间摇摆不定。"（托尔，1979，第246页）

除批评家和审查者之外，托尔区分了几个对加缪抱有好感的集团，其中主要是自由主义的和批判的知识分子，以及"知识界"的其他成员。有两类不主张官方"马列主义"的读者倾向于对加缪的作品作出否定的评价，即毫无保留地赞成发展经济和技术的人，和相信宗教在俄罗斯复兴的人。托尔在评述这两个读者集团的反应时得出结论："在现制度的批判者中，那些对科学、技术、经济和'真正的'民主形式的发展抱有希望的人，显然是不赞成加缪的。其他人则期待着未来的宗教复兴或国家的复兴。他们和加缪之间没有相似之处。"（托尔，1979，第245页）

与尤尔特、莱纳特和尤查不同，埃米利·托尔不能在苏联"就地"进行他的研究，正如他的评论的标题所表明的那样，只能满足于分析在美国的"新移民"的反应。虽然受到这种（由苏联的制度所强加的）限制，我仍然认为他的研究提出了一些值得注意的、涉及不同的集体阅读原因的问题。

所以，三个很不一致的阅读集团——官方的马列主义者、主张社会发展的人和期待宗教在俄罗斯复兴的人——为什么对加缪采取敌视或怀疑态度的问题，就尤其是一个社会学的问题。在我看来，只要不考虑加缪文本的语义和叙述结构，这个问题便不可能有令人满意的答案。

为了解释这些否定的反应，必须考虑（在第四章里分析过的）这一事实：《局外人》和一篇像《西西弗的神话》这样的哲学文本，都批判了意识形态话语的语义和施动者结构。它们的作者拒绝承认存在一种（基督教的或马克思主义的）历史目的论，不承认历史在向一个确定的目标发展，并能在一种叙述的大意群的范围内表现出来。

虽未言明，但加缪的作品往往也明确地同至少三种不同的意识形态话语进行论战，即力图在建制化的末世学范围内表现大类历史的基督教人道主义话语，由发展的观念决定其目的论的唯理论人道主义话语，和倾向于无阶级社会的"马列主义"话语。

最后一种话语属于苏联官方的社会方言，并在"社会主义现实主义"的美学中起着重要的作用。至少在苏联，前两种话语确实是与之对立的，但是在用"真实的"历史来反对加缪的无差别性和不可知论的时候，它们就和"马列主义"一致起来了。

在马克思主义美学的范围内，无疑可以把加缪的《局外人》当作"对不人道的资本主义社会的反抗"来阅读。苏联的马列主义者为什么没有选择这样一种可以把加缪变成一个"工人阶级的同盟者"和一个"进步作家"的阅读呢？这个问题只能在推论的层次上找到答案：加缪对基督教目的论的叙事（"事先写成的叙事"）的批判，包含着在结构层次上对黑格尔和马克思主义的目的论的批判。这种推论结构和在判决墨尔索的法庭上代理检察官提出的推论结构是类似的。

所以当我们和埃米利·托尔一起看到赞同加缪作品的人，主要是不可知论的、去寻求真理的个人时，便不会感到惊讶了。不和任何预定的意识形态话语同化的人，在加缪的作品里发现了也是他自己的批判性的疑问："莫斯科的哲学家想起'他始终是个不可知论者，为了倾向于存在主义而抛弃了所谓的青年马克思'，感到自己被加缪对一种古老伦理的追求所吸引了……"（托尔，1979，第242页）

"追求"这个词在这种背景下具有特别重要的意义：追求的人避开了意识形态体系的大圈套，即目的论和独白。加缪的文本正是为了反对这种意识形态的禁区才构思的，而对文本的肯定或否定的接受都离不开它的批判概念，离不开它在一种特定的社会语言环境里的生产。

埃米利·托尔只能分析在美国的少数俄国移民的反应，他发表的调查结果的代表性无疑是可以争论的。从我结束本书最后一章之前曾试图提出的观点来看，问题不在于怀疑经验的调查根据，而是显示生产和接受之间的密切关系，以及在解释一种具体的接受时重视文本（语义和句法）结构的必要性。

最近，克劳斯·海特曼发表了一篇关于法国接受加缪作品情况的评论，探讨了青年读者中的认同机制。他把这个问题作为调查的中心："墨尔索对我来说是否是一个可以认同的典范？"像本书讨论过的大部分研究情况一样，这个问题涉及小说的主题方面（"内容"）。一切答案都处在同一个层次上："……交来了45份答卷。只有三分之一对主人公的思想和行为毫无保留地表示好感，甚至是赞赏；而11位参加者表示完全不赞成；其余的人对主人公的各个方面分别表示赞成或谴责。"（海特曼，1983，第506页）

与这种主题的研究方法（海特曼忽视了意识形态的分歧）不同，本书阐述的文本社会学，倾向于把生产情况及文本本身，与接受的、读者的情况联系起来的互文过程。它力求把文学文本和读者的元文本理解为一些进入对话、肯定集团的特定地位和利益的推论结构。

引证文献目录

〔括号内的年份是初版时间〕

特奥多尔·维·阿多诺:

《作为权力人物的艺术家》(1958),见《文学笔记》I(法兰克福,苏尔坎普出版社,1969 年)。

《关于抒情诗和社会的演讲》(1958),见《文学笔记》I(法兰克福,苏尔坎普出版社,1969 年)。

《〈最后一局〉试解》(1961),见《文学笔记》II(法兰克福,苏尔坎普出版社,1970 年)。

《独特的行话:论德意志意识形态》(法兰克福,苏尔坎普出版社,1964 年)。

《并列:荷尔德林后期的抒情诗》,见《文学笔记》III(法兰克福,苏尔坎普出版社,1965 年)。

《论艺术社会学》,见《没有主导图像:帕尔瓦美学》(法兰克福,苏尔坎普出版社,1967 年)。

《美学理论》(1970)(巴黎,克林克西埃克出版社,1974 年,马·吉姆内兹译)。

《格奥尔格》,见《文学笔记》IV(法兰克福,苏尔坎普出版社,1974 年)。

《否定辩证法》(巴黎,帕约出版社,1975 年,哲学学院翻译组译)。

《格奥尔格和霍夫曼斯塔尔:通信集》(1955),见《讨论会:文化批评和社会》(法兰克福,苏尔坎普出版社,1976 年)。

《专横性格的研究》(1949—1950,与别人合著)(法兰克福,苏尔坎普出版社,1973 年)。

《理性辩证法》(1947,与马克斯·霍克海默合著)(巴黎,伽利玛出版社,

1974 年，考福尔茨译）。

路易·阿尔都塞：

《拥护马克思》（巴黎，马斯佩罗出版社，1968 年）。

《意识形态和国家的意识形态机构》，见《立场》（巴黎，社会出版社，
1976 年）。

亨利·阿尔冯：

《马克思主义美学》（巴黎，法国大学出版社，1970 年）。

让－皮埃尔·阿泽玛和米歇尔·维诺克：

《第三共和国：诞生与灭亡》（巴黎，卡尔芒－莱维出版社，1970 年）。

米哈依尔·巴赫金：

《陀思妥耶夫斯基的诗学》（1963）（巴黎，瑟依出版社 1970 年 a）。

《小说里的叙述》，见《语言》，1968 年 12 月。

《作者的难题》，见《哲学问题》第 30 期。

《话语美学》（R. 格吕贝尔编选，法兰克福，苏尔坎普出版社，1979 年）。

《马克思主义和语言哲学》（与瓦·沃罗希诺夫合著）（巴黎，午夜出版社，
1977 年）。

艾蒂安·巴利巴尔：

《作为意识形态的文学》（与皮埃尔·马歇雷合著，见《文学》第 13 期，
1974 年）。

勒内·巴利巴尔：

《虚构作品中的法国人》（巴黎，阿歇特出版社，1974 年）。

《阿尔贝·加缪的〈局外人〉里虚构的复合过去时》（见《文学》第 7 期，
1972 年）。

奥诺雷·巴尔扎克：

《农民》（1844）（巴黎，伽利玛出版社，1968 年）。

罗兰·巴特：

《批评随笔》（巴黎，伽利玛出版社，1964 年）。

《s/z》（巴黎，伽利玛出版社，1970 年）。

《文本的欢悦》（巴黎，伽利玛出版社，1973 年）。

夏尔·波德莱尔：

《烟火》（1887），见《全集》Ⅰ（巴黎，伽利玛／七星诗社出版社，1975 年）。

让·鲍德里亚：

　　《符号的政治经济学批判》（巴黎，伽利玛出版社，1972 年）。

西蒙娜·德·波伏瓦：

　　《年富力强》Ⅰ、Ⅱ（巴黎，伽利玛出版社，1969 年）。

萨米埃尔·贝克特：

　　《最后一局》（1957）（法兰克福，苏尔坎普出版社，1972 年，以两种文字
　　　出版）。

瓦尔特·本雅明：

　　《复制技术时代里的艺术品》（1936），见《全集》Ⅱ：《诗歌和革命》（巴黎，
　　　德诺埃尔出版社，1971 年）。

　　《波德莱尔的几个主题》（1939），见《全集》Ⅱ：《诗歌和革命》（巴黎，德诺
　　　埃尔出版社，1971 年）。

　　《无产阶级儿童剧论纲》（1928），见《儿童、青年与教育》（法兰克福，苏尔
　　　坎普出版社，1973 年）。

　　《夏尔·波德莱尔：高度发达的资本主义时代的抒情诗》（1938）（法兰克福，
　　　苏尔坎普出版社，1974 年）。

奥尔加·贝纳尔：

　　《阿兰·罗伯－格里耶：不存在性的小说》（巴黎，伽利玛出版社，1964 年）。

马尔特－吕西尔·比贝斯科：

　　《和马塞尔·普鲁斯特在舞会上》（1928）（巴黎，伽利玛出版社，1956 年）。

莫里斯·布朗肖：

　　《论永恒外部的错误角度》（1955），见《当代批评和新小说》（巴黎，加尔尼
　　　埃出版社，1972 年）。

夏尔·布阿齐斯：

　　《作品结构理论：社会学因果性体系的分析问题》，见罗·埃斯卡皮编选的《文
　　　人和社会》（巴黎，弗拉马里庸出版社，1970 年）。

皮埃尔·布尔迪厄：

　　《区别》（巴黎，午夜出版社，1979 年）。

　　《言语所说的内容》（巴黎，法亚尔出版社，1982 年）。

贝托尔特·布莱希特：

　　《布莱希特和卢卡契的论战》（1938），见汉·尤·施米特编选的《关于表现主

义的争论：马克思主义的现实主义概念的材料》（法兰克福，苏尔坎普出版社，1973 年）。

安德烈·布勒东：

《超现实主义宣言》（1924）（巴黎，伽利玛出版社，1969 年）。

《大地之光》（1924）（巴黎，伽利玛出版社，1970 年）。

《超现实主义的政治立场》（1935）（巴黎，伽利玛出版社，1972 年）。

《秘方 17》（1944）（巴黎，10/18 出版社，1965 年）。

彼得·毕尔格：

《先锋派理论》（法兰克福，苏尔坎普出版社，1974 年）。

《现实性和历史性：文学社会功能研究》（法兰克福，苏尔坎普出版社，1977 年）。

米歇尔·布尔尼埃：

《存在主义者和政治》（巴黎，伽利玛出版社，1966 年）。

米歇尔·布托尔：

《作为探索的小说》（1955），见《汇编》I（巴黎，午夜出版社，1960 年）。

《度》（巴黎，伽利玛出版社，1960 年）。

路易－让·卡尔韦：

《拥护和反对索绪尔》（巴黎，帕约出版社，1975 年）。

阿尔贝·加缪：

《局外人》（1942），见《戏剧、故事、短篇小说》（巴黎，伽利玛/七星诗社出版社，1962 年）。

《误会》（1944），见《戏剧、故事、短篇小说》（巴黎，伽利玛/七星诗社出版社）。

《西西弗的神话》（1942）（巴黎，伽利玛/七星诗社出版社，1965 年）。

《反抗的人》（1951）（巴黎，伽利玛/七星诗社出版社，1965 年）。

《随笔集》（巴黎，伽利玛/七星诗社出版社，1965 年）。

米盖尔·德·塞万提斯：

《堂吉诃德》（1605—1615）（马德里，埃斯帕萨－卡尔普/奥斯特拉尔出版社，1965 年）。

克韦托斯拉夫·克瓦蒂克：

《捷克斯洛伐克的结构主义》（慕尼黑，芬克出版社，1981 年）。

奥古斯特·孔德：

《实证哲学讲义》I—Ⅵ（1830—1842）（巴黎，鲁昂兄弟出版社）。

让-克洛德·科凯：

《文学的符号学》（图尔，玛姆出版社，1973年）。

莱维·科塞：

《通过文学的社会学》（恩格尔伍德·克里夫，学徒馆出版社，1963年）。

约瑟夫·库尔泰：

《叙述和推论符号学引论》（巴黎，阿歇特出版社，1976年）。

雅克·德里达：

《文体和差异》（巴黎，瑟依出版社，1967年）。

安托万·德斯蒂德特拉西：

《意识形态的因素》I—Ⅴ（巴黎，鲁昂兄弟出版社，1801—1815）。

塞尔日·杜布洛夫斯基：

《玛德兰广场》（巴黎，法国水星出版社，1974年）。

雅克·杜布瓦：

《文学的建制：社会学引论》（布鲁塞尔/巴黎，拉波尔/纳唐出版社，1978年）。

克洛德·杜歇编选：

《社会学批评》（巴黎，纳唐出版社，1977年）。

狄奥尼兹·迪利辛：

《比较文学研究》（东柏林，学院出版社，1976年）。

埃米尔·迪尔凯姆：

《论自杀：社会学的研究》（1897）（巴黎，法国大学出版社，1960年）。

让·迪维尼奥：

《集体的影子：戏剧社会学》（巴黎，法国大学出版社，1965年）。

《戏剧和社会》（巴黎，德诺埃尔/贡蒂埃出版社，1971年）。

翁贝托·埃科：

《詹姆斯·邦德：叙述的组合》，见《交流》第8期。

《符号》（米兰，伊塞迪出版社，1973年）。

罗伯特·埃斯卡皮：

《文学的社会学》（巴黎，法国大学出版社，1958年）。

《术语"文学"的定义》，见《国际比较文学联合会第三次代表大会文件》（乌德勒支）。

《文学和社会》（埃斯卡皮编选，巴黎，弗拉马里庸出版社，1970 年）。

《信息和交流概论》（巴黎，阿歇特出版社，1976 年）。

让－皮埃尔·法耶：

《叙事理论：总体语言引论》（巴黎，埃尔曼出版社，1972 年）。

布里昂·菲奇：

《阿尔贝·加缪的〈局外人〉：文本、读者、阅读》（巴黎，拉鲁斯出版社，1972 年）。

西格蒙德·弗洛伊德：

《自恋引论》，见《全集》第 10 卷（法兰克福，费歇尔出版社，1914 年）。

《集体心理学和"自我"分析》（法兰克福，费歇尔出版社，1967 年）。

汉斯·诺伯特·符根：

《文学社会学的主要流派和方法》（波恩，鲍维尔出版社，1964 年）。

罗杰·加洛蒂：

《论无边的现实主义》，见《未来的美学和创造》（巴黎，10/18 出版社，1968 年）。

热拉尔·热奈特：

《关于雅克·莱纳特的〈精神分析批评和文学的社会学〉的讨论》，见《目前批评的道路》（塞里齐学术讨论会，巴黎，10/18 出版社，1968 年）。

《叙事话语》，见《辞格》Ⅲ（巴黎，瑟依出版社，1972 年）。

约翰·沃尔夫冈·歌德：

《准则和反省》（1821）（慕尼黑，DTV 出版社，1963 年）。

吕西安·戈尔德曼：

《隐藏的上帝》（巴黎，伽利玛出版社，1955 年）。

《拉辛》（1956）（巴黎，阿尔施出版社，1970 年）。

《物化》，见《辩证法研究》（巴黎，伽利玛出版社，1959 年）。

《论小说的社会学》（巴黎，伽利玛出版社，1964 年）。

《精神结构和文化创作》（巴黎，人类出版社，1970 年）。

《"文学社会学第二次国际学术讨论会"，关于讨论会文件的争论摘要》（与阿多诺合编），见《社会学研究所杂志》第 3—4 期（布鲁塞尔）。

克利弗·戈尔登：

　　《普鲁斯特的〈追忆似水年华〉中的结构问题》（剑桥／特里尼蒂学院，论文出版社）。

安东尼奥·葛兰西：

　　《艺术和民间创作》（罗马，牛顿出版社，1976 年）。

阿尔吉达·朱利安·格雷玛斯：

　　《结构符号学》（巴黎，拉鲁斯出版社，1966 年）。

　　《论意义》（巴黎，瑟依出版社，1970 年）。

　　《符号学和社会科学》（巴黎，瑟依出版社，1976 年）。

　　《莫泊桑：文本符号学——实际应用》（巴黎，瑟依出版社，1976 年 a）。

　　《符号学：推理的语言理论词典》（与约瑟夫·库尔泰合著，巴黎，阿歇特出版社，1979 年）。

汉斯·巩特尔：

　　《米哈依尔·巴赫金的代替社会主义现实主义的观念》，见齐马编选的《符号学和辩证法：意识形态和文本》（阿姆斯特丹，本雅明出版社，1981 年）。

尤尔根·哈贝马斯：

　　《作为意识形态的技术和科学》（巴黎，德诺埃尔／贡蒂埃出版社，1973 年）。

乔治·威廉·弗里德利希·黑格尔：

　　《美学引论》（1835），见《美学》Ⅰ（巴黎，奥比埃·蒙田出版社，1964 年）；《诗歌》，见《美学》Ⅱ（同上，1965 年）。

　　《精神现象学》（1807）（法兰克福，苏尔坎普出版社，1970 年）。

克劳斯·海特曼：

　　《加缪的〈局外人〉：青年读者一致性的显示？经验的接受记录》，见《小说：文学史笔记》第 3—4 期。

阿贝尔·埃尔芒：

　　《一个见证人对库尔皮埃尔子爵的回忆》（巴黎，弗拉马里庸出版社，不定期）。

马克斯·霍克海默：

　　《1950—1969 的笔记和朦胧：德国笔记》（法兰克福，费歇尔出版社，1974 年）。

皮埃尔·达尼埃尔·于埃：

　　《小说起源论》（斯图加特，迈茨勒出版社，1670 年，原文附德文译本）。

大卫·休谟：

　　《政治可以变为一门科学》（1740），见《大卫·休谟的主要著作》（R.科恩编

　　　　选，纽约，丛书出版社，1965 年）。

罗曼·雅各布森和克劳德·列维－斯特劳斯：

　　《夏尔·波德莱尔的〈猫〉》，见《人类–法国人类学杂志》，Ⅱ／Ⅰ，1962 年）。

汉斯·罗伯特·尧斯：

　　《作为挑战的文学史》（法兰克福，苏尔坎普出版社，1970 年）。

　　《资产阶级与唯物主义接受美学的分歧》，见 R.沃尔宁编选，《重新定位》（慕

　　　　尼黑，芬克出版社，1975 年）。

　　《歌德和瓦莱里的〈浮士德〉：试论比较问题和问与答的阐释学》，见《语言艺

　　　　术》专号（萨格勒布，1977 年）。

　　《审美经验和文学阐释学》Ⅰ（慕尼黑，芬克出版社，1977 年 a）。

　　《论接受美学》（1970）（巴黎，伽利玛出版社，1978 年，克·马雅尔译）。

帕特里西亚·约翰逊：

　　《加缪和罗伯－格里耶：加缪的〈叛教者〉和罗伯–格里耶的〈窥视者〉里的

　　　　叙述结构和技巧》（巴黎，尼塞出版社，1972 年）。

埃梅·琼斯：

　　《法国“新批评”概况》（巴黎，法国大学出版社，1968 年）。

菲利普·尤利安：

　　《罗伯特·德·孟德斯鸠：一位 1900 年的王子》（巴黎，佩兰出版社，1965 年）。

约瑟夫·尤尔特：

　　《为接受社会学辩护》，见《罗曼文学史手册》，第 1—2 期，1979 年。

　　《新闻评论界对文学的接受：贝尔纳诺斯著作（1926—1936）的阅读》（巴黎，

　　　　让–米歇尔·帕拉斯出版社，1980 年）。

　　《“接受美学”：一种研究文学的新方法？》，见《罗曼信札》（卢万天主教大学）

　　　　第 3 期。

莱奥·考夫勒：

　　《抽象的艺术和荒诞的文学》（维也纳，欧洲出版社，1970 年）。

埃里克·柯勒：

　　《文类体系和社会体系》，见《罗曼文学史手册》，第 1 期。

　　《关于语音结构和语义结构的关系的思考》，见《符号学和辩证法》（P．V．齐马

编选，阿姆斯特丹，本雅明出版社，1981 年）。

亨茨·考乌特：

　　《自恋的形式和形式改造》，见《精神分析学的未来》（法兰克福，苏尔坎普出
　　　版社，1975 年）。

莱纳尔特·科斯雷克：

　　《批评和危机》（弗莱堡，阿尔贝出版社，1959 年）。

卡莱尔·科西克：

　　《具体的辩证法》（巴黎，马斯佩罗出版社，1970 年）。

杨·科特：

　　《一个荒岛上的资本主义》，见《马克思主义文学批评》（Ⅴ.日梅加奇编选，
　　　法兰克福，费歇尔／阿特纳乌姆出版社，1972 年）。

肯特尔·克雷斯和罗伯特·霍杰：

　　《作为意识形态的语言》（伦敦，劳特利奇＆保罗·凯根出版社，1979 年）。

朱丽亚·克里斯特娃：

　　《符号学：符号分析研究》（巴黎，瑟依出版社，1969 年）。

　　《诗歌语言的革命》（巴黎，瑟依出版社，1974 年）。

雅克·拉康：

　　《作为形成"我"的功能的镜子阶段》，见《著作》Ⅰ（巴黎，瑟依出版社，
　　　1966 年）。

让－勒内·拉德米拉尔：

　　《字里行间，语言之间》，见《美学杂志》，第 1 期，1981 年。

雅克·莱纳特：

　　《精神分析批评和文学的社会学》，见《目前批评的道路》（塞里齐学术讨论会，
　　　巴黎，10/18 出版社，1968 年）。

　　《小说的政治释读：阿兰·罗伯－格里耶的〈嫉妒〉》（巴黎，午夜出版社，
　　　1973 年）。

　　《一种批评的设计》，见《罗伯－格里耶：塞里齐学术讨论会》第 2 卷（巴黎，
　　　10/18 出版社，1976 年）。

　　《阅读社会学引论》，见《阅读效果》，《人文科学杂志》第 1 期（里尔，
　　　1980 年）。

　　《阅读之阅读》（与皮埃尔·尤查合著，巴黎，勒西科莫尔出版社，1983 年）。

欧文·莱布弗里德：

　　《文本的批评科学》（斯图加特，迈茨勒出版社，1972 年）。

赫尔穆特·莱藤：

　　《瓦尔特·本雅明的唯物主义艺术理论》，见《作为生产者的作者》（内伊梅根，1971 年）。

尤里·洛特曼：

　　《艺术文本的结构》（巴黎，伽利玛出版社，1973 年）。

埃贝特·洛特曼：

　　《阿尔贝·加缪》（巴黎，瑟依出版社，1978 年）。

莱奥·洛文塔尔：

　　《文学和人的形象》（波士顿，书屋出版社，1957 年）。

　　《通俗杂志上的传记》，见《文学、通俗文化和社会》（恩格尔伍德·克里夫，学徒馆出版社，1961 年）。

　　《文学科学的社会状况》（1948 年），见《文集》Ⅰ《文学和大众文化》（法兰克福，苏尔坎普出版社，1980 年）。

　　《文学社会学的任务》（1948），见《文集》Ⅰ《文学和大众文化》（法兰克福，苏尔坎普出版社，1980 年）。

哈里·莱文：

　　《作为一种建制的文学》，见《重音》第 6 卷，1945 年。

尼柯拉斯·鲁曼：

　　《目的的概念和系统理性》（法兰克福，苏尔坎普出版社，1973 年）。

乔治·卢卡契：

　　《灵魂和形式》（1911）（巴黎，伽利玛出版社，1974 年）。

　　《小说的理论》（1920）（巴黎，贡蒂埃出版社，1963 年）。

　　《历史和阶级意识》（1923）（巴黎，午夜出版社，1960 年）。

　　《巴尔扎克和法国的现实主义》（1934）（巴黎，马斯佩罗出版社，1969 年）。

　　《歌德和他的时代》（1947），见《浮士德和浮士图斯：文选Ⅱ》（莱因贝克，罗沃尔特出版社，1967 年）。

　　《托马斯·曼》（1949），见《浮士德和浮士图斯：文选Ⅱ》（莱因贝克，罗沃尔特出版社，1967 年）。

　　《叙述与描写》（1948），见《文学现实主义概念的确定》（R. 布林克曼编选，达姆施塔特，科学书社，1974 年）。

《美学》Ⅰ—Ⅳ（诺伊维德／柏林，卢克特尔汉德出版社，1972 年）。

皮埃尔·马歇雷：

《文学生产理论》（巴黎，马斯佩罗出版社，1966 年）。

《巴尔扎克的〈农民〉中的历史和小说》，见克·杜歇编选的《社会学批评》
（巴黎，纳唐出版社，1979 年）。

斯特凡·马拉梅：

《一个主题的变化》，见《全集》（巴黎，伽利玛／七星诗社出版社，1945 年）。

贝蒂尔·马尔贝格：

《德里达和符号学：几点附带的注释》，见《符号释》11：2，1974 年。

卡尔·曼海姆：

《思维的结构》（法兰克福，苏尔坎普出版社，1980 年）。

路易·马兰：

《话语的批判：论〈保尔－罗亚尔修道院的逻辑〉和帕斯卡的〈思想录〉》（巴
黎，午夜出版社，1975 年）。

《叙事是一个陷阱》（巴黎，午夜出版社，1978 年）。

菲利普·托马索·马里内蒂：

《未来主义宣言》（1909），见《马里内蒂：今天的诗人》（季·里斯塔编选，
巴黎，塞热尔斯出版社，1976 年）。

卡尔·马克思：

《论纲》Ⅰ，《论金钱》（1857—1858）（巴黎，10/18 出版社，1968 年）。

《早期著作》（1844）（斯图加特，克洛内尔出版社，1971 年）。

《关于济金根的讨论》（1859，参加讨论的有恩格斯和拉萨尔），见《马克思主
义和文学》Ⅰ（F.拉达茨编选，莱因贝克，罗沃尔特出版社，1969 年）。

乔治·马多雷：

《路易－菲利普时代的词汇和社会》（日内瓦，德罗兹出版社，1951 年）。

安德烈·莫洛亚：

《追忆马塞尔·普鲁斯特》（巴黎，阿歇特出版社，1949 年）。

夏尔·莫隆：

《拉辛作品和生平中的无意识》（加普，奥夫里斯出版社，1957 年）。

《从萦绕隐喻到个人神话》（1963）（巴黎，科尔蒂出版社，1983 年）。

巴维尔·尼·梅德维杰夫：

《文学科学里的形式方法》（1929）（斯图加特，迈茨勒出版社，1976 年）。

亨利·梅绍尼克：

《萨特在语言中的地位》，见《倾斜的"萨特"》第 18—19 期，1979 年。

密尔顿·米莱：

《怀旧之情：对马塞尔·普鲁斯特的精神分析研究》（波士顿，霍夫顿·米夫利
出版社，1956 年）。

阿尔贝托·莫拉维亚：

《论无差异性》（1929）（米兰，波皮亚尼出版社，1980 年）。

《赤裸的国王：用法语和瓦尼亚·卢克西交谈》（巴黎，斯托克出版社，
1979 年）。

布吕斯·莫里塞特：

《罗伯－格里耶的小说》（巴黎，午夜出版社，1963 年）。

加里·索尔·莫尔松：

《META 异端的鼻祖》，见 PTL 第 3 期。

杨·穆卡洛夫斯基：

《论诗歌语言社会学》，见《捷克诗学》I（布拉格，梅朗特里克出版社，
1941 年）。

《美学研究》（布拉格，奥代翁出版社，1966 年）。

《美学篇章》（法兰克福，苏尔坎普出版社，1970 年）。

《诗歌和美学的道路》（布拉格，作家出版社，1971 年）。

《美学和诗学结构的研究》（慕尼黑，汉塞出版社，1974 年）。

罗伯特·穆齐尔：

《没有个性的人》I—III（1952）（巴黎，瑟依出版社，1969 年）。

《全集》I—IX（莱因贝克，罗沃尔特出版社）。

曼夫利德·瑙曼编选：

《社会、文学、阅读》（东柏林，建设出版社，1975 年）。

弗里德利希·尼采：

《善与恶的彼岸：未来哲学的前奏》，见《作品》第 4 卷（慕尼黑，汉塞出版
社，1885 年）。

格拉齐埃拉·帕格利亚诺 – 安加里：

《作品和读者的对话》，见《发生学结构主义：吕西安·戈尔德曼的作品和影响》（安·戈尔德曼等编选，巴黎，德诺埃尔/贡蒂埃出版社，1977 年）。

乔治·佩恩特尔：

《马塞尔·普鲁斯特》Ⅰ—Ⅱ（巴黎，法国水星出版社，1966 年）。

塔科特·帕尔森：

《社会体系》（格伦科，格伦科自由出版社，1951 年）。

米歇尔·佩舍：

《拉帕利斯的真理》（巴黎，马斯佩罗出版社，1975 年）。

弗朗西斯·蓬热：

《对事物的偏见》（1942）（巴黎，伽利玛出版社，1965 年）。

《早春的尼奥克》（1967—1968）（巴黎，伽利玛出版社，1983 年）。

奥古斯托·蓬齐奥：

《符号学与马克思和巴赫金的矛盾》（维罗纳，贝塔尼出版社，1981 年）。

罗朗·波斯奈：

《结构主义的引论性解释：对波德莱尔的〈猫〉的文本说明和接受分析》，见《技术时代的语言》，第 29 期。

路易·普利埃托：

《合理性和日常生活》（巴黎，午夜出版社，1975 年）。

《结构主义的意识形态和结构主义的起源》，见安娜 – 玛丽·朗杰 – 塞得尔编选的《符号结构》（1978）（第二届雷根斯堡符号学学术讨论会文件，柏林/纽约，德格吕特出版社，1981 年）。

弗拉基米尔·普罗普：

《民间故事形态学》（1928）（巴黎，瑟依出版社，1965 年）。

马塞尔·普鲁斯特：

《追忆似水年华》Ⅰ—Ⅲ（巴黎，伽利玛/七星诗社出版社，1954 年）。

《驳圣伯夫》（巴黎，伽利玛/七星诗社出版社，1971 年）。

《1908 年的记事本：由 P. 科尔布编选并作序》，见《马塞尔·普鲁斯特的笔记本》（巴黎，伽利玛出版社，1976 年）。

弗朗索瓦·拉伯雷：

《卡冈都亚》（1535）（巴黎，伽利玛/福里奥出版社，1965 年）。

弗朗索瓦·拉斯蒂埃：

　　《同质异构的系统分类学》，见《诗歌符号学随笔》（阿·朱·格雷玛斯编选，

　　　　巴黎，拉鲁斯出版社，1972 年）。

奥利维埃·勒布尔：

　　《语言和意识形态》（巴黎，法国大学出版社，1980 年）。

让·里卡杜：

　　《新小说的理论》（巴黎，瑟依出版社，1971 年）。

　　《小说的新问题》（巴黎，瑟依出版社，1978 年）。

阿兰·罗伯－格里耶：

　　《窥视者》（巴黎，午夜出版社，1955 年）。

　　《在迷宫里》（巴黎，午夜出版社，1959 年）。

　　《快照》（巴黎，午夜出版社，1962 年）。

　　《新小说：昨天和今天》（巴黎，10/18 出版社，1972 年）。

　　《幻影城的拓扑学》《巴黎，午夜出版社，1976 年）。

　　《对话录》，见《文学》，第 49 期。

莫里斯·罗什：

　　《滑稽歌剧》（巴黎，瑟依出版社，1975 年）。

杨·罗梅因：

　　《〈共产党宣言〉的历史背景》（阿姆斯特丹，格里多出版社，1976 年）。

卡尔·埃里克·罗森格伦：

　　《文学体系的社会学问题》（斯德哥尔摩，自然和文化出版社，1968 年）。

比安卡·罗桑塔尔：

　　《荒诞观念：弗里德利希·尼采和阿尔贝·加缪》（波恩，布维埃出版社，

　　　　1977 年）。

弗朗西斯卡·尤洛夫－哈尼：

　　《爱情与金钱：通俗小说及其结构》（斯图加特，阿尔特来斯出版社，1976 年）。

穆斯塔法·萨富安：

　　《论精神分析学的结构》，见《什么是结构主义？》（F. 沃尔编选，巴黎，瑟依

　　　　出版社，1968 年）。

乔治·桑：

　　《弃儿弗朗沙》（1850）（巴黎，加尔尼埃出版社，1962 年）。

娜塔莉·萨洛特：

　　《怀疑的时代》（巴黎，伽利玛出版社，1956 年）。

让－保尔·萨特：

　　《恶心》（1938）（巴黎，伽利玛 / 七星诗社出版社，1981 年）。

　　《文学批评》（《境遇》Ⅰ）（巴黎，伽利玛出版社，1947 年）。

　　《方法问题》，见《辩证理性批判》（巴黎，伽利玛出版社，1960 年）。

吉奥季奥·萨沙内里：

　　《自恋性格的基础》（都灵，波林吉埃里出版社，1982 年）。

汉斯－尤尔根·施密特编选：

　　《关于表现主义的争论》（法兰克福，苏尔坎普出版社，1973 年）。

曼夫利德·施内德尔：

　　《颠覆性的美学：马塞尔·普鲁斯特小说艺术的条件和主题的退化》（图宾根，
　　　尼迈耶出版社，1975 年）。

阿尔封斯·西尔伯曼：

　　《艺术》，见《费歇尔社会学词典》（R. 科尼格编，法兰克福，费歇尔出版社，
　　　1967 年）。

菲利普·索莱尔斯：

　　H（巴黎，瑟依出版社，1973 年）。

埃米利·托尔：

　　《加缪在苏联：一些新移民的话》，见《比较文学研究》，第 3 期。

阿莱克西·托克维尔：

　　《旧制度与大革命》（1856）（巴黎，伽利玛出版社，1952 年）。

兹韦坦·托多罗夫：

　　《作为建构的阅读》，见《诗学》，第 24 期。

　　《巴赫金和相异性》，见《诗学》，第 40 期。

　　《米哈依尔·巴赫金：对话原理，附巴赫金小组的著作》（巴黎，瑟依出版社，
　　　1981 年）。

　　《文学的理论：俄国形式主义者的著作》（托多罗夫编选，巴黎，瑟依出版社，
　　　1965 年）。

尤里·图尼亚诺夫：

　　《论文学革命》（1927），见托多罗夫编选的著作，1965 年。

托尔斯泰因·凡勃伦：

　　《有闲阶级的理论》（巴黎，伽利玛出版社，1970 年）。

费里克斯·沃季契卡：

　　《文学作品接受史》，见《接受美学》（R.沃尔宁编选，慕尼黑，芬克出版社，
　　　　1975 年）。

　　《文学发展的结构》（慕尼黑，芬克出版社，1976 年）。

瓦列金·尼·沃罗希诺夫：

　　《叙述结构》（1930），见托多罗夫编选的著作，1981 年。

伊恩·瓦特：

　　《小说的兴起：笛福、理查逊和菲尔丁研究》（伦敦，企鹅出版社，1957 年）。

马克斯·韦伯：

　　《新教的伦理和资本主义精神》（1904—1905）（巴黎，普隆出版社，1964 年）。

　　《社会科学里"无价值"的意义》（1917），见马克斯·韦伯的《社会学、通史
　　　　分析、政治》（J.温克尔曼编选，斯图加特，克洛内尔出版社，1973 年）。

　　《经济和社会》Ⅰ—Ⅲ（1921）（巴黎，普隆出版社，1971 年）。

罗伯特·魏曼：

　　《文学结构和文学史：论艺术语言》，见《马克思主义文学批评》（V.日梅加奇
　　　　编选，法兰克福，费歇尔/阿特纳乌姆出版社）。

雷蒙·威廉斯：

　　《马克思主义和文学》（牛津大学出版社，1977 年）。

亨利·扎拉芒斯基：

　　《内容研究，当代文学社会学的基本阶段》，见罗·埃斯卡皮编选的著作，
　　　　1970 年。

皮埃尔·V.齐马：

　　《文学文本社会学》（巴黎，10/18 出版社，1978 年）。

　　《文本社会学：批判的引论》（斯图加特，迈茨勒出版社，1980 年）。

　　《小说的双重性：普鲁斯特、卡夫卡、穆齐尔》（巴黎，勒西科莫尔出版社，
　　　　1980 年 a）。

　　《小说的无差异性：萨特、莫拉维亚、加缪》（巴黎，勒西科莫尔出版社，
　　　　1982 年）。

　　《意识形态的推论结构》，见《社会学研究所期刊》，第 4 期（布鲁塞尔）。

Littérature citée

ADORNO, Theodor, W. (1958), 1969: «Der Artist als Statthalter», in *Noten zur Lileralur I* (Frankfurt, Suhrkamp).

ADORNO, Theodor, W. (1958), 1969: «Rede über Lyrik und Gesellschaft», in *Noten zur Literatur I* (Frankfurt, Suhrkamp).

ADORNO, Theodor. W. (1961), 1970: «Versuch, das *EndsPiel* zu verstehen», in *Noten zur Literatur II* (Frankfurt, Suhrkamp).

ADORNO, Theodor, W. 1964: *Jargon der Eigentlichkeit. Zur deutschen Ideologie* (Frankfurt, Suhrkamp).

ADORNO, Theodor, W. 1965: «Parataxis. Zur späten Lyrik Hölderlins», in *Noten zur Literatur III* (Frankfurt, Suhrkamp).

ADORNO, Theodor, W. 1967: «Thesen zur Kunstsoziologie», in *Ohne Leitbild. Parva Aesthetica* (Frankfurt, Suhrkamp).

ADORNO, Theodor, W. (1970), 1974: *Théorie esthétique* (trad. M. Jimenez), (Paris, Klincksieck).

ADORNO, Theodor, W. 1974: «George», in *Noten zur Literatur IV* (Frankfurt, Suhrkamp).

ADORNO, Theodor, W. 1975: *Dialectique négative* (trad.: Groupe de trad. du Collège de Philosophie), (Paris, Payot).

ADORNO, Theodor, W. (1955), 1976: «George und Hofmannsthal. Zum Briefwechsel», in *Prismen. Kulturkritik und Gesellschaft* (Frankfurt, Suhrkamp).

ADORNO, Theodor, W. e.a. (1949-1950), 1973: *Studien zum autoritären Charakter* (Frankfurt, Suhrkamp).

ADORNO, Theodor, W. et HORKHEIMER, Max (1947), 1974: *Dialectique de la raison* (trad. E. Kaufholz), (Paris, Gallimard).

ALTHUSSER, Louis, 1968: *Pour Marx* (Paris, Maspero).

ALTHUSSER, Louis, 1976: «Idéologie et appareils idéologiques d'État», in *Positions* (Paris, Éditions Sociales).

ARVON, Henri, 1970: *L'Estétique marxiste* (Paris, PUF).

AZEMA, Jean-Pierrre et WINOCK, Michel, 1970: *La Troisième République. Naissance et mort* (Paris, Calmann-Lévy).

BAKHTINE, Mikhaïl (1965), 1970: *L'Œuvre de François Rabelais et la culture populaire au Moyen Age et sous la Renaissance* (Paris, Gallimard).

BAKHTINE, Mikhaïl (1963), 1970a: *La Poétique de Dosloïevski* (Paris, Seuil).

BAKHTINE, Mikhaïl, 1968: «L'Énoncé dans le roman», in *Langages*, décembre.

BAKHTINE, Mikhaïl, 1977: «Problema avtora», in *Voprosy filosofa* 30.

BAKHTINE, Mikhaïl, 1979: *Die Ästhetik des Wortes* (éd. R. Grübel), (Frankfurt, Suhrkamp).

BAKHTINE, Mikhaïl et VOLOCHINOV, Valentin, 1977: *Le Marxisme el la philosoPhie du langage* (Paris, Minuit).

BALIBAR, Étienne et MACHEREY, Pierre, 1974: «Sur la littérature comme forme idéologique», in *Littérature*, n° 13.

BALIBAR, Renée, 1974: *Les Français fictifs* (Paris, Hachette).

BALIBAR, Renée, 1972: «Le passé composé fictif dans *L'Étranger* d'Albert Camus», in *Littérature*, n° 7.

BALZAC, Honoré de (1844), 1968: *Les Paysans* (Paris, Gallimard).

BARTHES, Roland, 1964: *Essais critiques* (Paris, Gallimard).

BARTHES, Roland, 1970: *S/Z* (Paris, Gallimard).

BARTHES, Roland, 1973: *Le Plaisir du texte* (Paris, Gallimard).

BAUDELAIRE, Charles (1887), 1975: «Fusées», in *Œuvres complétes I* (Paris, Gallimard/Pléiade).

BAUDRILLARD, Jean, 1972: *Pour une critique de l'économie politique du signe* (Paris, Gallimard).

BEAUVOIR, Simone de, 1969: *La Force de l'âge*, I, II (Paris, Gallimard).

BECKETT, Samuel (1957), 1972: *Fin de partie/Endspiel* (éd. bilingue), (Frankfurt, Suhrkamp).

BENJAMIN, Walter (1936), 1971: «L'Œuvre d'art à l'ère de sa reproductibilité technique», in *Œuvres II: Poésie et Révolution* (Paris, Denoël).

BENJAMIN, Walter (1939), 1971: «Sur quelques thèmes baudelairiens», in *Œuvres II: Poésie et Révolution* (Paris, Denoël).

BENJAMIN, Walter (1928), 1973: «Programm eines proletarischen Kindertheaters», in *Über Kinder, Jugend und Erziehung* (Frankfurt, Suhrkamp).

BENJAMIN, Walter (1938), 1974: *Charles Baudelaire. Ein Lyriker im Zeitalter des Hochkapitalismus* (Frankfurt, Suhrkamp).

BERNAL, Olga, 1964: *Alain Robbe-Grillet: le roman de l'absence* (Paris, Gallimard).

BIBESCO, Marthe-Lucile (1928), 1956: *Au bal avec Marcel Proust* (Paris, Gallimard).

BLANCHOT, Maurice (1955), 1972: «Sur le faux jour du dehors éternel», in *Les Critiques de notre temps et le Nouveau Roman* (Paris, Garnier).

BOUAZIS, Charles, 1970: «La Théorie des structures d'oeuvres: problèmes de l'analyse du système de la causalité sociologique», in *Le Littéraire et le social* (éd. R. Escarpit), (Paris, Flammarion).

BOURDIEU, Pierre, 1979: *La Distinction* (Paris, Minuit).

BOURDIEU, Pierre, 1982: *Ce que parler veut dire* (Paris, Fayard).

BRECHT, Bertolt (1938), 1973: «Die Brecht-Polemik gegen Lukács», in *Die Expressionismusdebatte. MateriaLien zu einer marxistischen Realismuskonzeption* (éd. H.-J. Schmitt), (Frankfurt, Suhrkamp).

BRETON, André (1924), 1969: *Manifestes du surréalisme* (Paris, Gallimard).

BRETON, André (1924), 1970: *Point du jour* (Paris, Gallimard).

BRETON, André (1935), 1972: Position politique du surréalisme (Paris, Gallimard).

BRETON, André (1944), 1965: *Arcane 17* (Paris, 10/18).

BURGER, Peter, 1974: *Theorie der Avantgarde* (Frankfurt, Suhrkamp).

BURGER, Peter, 1977: *Aktualität und Geschichtlichkeit. Studien zum gesellschaftlichen Funktionswandel der Literatur* (Frankfurt, Suhrkamp).

BURNIER, Michel, 1966: *Les Existentialistes et la politique* (Paris, Gallimard).

BUTOR, Michel (1955), 1960: «Le Roman comme recherche», in *RéPertoire I* (Paris, Minuit).

BUTOR, Michel, 1960: *Degrés* (Paris, Gallimard).

CALVET, Louis-Jean, 1975: *Pour et contre Saussure* (Paris, Payot).

CAMUS, Albert (1942), 1962: *L'Étranger*, in *Théâtre, récits, nouvelles* (Paris, Gallimard/ Pléiade: édition citée).

CAMUS, Albert (1944), 1962: *Le Malentendu, in Théâtre, récits, nouvelles* (Paris, Gallimard/ Pléiade).

CAMUS, Albert (1942), 1965: *Le Mythe de Sisyphe* (Paris, Gallimard/Pléiade).

CAMUS, Albert (1951), 1965: *L'Homme Révolté* (Paris, Gallimard/Pléiade).

CAMUS, Albert, 1965: *Essais* (Paris, Gallimard/Pléiade).

CERVANTÈS, Miguel de (1605-1615), 1965: *El Ingenioso Hidalgo Don Quijote de la Mancha* (Madrid, Espasa-Calpe/Austral).

CHVATIK, Květoslav, 1981: *Tschechoslowakischer Strukturalismus* (München, Fink).

COMTE, Auguste, 1830-1842: *Cours de Philosophie positive I-VI* (Paris, Rouen Frères).

COQUET, Jean-Claude, 1973: *Sémiotique littéraire* (Tours, Mâme).

COSER, Lewis A., 1963: *Sociology through Literature* (Englewood Cliffs, Prentice Hall).

COURTES, Joseph, 1976: *Introduction à la sémiotique narrative et discursive* (Paris, Hachette).

DERRIDA, Jacques, 1967: *L'Écriture et la difflérence* (Paris, Seuil).

DESTUTT DE TRACY, Antoine, 1801-1815: *Éléments d'idéologie I-V* (Paris, Rouen Frères).

DOUBROVSKY, Serge, 1974: *La Place de la Madeleine* (Paris, Mercure de France).

DUBOIS, Jacques, 1978: *L'Institution de la littérature. Introduction à une sociologie* (Bruxelles/Paris, éd. Labor/Nathan).

DUCHET, Claude (éd.), 1979: *Sociocritique* (Paris, Nathan).

ĎURIŠIN, Dionýz, 1976: *Vergleichende Literaturforschung* (Berlin-Est, Akademie-Verlag).

DURKHEIM, Émile (1897), 1960: *Le Suicide. Etude de Sociologie* (Paris, PUF).

DUVIGNAUD, Jean, 1965: *Les Ombres collectives.Sociologie du théâtre* (Paris, PUF).

DUVIGNAUD, Jean, 1971: Spectacle et société (Paris, Denoël/Gonthier).

Eco, Umberto, 1966: «James Bond: Une combinatoire narrative», in *Communications* n° 8.

Eco, Umberto, 1973: *Segno* (Milano, Isedi).

ESCARPIT, Robert, 1958: *Sociologie de la littérature* (Paris, PUF).

ESCARPIT, Robert, 1961: «La Définition du terme "Littérature"» in *Actes du III' Congrès de l'Association Internationale de Littérature Comparée* (Utrecht).

ESCARPIT, Robert (éd.), 1970: *Le Littéraire et le social* (Paris, Flammarion).

ESCARPIT, Robert, 1976: *Théorie générale de l'information et de'la Communication* (Paris,

Hachette).

FAYE, Jean-Pierre, 1972: *Théorie du récit. Introduction aux langages totalitaires* (Paris, Hermann).

FrrCH, Brian, 1972: *«L'Etranger» d'Albert Camus.Un texte, ses lecteurs, leurs lectures* (Paris, Larousse).

FREUD, Sigmund, 1914: «Zur Einführung des Narzissmus», *Gesammelte Werke*, Bd. X (Frankfurt, Fischer).

FREUD, Sigmund, 1967: *Massenpsychologie und Ich-Analyse* (Frankfurt, Fischer).

FÜGEN, Hans Norbert, 1964: *Die Hauptrichtungen der Literatursoziologie und ihre Methodn* (Bonn, Bouvier).

GARAUDY, Roger, 1968: «D'un réalisme sans rivages», in *Esthétique et invention du futur* (Paris, 10/18).

GENETTE, Gérard, 1968: «Discussion» à propos de Jacques Leenhardt: «Psychocritique et sociologie de la littérature», in *Les Chemins actuels de' la critique* (Colloque de Cerisy), (Paris, 10/18).

GENETTE, Gérard, 1972: «Discours du récit», in *Figures III* (Paris, Seuil).

GOETHE, Johann Wolfgang (1821), 1963: *Maximen und Reftexionen* (München, DTV).

GOLDMANN, Lucien, 1955: *Le Dieu caché* (Paris, Gallimard).

GOLDMANN, Lucien (1956), 1970: *Racine* (Paris, *L'Arche*).

GOLDMANN, Lucien, 1959: «La Réification», in *Recherches dialectiques* (Paris, Gallimard).

GOLDMANN, Lucien, 1964: *Pour une sociologie du roman* (Paris, Gallimard).

GOLDMANN, Lucien, 1970: *Structures mentales et création culturelle* (Paris, Anthropos, 1970).

GOLDMANN, Lucien et ADORNO, Theodor W., 1973: «Discussion extraite des Actes du Colloque», *Deuxième Colloque International sur la Sociologie de' la Littérature, Royaummont*, in *Revue dl' l'Institut de' Sociologie*, n° 3-4 (Bruxelles).

GORDON, Clive, 1980: *Aspects of Structure in Proust's «A la recherché du lemps perdu»* (Cambridge/Trinity College, Thèse).

GRAMSCI, Antonio, 1976: *Arte e folclore* (Roma, Newton Compton).

GREIMAS, Algirdas Julien, 1966: *Sémantique structurale* (Paris, Larousse).

GREIMAS, Algirdas Julien, 1970: *Du Sens* (Paris, Seuil).

REIMAS, Algirdas Julien, 1976: *Sémiotique et sciences sociaLes* (Paris, Seuil).

GREIMAS, Algirdas Julien, 1976a: *Maupassant. La sémiotique du texte: exercices pratiques*

(Paris, Seuil).

GREIMAS, Algirdas Julien et COURTES, Joseph, 1979: *Sémiotique. Dictionnaire raisonné de la théorie du langage* (Paris, Hachette).

GÜNTHER, Hans, 1981: «Michail Bachtins Konzeption als Alternative zum Sozialistis-chen Realismus», in *Semiotics and Dialectics. IdeoLogy and the Text* (éd. P. V. Zima), (Amsterdam, Benjamins).

HABERMAS, Jürgen, 1973: *La Technique et la science Comme ildéoLogie* (Paris, Denoël/ Gonthier).

HEGEL, Georg Wilhelm Friedrich (1835), 1964: *Introduction à l'esthétique (Esthétique I)* et 1965: *La Poésie (Esthétique VIII)*, (Paris, Aubier-Montaigne).

HEGEL, Georg Wilhelm Friedrich (1807), 1970: *Phānomenologie des Geistes* (Frankfurt, Suhrkamp).

HEITMANN, Klaus, 1983: «Camus' *Fremder*: ein Identifikationsangebot für junge Leser? Ein empirisches Rezeptionsprotokoll», in *Cahiers d'Histoire des Littératures Romanes*, n° 3-4.

HERMANT, Abel, s.d.: *Souvenirs du Vicomte de Courpière-par un témoin* (Paris, Flammarion).

HORKHEIMER, Max, 1974: *Notizen 1950-1969 und Dammerung Notizenin Deutschland* (Frankfurt, Fischer).

HUET, Pierre Daniel, 1670: *Traité de l'origine des romans* (reproduction) de l'original avec une trad. allemande), (Stuttgart, Metzler).

HUME, David (1740), 1965: «That Politics May be Reduc'd to a Science», in *Essential Works of David Hume* (éd. R. Cohen), (Bantam Books, New York).

JAKOBSON, Roman et LÉVY-STRAUSS, Claude, 1962: *«Les Chats de Charles Baudelaire»*, in *L'Homme-Revue française d'anthropologie*, II/I.

JAUSS, Hans Robert, 1970: *Literaturgeschichte als Provokation* (Frankfurt, Suhrkamp).

JAUSS, Hans Robert, 1975: «Zur Fortsetzung des Dialogs zwischen "bürgerlicher" und "materialistischer" Rezeptionsasthetik», in *Rezeptionsasthetik* (éd. R. Warning), (München, Fink).

JAUSS, Hans Robert, 1977: «Goethes und Valérys *Faust*. Versuch, ein komparatistisches Problem mit der Hermeneutik von Frage und Antwort zu lösen», in *Umjetnost Rijeci*, n° spécial, 1977 (Zagreb).

JAUSS, Hans Robert, 1977a: *Ästhetische Erfahrung und literarische Hermeneutik I* (München, Fink).

JAUSS, Hans Robert, 1978: *Pour une esthétique de la réception* (trad. Cl. Maillard), (Paris, Gallimard).

JOHNSON, Patricia J., 1972: *Camus et Robbe-Grillet. Structure et techniques narratives dans* «Le Renégat» de Camus et *Le Voyeur* de Robbe-Grillet (Paris, Nizet).

JONES, Emmet, 1968: *Panorama de' la Nouvelle Critique en France* (Paris, PUF).

JULLIAN, Philippe, 1965: *Robert de Montesquiou. Un Prince 1900* (Paris, Perrin).

JURT, Joseph, 1979: «Für eine Rezeptionssoziologie», in Cahiers *d'Histoire des Littératures Romanes*, n° 1-2.

JURT, Joseph, 1980: *La Réception de' la littérature par la critique journalistique. Lectures de Bernano* (1926-1936), (Paris, Jean-Michel Place).

JURT, Joseph, 1983: «"L'Esthétique de la réception". Une nouvelle approche de la littérature?», in *Lettres Romanes* (Université Catholique de Louvain), n° 3.

KOFLER, Leo, 1970: *Abstrakte Kunst und absurde Literatur* (Wien, Europa-Verlag).

KÖHLER, Erich, 1977: «Gattungssystem und Gesellschaftssystem», in *Cahiers d'Histoire des Littératures Romanes*, n° 1.

KÖHLER, Erich, 1981: «*Can vei la lauzeta mover*. Überlegungen zum Verhaltnis von phonischer Struktur und semantischer Struktur», in *Semiotics and Dialectics* (éd. P. V. Zima), (Amsterdam, Benjamins).

KOHUT, Heinz, 1975: «Formen und Umformungen des Narzissmus», in *Die Zukunft der Psychoanalyse* (Frankfurt, Suhrkamp).

KOSELLECK, Reinhart, 1959: *Kritik und Krise* (Freiburg, Alber).

KOSIK, Karel, 1970: *Dialectique du concret* (Paris, Maspero).

KOTT, Jan, 1972: «Kapitalismus auf einer ôden Insel», in *Marxistische Literaturkritik* (éd. V. Zmegac), (Frankfurt, Fischer/Athenaum).

KRESS, Gunther et HODGE, Robert, 1979: *Language as Ideolog* (London, Routledge & Kegan Paul).

KRISTEVA, Julia, 1969: *Séméiotikè. Recherches pour une sémanalyse* (Paris, Seuil).

KRISTEVA, Julia, 1974: *La Révolution du langage poétique* (Paris, Seuil).

LACAN, Jacques, 1966: «Le Stade du miroir comme formateur de la fonction du Je», in

Ecrits I (Paris, Seuil).

LADMIRAL, Jean-René, 1981: «Entre les lignes, entre les langues», in *Revue' d'Esthétique*, n° 1.

LEENHARDT, Jacques, 1968: «Psychocritique et sociologie de la littérature», in *Les Chemins actuels de la critique* (Colloque de Cerisy), (Paris, 10/18).

LEENHARD'T, Jacques, 1973: *Lecture politique du roman. «La Jalousie» d'Alain Robbe-Grillet* (Paris, Minuit).

LEENHARDT, Jacques, 1976: «Projet pour une critique», in *Robbe-Grillet. Colloque de Cerisy,* vol. II (Paris, 10/18).

LEENHARDT, Jacques, 1980: «Introduction à la sociologie de la lecture», in *L'Effet de lecture, Revue des Sciences Humnaines* (Lille), n° 1

LEENHARDT, Jacques et JOZSA, Pierre, 1983: *Lire la lecture* (Paris, Le Sycomore).

LEIBFRIED, Erwin, 1972: *Kritische Wissenschaft vom Text* (Stuttgart, Metzler).

LETHEN, Helmut, 1971: «Walter Benjamins tesen voor een materialistiese kunstteorie», in *De auteur als producent, Sunschrift* (Nijmegen).

LOTMAN, Iouri, 1973: *La Structure du texte artistique* (Paris, Gallimard).

LOTTMAN, Herbert, R., 1978: *Albert Camus* (Paris, Seuil).

LÖWENTHAL, Leo, 1957: *Literature and the Image of Man* (Boston, Books for Libraries Press).

LÖWENTHAL, Leo, 1961: «Biographies in Popular Magazines», in *Literature, Popular Culture and Society* (Englewood Cliffs, Prentice Hall).

LÖWENTHAL, Leo (1932), 1980: «Zur gesellschaftlichen Lage der Literaturwissenschaft», in *Schriften I. Literatur und Massenkultur* (Frankfurt, Suhrkamp).

LÖWENTHAL, Leo (1948), 1980: «Aufgaben der Literatursoziologie», in *Schriften I. Literatur und Massenkultur* (Frankfurt, Suhrkamp).

LEVIN, Harry, 1945: «Literature as an Institution», *Accent*, n° 6.

LUHMANN, Niklas, 1973: *Zweckbergriff und System rationalital* (Frankfurt, Suhrkamp).

LUKÁCS, Georges (1911), 1974: *L'Ame et les formes* (Paris, Gallimard).

LUKÁCS, Georges (1920), 1963: *La Théorie du roman* (Paris, Gonthier).

LUKÁCS, Georges (1923), 1960: *Histoire et conscience de classe* (Paris, Minuit).

LUKÁCS, Georges (1934), 1969: *Balzac et le réalisme français* (Paris, Maspero).

LUKÁCS, Georges (1947), 1967: «Goethe und seine Zeit», in *Faust und Faustus. Ausgewählte*

Schriften II (Reinbek, Rowohlt).

LUKÁCS, Georges (1949), 1967: «Thomas Mann», in *Faust und Faustus. Ausgewählte Schriften II* (Reinbek, Rowohlt).

LUKÁCS Georges (1948), 1974: «Erzählen oder beschreiben?», in *Begrijfsbestimmung des literarischen Realismus* (éd. R. Brinkmann), (Darmstadt, Wissenschaftliche Buchgesellschaft).

LUKÁCS, Georges, 1972: *Asthetik I-IV* (Neuwied/Berlin, Luchterhand).

MACHEREY, Pierre, 1966: *Pour une théorie de la production littéraire* (Paris, Maspero).

MACHEREY, Pierre, 1979: «Histoire et roman dans *Les Paysans* de Balzac», in *Sociocritique* (éd. CI. Duchet), (Paris, Nathan).

MALLARMÉ, Stéphane, 1945: «Variations sur un sujet», in *Œuvres Complètes* (Paris, Gallimard/Pléiade).

MALMBERG, Bertil, 1974: «Derrida et la sémiologie: Quelques notes marginales», in *Semiotica*, ll: 2.

MANNHEIM, KarI, 1980: *Strukturen des Denkens* (Frankfurt, Suhrkamp).

MARIN, Louis, 1975: *La Critique du discours. Sur la «Logique de Port-Royal» et les «Pensées» de' Pascal* (Paris, Minuit).

MARIN, Louis, 1978: *Le Récit est un piège* (Paris, Minuit).

MARINETTI, Filippo Tommaso (1909), 1976: *Manifeste du futurisme*, in *Marinetti. Poètes d'aujourd'hui* (éd. G. Lista), (Paris, Seghers).

MARX, Karl (1857-1858), 1968: *«Grundrisse». 1. Chapitre' de' l'Argent* (Paris, 10/18).

MARX, Karl (1844), 1971: *Die Frühschriften* (Stuttgart, Kröner).

MARX, Karl, ENGELS, Friedrich et LASSALLE, Ferdinand (1859), 1969: «Die Sickingen-Debatte», in *Marxismus und Literatur I* (éd. F. Raddatz), (Reinbek, Rowohlt).

MATORÉ, Georges, 1951: *Le Vocabulaire et la sociéyé sous Louis-Philippe* (Genève, Droz).

MAUROIS, André, 1949: *A la recherche de Marcel Proust* (Paris, Hachette).

MAURON, Charles, 1957: *L'Inconscient dans l'oeuvre et la vie de Racine* (Gap, Ophrys).

MAURON, Charles (1963), 1983: *Des Métaphores obsédantes au mythe personnel* (Paris, Corti).

MEDVEDEV, Pavel N. (1929), 1976: *Die Formale Methode in der Literaturwissenschaft* (Stuttgart, Metzler).

MESCHONNIC, Henri, 1979: «Situation de Sartre dans le langage», in *Obliques «Sartre»,* n° 18-19.

MILLER, Milton, 1956: *Nostalgia. A Psychoanalytic Study of Marcel Proust* (Boston, Houghton Mifflin).

MORAVIA, Alberto (1929), 1980: *Gli Indifferenti* (Milano, Bompiani).

MORAVIA, Alberto, 1979: *Le Roi est nu. Conversations en français avec Vania Luksic* (Paris, Stock).

MORRISSETTE, Bruce, 1963: *Les Romansde Robbe-Grillet* (Paris, Minuit).

MORSON, Gary Saul, 1978: «The Heresiarch of *META*», in *PTL*, n° 3.

MUKAROVSKY, Jan, 1941: «Poznâmky k sociologii básnického jazyka», in *KaPitoly z české poetiky I* (Praha, Melantrich).

MUKAŘOVSKÝ, Jan, 1966: *Studie z estetiky* (Praha, Odeon).

MUKAŘOVSKÝ, Jan, 1970: *Kapitel aus der Asthetik* (Frankfurt, Suhrkamp).

MUKAŘOVSKÝ, Jan, 1971: *Cestami poetiky a estetiky* (Praha, Československý Spisovatel).

MUKAŘOVSKÝ, Jan, 1974: *Studien zur strukturalistischen Ästhetik und Poetik* (München, Hanser).

MUSIL, Robert (1952), 1969: *L'Homme sans qualités I-III* (Paris, Seuil).

MUSIL, Robert, 1978: *Gesammelte Werhe I-IX* (Reinbek, Rowohlt).

NAUMANN, Manfred (éd.), 1975: *Gesellschaft-Literatur-Lesen* (Berlin-Est, Aufbau Verlag).

NIETZSCHE, Friedrich (1885), 1980: *JenseitsvonGut und Böse. VorsPie einer Philosophie der Zukunft*, Werke Bd. IV (München, Hanser).

PAGLIANO-UNGARI, Graziella, 1977: «Le Dialogue oeuvre-lecteur», in *Le Structuralisme génétique. L'Œuvre et l'influence de Lucien Goldmann* (éd. A. Goldmann e.a.), (Paris, Denoël/Gonthier).

PAIN'TER, George D., 1966: *Marcel Proust I-II* (Paris, Mercure de France).

PARSONS, Talcott, 1951: *The Social System* (Glencoe, Free Press of Glencoe, Ill.).

PÊCHEUX, Michel, 1975: *Les Vérités de La Palice* (Paris, Maspero).

PONGE, Francis (1942), 1965: *Le Parti pris des choses* (Paris, Gallimard).

PONGE, Francis (1967-1968), 1983: *Nioque de l'Avant-Printemps* (Paris, Gallimard).

PONZIO, Augusto, 1981: *Segni e contraddizioni. Fra Marx a Bachtin* (Verona, Bertani Editore).

POSNER, Roland, 1969: «Strukturalismus in der Gedichtinterpretation. Textdeskription und Rezeptionsanalyse am Beispiel von Baudelaires *Les Chats*», in *Sprache im technischen Zeitalter*, n° 29.

PRIErro, Luis J., 1975: *Pertinence et pratique* (Paris, Minuit).

PRIETO, Luis J., 1981: «L'Idéologie structuraliste et les origines du structuralisme», in *Zeichenkonstitution*. Akten des 2. Semiotischen Kolloquiums. Regensburg, 1978 (éd. Anne-Marie Lange-Seidl, Bd. I), (Berlin/New York, De Gruyter).

PROPP, Vladimir (1928), 1965: *Morphologie du conte* (Paris, Seuil).

PROUST, Marcel, 1954: *A la recherche du temps perdu I-III* (Paris, Gallimard/Pléiade).

PROUST, Marcel, 1971: *Contre Sainte-Beuve* (Paris, Gallimard/Pléiade).

PROUST, Marcel, 1976: *Le Carnet de 1908. Etabli et présenté par P. Kolb*, Cahiers Marcel Proust (Paris, Gallimard).

RABELAIS, François (1535), 1965: *Gargantua* (Paris, Gallimard/Folio).

RASTIER, François, 1972: «Systématique des isotopies», in *Essais de sémiotique poétique* (éd. A. J. Greimas), (Paris, Larousse).

REBOUL, Olivier, 1980: *Langage et idéologie* (Paris, PUF).

RICARDOU, Jean, 1971: *Pour une théorie du nouveau roman* (Paris, Seuil).

RICARDOU, Jean, 1978: *Nouveaux problèmes du roman* (Paris, Seuil).

ROBBE-GRILLET, Alain, 1955: *Le Voyeur* (Paris, Minuit).

ROBBE-GRILLET, Alain, 1959: *Dans le labyrinthe* (Paris, Minuit).

ROBBE-GRILLET, Alain, 1962: Instantanés (Paris, Minuit).

ROBBE-GRILLET, Alain, 1963: *Pour un nouveau roman* (Paris, Gallimard).

ROBBE-GRILLET, Alain, 1972: *Nouveau Roman: hier, aujourd'hui* (Paris, 10/18).

ROBBE-GRILLET, Alain, 1976: *Topologie d'une cite fantôme* (Paris, Minuit).

ROBBE-GRILLET, Alain, 1983: «Entretien», in *Littérature*, n° 49.

ROCHE, Maurice, 1975: *Opéra Bouffe* (Paris, Seuil).

ROMEIN, Jan, 1976: «De historische zetting van het *Communistische Manifest*», in *Historische lijnen en patronenn. Een keuze uit de essays* (Amsterdam, Querido).

ROSENGREN, Karl Erik, 1968: *Sociological Aspects of the Literary System* (Stockholm, Natur och Kultur).

ROSENTHAL, Bianca, 1977: *Die Idee des Absurden: Friedrich Nietzsche und Albert Camus* (Bonn, Bouvier).

RULOFF-HÄNY, Franziska, 1976: *Liebe und Geld. Der Trivialroman und seine Struktur* (Stuttgart, Artemis).

SAFOUAN, Moustapha, 1968: «De la structure en psychanalyse», in *Qu'est-ce que le structuralisme?* (éd. F. Wahl), (Paris, Seuil).

SAND, George (1850), 1962: *François le Champi* (Paris, Garnier).

SARRAUTE, Nathalie, 1956: *L'Ère du soupçon* (Paris, Gallimard).

SARTRE, Jean-Paul (1938), 1981: *La Nausée* (Paris, Gallimard/Pléiade).

SARTRE, Jean-Paul, 1947: *Critiques littéraires (Situations I)*, (Paris, Gallimard).

SARTRE, Jean-Paul, 1960: «Question de méthode», in *Critique de la raison dialectique* (Paris, Gallimard).

SASSANELLI, Giorgio, 1982: *Le Basi narcisistiche della personalità* (Torino, Boringhieri).

SCHMITT, Hans-Jürgen (éd.), 1973: *Die Expressionismusdebatte* (Frankfurt, Suhrkamp).

SCHNEIDER, Manfred, 1975: *Subversive Ästhetik. Regression als Bedingung und Thema von Marcel Prousts Romankunst* (Tübingen, Niemeyer).

SILBERMANN, Alphons, 1967: «Kunst», in *Fischer-Lexikon Soziologie* (éd. R. König), (Frankfurt, Fischer).

SOLLERS, Philippe, 1973: *H* (Paris, Seuil).

TALL, Emily, 1979: «Camus in the Soviet Union. Some Recent Emigrés Speak», in *Comparative Literature Studies*, n° 3.

TOCQUEVILLE, Alexis de (1856), 1952: *L'Ancien régime et la révolution* (Paris, Gallimard).

TODOROV, Tzvetan, 1975: «La Lecture comme construction», in *Poétique*, n° 24.

TODOROV, Tzvetan, 1979: «Bakhtine et l'altérité», in *Poétique*, n° 40.

TODOROV, Tzvetan, 1981: *Mikhaïl Bakhtine: le principe dialogique, suivi de Ecrits du Cercle de Bakhtine* (Paris, Seuil).

TODOROV, Tzvetan (éd.), 1965: *Théorie de la littérature. Textes des formalistes russes* (Paris, Seuil).

TVNIANOV, Iouri (1927), 1965: «De l'évolution littéraire», in T. Todorov (éd.),1965.

VEBLEN, Thorstein, 1970: *Théorie de la classe de loisir* (Paris, Gallimard).

VODIČKA, Felix, 1975: «Die Rezeptionsgeschichte literarischer Werke», in *Rezeptionsästhetik* (éd. R. Warning), (München, Fink).

VODIČKA, Felix, 1976: *Die Struktur der literarischen Entwicklung* (München, Fink).

VOLOCHINOV, Valentin N. (1930), 1981: «La Structure de l'énoncé», in T. Todorov (éd.), 1981.

WATT, Ian, 1957: *The Rise of the Novel. Studies in Defoe, Richardson and Fielding* (London, Penguin).

WEBER, Max (1904-1905), 1964: *L'Ethique protestante et l'esprit du capitalisme* (Paris, Plon).

WEBER, Max (1917), 1973: «Der Sinn der "Wertfreiheit" der Sozialwissenschaften», in Max Weber, *Soziologie. Universalgeschichtliche Analysen. Politik* (éd. J. Winckelmann), (Stuttgart, Kröner).

WEBER, Max (1921), 1976: *Wirtschaft und Gesellschafl I-III* (Tübingen, J. C. B. Mohr: édition citée), (trad. Fr. *Économie et société*, Paris, Plon, 1971).

WEIMANN, Robert: «Literarische Struktur und Literaturgeschichte: Die Sprache der Kunst», in *Marxistische Literaturkritik* (éd. V. Zmegac), (Frankfurt, Fischer/Athenaum).

WILLIAMS, Raymond, 1977: *Marxism and Literature* (Oxford, Univ. press).

ZALAMANSKV, Henri, 1970: «L'Étude des contenus, étape fondamentale de la sociologie de la littérature contemporaine», in R. Escarpit (éd.), 1970.

ZIMA, Pierre V., 1978: *Pour une sociologie du texte littéraire* (Paris, 10/18).

ZIMA, Pierre V., 1980: *Textsoziologie. Eine kritische Einführung* (Stuttgart, Metzler).

ZIMA, Pierre V., 1980a: *L'Ambivalence romanesque. Proust, Kafka, Musil* (Paris, Le Sycomore).

ZIMA, Pierre V., 1982: *L'Indifférence romanesque. Sartre, Moravia, Camus* (Paris, Le Sycomore).

ZIMA, Pierre V., 1981: «Les Mécanismes discursifs de l'idéologie», in *Revue de l'Institut de Sociologie*, n° 4 (Bruxelles).

参考书目

一、几种目录

《文学社会学分类目录》，见 L. 贝恩齐和 M. 马尔歇蒂编:《社会学手册》ⅩⅦ（都灵，1968 年）

«Bibliografia classificata di Sociologia della Letteratura», in *Quaderni di Sociologia*, XVII, l, 1968（Turin），établie par L. Benzi et M. Marchetti.

　　这篇目录内容广泛，具有国际性。它是在约五十年前编成的，目前只具有历史资料的价值。但尽管如此，人们不应该忘记其中的一些重要篇章。

《目录》，见罗·埃斯卡皮编选:《文学和社会》（巴黎，弗拉马里庸出版社，1970 年）

«Bibliographie», in R. Escarpit（éd.），1970 : *Le Littéraire et le social*（Paris, Flammarion）.

　　这篇目录从波尔多学派即波尔多大众文学艺术研究所的研究成果出发，对文学社会学中的经验思潮特别重视。

《目录》，见彼得·毕尔格编选:《讨论会：文学和艺术社会学》（法兰克福，苏尔坎普出版社，1978 年）

«Bibliographie», in P. Bürger（éd.），1978 : *Seminar : Literatur-und Kunstsoziologie*（Francfort, Suhrkamp）.

　　这篇目录虽然未选入社会符号学的研究成果，但是倾向于辩证的研究方法，因而补充了波尔多学派编选的目录。这份目录第一部分的内容是阿多诺和本雅明在 20 世纪

30 年代的论争。

《目录》，见 J. 沃尔夫:《艺术的社会生产》（伦敦，麦克米伦出版社，1981 年）

«Bibliography», in J. Wolff, 1981 : *The Social Production of Art*（London, Macmillan）.

　　这篇目录可供关心英美文艺社会学发展的人参考。

《目录》，见阿·赞巴尔迪:《文学文本的符号社会学要素》（罗马，布尔佐尼出版社，1988 年）。

«Bibliografia», in A. Zambardi, 1988 : *Elementi di semiosociologia del testo letterario*（Rome, Bulzoni）.

　　一份相当简要的目录，但会受到关心社会符号学和一种倾向于文本结构的社会学批评的人的好评。

《文学》，见 A. 多默、L. 福格特:《文学社会学：文学、社会的艺术、政治、文化》（奥普拉登，西德出版社，1994 年）

«Literatur», in A. Domer, L. Vogt, 1994 : *Literatursoziologie. Literatur,Gesellschaft, Politische Kultur*（Opladen, Westdeutscher Verlag）.

　　对于所有关注德国社会学批评，特别是尼柯拉斯·鲁曼的体系社会学的人，这是份不可或缺的目录。目录（《文学》）前面有一份附有评注的书目提要（《附有评注的精选书目提要》：第 267—271 页）。

二、引论和文选

弗朗西斯·巴克等:《文学、社会和文学社会学：埃塞克斯大学讨论会记录，1976 年 7 月》（埃塞克斯，大学出版社，1976 年）

BARKER, Francis et al., 1976 : *Literature, Society and the Sociology of Literature. Proceedings of the conference held at the University of Essex, July 1976*（Essex, Université）.

　　这卷著作汇集了一些关于各种文学体裁和电影的社会学的论文。开头是斯图亚特·霍尔的说明英国文学社会学的成就和设想，其他作者如大卫·穆塞怀特、约翰·奥克利、皮埃尔·马歇雷、特里·伊格尔顿、科林·麦凯布、特里·洛弗尔、弗朗西斯·巴克等讨论了文化霸权（奥克利、布罗姆利）、反映论（马歇雷）、现实主义（麦凯布）、革命（斯旺）和俄国形式主义与马克思主义的关系（塞尔登）等问题。

托尼·贝内特：《形式主义和马克思主义》（1979 年）（伦敦 – 纽约，劳特利奇出版社，1989 年）

BENETT, Tony（1979），1989：*Formalism and Marxism*（Londres-NewYork, Routledge）.

　　分析了形式主义理论、20 和 30 年代的俄国马克思主义与皮埃尔·马歇雷、勒内·巴利巴尔和特里·伊格尔顿的当代马克思主义之间的关系。意图使形式主义和马克思主义之间的争论具有现代意义，从中得出一些能使社会学批评转向文本结构的新结论。这部著作弥补了 G. 科尼奥在洛桑、H. 甘瑟在德国出版的两部著作的不足。

卡尔罗·波尔多尼：《文学社会学引论》（1972 年）[1]（帕西尼，比萨出版社，1974 年）

BORDONI, Carlo（1972），1974：*Introduzione alla sociologia della letteratura*（Pisa, Pacini）.

　　这篇引论的主要内容是卢卡契和戈尔德曼的辩证的和唯物主义的理论，但也注意到了列维 – 斯特劳斯的结构主义对社会学批评的影响。这本书最后一部分讨论了工业革命时期的小说。

彼得·毕尔格编选：《讨论会：文学和艺术社会学》（法兰克福，苏尔坎普出版社，1978 年）

BÜRGER, Peter（éd.），1978：*Seminar: Literatur-und Kunstsoziologie*（Francfort, Suhrkamp）.

　　这部文选在重视辩证方法的同时并未忽略经验的文学社会学，它包括阿多诺、柯勒、西伯尔曼等撰写的对文艺社会学十分重要的论文。全书分六个部分，每个部分分别介绍一种方法论的观点。

伊丽莎白·布恩斯和托姆·布恩斯编选：《文学和戏剧的社会学》（伦敦，企鹅出版社，1973 年）

1　括号内年份为初版时间，下同。

BURNS, Elizabeth et BURNS, Tom(éd.), 1973 : *Sociology of Literature and Drama* (London, Penguin).

这部文选虽然出版时间较早，但对关心古尔维奇、齐美尔、布恩斯的戏剧社会学和波吉奥利、桑吉内蒂等先锋派的人仍然有益。它的第五部分的内容是文学读者的社会学。

热拉尔·科尼奥编选:《面对马克思主义的俄国形式主义和未来主义》（洛桑，人类时代出版社，1975 年）
CONIO, Gérard (éd.), 1975 : *Le Formalisme et le futurisme russes devant le marxisme* (Lausanne, Éditions L'Age d'Homme).

这部选集收入了 20 世纪 20 年代最值得注意的资料，包括了未来主义者、形式主义者和马克思主义者的主要论据。埃肯鲍姆、图尼亚诺夫、戈尔罗夫和波利杨斯基阐述了他们往往是要把形式方法和马克思主义社会学综合起来的理论。本书是对汉·肯特尔在德国发表的著作的补充。

莱维·科塞:《通过文学的社会学》（恩格尔伍德·克里夫，学徒馆出版社，1963 年）
COSER, Lewis A., 1963 : *Sociology through Literature* (Englewood Cliffs, Prentice Hall).

这是一部内容社会学方面的重要著作，它在主题、资料层次上分析文学作品，从而更清楚地理解社会。不过在这个层次上，文学作品被简化为说明的功能，它们的文本结构及多义性则被忽视了。

埃德蒙·克罗斯:《社会学批评的理论和实践》（蒙彼利埃，《社会学批评研究》，1984 年）
CROS, Edmond, 1984 : *Théorie et pratqiues sociocritiques* (Montpellier, Etudes Sociocritiques).

尽管艺术的经验主义社会学的代表者与马克思主义美学或辩证社会学的捍卫者，在 60 和 70 年代通过辩论公开了他们的观点，但克罗斯根据一种传统文学的社会学证明，对于艺术的自主性和文学话语特有的文本机制，社会学批评往往还是过多地保持沉默。他最后勾勒了一种新的、倾向于语义和叙述结构的社会学批评，这是他的著作《论形式的产生》的预告。

安德烈亚斯·多尔勒，路德格·福格特：《文学社会学：文学、社会的艺术、政治、文化》（奥普拉登，西德出版社，1994 年）

DÖRNER, Andreas, VOGT, Ludgera, 1994 : *Literatursoziologie. Literatur, Gesellschaft, Politische Kultur* (Opladen, Westdeutscher Verlag).

　　作者们力图说明文学交流体系的完整性。从文学生产的社会背景出发，他们介绍了文本社会学、接受社会学、文学场社会学（布尔迪厄）、政治文化（文学体系与政治的关系）社会学和作为规范体系的文学批评的社会学。在最后一章里，他们力求通过对海因里希·冯·克莱斯特的"赫尔曼战役"的详尽分析来说明各种不同的研究。

雅克·杜布瓦：《文学的建制：社会学引论》（巴黎／布鲁塞尔，纳唐／拉波尔出版社，1978 年）

DUBOIS, Jacques, 1978 : *L'Institution de la littérature. Introduction à une sociologie* (Paris/Bruxelles, Nathan/Labor).

　　这篇以文学的建制为出发点的引论非常可靠，作者根据建制概念分析了只占少数的文学的生产、合法化、接受和功能问题。最后一部分是对左拉的《金钱》、马拉美的《诗集》和贝克特的《最后一局》这三部作品的建制性的分析。

克洛德·杜歇编选：《社会学批评》（巴黎，纳唐出版社，1977 年）

DUCHET, Claude (éd.), 1977 : *Sociocritique* (Paris, Nathan).

　　这部选集是根据一次讨论会的发言编撰的，所以并不系统，但包括了一些革新的研究成果：第一部分讨论了一些理论问题和意识形态概念，第二部分是对文本的社会学批评分析，第三部分是关于交流和建制的问题。

让·迪维尼奥编选：《知识社会学》（巴黎，帕约出版社，1979 年）

DUVIGNAUD, Jean (éd.), 1979 : *Sociologie de la connaissance* (Paris, Payot).

　　这一卷文集提出了一些持续关注文艺社会学的基本的方法论问题："是否可能有一种非意识形态的思想？"（约瑟夫·加贝尔语）"一切社会认识都是意识形态吗？"（皮埃尔·安萨尔语）"思想是否有一个依靠的硬核？"（让·迪维尼奥语）马歇尔·麦克卢汉、弗兰科·菲拉罗特、乔治·巴朗迪埃、米歇尔·马菲索里等提出的其他问题开启了关于文化和媒体社会学的争论。

罗伯特·埃斯卡皮：《文学的社会学》（1958 年）（巴黎，法国大学出版社，"我知道什

么呢"丛书，1968 年）

ESCARPIT, Robert（1958），1968 : *La Sociologie de la littérature*（Paris, PUF/ Que saisje?）.

　　作者研究了现代作家的地位，书籍在一个变动的社会里的命运和幸存，以及读者的反应。他重视交流体系而忽视了文本结构。

罗伯特·埃斯卡皮编选:《文学和社会：文学社会学的因素》（巴黎，弗拉马里庸出版社，1970 年）

ESCARPIT, Robert（éd.），1970 : *Le Littéraire et le social. Éléments pour une sociologie de la littérature*（Paris, Flammarion）.

　　这部著作可以看作波尔多学派的宣言，其成员特别重视文学的交流：书籍的成就和幸存、文学交流的建制方面、大众文学和亨利·扎拉芒斯基提出的内容社会学。

埃尼奥·格拉西:《文学社会学》（罗马，学习出版社，1979 年）

GRASSI, Ennio, 1979 : *Sociologie del fatto letterario*（Rome, Edizioni Studium）.

　　这部作品对主要的文学社会学思潮提供了简要而有益的综合。作者在第一章里思考了一些方法问题，在后面两章里评述了马克思主义的文学社会学和法兰克福学派的批评理论。第四章分析了罗伯特·埃斯卡皮和阿方斯·西尔伯曼的经验主义方法，第五章评述了布尔迪厄、迪维尼奥和穆卡洛夫斯基的理论的某些方面，最后一章介绍了意大利的文学社会学。

约翰·哈尔:《文学的社会学》（伦敦／纽约，朗曼出版社，1981 年）

HALL, John, 1981 : *The Sociology of Literature*（London/New York, Longman）.

　　本书的贡献在于对文学交流体系的研究。它分析了艺术家在现代社会里的作用，以及批评、出版业和民间文学的功能。这部著作在理论上有许多弱点，例如把"结构主义"和 J. 克勒在美国发表的一篇引论混为一谈，漫画化了结构的研究方法。

狄亚娜·劳伦松和阿伦·斯文格伍德:《文学的社会学》（伦敦，帕拉丹出版社，1972 年）

LAURENSON, Diana et SWINGEWOOD, Alan, 1972 : *The Sociology of Literature*（London, Paladin）.

　　这部著作以卢卡契和戈尔德曼的理论为出发点，对作家在现代社会里的地位进行了详细的分析。

尤尔根·林克和乌尔苏拉·林克－海尔:《文学社会学浅论》(慕尼黑,芬克/UTB 出版社,1980 年)

LINK, Jürgen et LINK-HEER, Ursula, 1980 : *Literatursoziologisches Propädeutikum* (Munich, Fink/UTB).

　　这部详尽的多卷本引论收入"经典的"和现代的社会学著作摘要,包括一篇文学社会学的引论和一部社会学著作的选集。作者力求综合社会学和符号学的研究方法,因而经常得以避免传统的文学社会学的武断性和抽象性。本书的研究对象是文学在其整体中的交流体系。

阿尔曼多·马格罗纳编:《文学社会学在意大利》(那不勒斯,博闻书店,1985 年)

MAGLIONE, Armando (éd.), 1985 : *La sociologia della letteratura in Italia* (Naples, Libreria Sapere).

　　本书是一种对物的状态的批判性的和论战性的阐释,尤其引起了 70 和 80 年代的争论。卡尔罗·波尔多尼勾勒了文学社会学在意大利的产生和发展。埃尼奥·格拉西评注了某些在其社会-历史背景中的方法论观点,阿尔贝托·阿布鲁泽塞提出了这一学科的一个新定义和关于劳动的某些观点,埃尼奥·格拉西和阿尔弗雷多·卢奇瑞对最近的 10 年做了总结。全书以一场围绕意大利是否存在一种文学社会学问题(科尔西尼与波尔多尼)的论战结束。

尤尔根·沙尔夫斯克威特:《文学社会学的基本问题》(斯图加特,科尔哈默尔出版社,1977 年)

SCHARFSCHWERDT, Jürgen, 1977 : *Grundprobleme der Literatursoziologie* (Stuttgart, Kohlhammer).

　　对关心卢梭、孙德、托克维尔、曼内姆、舒金等的理论之后的文学社会学的历史演变的人来说,这部著作是有益的。作者完全忽视了文本结构,在介绍当代理论时只谈德国的论争。附有参考书目。

雅内·沃尔夫:《艺术的社会生产》(伦敦,麦克米伦出版社,1981 年)

WOLFF, Janet, 1981 : *The Social Production of Art* (London, Macmillan).

　　本书不是一篇就词的习惯意义而言的引论,而是阐述了文艺社会学的主要问题,尤其是前三章:《社会结构和艺术创造性》《艺术的社会生产》《作为意识形态的艺术》。作者力图把法国和德国的某些辩证的、唯物主义的研究方法与阐释学的研究方法结合起来,例如里戈尔、伽达默尔、尧斯的方法。

阿尔纳多·赞巴尔迪:《文学文本的符号社会学要素》(罗马,布尔佐尼出版社,1988 年)

ZAMBARDI, Arnaldo, 1988 : *Elementi di semiosociologia del testo letterario* (Roma, Bulzoni Editore).

　　这本书尝试在社会符号学的范围内,把文学生产和文本结构与交流背景(建制化和阅读)联系起来。在文本和文学的交流里突出了意识形态的事实。作者在结论部分,分析了莫拉维亚的《随波逐流的人》、普利斯科的《假镜头》和杜朗蒂的《月亮湖上的房子》。

皮埃尔·V. 齐马:《文本社会学:评注性引论》(斯图加特,迈茨勒出版社,1980 年)

ZIMA, Peter V., 1980: *Textsoziologie. Eine kritische Einführung* (Stuttgart, Metzler).

　　这部著作把符号学和社会符号学的概念纳入阿多诺和霍克海默发展的批判理论,勾勒了文本社会学的基础。最后一章讨论了话语批判的问题。

三、理论和美学

特奥多尔·维·阿多诺:《美学理论》(1970 年)(巴黎,克林克西埃克出版社,1974 年,马·吉姆内兹译)

ADORNO, Theodor W. (1970), 1974 : *Théorie esthétique* (Paris, Klincksieck).

　　这部在阿多诺身后发表的著作,可以看成他在《文学笔记》中进行的社会学批评和美学分析的概括。阿多诺主张一种自主和批判的艺术,它能够摆脱意识形态和商业化交流的组成结构。同时,他力图把模拟的、非概念的艺术冲动纳入他的理论。这种企图造成了一种类策略的、非因果性和非等级的文体,这至少是这部著作难以理解的部分原因。

特奥多尔·维·阿多诺和马克斯·霍克海默:《理性辩证法》(1947 年)(巴黎,伽利玛

出版社，1974 年）

ADORNO, Theodor W. et HORKHEIMER, Max（1947）, 1974 : *Dialectique de la raison*（Paris, Gallimard）.

作者力图阐明启蒙运动时代以来欧洲理性主义的神秘性和抑制性，说明从神话和人对自然的控制中产生的理性主义为什么变成了神话学。在这种背景下，批判思想倾向于艺术的模拟，这部著作中有一章特别清晰地论述了作者所说的"文化工业"。

路易·阿尔都塞：《拥护马克思》（巴黎，马斯佩罗出版社，1965 年）

ALTHUSSER, Louis, 1965 : *Pour Marx*（Paris, Maspero）.

作者提出要重新阅读马克思的著作，力图使其摆脱黑格尔和费希特的历史唯心主义。他对布莱希特戏剧的研究，使他对主体、个性和历史等"意识形态"概念的批判更为具体化，按照作者的说法，他的研究使观众摆脱了"人们生活于其中的自发的意识形态"。

亨利·阿尔冯：《马克思主义的美学》（巴黎，法国大学出版社，1970 年）

ARVON, Henri, 1970 : *L'Esthétique marxiste*（Paris, PUF）.

作者确定了马克思和恩格斯关于艺术的著作与现代马克思主义美学之间的关系，论述了革命艺术、德国革命戏剧和社会主义现实主义的"形式"与"内容"的关系问题。他在最后一章里分析了布莱希特和卢卡契关于现实主义的争论。

米哈依尔·巴赫金：《小说的美学和理论》（巴黎，伽利玛出版社，1978 年）

BAKHTINE, Mikhaïl, 1978 : *Esthétique et théorie du roman*（Paris, Gallimard）.

作者力图证明——尽管存在着一些"独白"小说——小说是一种与独白的严肃和权威相对立的、复调的、多推论的体裁。他说明了小说的各种不同"声音"怎样在被表现出来的同时表现了现实。巴赫金正是企图从小说开始发展一种复调的和相异性的美学和哲学。

罗兰·巴特：《文体的零度》（巴黎，德诺埃尔出版社，1952 年）

BARTHES, Roland, 1952 : *Le degré zéro de l'écriture*（Paris, Denoël）.

巴特是最早分析艺术的建制方面的人之一。在这部著作里，他描述了文体在脱离规范的诗学和被奉为经典的风格之后彻底个人化的过程。

让·鲍德里亚：《恶的透明性：关于极端现象的评论》（巴黎，伽利略出版社，1990 年）
BAUDRILLARD, Jean, 1990 : *La Transparence du mal. Essai sur les phénomènes extrèmes* (Paris, Galilée) .

这部著作虽然几乎不涉及文学问题，但它对于当代美学还是具有一定的重要性，在名为《透明美学》的一章中，当代美学的自主性从根本上受到了怀疑。鲍德里亚断言不再存在审美的游戏规则，不言自明地驳斥了尼柯拉斯·鲁曼关于社会体系分化和艺术体系自主性的论点。

瓦尔特·本雅明：《全集 I–II 卷》（巴黎，德诺埃尔出版社，1971 年，M. 德·冈迪亚克译）
BENJAMIN, Walter, 1971 : *Œuvres I-II*, (Paris, Denoël).

这部文选包括一些重要的评论，如《复制技术时代里的艺术品》《语言社会学问题》等。本雅明采用的观点，对于批判力图使没落的"个人印记"复活的商品化艺术特别重要。本雅明对《恶之花》的分析，可以成为文本社会学的出发点，他说明了"个人印记"是怎样被一些文体手法所摧毁的。

彼得·毕尔格：《先锋派理论》（法兰克福，苏尔坎普出版社，1974 年）
BÜRGER, Peter, 1974 : *Theorie der Avantgarde* (Francfort, Suhrkamp).

毕尔格从超现实主义先锋派的模式出发，力求证明先锋派文学可以包括在文学建制社会学的范围之内。根据毕尔格的看法，法国超现实主义和欧洲其他先锋派虽然极力摧毁这种建制，却已经和它融为一体了。

埃德蒙·克罗斯：《从一个到另一个主体：社会学批评和精神分析批评》（蒙彼利埃，《社会学批评研究》，1995 年）
CROS, Edmond, 1995 : *D'un sujet à l'autre: Sociocritique et psychanalyse* (Montpellier, Etudes Sociocritiques).

作者提出了文化主体的概念，并且根据对某些资料的分析，指出这一概念可以应用于语言的或图像的文本。在一种多体系的体系范围内，文化主体把自己看成精神装置内的它、自我和超自我，它印证了一个不自觉的主体的它、自我和超自我，然而并未加以简化。文化主体的概念和文化文本的概念相连接，后者被定义为某种按照特殊方式在写作地质学里起作用的类型的一个文本间的片段。

泰利·英格尔顿:《批判主义和意识形态》(伦敦，NLB 出版社，1976 年)

EAGLETON, Terry, 1976 : *Criticism and Ideology* (London, NLB).

　　在由皮·马歇雷发展的阿尔都塞理论的启发下，英格尔顿力图制定一种唯物主义的文学理论。他虽然对一般的意识形态、审美的意识形态和作者的意识形态作了区别，但是他对约瑟夫·贡拉德、托·斯·艾略特、詹姆斯·乔伊斯等的文学分析几乎没有超出内容社会学的范畴，文本结构被完全忽略了。

特里·伊格尔顿:《后现代主义的幻灭》(牛津，布莱克威尔出版社，1996 年)

EAGLETON, Terry, 1996 : *The Illusions of Postmodernism* (Oxford, Blackwell).

　　在卢卡契、本雅明和布莱希特启示的马克思主义的背景里，作者对后现代主义的各种双重性、矛盾和圈套进行了思考。在这部总体被认为是对后现代文化的批判的著作里，对文学的参照非常少。

汉斯·诺伯特·符根:《文学社会学的主要流派和方法》(波恩，鲍维尔出版社，1964 年)

FÜGEN, Hans Norbert, 1964 : *Die Hauptrichtungender Literatursoziologie und ihre Methoden* (Bonn, Bouvier).

　　这部著作常被视为经验的文学社会学的宣言，目前只具有资料性的意义。他试图把韦伯的"无价值"论运用于自己的科学研究，但仍然把由晚年的卢卡契所代表的马克思主义美学漫画化了。他忽视文学文本，主要倾向于作者社会学。附有参考书目。

吕西安·戈尔德曼:《辩证法研究》(巴黎，伽利玛出版社，1959 年)

GOLDMANN, Lucien, 1959 : *Recherches dialectiques* (Paris, Gallimard).

　　在这部评论集中，戈尔德曼介绍了马克思主义文学社会学的一些基本概念，解释了物化意义结构、世界观。理论部分后面有一些具体的分析。

吕西安·戈尔德曼:《马克思主义和人文科学》(巴黎，伽利玛出版社，1970 年)

GOLDMANN, Lucien, 1970 : *Marxisme et sciences humaines* (Paris, Gallimard).

　　本集的评论在许多方面对《辩证法研究》作了补充。作者在开头详细说明了他在《发生和结构》《文学的社会学：地位和方法问题》《文化创作的主体》等论文中所用的术语。

阿尔吉达·朱利安·格雷玛斯，《论意义 I》《论意义 II》(1970 年)(巴黎，瑟依出版社，1983 年)

GREIMAS, Algirdas Julien, 1970, 1983 : *Du Sens I, Du Sens II* (Paris, Seuil).

　　《论意义Ⅰ》和《论意义Ⅱ》虽然不是关于传统的文学社会学的作品，对于文本社会学却具有特别重要的意义，因为作者证明了话语的语文结构和叙述结构是由社会的分类学和价值哲学决定的。

阿尔吉达·朱利安·格雷玛斯：《符号学和社会科学》（巴黎，瑟依出版社，1976 年）
GREIMAS, Algirdas Julien, 1976 : *Sémiotique et sciences sociales* (Paris, Seuil).

　　在这部评论集里，作者发展了社会科学方面的推论符号学。第一篇评论阐明了一切话语都是实现一种由它的施动者结构加以证实的意识形态设计。格雷玛斯详细地分析了一种法律话语的施动者的功能。

汉斯·巩特尔编选：《马克思主义和形式主义》（1973 年）（慕尼黑，汉塞出版社，1976 年）
GÜNTHER, Hans (éd.), (1973), 1976 : *Marxismus und Formalismus* (Munich, Hanser).

　　本集中发表的马克思主义和形式主义著作具有历史的和方法论的价值。对符号学和社会学的综合感兴趣的人，将会发现在 20 世纪 20 和 30 年代，像巴·尼·梅德维杰夫、弗·伊·阿尔瓦托夫和 K.孔拉德等已经涉及这样一种综合所提出的某些问题了。

菲利普·哈蒙：《文本和意识形态：文学作品中的价值、等级和评价》（巴黎，法国大学出版社，1984 年）
HAMON, Philippe, 1984 : *Texte et idéologie. Valeurs, hiérarchies et évaluations dans l'œuvre littéraire* (Paris, PUF).

　　作者把意识形态视为一种价值体系，把评价这一概念，以及它预先设定的规范的概念置于全书的中心。他依据的观念是小说家把修女作为他偏爱的素材，而在文学作品中一些特定的，即人物的能言善辩、礼貌教养、才干能力和善于享受都会得到评价的部分，规范会突然显露出来。他制定了一种关于规范的诗学，致力于描绘文学作品中——被陈述的意识形态的言语能力穿透的——敏感部分的分类。

克里斯托弗·汉普顿：《文本的意识形态》（弥尔顿·凯恩斯，费城，开放大学出版社，1990 年）
HAMPTON, Christopher, 1990 : *The Ideology of the Text* (Milton Keynes

Philadelphia, Open University Press）.

本书是与一切传统文学批评话语（阿诺德、利维斯、T. S. 艾略特）、结构主义（列维－斯特劳斯、阿尔都塞）和后结构主义的论战。它重新肯定了一种倾向于雷蒙·威廉斯的马克思主义方法的社会－历史的文学批评的必要性。通过对华兹华斯、雪莱、伯克、阿诺德、莫里斯、艾略特等的一些英国的文学作品的分析，作者阐述了他的批判和理论依据。

阿尔诺·奥塞:《艺术和文学的社会史 I－IV》（巴黎，勒西科莫尔出版社，1982 年）
HAUSER, Arnold, 1982 : *Histoire sociale de l'art et de la littérature I-IV*（Paris, Le Sycomore）.

奥塞的著作是最早使艺术家的地位、艺术生产与公众的规范体系发生关系的尝试之一。从卡尔·曼内姆和乔治·卢卡契的某些观点出发，奥塞证实了社会问题并非在艺术生产之外，而是艺术生产所固有的。

马尔克·吉姆内兹:《阿多诺：艺术、意识形态和艺术理论》（巴黎，10/18 出版社，1973 年）
JIMENEZ, Marc, 1973 : *Adorno: art, idéologie et théorie de l'art*（Paris, 10/18）.

这是一篇关于阿多诺的《美学理论》的出色引论，它使难懂的《美学理论》变得易于理解。书末有关于阿多诺使用的概念的索引。

马尔克·吉姆内兹:《一种否定的美学：阿多诺和现代性》（巴黎，克林克西埃克出版社，1986 年）
JIMENEZ, Marc, 1986 : *Vers une esthétique négative. Adorno et la modernité*（Paris, Klincksieck）.

这是一部非常详尽的著作，它的功绩在于把阿多诺的美学与卢卡契、戈尔德曼、本雅明和马尔库塞的美学理论进行比较。在大多数情况下，作者都站在阿多诺一边，反对从卢卡契到戈尔德曼的经典的黑格尔美学。

埃里希·柯勒:《文学社会学的前景》（海德堡，温特出版社，1982 年）
KÖHLER, Erich, 1982 : *Literatursoziologische Perspektiven. Gesammelte Aufsätze*（Heidelberg, Winter）.

　　这部作者身后出版的作品，收集的是以前发表在一些杂志上或者集体著作里的论文。作为中世纪研究家和杰出的法国文学专家，柯勒提出了社会符号学的一些新观点，并且在对中世纪的外省文学、风雅小说、拉马丁和马拉美的诗歌的细致分析中把它们具体化了。

朱丽亚·克里斯特娃:《符号学：符号分析研究》(巴黎，瑟依出版社，1969 年)
KRISTEVA, Julia, 1969 : *Semeiotikè. Recherches pour une sémanalyse* (Paris, Seuil).

　　这部评论集虽然论述受到巴赫金、德里达和拉康启发的批判符号学的问题，对文本社会学也有着不可忽视的贡献。例如在《巴赫金、词语、对话和小说》这篇评论中，互文性显然是一个社会符号学的概念。

尤里·洛特曼和鲍利斯·乌斯宾斯基编选:《符号体系研究：塔尔图学派》(布鲁塞尔，联合出版社，1976 年)
LOTMAN, Youri et OUSPENSKI, Boris (éd.), 1976 : *Travaux sur les systèmes de signes. École de Tartu* (Bruxelles, Éditions Complexe).

　　在这部选集里，塔尔图学派的成员洛特曼、乌斯宾斯基、皮阿蒂戈斯基、伊凡诺夫、托波罗夫等，介绍了他们关于文化、历史和文本的符号学的论点，指出可以把历史和文化看成符号体系，而人类的、历史的行动是倾向于这些体系的。符号学被他们说成"关于交流的困难和克服这些困难的科学"。

莱奥·洛文塔尔:《文集Ⅰ-Ⅱ》(法兰克福，苏尔坎普出版社，1980 年)
LÖWENTHAL, Leo, 1980 : *Schriften, I-II* (Francfort, Suhrkamp).

　　莱奥·洛文塔尔的著作涉及有关社会学和美学的极不一致的题材。我认为他最主要的贡献在于戏剧社会学和商品化文学的社会学方面。在《文集Ⅰ》里，读者会看到两篇重要的方法论的评论:《文学科学的社会状况》和《文学社会学的任务》。

尼柯拉斯·鲁曼:《社会的艺术》(法兰克福，苏尔坎普出版社，1995 年)
LUHMANN, Niklas, 1995 : *Die Kunst der Gesellschaft* (Francfort, Suhrkamp).

　　以迪尔凯姆的观念和"社会分化"的功能作为方法论的出发点，鲁曼力图阐明艺术体系自主的和"自动诗学"的特性。这个体系的功能不可能被任何其他的（经济的、政治的）社会功能所取代，只服从鲁曼力求阐明的它自身的规则。在强调艺术体系的自主性和不可替代性的同时，鲁曼同意各体系之间的相互影响在不断增长。他不重视鲍德里亚认为交换价值（因而也是经济）侵入了美学领域的论点。

乔治·卢卡契：《美学Ⅰ－Ⅳ》（柏林／诺伊维德，卢赫特尔汉特出版社，1972 年）
LUKACS, Georges, 1972 : *Ästhetik I-IV*（Berlin/Neuwied, Luchterhand）.

　　这部美学作品是在唯物主义的背景下发展黑格尔学说的某些范畴的一种系统的尝试。晚年卢卡契的理论倾向于黑格尔和马克思的古典主义思想，对他们用巴尔扎克、司各特、凯勒和托马斯·曼的"批判现实主义"来不那么辩证地反对欧洲先锋派持敌视态度。

皮埃尔·马歇雷：《文学生产理论》（巴黎，马斯佩罗出版社，1966 年）
MACHEREY, Pierre, 1966 : *Pour une théorie de la production littéraire*（Paris, Maspero）.

　　马歇雷以阿尔都塞的理论为出发点，力求证明例如凡尔纳和巴尔扎克的作品是如何否定他们所捍卫的意识形态的。他力图发展的反映论几乎不注意文本结构，并且把一种隐喻的，往往是多义的语言抽象化。

皮埃尔·马歇雷：《文学在思考什么？》（巴黎，法国大学出版社，1990 年）
MACHEREY, Pierre, 1990 : *A quoi pense la littérature?*（Paris, PUF）.

　　这部著作与其说是从社会学方面，不如说更是从社会哲学方面力图回答文学是否不用哲学教育的问题。借助对萨特、斯塔尔夫人、雨果、福楼拜、巴塔耶、鲁塞尔、塞利纳和格诺的作品的分析，本书给予了肯定的回答。因为文学能够被视为一种真正的"思想机器"，它的功能回答了一些不仅是美学的，而且也是政治的和科学的焦点问题。

巴维尔·尼·梅德维杰夫：《文学科学里的形式方法》（1928 年）（斯图加特，迈茨勒出版社，1976 年）
MEDVEDEV, Pavel N.（1928），1976 : *Die formale Methode in der Literaturwissenschaft*（Stuttgart, Metzler）.

　　对俄国"形式主义"的形式方法的批判，导致了一种关于文学交流和体裁的理论。这种理论的中心观念是文学文本及其交流的情况是分不开的。体裁是一些意识形态现象，它们表现一些集体的地位和利益。

杨·穆卡洛夫斯基:《美学和诗学结构研究》(慕尼黑，汉塞出版社，1974 年)

MUKAROVSKY Jan, 1974 : *Studien zur strukturalistischen Älsthetik und Poetik* (Munich, Hanser).

　　这部选集里的评论发表于 20 世纪 30 和 40 年代，阐述了穆卡洛夫斯基发展的符号美学的基本观点。其中有一点是，使文学生产作出反应的语言规范同时也是社会规范，这样文学就通过语言和社会联系起来了。

米歇尔·佩舍:《拉帕利斯的真理》(巴黎，马斯佩罗出版社，1975 年)

PÊCHEUX, Michel, 1975 : *Les Vérités de La Palice* (Paris, Maspero).

　　作者在批判形式主义的，例如弗雷日的语义理论时，力求发展一种唯物主义的话语理论。他从阿尔都塞关于意识形态质问作为主体的个人这一观念出发，指出主观性本身是由建制化的推论结构，即意识形态决定的。

路易·普利埃托:《合理性和实践：符号学随笔》(巴黎，午夜出版社，1975 年)

PRIETO, Luis J., 1975 : *Pertinence et pratique. Essai de sémiologie* (Paris, Minuit).

　　本书揭示了合理性和分类具有社会的和意识形态的特征，是文本社会学的基本著作。作者表明，一种社会科学的对象的构成是多么服从于社会意识形态的合理性。他同样表明，意识形态话语是一种把其对象和合理性视为当然的话语。

奥里维埃·雷沃特·达罗纳:《艺术创作和自由的诺言》(巴黎，克林克西埃克出版社，1971 年)

REVAULT D'ALLONNES, Olivier, 1971 : *La Création artistique et les promesses de la liberté* (Paris, Klincksieck).

　　作者从辩证美学的某些定理出发，证明艺术，尤其是先锋派艺术揭露了现代社会的矛盾和局限，与一个否定它的世界是不可调和的。

阿尔封斯·西尔伯曼:《经验的艺术社会学：评注性导言和参考书目》(斯图加特，恩克出版社，1973 年)

SILBERMANN, Alphons, 1973 : *Empirische Kunstsoziologie. Eine Einführung mit kommentierter Bibliographie* (Stuttgart, Enke).

　　作者倾向于韦伯的"无价值"公设，初步制定了一种排除艺术作品结构的艺术交流社会学。这种社会学同时也排除美学和社会的批判。附有参考书目。

尼古拉·泰尔居里安:《乔治·卢卡契:他的美学思想的各个阶段》(巴黎，勒西科莫尔出版社，1980 年)

TERTULIAN, Nicolas, 1980 : *Georges Lukács. Étapes de sa pensée esthétique* (Paris, Le Sycomore).

　　作者介绍了从海德堡时期（1912—1917）撰写的一种系统的唯心主义美学到最后的杰作《美学》（1963）为止的、卢卡契美学思想的发展，解释了基本的概念及其在特定的社会历史环境中产生的过程。

兹韦坦·托多罗夫:《米哈依尔·巴赫金:对话原理》，附有《巴赫金小组的著作》(巴黎，瑟依出版社，1981 年)

TODOROV, Tzvetan, 1981 : *Mikhaïl Bakhtine : le principe dialogique, suivi de Écrits du Cercle de Bakhtine* (Paris, Seuil).

　　这部著作包括长篇的引论和文选，托多罗夫介绍了巴赫金思想的基本概念：对话原理、叙述理论、互文性等。文选表明巴赫金和沃罗希诺夫把文学和非文学的语言完全视为一种对话的，因而是社会的结构。

雷蒙·威廉斯:《漫长的革命》(伦敦，鹈鹕出版社，1961 年)

WILLIAMS, Raymond, 1961 : *The Long Revolution* (Londres, Pelican).

　　作者力图制定一种马克思主义的文学交流理论。从书的第一部分《文化分析》中对文化的唯物主义分析出发，他在第二部分里初步制定了一种关于读者、民间文学、"标准英语"的出现、戏剧和小说形式的社会学。最后一部分论述 20 世纪 60 年代的英国文化。

雷蒙·威廉斯:《马克思主义和文学》(牛津大学出版社，1977 年。由巴黎勒西科莫尔出版社出版法文版)

WILLIAMS, Raymond, 1977 : *Marxism and Literature* (Oxford, Oxford University Press).

　　在这部著作里，威廉斯力求用他的文化理论进一步说明文学语言、形式和体裁。他的研究虽然包含着动人的想法，却几乎没有在社会学层次上对文本结构作出解释。

皮埃尔·V. 齐马:《戈尔德曼：内在的辩证法》（巴黎，大学／德拉热出版社，1973 年）

ZIMA, Pierre V., 1973 : *Goldmann. Dialectique de l'immanence* (Paris, Éditions Universitaires/Delarge).

这是一篇关于吕西安·戈尔德曼的哲学和美学的引论，它把"发生学结构主义"与阿尔都塞的马克思主义、法兰克福学派的"批判理论"进行了比较。

皮埃尔·V. 齐马:《法兰克福学派：特殊性的辩证法》（巴黎，大学／德拉热出版社，1974 年）

ZIMA, Pierre V., 1974 : *L'École de Francfort. Dialectique de la particularité* (Paris, Éditions Universitaires/Delarge).

这部评论集根据 20 世纪 20 和 30 年代个人主义和自由主义的危机阐述了法兰克福学派的哲学和美学。"否定性""自主性"和"个人印记"等基本概念都是根据这场危机加以考察的。

皮埃尔·V. 齐马:《文学文本的社会学》（巴黎，10/18 出版社，1978 年）

ZIMA, Pierre V., 1978 : *Pour une sociologie du texte littéraire* (Paris, 10/18).

作者力图根据法兰克福学派的哲学和社会学观点来制定文本结构的社会学。这部选集应该看成对现存方法即形式主义、结构主义、马克思主义的批判，但它所介绍的代替这些主义的方法还是很不成熟的。

皮·V. 齐马:《现代文学理论的哲学》（伦敦，阿斯隆出版社，1999 年）

ZIMA, Peter V., 1999 : *The Philosophy of Modern Literary Theory* (Londres, Athlone).

本书旨在重建一切文学理论原则的哲学（美学）的和意识形态的基础。关于马克思主义和法兰克福学派批评理论的一章处于著作的中心，揭示了所有这些理论与康德、黑格尔和尼采哲学的关系。

四、生产、文本和体裁的社会学

特奥多尔·维·阿多诺:《文学笔记》(巴黎，弗拉马里庸出版社，1984 年)

ADORNO, Theodor W., 1984 : *Notes sur la littérature* (Paris, Flammarion).

　　围绕一种否定的、能够摆脱"文化工业"的意识形态和商业化的交流的艺术观念，阿多诺的评论试图揭示被分析的文本中的批判尺度和"真实内容"。

特奥多尔·维·阿多诺:《棱镜：文化批判和社会》(巴黎，帕约出版社，1986 年)

ADORNO, Theodor W., 1986 : *Prismes: critique de la culture et société* (Paris, Payot).

　　这本文集在许多方面是对《文学笔记》的补充。除了关于卡夫卡、普鲁斯特和瓦莱里的文学评述之外，还有一些社会学的文本和关于巴赫、肖邦和爵士乐的音乐评论。

米哈依尔·巴赫金:《弗朗索瓦·拉伯雷的作品及中世纪和文艺复兴时期的民间文化》(巴黎，伽利玛出版社，1970 年，A. 罗伯特译)

BAKHTINE, Mikhaïl, 1970 : *L'Œuvre de François Rabelais et la culture populaire au Moyen Age et sous la Renaissance* (Paris, Gallimard).

　　这部著作对于文本社会学特别重要，作者阐明了在中世纪末期和文艺复兴的初期，小说文学是如何吸收民间狂欢节的某些形式的。他还指出，这种对狂欢节形式的吸收是一个语言的、文本的过程。本书对拉伯雷作品中的双重性、笑和怪诞滑稽进行了极为详尽的分析。

米哈依尔·巴赫金:《陀思妥耶夫斯基的诗学》(巴黎，瑟依出版社，1970 年，I. 科利切夫译)

BAKHTINE, Mikhaïl, 1970 : *La Poétique de Dostoïevski* (Paris, Seuil).

　　本书可以视为作者关于拉伯雷一书的续篇，巴赫金研究了狂欢节的双重性和复调，并力图根据小说文学中漫长的狂欢传统来加以解释。对此人们会问，仅仅把现代小说置于文学演变的过程之中，是否就能说明它的双重性、复调和人物的两重性。

勒内·巴利巴尔:《虚构作品中的法国人》(巴黎，阿歇特出版社，1974 年)

BALIBAR, Renée, 1974 : *Les Français fictifs* (Paris, Hachette).

　　作者根据学校的建制分析了福楼拜、加缪等的文学作品，指出某些在学校教育中占统治地位的文体形式为什么出现在被奉为经典的文学之中，而这种文学反过来又是如何影响教育的。巴利巴尔虽然经常泛泛地谈论"资产阶级"，但这部著作也许是阿尔都塞集团对文本社会学的最重要的贡献。书前有皮埃尔·马歇雷和艾蒂安·巴利巴尔撰写的长篇序言。

夏尔·卡斯特拉:《莫泊桑作品中的小说结构和社会观》(洛桑，人类时代出版社，1972 年)

CASTELLA, Charles, 1972 : *Structures romanesques et vision sociale chez Maupassant* (Lausanne, Éditions de L'Age d'Homme).

在青年卢卡契的美学，特别是吕西安·戈尔德曼的发生学结构主义的启发下，本书对莫泊桑的小说作品进行了极为详尽的分析，把莫泊桑的小说结构和世界观联系起来了。

米歇尔·孔戴:《小说个人主义的社会起源：法国 18 到 19 世纪小说演变的历史梗概》(图宾根，尼迈耶出版社，1989 年)

CONDÉ, Michel, 1989 : *La Genèse sociale de l'individualisme romantique. Esquisse historique de l'évolution du roman en France du dix-huitième au dix-neuvième siècle* (Tübingen, Niemeyer).

随着浪漫主义产生了一种关于个人的新观念，它的独特性——不再是普遍性——从此受到了重视。这种小说个人主义的冲击不仅在主题的层面上，而且在文学体裁的结构本身也可以感受得到。在对启蒙时代和浪漫主义的法国小说进行选择的比较研究中，作者论证了一种真实美学，它从此就与屈服于总的共同体的道德价值的真实性美学相对立。巴尔扎克的作品被他作为优先的研究范围。最后，这种文学描述的变化与尤其是通过法国大革命而得以确定的、个人的社会表现的变化联系在一起了。

埃德蒙·克罗斯:《形式的产生》(蒙彼利埃，《社会学批评研究》，1990 年)

CROS, Edmond, 1990 : *De l'engendrement des formes* (Montpellier, Etudes Sociocritiques).

本书分析的是通过文学文本的语义学对某些社会描述——观念义子——的吸收。这始终是一些从文本的源头就出现的社会实践，它们推动或引导着意义产生的动力。作者在他的分析中倾向于古代和现代的西班牙文学（《小癞子》《堂吉诃德》、L. 布努埃尔的《被遗忘的人们》）。

让·迪维尼奥:《集体的影子·戏剧社会学》(巴黎,法国大学出版社,1965 年)
DUVIGNAUD, Jean, 1965 : *Les Ombres collectives. Sociologie du théâtre* (Paris, PUF).

在这部关于戏剧社会学的重要著作里,迪维尼奥把迪尔凯姆社会学的一些基本概念运用于古代和文艺复兴时期的戏剧文学。(社会)混乱这一概念对于他的研究有特殊的重要性,作者用它来说明处于社会边缘的个人——疯子或罪人——为什么会出现在舞台上。

让·迪维尼奥:《艺术社会学》(1967 年)(巴黎,法国大学出版社,1984 年)
DUVIGNAUD, Jean, (1967), 1984 : *Sociologie de l'art* (Paris, PUF).

迪维尼奥在重提他的著作《集体的阴影》的同时,反对一种不复存在的关于"美"的美学和马克思主义的"反映"论(第Ⅲ章,3),他运用的是(迪尔凯姆的)集体想象社会学,强调的是"创作的场合":科技的合谋,选择的类似性,学院式的亲和,躲避教会的住所,信奉异端的个人。

让·迪维尼奥:《戏剧和社会》(巴黎,德诺埃尔/贡蒂埃出版社,1971 年)
DUVIGNAUD, Jean, 1971 : *Spectacle et société* (Paris, Denoël/Gonthier).

作者分析了戏剧在现代社会里的功能,其中也受到了迪尔凯姆社会学的启发。他在指出戏剧的某些功能已被大众传播媒介所侵占的时候,对戏剧的未来表示了疑问。

弗洛朗·戈代兹:《文学文本的一种社会-人类学:尤里奥·科尔塔扎尔作品中的文本-行动者的社会学研究》(巴黎,阿尔马当出版社,1997 年)
GAUDEZ, Florent, 1997 : *Pour une socio-anthroplogie du texte littéraire. Approche sociologique du Texte-acteur chez Julio Cortázar* (Paris, L'Harmattan).

作者力求回答下列问题:如何把握作为一种科学研究对象的文本,和如何从文本自身出发来进行艺术社会学方面的思考。他认为一种重视创作过程的艺术社会学,是知识社会学的一个局部的方面。除了对作品或对艺术实践的社会利益的简单评述之外,"文本"对象被以一个既严格又开放的,尤其是从创造其读者(从他的社会学阅读开始)的文本问题的社会学角度重新思考。从把尤里奥·科尔塔扎尔的作品作为认识论对手开始,作者建构了一种专门的文本阅读,即把文本作为社会现实的有结构的和有意义的主体:作为行动者的"文本"。

安妮·戈尔德曼:《失落的爱情之梦：十九世纪小说里的妇女》（巴黎，德诺埃尔 / 贡蒂埃出版社，1984 年）

GOLDMANN, Annie, 1984 : *Rêves d'amour perdus. Les femmes dans le roman du XIXe siècle* (Paris, Denoël/Gonthier).

作者分析了巴尔扎克、福楼拜、司汤达和戈蒂耶小说里妇女的作用，在解释被压迫妇女的反抗所遭到的阻碍时描述了女性解放的曲折。她还指出，19 世纪妇女的健康成长要比 18 世纪的妇女更为困难。作为结论，她根据物化概念研究了妇女的作用。

吕西安·戈尔德曼:《隐藏的上帝：论帕斯卡〈思想录〉和拉辛戏剧中的悲剧观》（巴黎，伽利玛出版社，1955 年）

GOLDMANN, Lucien, 1955 : *Le Dieu caché. Étude sur la vision tragique dans les «Pensées» de Pascal et dans le théâtre de Racine* (Paris, Gallimard).

在青年卢卡契著作的启示下，戈尔德曼确定了 17 世纪穿袍贵族的、冉森主义的悲剧观与《思想录》和拉辛戏剧中自相矛盾的悲剧结构的关系，说明拉辛戏剧的发展过程怎样再现了冉森主义的、由穿袍贵族与王权和教权的冲突所引起的波折。

吕西安·戈尔德曼:《论小说的社会学》（巴黎，伽利玛出版社，1964 年）

GOLDMANN, Lucien, 1964 : *Pour une sociologie du roman* (Paris, Gallimard).

戈尔德曼以青年卢卡契的《小说的理论》为出发点，力求以唯物主义和辩证的背景重新解释小说在个人意识和社会、主体和客体之间的差距。在这种背景下，小说的追求显然是在由交换价值的规律所统治的现实里，被贬值的个人对真实的、质的价值的追求。戈尔德曼详细分析了马尔罗的小说，并在本书最后部分对罗伯－格里耶的早期小说进行评论，力求用物化概念加以解释。

吕西安·戈尔德曼:《精神结构和文化创作》（巴黎，人类出版社，1970 年）

GOLDMANN, Lucien, 1970: *Structures mentales et création culturelle* (Paris, Anthropos).

这部随笔集包括一篇对启蒙运动时代哲学的评论，以及对热内、贡布罗维奇、萨特等先锋派的文学的一些分析。和他从前的著作一样，戈尔德曼致力于确定文学结构和社会结构之间的同源性。

埃里希·柯勒:《骑士的冒险：艳情小说中的理想和现实》（1956 年）（巴黎，伽利玛出

版社，1974 年，E. 考夫尔兹译）

KÖHLER, Erich（1956），1974：*L'Aventure chevaleresque. Idéal et réalité dans le roman courtois*（Paris, Gallimard）.

　　柯勒指出，艳情小说完全表现了封建政权的稳固、王权的理想化。他同时指出，骑士的要求是如何在由追求所支配的小说结构里得到表现的。在最后一章里，他提前使用了文本社会学的程序，揭示了社会变动和克雷蒂安·德·特罗亚小说里的叙述二重性之间的密切关系。

朱丽亚·克里斯特娃：《诗歌语言的革命》（巴黎，瑟依出版社，1974 年）

KRISTEVA, Julia, 1974：*La Révolution du langage poétique*（Paris, Seuil）.

　　克里斯特娃把马拉美和洛特雷阿蒙的诗歌看成 19 世纪末期先锋派文体的模式，说明了社会问题是如何在能指结构的层次上渗入虚构的文本的。她在确认马拉美的作品不反映第三共和国的任何社会政治动荡的同时，在多义性文体的层次上去寻找社会和政治的矛盾。

让-弗朗索瓦·拉维斯：《一种过分的写作：〈茫茫黑夜漫游〉的社会学分析》（蒙特利尔，巴尔扎克－勒格里奥出版社，1997 年）

LAVIS, Jean-François, 1997：*Une écriture des excès. Analyse sociologique de Voyage au bout de la nuit*（Montréal, Balzac-Le Griot éditeur）.

　　从一种倾向于文本结构的社会学（文本社会学）出发，作者介绍了对《茫茫黑夜漫游》的细致分析。这部小说的意图在于建立一种思考，这种思考同时面对写作，以及随着写作的节奏说出来的观念。塞利纳为什么成为塞利纳？塞利纳在变成塞利纳的时候说了些什么？提出这两个问题，就是展示《茫茫黑夜漫游》内部的张力。这种使塞利纳臭名远扬的张力，出现时似乎完全是文学试验的典范，文学试验确实具有自相矛盾的能力，即构成审美过程和观念的退化。这部作品引导写作及其发展，显得像是令人信服地代替了内容和观念的传统社会学。

雅克·莱纳特：《小说的政治释读：阿兰·罗伯－格里耶的〈嫉妒〉》（巴黎，午夜出版社，1973 年）

LEENHARDT, Jacques, 1973：*Lecture politique du roman. «La Jalousie» d'Alain Robbe-Grillet*（Paris, Minuit）.

　　莱纳特放弃了吕西安·戈尔德曼所主张的"类似的"和主题的分析，指出《嫉妒》

可以看成对殖民小说的一种反应，他在研究中把小说的语义结构和当时的政治和社会环境联系起来，同时力图把社会学的研究方法和精神分析学的方法相结合。

乔治·卢卡契：《小说的理论》（1920 年）（巴黎，德诺埃尔／贡蒂埃出版社，1963 年）

LUKACS, Georges（1920），1963: *La Théorie du roman*（Paris, Denoël/Gonthier）.

卢卡契的这部著作是作为对陀思妥耶夫斯基的作品进行哲学分析的理论性导言来构思的，和巴赫金的作品一样，它可以看成当代小说社会学的出发点。卢卡契以黑格尔的观点把小说看作一种表现现代资产阶级社会里的异化的体裁，把各种小说类型和相应的意识形式联系起来了。

乔治·卢卡契：《巴尔扎克和法国的现实主义》（1934 年）（巴黎，马斯佩罗出版社，1969 年）

LUKACS, Georges（1934），1969 : *Balzac et le réalisme français*（Paris, Maspero）.

这本著作可以说是卢卡契现实主义理论的一个证明。巴尔扎克显然是一个能够创造典型的性格、情节和环境的作家，即能够在特殊和一般之间进行综合，使社会背景的整体变得明显和易于理解。

吉尔·麦克米伦：《颂歌和非颂歌：关于雷让·杜沙尔姆的〈小幽灵〉的社会学评论》（蒙特利尔，法国出版社，1995 年）

McMILLAN, Gilles, 1995 : *L'Ode et le désode. Essai de sociocritique sur Les Enfantômes de Réjean Ducharme*（Montréal, L'Hexagone）.

为了突出雷让·杜沙尔姆的小说中抒情诗（颂歌）和散文（非颂歌）之间对话的紧张关系，作者依靠的是巴赫金、符号学和文本社会学。雷让·杜沙尔姆以他的方式重提了"如何写作"的问题。这个问题在 60 和 70 年代魁北克的文学场里也反复地提出过，只是范围更广，是在美学和政治之间不断摇摆的作家的介入问题：文本的政治。从对文本自身的分析开始，在它与 60 和 70 年代社会论述环境的联系之中始终伴随着它。安放和展开一种生产第一主义和专家政治的霸权，它以导致冲突的方式力图强加它的规则，以及关于言语交流的基本原则。这部著作开启了社会语义学的新的前景。

热纳维埃夫·穆约：《司汤达的〈红与黑〉：可能的小说》（巴黎，拉鲁斯出版社，

1972 年）

MOUILLAUD, Geneviève, 1972 : *Le Rouge el le Noir de Stendhal. Le roman possible*（Paris, Larousse）.

在吕西安·戈尔德曼的发生学结构主义和文学理论中一些精神分析学方法的启发下，穆约对司汤达小说的形式方面，对创造她所说的"现实主义幻觉"的文本因素及其社会起源产生了兴趣。可惜的是她未能在形式分析和社会学分析之间实现她所希望的综合。

米夏埃尔·奈尔希:《阿波罗和狄奥尼索斯或不确定的符号科学：蒙田、司汤达、罗伯－格里耶》（马尔堡，希兹罗什出版社，1989 年）

NERLICH, Michael, 1989 : *Apollon et Dionysosou la science incertaine des signes. Montaigne, Stendhal, Robbe-Grillet*（Marburg, Hitzeroth）.

作者把《帕尔马修道院》的结构置于分析的中心，提出了小说的一种既是社会学的又是语义学的阅读，其构成取决于三个空间：希腊罗马的神话空间，文艺复兴时期的空间和拿破仑时期的空间。这篇论文后面是一篇对阿兰·罗伯－格里耶的《伊甸园及其后》的分析，它证明了在分析一篇作品、一幅画或一部影片的时候，把语义学和符号学综合起来的必要性。

米夏埃尔·奈尔希:《冒险，或现代性丧失了的自我理解：论试验性行为的不可或缺性》（慕尼黑，盖尔林学院出版社，1997 年）

NERLICH, Michael, 1997 : *Abenteuer-oder das verlorene Selbstverständnis der Moderne. Von der Unaufhebbarkeit experimentellen Handelns*（Munich, Gerling Akademie Verlag）.

作者把中世纪的冒险观念置于他研究的中心，通过细致的社会－历史分析，描述了这一观念在文学、哲学和社会学中的演变。他证明了在中世纪和文艺复兴时期，冒险在何种程度上是一种合理的（经济的、政治的）事业，它受到教会的惩戒，但通过一种行政管理的和保险的体系而成为可能。

汉斯－约尔格·诺夏菲尔:《19世纪的通俗小说》（慕尼黑，芬克/UTB 出版社，1976 年）

NEUSCHÄFER, Hans-Jörg, 1976 : *Populärromane im 19. Jahrhundert*（Munich, Fink/UTB）.

作者把社会学批评的方法运用于儒勒·凡尔纳、小仲马和欧内斯特·费多的通俗小说，显示了渗入小说文本的日常生活的意识形态性和神话。在本书的第二部分，他研究了凡尔纳作品中的"技术诱惑"和左拉作品中的"工业时代的神话"。

罗慕格·伦西尼：《资产阶级世界的幻想或恐惧：从狄更斯到奥威尔》（巴里，拉特尔查出版社，1968 年）

RUNCINI, Romolo, 1968 : *Illusione e paura nel mondo borghese. Da Dickens a Orwell* (Bari, Laterza).

作者阐明了在被市场生产的限制所支配的领域里，揭示个人主体软弱无能的文学为什么会使某些文化神话，尤其是自主个人的和冒险的神话成为问题。卡莱尔抱怨英雄主义的丧失，王尔德作品中讲究时髦所遭到的失败，以及赫胥黎和奥威尔作品中个人的消失，都证实了个人主动精神的没落。

彼得·松迪：《现代戏剧理论》（1956 年）（法兰克福，苏尔坎普出版社，1969 年）

SZONDI, Peter (1956), 1969 : *Theorie des modernen Dramas* (Francfort, Suhrkamp).

在伦西尼和戈尔德曼表现小说里的个人没落的同时，松迪分析了现代戏剧中个性、对话和剧情的消失。例如在易卜生、斯特林堡、梅特林克的剧作里，在自然主义、存在主义和表现主义里，在布莱希特、皮兰德娄和奥尼尔的作品里。

伊恩·瓦特：《小说的兴起：关于笛福、理查逊和菲尔丁的研究》（伦敦，企鹅出版社，1957 年）

WATT, Ian, 1957 : *The Rise of the Novel. Studies in Defoe, Richardson and Fielding* (Londres, Penguin).

作者根据他与当时的哲学背景相联系的四个基本概念研究了英国小说的发展：个人主义、唯名论、理性主义和现实主义。在具体的历史分析中，这些概念同重视个人范畴的心理学和小说的个人主义发生了关系。体裁的发展是以阅读的和读者社会学的观点来考察的。

米歇尔·泽拉法：《小说的革命》（巴黎，10/18 出版社，1969 年）

ZÉRAFFA, Michel, 1969 : *La Révolution romanesque* (Paris, 10/18).

泽拉法在对乔伊斯、普鲁斯特、多斯·帕索斯、卡夫卡、杜勃林等 20 世纪 20 年代的大量小说进行分析时，说明了作为传统小说的保障的客观性和现实主义，是如何被小说的主观性即内心独白和"意识流"取代的。传统形式解体了，它们被与个人主动性的没落相适应的新形式代替了。

米歇尔·泽拉法:《小说和社会》(巴黎，大学出版社，1971 年)
ZÉRAFFA, Michel, 1971 : *Roman et société* (Paris, PUF).

　　受卢卡契和戈尔德曼理论的启发，作者描述了传统的小说形式在 20 世纪上半叶小说家作品中的解体，指出在新小说和萨林格或贝尔若斯的美国小说里，个人主体的没落是和人的交流的不可能性同时发生的。

皮埃尔·V. 齐马:《小说和意识形态：现代小说的社会学研究》(慕尼黑，芬克出版社，1986 年)
ZIMA, Pierre V., 1986 : *Roman und Ideologie. Zur Sozialgeschichte des modernen Romans* (Munich, Fink).

　　作者分析了小说体裁和意识形态之间的暧昧关系，还证明了作为敌对的和批判的体裁，小说在何种程度上倾向于摧毁构成它自身的社会基础的意识形态的价值论。与（从简·奥斯汀到巴尔扎克的）由文化价值的暧昧性构成的、被叙述者的意识形态话语解决和超越的心理小说和现实主义小说不同，现代主义小说（布洛赫、斯韦沃、穆齐尔）碰上了一种（尼采哲学的）暧昧性，这种暧昧性被尼采变成了一种社会批判武器而不可超越。他继续研究现实主义小说的政治、伦理和审美价值，但是这种研究显然是永无止境的。在（加缪和莫拉维亚的小说宣告的）冷漠的支配下，罗伯－格里耶、布托尔和于尔根·贝克尔的后现代主义散文抛弃了这种形而上学的研究，然而并未放弃批判的尺度。

皮埃尔·V. 齐马:《小说的双重性：普鲁斯特、卡夫卡、穆齐尔》(巴黎－伯尔尼－法兰克福，语言出版社，1988)
ZIMA, Pierre V., 1988 : *L'Ambivalence romanesque. Proust, Kafka, Musil* (Paris-Berne-Francfort, Lang).

　　作者把普鲁斯特的《追忆似水年华》置于法兰克福学派批判理论的背景之中，力求说明它的文本结构。它的篇幅之长和联想的、类策略的特征，是传统叙事，即叙述句法瓦解的结果。交换价值的中介作用把互不相容的价值结合起来，由此产生的语义双重性导致了句法原则的退让。双重性正是通过有闲阶级、上流社会阶级的谈吐、社会方言才得以渗入小说。本书把普鲁斯特的小说与穆齐尔的《没有个性的人》和卡夫卡的《审判》作了系统的比较。

皮埃尔·V. 齐马:《小说的无差异性：萨特、莫拉维亚、加缪》（蒙彼利埃，《社会学批评研究》，1988 年）

ZIMA, Pierre V., 1988 : *L'Indifférence romanesque. Sartre, Moravia, Camus* (Montpellier, Etudes Sociocritiques).

　　本书对小说里的无差异性的分析，可以看成《小说的双重性》的续篇。置于存在主义文体背景中的社会的和语言的价值危机，被描述为逐步从双重性向语义无差异性的一种转变。在《恶心》里，这种转变最初是洛根丁面对"文化外表"的瓦解，面对一种威胁性的自然的出现而体验到恶心。在莫拉维亚和加缪的作品里，它说明了主体的退让和叙述因果性的物化。

五、接受和交流的社会学

阿兰·阿卡尔多，菲利普·科尔居夫:《布尔迪厄的社会学：评注的选本》（校订后的第二版，1986 年）

ACCARDO, Alain, CORCUFF, Philippe, 1986 : *La Sociologie de Bourdieu. Textes choisis et commentés* (2e éd. revue et corrigée).

　　这部著作是非常有益的工具，尤其适用于希望尽可能具体地介绍布尔迪厄思想的教师。因为涉及的是一种评述的人类学，主要目的是通过典范的文本来说明布尔迪厄社会学的基本观念："文化特权的再生产""合法性的迷人圈子""习性或身体化的历史""场或物化的历史"等。

米哈依尔·巴赫金和瓦列金·沃罗希诺夫:《马克思主义和语言哲学：关于在语言学中运用社会学方法的评论》（1929）（巴黎，午夜出版社，1977 年，M. 雅格罗译）

BAKHTINE, Mikhaïl et VOLOCHINOV, Valentin (1929), 1977 : *Le Marxisme et la philosophie du langage. Essai d'application de la méthode sociologique en linguistique* (Paris, Minuit).

　　联系巴赫金和梅德维杰夫关于语言的对话性的某些定理，作者们批判了索绪尔共时语言学的个人主义和理性主义。他们指出语言符号浸透了意识形态，并揭示了交流的意识形态特征和冲突性。

皮埃尔·布尔迪厄：《区别》（巴黎，午夜出版社，1979 年）
BOURDIEU, Pierre, 1979 : *La Distinction*（Paris, Minuit）.

　　本书虽然不涉及作为文本生产的文学，作者还是对艺术社会学做出了重要贡献，因为他证明了社会对象和社会范畴的等级划分，是与集体的、建制化的，归根结底是与阶级利益相对应的。特别要注意阅读第五章。

皮埃尔·布尔迪厄：《社会学问题》（巴黎，午夜出版社，1980 年）
BOURDIEU, Pierre, 1980 : *Questions de sociologie*（Paris, Minuit）.

　　作者特别在名为《趣味的变化》的一章中分析了他所说的"艺术范围"。这个范围的变化是与其他由市场规律所决定的建制化的范围里发生的变化相类似的。作者指出，一个特定范围里的动荡——方式和"主义"的更替——并不影响规章制度，即作为建制化的社会范畴的范围。

皮埃尔·布尔迪厄：《言语所说的内容：语言交换的经济学》（巴黎，法亚尔出版社，1982 年）
BOURDIEU, Pierre, 1982 : *Ce que parler veut dire. L'économie des échanges linguistiques*（Paris, Fayard）.

　　在这部对于文本社会学特别重要的著作里，作者揭示了各种话语的建制方面，并把它们与阶级利益联系起来。像他的前几部著作一样，他指出分类与集体利益和市场机构有关。在《批准的语言》这篇评论里，他根据"象征能力"的概念分析了话语的效力和合法性。

皮埃尔·布尔迪厄：《艺术规则：文学场的形成和结构》（巴黎，瑟依出版社，1992 年）
BOURDIEU, Pierre, 1992 : *Les Règles de l'art. Genèse et structure du champ littéraire*（Paris, Seuil）.

　　在这部对于所有力求了解文学建制各个方面的人都不可或缺的著作里，布尔迪厄运用和发展了他的"文学场"的中心观念，把它与"象征资本""象征权力"和"习性"等一切补充观念联系起来。他通过对居斯塔夫·福楼拜的作品的详尽分析来证明他的理论。虽然人们经常责备他把文学文本简化为一份社会－历史学的资料，但布尔迪厄揭示了一部作品被接受和成功的一切社会机制。他的文学自主性的美学批评（新批评，文本的解释）特别明晰，显示出文学社会学在多大程度上像一种文学批评社会学那样发挥作用。

皮埃尔·布尔迪厄（和华康德合著）：《答案》（巴黎，瑟依出版社，1992 年）

BOURDIEU, Pierre（avec WACQUANT, Loic, J.O.），1992 : *Réponses*（Paris, Seuil）.

　　在华康德的一篇详细的导论之后，是布尔迪厄和华康德关于布尔迪厄的文化社会学的几个中心观念的多篇对话：《作为社会分析的社会学》《场的逻辑》《习性、幻想和合理性》；"象征暴力"；"理性的现实政治"；"对客观化主体的客观化"；"传授技艺"；"从关系上思考"；"一种根本的怀疑"；"双重束缚和转化"；"一种参与的客观化"。对于所有寻求更好地把布尔迪厄的思想理解为活生生的思想的人来说，这部著作都是必不可少的。

皮埃尔·布尔迪厄和阿兰·达尔贝尔：《艺术之爱：博物馆及其观众》（1966 年）（巴黎，午夜出版社，1969 年）

BOURDIEU, Pierre et DARBEL, Alain（1966），1969 : *L'Amour de l'art. Les musées et leur public*（Paris, Minuit）.

　　两位作者把博物馆作为研究的中心内容，研究了艺术范围和象征性福利的交换。他们努力根据市场结构和阶级的规范及文化来说明美感和文化福利的魅力。

罗伊·波恩，阿里·拉坦西编：《后现代主义和社会》（伦敦，麦克米伦出版社，1990 年）

BOYNE, Roy, RATTANSI, Ali（éd.），1990 : *Postmodernism and Society*（Londres, Macmillan）.

　　这卷集体著作是一种跨学科的尝试，以便把后现代主义的观念置于一种社会－历史和政治的背景之中。作者们思考这种观念的政治影响，力图将它与马克思主义、自由主义、保守主义、女权主义和其他意识形态思潮建立联系。

吉安弗朗科·科尔西尼：《文学的建制》（那不勒斯，利古奥里出版社，1974 年）

CORSINI, Gianfranco, 1974: *L'Istituzione letteraria*（Naples, Liguori）.

　　在布尔迪厄的某些定理的启发下，科尔西尼从作者—文本—读者这个交流模式出发，力求说明学校和教育在文学方面的作用。根据交流是一些特权集团所专有的一个社会范围的观点，他指出一切建制都在维持"作者是整个社会的代言人"的幻觉，实际上作者通常是以一个特定集团的名义说话的。

霍华德·大卫，保尔·沃尔顿编：《语言，形象，媒体》（牛津，布莱克威尔出版社，1983 年）

DAVIS, Howard, WALTON, Paul（éd.），1983：*Language, Image, Media*（Oxford, Blackwell）.

这部从批判的角度撰写的集体著作，分析了媒体为了巩固占统治地位的观点而使用的各种不同的技巧。

加尔瓦诺·德拉·沃尔普：《趣味批评》（米兰，费尔特利内里出版社，1972 年）

DELLA VOLPE, Galvano, 1972：*Critica del gusto*（Milan, FeltrineIli）.

作者反对实证主义，主张建立"唯物主义的"文学科学，他极力在文学文本中揭示社会和社会问题，在作品及其不断变化的社会接受之间确定了社会学的关系。

罗伯特·埃斯卡皮和尼科尔·罗比纳：《书和新读者》（巴黎，书店俱乐部出版社，波尔多，大众文学艺术研究所，1966 年）

ESCARPIT, Robert et ROBINE, Nicole, 1966：*Le Livre et le conscrit*（Paris, Cercle de la librairie, Bordeaux, ILTAM）.

这部著作介绍了对年轻的新读者阅读情况进行调查的结果，并揭示了学习水平和当代作家的感觉之间的关系。这些没有读完小学的新读者对当代文学的了解，比受到高等教育的大学生要差得多。

罗伯特·埃斯卡皮：《信息和交流概论》（巴黎，阿歇特出版社，1976 年）

ESCARPIT, Robert, 1976：*Théorie générale de l'information et de la communication*（Paris, Hachette）.

埃斯卡皮把文学文本看成可以成为各种解释对象的、多义性的能指，试图描述文本在交流体系中的功能。然而他的分析却始终把社会置于解释的文本之外。

彼尔·盖丹：《市场文学》（伦敦，法贝尔和法贝尔出版社，1977 年）

GEDIN, Per, 1977：*Literature in the Market Place*（Londres, Faber & Faber）.

作者研究了瑞典文学书籍的社会经济环境，指出生活水平高并非必然导致文学文化的民主化。在生活富裕的社会里恰恰相反，文学倾向于变成一些杰出人物的事情，而花钱购买非文化的福利的人，对这些杰出人物总有某种怀疑。

斯图亚特·霍尔等编:《文化，媒体，语言》(伦敦，哈钦森出版社，1980年)

HALL, Stuart et al. (éd.), 1980 : *Culture, Media, Language* (Londres, Hutchinson).

这些论作出自伯明翰大学的"当代文化研究中心"，是对当代大众文化的一些分析。这部集体著作与其说倾向于艺术和文学，不如说更倾向于大众媒体，然而在某些论著思考阅读的社会条件（戴夫·莫利，《文本、阅读、主体》）与主体和意识形态的概念之间的关系（约翰·埃利斯，《意识形态和主观性》）的情况下，它对于文学社会学仍然显示出某种重要性。

理查德·霍加特:《文学的用途:从出版物和娱乐活动看工人阶级生活的问题》(1957年)(伦敦，企鹅出版社，1981年)

HOGGART, Richard (1957), 1981 : *The Uses of Literacy. Aspects of Working Class Life with Special Reference to Publications and Entertainments* (Londres, Penguin).

作者分析了文学民主化和他所说的"大众文学"的后果。他着重研究英国，特别是英国北方工人阶级的文化和阅读，结论是肯定通俗文学和与它相应的集团的文化会有密切的联系。最重要的是第七章:《康迪弗罗斯世界的邀请:更好的大众艺术》。

彼得-乌韦·霍恩达尔编选:《社会史和影响美学》(法兰克福，费歇尔-雅典神殿出版社，1974年)

HOHENDAHL, Peter-Uwe (éd.), 1974 : *Sozialgeschichte und Wirkungsästhetik* (Francfort, Fischer-Athenäum).

这部文选汇集了一些关于文学的读者大众及其历史变化的经典著作。除舒金、埃斯卡皮、卢卡契、科西克和萨特的著名文章之外，还有罗·魏曼和曼·瑞曼的评论，以及 B. J. 瓦尔纳肯对尧斯的《论接受美学》的批判。附有参考书目。

汉斯·罗伯特·尧斯:《论接受美学》(1970年)(巴黎，伽利玛出版社，1974年，克·马雅尔译)

JAUSS, Hans Robert（1970），1974：*Pour une esthétique de la réception*（Paris, Gallimard）.

尧斯批判了马克思主义的文学社会学和内在的解释理论，主张文学史要以对接受、阅读的分析为基础。

理查德·詹金斯：《皮埃尔·布尔迪厄》（伦敦，劳特利奇出版社，1992 年）
JENKINS, Richard, 1992：*Pierre Bourdieu*（Londres, Routledge）.

这是一篇关于皮埃尔·布尔迪厄的理论的非常出色的导论，可以用作系统地研究这位社会学家的出发点。从人类学与结构主义之间的关系和某些认识论问题出发，作者介绍了布尔迪厄的文化社会学的基本观念："实践""习性""场""象征暴力""社会再生产""文化""区分"。与此同时，鉴于作者将布尔迪厄理论用于布尔迪厄的作品和生涯，这部著作还包含着对布尔迪厄研究的彻底批判。

约瑟夫·尤尔特：《新闻评论界对文学的接受：贝尔纳诺斯著作（1926—1936）的阅读》（巴黎，让－米歇尔·帕拉斯出版社，1980 年）
JURT, Joseph, 1980：*La Réception de la littérature par la critique journalistique. Lectures de Bernanos（1926–1936）*，（Paris, Jean-Michel Place）.

本书也许最早确定了文学评论界和意识形态集团之间的一些系统的关系。作者就法国评论界对贝尔纳诺斯的接受进行了仔细的分析，在此基础上指出评论界的反应同集体的意识形态和利益是分不开的。

约瑟夫·尤尔特：《文学园地：论皮埃尔·布尔迪厄的理论和实践构想》（达姆施塔德，科学图书协会出版社，1995）
JURT, Joseph, 1995：*Das literarische Feld. Das Konzept Pierre Bourdieus in Theorie und Praxis*（Darmstadt, Wissenschaftliche Buchgesellschaft）.

书中有对"文学场"观念的详细讨论，接着是对法国文学的几种分析：古典主义时代，19 世纪，象征主义，自然主义，先锋派，让－保尔·萨特的作品和"原样"小组。作者力图把这些作家和小组的社会－文化战略与他们的美学纲领联系起来。

斯科特·拉什：《后现代主义的社会学》（伦敦-纽约，劳特利奇出版社，1990 年）
LASH, Scott, 1990：*Sociology of Postmodernism*（Londres-New York,

Routledge）．

　　从（福柯、德勒兹的）哲学理论和（韦伯、德勒兹的）社会学理论出发，作者描述了后现代文本和读者的简化。与写作比较一致、面向有修养的资产阶级读者的现代主义不同，后现代主义带有社会简化的印记。一些混杂着从前被看作互不相容的文学风格的文本，面向一群各不相同的，同时阅读侦探小说和先锋派文本的读者，并且倾向于一种综合这两类体裁及其他体裁的写作。

雅克·莱纳特和皮埃尔·尤查：《阅读之阅读：关于阅读社会学的评论》（巴黎，勒西科莫尔出版社，1983 年）

LEENHARDT, Jacques et JOSZA, Pierre, 1983 : *Lire la lecture. Essai de sociologie de la lecture*（Paris, Le Sycomore）．

　　作者对一部法国小说和一部匈牙利小说在法国和匈牙利的被接受情况进行了比较。除国家的差异之外，他们揭示了集体的价值哲学对于阅读的重要性，并指出阅读社会学不会接受一致的"期待视野"的观点。

杨·穆卡洛夫斯基：《美学篇章》（法兰克福，苏尔坎普出版社，1970 年）

MUKAROVSKY, Jan, 1970 : *Kapitel aus der Ästhetik*（Francfort, Suhrkamp）．

　　穆卡洛夫斯基把美学的和符号学的研究方法相结合，使由社会审美规范决定的文本结构有别于集体的解释，任何这类解释都不能和多义性的文本等同。

曼夫利德·瑙曼编选：《社会、文学、阅读：理论领域里的文学接受》（1973 年）（东柏林／魏玛，建设出版社，1975 年）

NAUMANN, Manfred（éd.），（1973），1975 : *Gesellschaft, Literatur, Lesen. Literaturrezeption in theoretischer Sicht*（Berlin/Weimar, Autbau-Verlag）．

　　作者们指责尧斯和伊瑟尔的《接受美学》没有考虑读者大众的社会混杂性和决定"期待视野"的社会因素和意识形态因素，力求发展一种唯物主义的和辩证的阅读理论。他们在强调生产和接受的辩证关系时提出的代替接受美学的方法显然令人鼓舞。

格拉齐埃拉·帕格利亚诺，安托尼奥·戈默茨－莫利亚纳编：《19 世纪法国的写作：在"19 世纪法国文学家的地位和功能"讨论会（1987 年 10 月 7 日和 8 日在罗马大学召开）上提交的论著》（蒙特利尔，先导出版社，1989 年）

PAGLIANO, Graziella, GOMEZ-MORIANA, Antonio（éd.），1989 : *Ecrire en*

France au XIX siècle. Etudes présentées au colloque «Statutetfonction de l'écrivain et de la littératureen France au XIX siècle» (tenu à Rome les 7 et 8 octobre1987 à l'Università di Roma La Sapienza) (Montréal, Editions du Préambule).

在考虑作家的形象、功能和现代性，以及文学和蓬勃发展的市场的关系的时候，作者们分析了不同体裁（传记、诗歌、小说）的功能，也思考了文学社会学的方法论问题：雅克·杜布瓦（文学体裁和文本等级的小辩证法）和雷吉纳·罗班（从文学社会学到阅读社会学或社会学批评的设想）的论证尤其如此。

狄埃特尔·普罗科普：《大众文化和自发性：后期资本主义的大众交流中改变了的商品形式》（法兰克福，苏尔坎普出版社，1974 年）
PROKOP, Dieter, 1974 : *Massenkultur und Spontaneität. Zur veränderten Warenform der Massenkommunikation im Spätkapitalismus* (Francfort, Suhrkamp).

普罗科普从唯物主义的和辩证的角度评述了大众文化，指出在文化方面公众为什么倾向于交换价值，而交换价值的统治最终掩盖了使用价值，即审美价值。

卡尔·埃里克·罗森格伦：《文学体系的社会学》（斯德哥尔摩，自然和文化出版社，1968 年）
ROSENGREN, Karl Erik, 1968 : *The Sociological Aspects of the Literary System* (Stockholm, Natur och Kultur).

对于文学批评对国外书籍译成瑞典文的影响，作者进行了经验的分析，研究了文学批评的社会功能。在方法论的层次上，他主张经验的文学社会学的客观性，并试图从他的研究领域里把一切审美判断排除出去。

M-P. 施密特, A. 维亚拉：《善于阅读：批评阅读概要》（巴黎，迪迪埃出版社,1982 年）
SCHMITT, M.-P., VIALA, A., 1982 : *Savoir-lire. Précis de lecture critique* (Paris, Didier).

这部教育著作面向中学生和大学生，力图把文学阅读置于不同的社会背景之中。在把阅读定义为"社会活动"并思考"阅读的社会功能"的同时，作者们系统地分析了文本结构（叙述故事、戏剧、诗歌）及其社会背景。在这本书的第三部分（第四章《分析社会学》）里，他们（以相当简略的方式）介绍了一些社会学批评和社会历史学方面的研究。

勒文·舒金:《培养文学鉴赏的社会学》(1931 年)(伯尔尼 / 慕尼黑, 弗朗克出版社, 1961 年)

SCHÜCKlNG, Levin (1931), 1961 : *Die Soziologie der literarischen Geschmacksbildung* (Berne/Munich, Francke).

　　本书已成为读者社会学方面的"经典"著作, 它分析的是建制——家庭、学校、文学评论界——及其对读者的阅读和"趣味"的影响。作者指出, 一般来说, 接受远非读者大众的事情, 而是由他所说的"趣味载体类型"的少数集团, 即在特定的历史环境中领导趣味变化的人所控制的。

阿兰·维亚拉:《古典时代文学社会学作家的诞生》(巴黎, 午夜出版社, 1985 年)

VIALA, Alain, 1985 : *Naissance de l'écrivain. Sociologie de la littérature à l'âge classique* (Paris, Minuit).

　　这部著作倾向于皮埃尔·布尔迪厄的社会学, 尤其是他的"文学场"观念, 是在相对自主的社会场上对 17 世纪文学领域的构成的详尽的经验主义的分析。在分析"学院的发展""争取支持[1]和对文艺的资助的双重性""读者大众的形成""第一文学场的等级""作家们的历程和文学界"以及 17 世纪文学建制化的其他方面的时候, 作者细致地描绘了自主化的过程。

费里克斯·沃季契卡:《叙述结构》(慕尼黑, 芬克出版社, 1975 年)

VODICKA, Felix, 1975 : *Struktur der Entwicklung* (Munich, Fink).

　　沃季契卡以杨·穆卡洛夫斯基的美学, 尤其是审美对象概念为出发点, 从接受和阅读的角度分析了文学的发展, 并按照这种背景解释了文学批评的作用。照作者的说法, 文学批评应该成为这样一个集体的代言人: 它欢迎一件艺术作品, 并使之成为与这个集体的规范和价值相适应的审美对象。

卢茨·温克莱尔:《文化商品生产: 论文学和语言社会学》(法兰克福, 苏尔坎普出版社, 1973 年)

WINCKLER, Lutz, 1973 : *Kulturwarenproduktion. Aufsätze zur Literaturund*

1　指政治家或政党或多或少使用煽动手段来争取更多的支持者。

Sprachsoziologie（Francfort, Suhrkamp）.

作者分析了文学市场的机构，指出在作品首先是消费品和流通物的情况下，艺术生产过程是不被人注意的。他揭露了商品化的文化里交换价值对使用价值的优势。在本书的第二和第三部分，他确定了生产力和美学产生之间的关系，并对语言和社会的关系作了探讨。

六、有关文学社会学的（法语）集体著作和杂志期号

Communications, Paris, Seuil (Ecole des Hautes Etudes en Sciences Sociales).

Degrés. Revue de synthèse à orientation sémiologique, Bruxelles, en particulier les numéros suivants:

Texte et idéologie, n° 24-25, 1980-1981.

Figures de la société, n° 37, 1984.

Dialectiques. Revue Trimestrielle, Paris.

l'Homme et la société, Paris, Anthropos.

Imprévue, Centre d'Etudes et de Recherches Sociocritiques（CERS）, Université de Montpellier, Montpellier.

Littérature, Paris, Larousse, en particulier les numéros suivants:

Littérature, idéologies, société, n° 1, 1971.

Codes littéraires et codes sociaux, n° 12, 1973.

Histoire/Sujet, n° 13, 1974.

L'Institution littéraire I, n° 43, 1981.

L'Institution littéraire II, n° 44, 1981.

Revue d'esthétique, Paris, UGE（10/18）, ensuite: Toulouse, Privat, maintenant: Paris, Jean-Michel Place, en particulier les numéros suivants:

Présences d'Adorno（Paris, 10/18）, n° l, 1975.

Walter Benjamin（Toulouse, Privat）, n° 1, 1981.

Adorno（Toulouse, Privat）, n° 8, 1985.

Revue de l'Institut de Sociologie, Institut de Sociologie, Université Libre de Bruxelles.

en particulier les numéros suivants:

Sociologie de la littérature. Recherches récentes et discussions, Revue de l'Institut de Sociologie (Bruxelles) , n° 3, 1969.

Critique sociologique et critique psychanalytique (Bruxelles, Éditions de l'Institut de Sociologie de l'ULB) , 1970.

Hommage à Lucien Goldmann, Revue de l'Institut de Sociologie (Bruxelles) , n° 3-4, 1973.

Revue des Sciences Humaines, Université de Lille III, en particulier les numéros suivants:

Le Social, l'imaginaire, le théorique ou la scène de l'idéologie, mars, 1977.

L'Effet de lecture, janvier-mars, 1980.

Sémiotique et discours littéraire, n° 201, 1986 : numéro spécial consacré aux rapports entre la sociologie et la sémiotique littéraire.

Sociocriticism, Centre d'Etudes et de Recherches Sociocritiques (CERS), Université de Montpellier, Montpellier.

Sociologie de l'art, Comité de Recherche en Sociologie de l'Art de l'Association Internationale des Sociologues en Langue Française (AISLF), Institut de Sociologie, Bruxelles.

UTINAM. Revue de Sociologie et d'Anthropologie, Paris, L'Harmattan, en particulier:

Arts et culture, n° 24, janvier, 1998.

我思，我读，我在
Cogito, Lego, Sum